KB083636

벽계만지 역주
碧鷄漫志 譯註

Translation with Annotation on BiJiManZhi

지은이

왕작 (王灼, Wang Zhuo) 남송초기 사론가 왕작(王灼, 1081~1160)의 자(字)는 회숙(晦叔)이고, 호(號)는 이당(頤堂)이며 수녕(遂寧, 현재 四川 遂寧) 사람으로, 북송 원풍(元豊) 3年(1081)에 태어나 남송(南宋) 고종(高宗) 소흥(紹興) 30年(1160) 80여 살까지 살았다. 주요 저술로는『이당선생문집(頤堂先生文集)』5권, 『이당사(頤堂詞)』1권, 『당상보(糖霜譜)』1권, 일문(佚文) 12편, 『벽계만지(碧鷄漫志)』5권 등이 있다. 왕작의『벽계만지』는 중국 최초의 전문적인 사학이론서로 총 5권으로 되어있고 비교적 계통적이며 체계적인 사화학(詞話學)을 제시하여 매우 진보적이고 완정하다. 제1권에는 당송(唐宋) 이전의 사문학(詞文學)의 역사가 총괄적으로 기술되어 있다. 제2권에 북송(北宋) 이후 사인(詞人)들의 풍격(風格)과 유파(流派)가 서술되어 있다. 제3권부터 제5권까지는 주요 사조(詞調) 및 사학(詞學)의 역사적 연원(淵源)과 일화(逸話) 등을 논술하고 있다.

엮은이

김현주 (金賢珠, Kim, Hyun Ju) 한국외국어대학교 중국어통번역학과 교수. 한국외국어대학교 중국어과와 동대학원 중문과를 졸업하고 국립대만사범대학에서 문학박사학위를 받았다(중국 사와 돈황학 전공). 주요 저서로『당오대돈황민가』,『돈황곡자사선집』,『중국기초고문』,『중국어한자읽기사전』외에, 50 여편의 논문과『장자―그 절대적자유를 향하여』(공역),『한비자』(공역),『유영평전』(공역),『고시원』(공역),『중국사회속의 종교』(공역) 등의 역서가 있다.

이태형 (李泰衡, Lee, Tae Hyoung) 한국고전번역원 선임급 직원. 한국외국어대학교 중문과에서 문학박사학위를 받았다(중국 사문학 전공). 주요 역서로는『악장집(樂章集) 역주』,『중국 사보(詞譜)의 이해』,『유영평전』,『돈황곡자사집』,『신기질사집』,『구염의 논사절구』,『우리말로 읽는 송사 300수』,『역주 원시』외에, 70여 편의 논문이 있다.

벽계만지 역주

초판인쇄 2021년 5월 15일 **초판발행** 2021년 5월 30일
지은이 왕작 **엮은이** 김현주 · 이태형 **펴낸이** 박성모 **펴낸곳** 소명출판 **출판등록** 제13-522호
주소 서울시 서초구 서초중앙로6길 15, 2층
전화 02-585-7840 **팩스** 02-585-7848
전자우편 somyong@daum.net **홈페이지** www.somyong.co.kr

값 23,000원
ISBN 979-11-5905-612-3 93820

이 번역도서는 2018년 대한민국 교육부와 한국연구재단의 지원을 받아 수행된 연구임(NRF-2018S1A5A7033683)

한 국 연 구 재 단
학술명저번역총서

벽계만지 역주

碧鷄漫志 譯註

왕작王灼 지음
김현주 · 이태형 역주

일러두기

1. 이 책은 岳珍 著, 『碧鷄漫志校正』(成都, 巴蜀書社, 2000)을 저본으로 徐信義 撰, 『碧鷄漫志校箋』(國立臺灣師 範大學博士學位論文, 1981), 王灼 撰, 『碧鷄漫志』(北京, 中華書局, 1991), 江枰 疏証, 『碧鷄漫志疏証』(南昌, 江西教育出版社, 2015) 등의 자료를 참고하였다.
2. 단락의 구분 및 각 권의 조목번호는 저본의 순서를 따랐고, 독자가 원문과 번역문을 쉽게 대조할 수 있도록 원문 아래에 번역문을 실었다.
3. 번역은 직역을 위주로 하되 필요한 경우 의역을 했다. 역주는 가급적 최대한 상세하게 달려고 노력했고, 내용이 간단하면 간주(間註)로 길면 각주(脚註)로 처리했다. 특히 원문이 인용된 작품은 출처를 밝혔고, 필요한 경우 해설을 부기하였다.
4. 이 책에서 언급되는 인명과 지명 등 고유명사는 모두 우리말 발음으로 표기하고 각 조마다 처음에만 원문을 병기했다.
5. 이 책에서 사용하는 문장부호는 '한글 맞춤법' 규정에 따라서 사용했다. 그밖에 용법을 달리하여 사용한 부호는 서명은 『 』, 편명・작품명・사조명은 「 」, 각주에서 긴 인용문을 처리할 때는 …… 로 각각 표시했다.
6. 인물에 대한 주석은 『中國歷代人名大辭典(上・下)』(上海古籍出版 社, 1999)을 참고했고, 기타 원문의 출처나 전고는 한국고전번역원의 『한국고전종합DB』를 참고하여 주석을 달았다.
7. 독자의 편의성 및 가독성 제고를 위해 한자가 필요한 경우 번역문과 주석에서 한글과 한자를 병기하였다.
8. 찾아보기는 인명과 서명을 가나다 순으로 정리하고 해당 페이지를 표기했다.

역자 서문

사詞가 사대부 문인들에게 새로운 장르로 호응을 받으면서, 그 창작이 성했던 송宋나라에서는 새로운 음악과 가사들이 봉발하듯 세상에 풍미하였었다. 하지만 남송시대가 전개되면서, 자신의 재주를 펼쳐 보이는 흥미꺼리로서의 사 창작은 시대변화에 따른 자연스런 내면의 발전을 꾀하지 않을 수 없었다. 당시 송나라는 遼·金·元과의 잇따른 심각한 대치국면에 처해 있었고, 이 불안정한 사회와 국토수호라는 암울하고 복잡한 심리가 사대부들의 사 창작태도를 바꾸게 하였다.

왕작王灼(1105~1175)은 사천성四川省 수녕遂寧사람으로 북송北宋 휘종徽宗시기에서 남송南宋 효종孝宗시기에 활동한 문인이다. 정강靖康의 변變을 전후하여 송의 조정이 주전파主戰派와 주화파主和派의 격렬한 논쟁으로 점철되었던 때, 그는 과거응시의 기회마저 잃고 스스로 이민족과의 격렬한 전장으로 들어가 장수들의 막부에서 문필로써 항전활동을 하였다. 항쟁의 시간 속에서 왕작은 사詞라는 문체가 그 시대에 담당해야 할 역할이 무엇인지를 절감하였고, 모든 항전활동에서 떠난

1149년 노년에 자신의 견해를 『벽계만지碧鷄漫志』로 차분히 서술해 내었다. 왕작이 이 책에 서술한 사와 사인들에 대한 예리한 비평들은 그가 당시의 시대를 어떻게 받아들이고 문학은 그 시대를 어떻게 담아야하는지 분명한 시각을 드러낸 예다.

왕작의 『벽계만지』는 사의 시대적 사명이라는 혁신적 시각을 갖고 사의 기원, 사의 내용과 풍격, 사와 음악의 관계에 대한 저자의 견해를 체계적인 관점으로 일관되게 이론화한 역작이다. 왕작은 당오대와 북송시기 문인들이 다투어 써냈던 여성적이고 완약婉約한 풍격의 사보다는 이민족과의 전쟁으로 깊어진 우환의식憂患意識을 격정적이고 호방豪放한 풍의 사로 표현하려는 창작태도를 높이 평가하여, 소식蘇軾과 신기질辛棄疾의 사를 높이고 화간花間과 유영柳永 일파에 대해서는 비판적인 입장을 취하였다. 또한, 사詞는 시詩와 마찬가지로 옛 노래가 변하여 나타났다는 기원설을 주장하며 작품의 음악성보다 내용을 따졌고, 통속적인 염사艷詞보다는 고상한 필치의 아사雅詞를 내세움으로써 사를 시와 대등한 장르로 인식하려고 했다. 이 이론은 전대前代의 단편적 사 이론을 불식시키면서 동시대 호자胡仔의 『초계어은총화苕溪漁隱叢話』와 오증吳曾의 『능개재만록能改齋漫錄』의 사학이론 정립에 영향을 주게 되었다.

『벽계만지』는 현재 14가지 판본이 있으며, 이 번역은 14가지 판본을 대조하여 교감표점한 악진岳珍의 『벽계만지교정碧鷄漫志校正』을 저본으로 작업한 것이다. 총 5권으로 엮어져 있는데 제1권은 당송이전의 사 문학의 역사를 총괄하고, 제2권은 북송이후 사인들의 풍격風格과 유파流派를 기술하고 있으며, 제3권부터 제5권까지는 당시에 유행했던 29개의 주요 사조를 상세하게 소개하면서 사의 역사적 연원, 사조로 만들어진 일화 등을 함께 서술하고 있다. 본 번역작업에서, 원본에 있는 인명, 지명, 서명, 용어에 대한 설명을 매 편마다 충실하게 역자주譯者註로 달고 설명의 출처를 부기하였으며, 용어의 해석과 번역의 정확성을 기하기 위하여 연변대학 이보룡李寶龍교수의 자문을 구하였다.

『벽계만지碧鷄漫志』는 사학연구에서 사의 기원, 사조, 풍격 등에 대해 처음으로 체계적 이론을 세운 중요한 이론서로서 송 3대 사화詞話 중의 하나로 꼽힌다. 사학강의를 하면서 『벽계만지』가 사 연구에 새로운 시각을 제시한 문헌인 것을 공감하여 2006년 대학원 학생들과 그룹스터디를 진행하였다. 사를 공부하며 이미 접했던 책이라 개론적인 내용은 알고 있었지만, 두 번째 그룹스터디를 하고 나서도 군데군데 풀리지 않는 사조의 연원과 음악용어에 대한 모호함 때문에 더 정확하고 세밀한 번역의 필요성을 깨닫게 되었다. 본 완역서를 학계에 내면서 한국에서의 중국사화中國詞話연구가 활발하여지고, 사문학詞文學 연구를 수면으로 끌어올리는 데 도움이 되기를 충심으로 기대한다.

2021년 4월 5일
천장산 아래에서 역자 씀

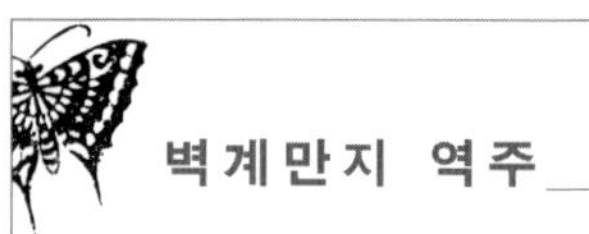

111 제3권

Ⅳ 제4권

Ⅴ 제5권

I

제1권

◎ 저자 서문

원문 碧雞漫志序

乙丑冬，予客寄成都之碧雞坊妙勝院，自夏涉秋，與王和先、張齊望所居甚近，皆有聲妓，日置酒相樂，予亦往來兩家不厭也．嘗作詩云：「王家二瓊芙蕖妖，張家阿倩海棠魄．露香亭前占秋光，紅雲島邊弄春色．滿城錢癡買娉婷，風捲畫樓絲竹聲．誰似兩家喜看客，新翻歌舞勸飛觥．君不見東州鈍漢髮半縞，日日醉踏碧雞三井道．」予每飲歸，不敢徑臥，客舍無與語，因旁緣是日歌曲，出所聞見，仍考歷世習俗，追思平時論說，信筆以記．積百十紙，混羣書中，不自收拾．今秋開篋偶得之，殘脫逸散，僅存十七，因次比增廣成五卷，目曰『碧雞漫志』．顧將老矣，方悔少年之非，游心淡泊，成此亦安用？但一時醉墨，未忍焚棄耳．己巳三月既望，覃思齋序．

번역 『벽계만지』 서문

을축년[1] 겨울에 나는 성도成都의 벽계방碧鷄坊[2] 묘승원妙勝院에 기숙寄宿했다. 여름부터 가을까지 지내면서 왕화선王和先과 장제망張齊望이 살고 있는 곳과 매우 가까웠는데 모두 노래를 잘 하는 기녀가 있었다. 날마다 술자리를 마련하여 즐기곤 하였는데 나 역시 두 집을 오고 가

---

1 을축년 : 서기 1145년으로 남송 고종(高宗) 15년이며, 왕작의 나이 65세 때이다.

2 성도(成都)의 벽계방(碧鷄坊) : 성도는 사천성(四川省)의 수도로서 고향인 수녕(遂寧)과 멀지 않다. 과거에 낙방하고 방랑하다 성도에 기거하며 문학과 예술에 관련된 저술에 몰두했다. 벽계방은 청두의 동네 120개 중에 하나로 경치가 아름다워 두보와 소식 등의 시에 나온다.

는게 싫증나지 않았다. 한번은 시를 지어 보았다.

왕씨 집안의 십이경루[3]에 연꽃[4]은 매혹적이고 王家二瓊芙蕖妖
장씨 집안의 천(倩)아가씨[5]는 해당화의 혼백이로다 張家阿倩海棠魄
노향정(露香亭) 앞뜰은 가을 경치를 독점하고 露香亭前占秋光
홍운도(紅雲島) 변두리는 봄 기운을 희롱하네 紅雲島邊弄春色
온 성에 돈 많은 졸부[6]는 미인을 사들이고 滿城錢癡買娉婷
바람이 화려한 누각[7] 악기소리[8] 말아 올리니 風捲畫樓絲竹聲
누군가 두 집안에 기쁘게 손님 대접하랴 誰似兩家喜看客
새로 안무한 가무에 술잔을 권하네[9] 新翻歌舞勸飛觥
그대는 보지 못했는가 君不見
동쪽 고을에서 온[10] 아둔한 놈이 머리가 반백인데 東州鈍漢髮半縞

---

3 십이경루(十二瓊樓) : 선경(仙境)에 있다는 구슬로 장식한 열두 개의 누대이다.

4 연꽃 : 원문은 '부거(芙蕖)'인데, 부용(芙蓉)꽃과 연꽃이다. 부용은 연꽃과 식물로 연꽃과 크게 차이가 없어 부용을 연꽃과 병칭한다.

5 천(倩)아가씨 : 원문은 "아천(阿倩)"인데, '아(阿)'는 이름 앞에 붙는 애칭이고 '천(倩)'은 이름으로 보는 것이 타당하다.

6 졸부 : 원문은 '전치(錢癡)'인데, 지식이나 교양은 미천하지만 돈은 많은 부자를 의미한다. 부유하지만 지혜나 교양이 없는 졸부(拙夫)라고 표현했다.

7 화려한 누각 : 원문은 '화각(畵閣)'인데, 누각에 화려하게 채색하여 마치 한 폭의 그림 같다고 해서 화려한 누각이라 표현했다.

8 악기 소리 : 원문은 '사죽(絲竹)'인데, 악기의 재료 주에 실을 꼬아 만든 현악기(絃樂器)와 대나무 통에 구멍을 내어 만든 관악기(管樂器)를 병칭했다. 8가지 재료로 악기를 만들어 팔음(八音)이라 하는데 그 중에 포함된다.

9 권하네 : 원문은 '비굉(飛觥)'인데, '觥'은 쇠뿔로 만든 술잔으로 '술잔을 날린다'는 의미는 상대방에게 술 마시도록 술잔에 술을 채워 빠르게 건네주는 것을 과장하여 표현한 것이다.

10 동쪽 고을에서 온 : 성도는 사천성에 있으며 작자 왕작은 남송의 강남 등지에서 과거 응시와 벼슬살이하며 세상을 유랑하다 만년에 고향에서 가까운 청두에 정착했다. 따

날마다 술취해 벽계 삼정도[11]를 다니는지　　日日醉踏碧雞三井道

내가 매번 술 마시고 돌아가면 감히 바로 잠들지 못하고 객사에는 대화할 사람도 없었다. 이로 인해 이날 불렀던 가곡에 의거하고[12] 그 동안 보고 들은 지식을 도출해서 이어서 역대의 습속[13]을 상고해보고 평상시의 논설[14]을 더듬어 곱씹어서 붓 가는 대로 기록했다. 이렇게 해서 기록한 110장이 누적되는 동안, 여러 서책 안에 한데 뒤섞어 둔 채 스스로 정돈하지 않았다.

올해[15] 가을에 책상자를 열다가 우연히 이 기록을 발견했는데, 망가지고 흩어져서 겨우 열에 일곱 정도만 남아있었다. 차례에 따라 보충하고 첨삭하여 5권을 만들고 『벽계만지碧鷄漫志』라고 제목을 붙였다. 돌아보면 장차 늙어감에 소싯적의 잘못을 뉘우치는 법이니 담박하게 마음을 노니는 마당에 이 책을 완성한들 또한 무슨 소용이겠는가. 단지 한 때 술에 취해서 끄적거린 것이라 차마 불살라버릴 수 없

라서 성도의 동쪽 지역에서 살다 왔기에 동쪽 고을이라고 표현했다.

11 삼정도 : 사천성의 요새인 삼정교(三井橋)로 통하는 도로이다. 『송사(宋史)』「뇌유종전(雷有終傳)」에 지촉주(知蜀州), 양회충(楊懷忠)이 왕균(王均)이 반란을 일으키자 양회충이 군사를 이끌고 익주(益州)로 진입하여 익주성의 북문을 불태우고, 삼정교(三井橋)에 도착하였다는 내용이 나온다.

12 의거하고 : 원문은 '旁緣(방록)'인데 '의거하다, 빙자하다'의 의미가 있다.

13 역대의 습속 : 원문은 '역세급속(歷世習俗)'인데 세대를 거치면서 굳어진 사람들에게서 유행하는 형태나 습관을 통칭한다. 가곡이 지어지고 사람들 사이에서 애창되면서 저마다 고유한 스타일이 생기면서 점차 원곡과 다르게 변천하기도 한다.

14 평상시의 논설 : 작자가 평소에 생각하고 설명하던 가곡에 대한 지식을 말한다.

15 올해 : 서문 말미에 저술 시기가 3월 16일이라 명시되어 있기 때문에 자연히 작년이 되어야 마땅하다. 그러나 가을이 아니라 봄이 될 수 있으므로 원문을 수정하지 않는다.

었을 뿐이다.

기사년[16] 3월 16일[17]에 담사재覃思齋[18]는 서문을 쓰노라.

16 기사년 : 서기 1149년으로 남송 고종 19년이며, 왕작의 나이 69세 때이다.

17 16일 : 원문 "旣望"은 보름날이 지난 다음날로 음력 16일을 가리킨다.

18 담사재(覃思齋) : 저자 왕작(王灼)의 호이다. 왕작의 자는 회숙(晦叔)이고, 호는 이당(頤堂)이라고도 하며 송나라 소계 지금의 사천성(四川省) 수녕(遂寧) 사람이다.

◎ 1.1

원문 歌曲所起

或問歌曲所起. 曰 : 天地始分, 而人生焉, 人莫不有心, 此歌曲所以起也. 『舜典』曰 :「詩言志, 歌永言, 聲依永, 律和聲.」『詩』序曰 :「在心為志, 發言為詩, 情動于中而形于言. 言之不足, 故嗟嘆之, 嗟嘆之不足, 故永歌之, 永歌之不足, 不知手之舞之, 足之蹈之.」『樂記』曰 :「詩言其志, 歌咏其聲, 舞動其容, 三者本于心, 然後樂器從之.」故有心則有詩, 有詩則有歌, 有歌則有聲律, 有聲律則有樂歌, 永言即詩也, 非于詩外求歌也. 今先定音節, 乃製詞從之, 倒置甚矣. 而士大夫又分詩與樂府作兩科. 古詩或名曰樂府, 謂詩之可歌也. 故樂府中有歌、有謠、有吟、有引、有行、有曲. 今人于古樂府, 特指為詩之流, 而以詞就音, 始名樂府, 非古也. 舜命夔教胄子, 詩歌聲律, 率有次第. 又語禹曰 :「予欲聞六律[19]、五聲、八音, 在治忽, 以出納五言.」其君臣『賡歌』、『九功』、『南風』、『卿雲』之歌, 必聲律隨具. 古者采詩, 命太師為樂章, 祭祀、宴射、鄉飲皆用之. 故曰 : 正得失, 動天地, 感鬼神, 莫近于詩. 先王以是經夫婦, 成孝敬, 厚人

---

19 육율(六律) : 『고문상서(古文尙書)』「익직(益稷)」의 "나는 육률(六律) · 오성(五聲) · 팔음(八音) · 칠시영(七始詠)을 들어서 오언(五言)을 출납하고자 한다(予欲聞六律五聲八音七始詠, 以出納五言)"라는 구절을 가리킨다. 재치홀(在治忽)이라는 한 구절만 보더라도 『사기(史記)』에는 내시활(來始滑)로, 『한서(漢書)』에는 칠시영(七始詠)으로, 복본에는 채정홀(采政忽)로 되어 있습니다. 칠시영(七始詠) : 일곱 가지의 시초를 읊은 것. 시초란 즉 하늘 · 땅 · 사람 · 봄 · 여름 · 가을 · 겨울의 시초라는 것이다. 『서경(書經)』에는 이 '칠시영' 자리를 '재치홀(在治忽)'로 바꿔 쓰고 있다. 복희(伏羲) · 신농(神農) · 황제(黃帝) · 소호(少昊) · 전욱(顓頊) · 제곡(帝嚳) · 요(堯)까지의 일곱 임금이 각자 당대에 하나씩 썼던 악가(樂歌)였음을 주장하고 있다. 『類選』

倫, 美教化, 移風俗. 詩至于動天地, 感鬼神, 移風俗, 何也? 正謂播諸樂歌, 有此效耳. 然中世亦有因筦弦金石造歌以被之, 若漢文帝使愼夫人鼓瑟, 自倚瑟而歌, 漢魏作三調歌辭, 終非古法.

번역 가곡歌曲의 기원

어떤 사람이 노래 곡조의 기원에 대해서 물어서 내가 다음과 같이 대답했다. "하늘과 땅이 나누어지고서 사람이 생겨나니, 사람에게 마음이 없는 자가 없다. 이것이 노래 곡조가 생겨나게 되는 이유이다"

『순전舜典』[20]에서 말하기를, "시詩는 뜻이 말한 것이고 노래는 말을 길게 빼서 하는 것이며, 소리는 길게 늘어뜨려서 나는 것이고 음률은 소리를 조화롭게 하는 것이다"라고 하였고, 『시경詩經』서문[21]에서 말하기를, "마음속에서 생각하는 것이 뜻이 되고, 말로 표현하면 시가 된다. 감정이 마음속에서 발동하여 말로 드러난다. 말로도 표현이 부족하기 때문에 탄식하게 되고, 탄식해서도 부족하기 때문에 길게 빼서 노래하게 되고, 길게 빼서 노래해도 부족하기에 자기도 모르게 손을 덩실거리고 발을 구르게 된다"라고 했다. 『악기樂記』[22]에 이르기를,

20 순전(舜典) : 『서경(書經)』「순전(舜典)」의 "시는 뜻을 말하고, 노래는 말을 길게 하고, 소리는 길이에 의지한다(詩言志, 歌永言, 聲依永.)"라는 구절을 가리킨다.

21 『시경(詩經)』서문 : "시는 뜻이 가는 것이다. 마음에 있으면 뜻이 되고 말로 하면 시가 된다. 정이 마음속에서 발동하여 말로 나타내는데, 말로도 부족하기 때문에 감탄하고, 감탄으로도 부족하기 때문에 노래를 읊조리고, 노래를 읊조리는 것으로도 부족하기 때문에 자신도 모르게 손으로 춤을 추고 발로 구르게 된다(詩者, 志之所之也, 在心為志, 發言為詩, 情動於中而形於言, 言之不足, 故嗟嘆之, 嗟嘆之不足, 故詠歌之, 詠歌之不足, 不知手之舞之足之蹈之也)"라고 되어 있다. 『毛詩・大序』

22 『악기(樂記)』: 『예기(禮記)』「악기(樂記)」편에 "시는 그 뜻을 문자로 표현하는 것이고, 노래는 소리의 형태로 나타내는 것이고, 무용은 동작으로 형용하는 것이다(詩言

"시는 그 뜻을 말로 하는 것이고 노래는 소리 형태로 길게 빼는 것이고, 춤은 모양으로 움직이는 것이니, 이 세 가지가 마음에 바탕이 된 연후에야 악기가 따라온다"라고 했다.

그러므로 마음이 있으면 시가 있게 되고 시가 있으면 노래가 있게 되며, 노래가 있으면 성률[23]이 있게 되며 성률이 있으면 가락[24]이 있게 된다. 말을 길게 늘이면 바로 시가 되니 시 밖에서 노래를 구하는 것이 아니다. 지금은 먼저 음률音律을 정하면 이내 가사를 지어서 붙이는데 순서가 심하게 뒤죽박죽되었다. 그러나 사대부는 또 시詩와 악부樂府[25]로 두 가지로 나눈다. 고시古詩를 혹은 악부라고 이름 부르는 것은 시가 노래할 수 있음을 일컫는 것이다. 그러므로 악부 중에 가歌・요謠・음吟・인引・행行・곡曲이 있는 것이다. 지금 사람들은 고악부古樂府에 대해서 시의 흐름이라고 특정하여 지칭하는데, 가사가 음을 가지면 비로소 악부라고 명명한 것이지 예전의 악부는 아니다.

순임금이 기夔[26]에게 명령하여 맏아들[27]을 가르치게 했는데 시와 노

其志也, 歌咏其聲也, 舞動其容也)"라는 말이 나오고, 『장자(莊子)』「천하(天下)」편에 "시경의 시는 뜻을 말한 것이고, 서경의 글은 일을 말한 것이다(詩以道志, 書以道事)"라는 말이 나온다.

23 성률(聲律) : 말소리에는 고저장단(高低長短)의 리듬이 있다. 이것을 음악에 붙으면 법칙이 되어 율려(律呂)가 된다. 노랫말이나 악기에도 이러한 법칙 즉 소리의 법칙인 성률이 존재한다.

24 가락 : 원문은 "악가(樂歌)"인데, 악(樂)은 악기로 연주하는 것이고 가(歌)는 가사를 붙여 노래하는 것이다. 악기에 맞춰 노래하는 것을 병칭하여 소리의 높낮이가 길이나 리듬과 어울려 나타나는 음의 흐름을 '가락(加樂)'이라 한다.

25 악부(樂府) : 민간의 풍속과 민의를 수렴하기 위해 유행하는 시가를 수집하는 관청이 악부이다. 고시(古詩) 형태로 수집하여 형식이 자유로운 특징이 있다. 그래서 형식이 규정된 신체시(新體詩)에 대비하여 악부시(樂府詩)로 대칭하여 사용한다.

26 기(夔) : 순임금의 악관(樂官)인 기가 "아, 내가 큰 경쇠와 작은 경쇠를 두드리니, 온갖

래, 소리와 음률에 모두 순서가 있었다. 또 우임금에게 말하길 "내가 육율六律[28] · 오성五聲[29] · 팔음八音[30]을 듣고자하여, 잘 다스려지거나 혼란함에 오언五言[31]에서 들고 나고자 했다"라고 했다. 그 임금과 신하의 「갱가賡歌」, 「구공九功」, 「남풍南風」,「경운卿雲」의 노래는 반드시 성률이 따라 구비되어 있어야 한다.

옛날에 시를 채집할 때 태사太師[32]에게 명하여 악장樂章을 만들게 하여 제사 · 대사례大射禮[33] · 향음례鄕飮禮[34]에 모두 악장을 사용했다. 그러

짐승들이 모두 따라서 춤을 추고, 모든 관부의 장관들이 진실로 화합합니다(於予擊石拊石, 百獸率舞, 庶尹允諧)" 라고 한 데서 왔다. 『書經 · 舜典』

27 맏아들 : 고대의 제왕과 귀족의 맏아들을 가리킨다. 적장자는 국학(國學)에 입학하여 경전을 배웠다.

28 육률(六律) : 『고문상서(古文尙書)』「익직(益稷)」의 "나는 육률(六律) · 오성(五聲) · 팔음(八音) · 칠시영(七始詠)을 들어서 오언(五言)을 출납하고자 한다(予欲聞六律五聲八音七始詠, 以出納五言)"라는 구절을 가리킨다. 칠시영은 일곱 가지의 시초를 읊은 것. 시초란 즉 하늘 · 땅 · 사람 · 봄 · 여름 · 가을 · 겨울의 시초라는 것이다. 지금의 『서경』에는 이 '칠시영' 자리를 '재치홀(在治忽)'로 바꿔 쓰고 있다. 복희(伏羲) · 신농(神農) · 황제(黃帝) · 소호(少昊) · 전욱(顓頊) · 제곡(帝嚳) · 요(堯)까지의 일곱 임금이 각자 당대에 하나씩 썼던 악가(樂歌)였음을 주장하고 있다. 『類選』

29 오성(五聲) : 악율(樂律)의 구성(九聲), 곧 궁(宮) · 상(商) · 각(角) · 치(徵) · 우(羽) 등을 가리킨다. 『書經 · 益稷』

30 팔음(八音) : 옛날에는 금(金) · 석(石) · 토(土) · 혁(革) · 사(絲) · 죽(竹) · 포(匏) · 목(木) 등 여덟 가지 물건이 악기의 재료로 쓰여졌고, 그 재료에 따라서 소리를 각각 달리했으므로 8음이라 했다. 『주례』 춘관 대사(大師)에 "播之以八音, 金石土革絲木匏竹"이라 했으며, 주에는 '金, 鎛鐘也. 石, 磬也. 土, 壎也. 革, 鼓鼗也. 絲, 琴瑟也. 木, 柷敔也. 匏 笙也. 竹, 管簫也.'라고 되어 있다.

31 오언(五言) : 오언은 인의예지신(仁義禮智信)의 다섯 덕성(德性)을 지칭한다. 음악을 감상하면 천하가 다스려지는지 혼란한지를 판단할 수 있기 때문에 다섯 덕성이 담긴 말을 출납해서 백성을 교화시키려는 의지를 표현했다. 『서경』「우서 대우모(虞書 大禹謨)」에 나온다. 시가가 오성(五聲)에 조화를 이룬 것이다(五言者, 詩歌之協於五聲者也)"라는 말이 나온다.

32 태사(太師) : 주대(周代)의 벼슬 이름으로, 고(瞽 소경)라고 하는데 임금을 곁에서 모시고 송시(誦詩)와 풍간(諷諫)하는 일을 맡았다. 궁중음악을 관장하며 측근에서 보필했다.

므로 말하기를 "얻음과 잃음을 바르게 하고 천지를 움직이고 귀신을 감동시키는데 시보다 가까운 것이 없다. 선왕은 이 시로써 부부의 원칙으로 삼았고 효도와 공경을 이루었으며 인륜을 두텁게 하고 교화를 아름답게 하여 풍속을 변화시킨다"[35]고 한다. 시가 천지를 움직이고 귀신을 감동시키며, 풍속을 변화시킨다는 대목은 무엇인가? 바로 악가樂歌를 전파하면 이러한 효과가 있음을 일컫는다. 그러나 남북조시대에는 또한 관현악기와 타악기로 인해 노래를 지어서 음률에 입히기도 하니 마치 한무제漢文帝가 신부인愼夫人[36]으로 하여금 거문고를 연주하게 하고 자신은 거문고 연주에 맞추어 노래했다. 한위漢魏시대에 삼조가사三調歌辭[37]를 만들었는데 옛날의 방법은 아닌 것 같다.

---

33 대사례(大射禮) : 『의례』의 편명이기도 하다. 제후들이 신하들과 함께 활쏘기 대회를 열어 그들의 예를 살피는데, 그 의식과 절차를 기록했다. 한 명제(漢明帝)가 벽옹에 나아가 대사례를 행한 일이 있다. 『후한서 · 명제기(後漢書 · 明帝紀)』 동한 이후 역대로 벽옹(辟雍)을 설치하여 향음대사례(鄕飮大射禮)를 행하거나 제사를 지내기도 했다.

34 향음례(鄕飮禮) : 『예기(禮記)』에서 향음주례(鄕飮酒禮)라는 예식을 말하였는데, 고을의 선비들이 향교(鄕校)에 모여서 예식을 차려 술을 마시고 활쏘기도 하는데, 이는 어진 이를 높이고 노인을 봉양하는 예식이다.

35 "얻음과 잃음을 (…중략…) 풍속을 변화시킨다" : 『시경 대서(詩經 · 大序)』 에 나오는 구절로, 시와 음악을 연결시켜서 정교(政敎)와 관계를 말하고 있다. 시의 실용적 가치와 효용성을 극도로 강조하고 있다. 『시경詩經』「주남(周南)」편은 문왕(文王)의 후비인 태사(太姒)의 덕을, 「소남(召南)」편은 후비의 교화를 입은 제후국 왕비의 덕을 읊은 것이다. 이 시로 천하 사람들의 마음을 움직여, 부부를 다스려 인륜을 후(厚)하게 하고 교화를 아름답게 하여 풍속을 바꾸었다. 그래서 「주남」, 「소남」 인륜의 시초인 부부의 관계를 바르게 하는 도이고 교화의 근본이라고 한 것이다. 『詩經 · 毛詩』

36 신부인(愼夫人) : 한나라 문제(文帝)가 총애한 후궁으로 한단(邯鄲) 사람이다. 황후인 두태후(竇太后)와 사이가 좋았고 미색이 있고 가무에 능했으며 비파 연주가 으뜸이다. 『漢書 · 文帝紀』

37 삼조가사(三調歌辭) : 한나라의 악부와 상화가(相和歌)의 평조(平調), 청조(淸調), 슬조(瑟調)의 합칭이다. 달리 청상삼조(淸商三調)라고도 한다. 남북조 시대에는 청조, 평조, 측조(側調)를 삼조로 여겼다.

◎ 1.2

원문 歌詞之變

古人初不定聲律, 因所感發為歌而聲律從之, 唐、禪代以來是也, 餘波至西漢末始絕. 西漢時今之所謂古樂府者漸興, 晉魏爲盛, 隋氏取漢以來樂器歌章古調併入清樂, 餘波至李唐始絕. 唐中葉雖有古樂府, 而播在聲律則尠矣, 士大夫作者, 不過以詩一體自名耳. 蓋隋以來今之所謂曲子者漸興, 至唐稍盛, 今則繁聲淫奏, 殆不可數. 古歌變為古樂府, 古樂府變為今曲子, 其本一也. 後世風俗益不及古, 故相懸耳. 而世之士大夫亦多不知歌詞之變.

번역 가사의 변천

옛날 사람은 애초에 성률聲律을 정하지 않고 느끼는 감정이 밖으로 발하여 노래가 되고, 성률이 노래를 따라갔던 것인데 요·순堯舜[38]과 삼대三代 이래로 이러하였고,[39] 여파는 서한西漢[40] 말엽에 이르러 비로소 끊어졌다. 서한 시대에 지금의 이른바 고악부古樂府라는 것이 점차 일어나 후한 시대에 성하였고, 수隋나라는 한나라 이래의 악기와 가장歌章,

---

38 요순(堯舜)과 삼대(三代) : 당(唐)은 요임금이 세운 나라이며 보통 순임금이 세운 우(虞)와 당우(唐虞)로 병칭된다. 선대(禪代)는 우왕(禹王), 탕왕(湯王), 무왕(武王)·문왕(文王)이 이전 왕조에서 선위를 받아 나라를 세운 삼대(三代 夏殷周)를 가리킨다.

39 당선대(唐禪代) : 당(唐)은 요(堯)임금이 세운 나라이며 보통 순(舜)임금이 세운 우(虞)와 당우(唐虞)로 병칭된다. 선대(禪代)는 우(禹), 탕왕(湯王), 무왕(武王)이 이전 왕조에서 선위(禪位)를 받아 나라를 세운 삼대(三代)를 가리킨다.

40 서한(西漢) : 한고조(漢高祖)가 장안(長安)에 도읍을 정하였고, 광무제(光武帝)가 낙양(洛陽)에 도읍을 정하여 도읍의 위치에 따라 장안이 서쪽에 자리해서 서한이라 하고, 낙양이 동쪽에 자리하여 동한(東漢)이라 한다.

고조古調[41]를 취하여 청악淸樂[42]에 병합하였는데, 여파가 당唐나라에 이르러 비로소 끊어졌다. 당나라 중엽에는 비록 고악부古樂府가 남았지만 성률이 전파되는 것은 극히 적어서[43] 사대부들이 지은 것은 단지 시의 한 체제로써 스스로 이름 붙인 것에 불과할 따름이었다. 아마도 수나라 이래로 지금 이른바 곡자曲子[44]라는 것이 점점 흥기하였고, 당나라에 이르러 약간 성하였으며, 지금 화려한 성률과 수준이 낮은 연주가 거의 헤아릴 수가 없을 정도이다. 옛날의 노래가 변해서 고악부가 되었고, 고악부가 변해서 지금의 곡자가 되었으니 그 근본은 하나인 것이다. 후세의 풍속이 더욱 옛날에 미치지 못하기 때문에 현격하게 달라졌다.[45] 그러나 세상의 사대부들 또한 대부분 노래 가사의 변천을 알지 못하는 자가 많다.

---

41 가장(歌章), 고조(古調) : 가장은 노래에 가사로 쓰여진 문장이다. 고조는 예전의 가락으로 가사와 노래를 병칭한 것이다.

42 청악(淸樂) : 청상악(淸商樂)으로, 남조(南朝)의 구악(舊樂)이다. 남북조 시대에 한위 시대의 상화곡(相和曲)을 계승하여 민간 음악으로 발전하여 속악(俗樂)이 되었다. 후위(後魏)의 효문제(孝文帝)가 회(淮)와 한(漢)을 정벌하고 얻은 남음(南音)을 수집하여 청상악이라고 하였는데, 수(隋)나라의 평진(平陳)이 청상서(淸商署)를 설치하고 총괄하여 청악이라고 했다. 『舊唐書 ・音樂志』

43 적어서 : 원문 '尠'은 '드물다, 적다'의 의미가 있다.

44 곡자(曲子) : 운문의 한 형식으로 구결법이 가사에 비해 더 자유롭고 구어체를 많이 사용한다. 가곡(歌曲)형식이 아닌 음악작품을 말한다.

45 현격하게 달라졌지만 : 원문은 "相懸"인데, '相異懸隔'의 줄임말로 차이가 하늘과 땅만큼 벌어진다는 의미이다.

◎ 1.3

원문 古者歌工樂皆非庸人

子語魯太師樂，知樂深矣．魯太師者亦可語此耶？古者歌工、樂工皆非庸人，故摯適齊，干適楚，繚適蔡，缺適秦，方叔入河，武入漢，陽、襄入海，孔子錄之．八人中，其一又見于『家語』．孔子學琴于師襄子，襄子曰「吾雖以擊磬為官，然能于琴，今子于琴已習」是也．子貢問師乙：「賜宜何歌？」答曰：「愛者宜歌商，溫良而能斷者宜歌齊，寬而靜、柔而正者宜歌頌，廣大而靜、疏達而信者宜歌大雅，恭儉而好禮者宜歌小雅，正直而靜、廉而謙者宜歌風.」師乙，賤工也，學識乃至此．又曰：「歌者上如抗，下如墜，曲如折，止如槁木，倨中矩，勾中鉤，纍纍乎端如貫珠.」歌之妙不越此矣．今有過鈞容班教坊者，問曰：「某宜何歌？」必曰：「汝宜唱田中行、曹元寵小令.」

번역 옛날에 가공과 악공은 모두 평범한 사람이 아니다

공자께서 노魯나라 태사太師[46]에게 음악에 대해 말씀하셨는데, 음악을 깊이 알고 있었다. 노나라의 태사라는 사람 역시 이와 같을까? 옛날에 가공歌工과 악공樂工[47]은 모두 평범한 사람이 아니다. 그러므로 태

---

46 노(魯)나라 태사 : 『논어(論語)』「팔일(八佾)」편에 나온다. "공자께서 노나라 태사에게 음악에 대해 말씀하셨다. '음악은 알 수 있으니, 처음 연주를 시작할 때에는 여러 음이 합해지고, 울려 퍼질 때에는 서로 화음을 이루면서도 각각의 음이 분명히 드러나고, 곡조가 계속 순조롭게 이어지면서 한 곡이 완성되는 것이다'(子語魯大師樂曰: 樂其可知也, 始作, 翕如也, 從之純如也, 皦如也 繹如也, 以成)" 집주에는 "태사는 악관(樂官)의 명칭이다. 당시에 음악이 폐지되어 결함이 있었기 때문에 공자께서 그에게 가르쳐 주신 것이다"라 했다.

47 가공(歌工)과 악공(樂工) : 가공은 노래를 전문적으로 부르는 가수이고, 악공은 악기

사지太師摯는 제齊나라로 갔고 아반간亞飯干은 초楚나라로 갔으며, 삼반요三飯繚가 채蔡나라로 떠나갔으며, 사반결四飯缺은 진秦나라로 떠나갔다. 북을 치는 방숙方叔은 하내河內로 들어갔고 소고를 흔드는 무武는 한중漢中으로 들어갔으며, 소사양少師陽과 경쇠 치는 양襄이 해도海島로 들어갔으니[48] 공자는 이것을 기록했다. 이 여덟 사람 중에 한 명은 『공자가어孔子家語』에도 보인다.

공자는 거문고를 스승인 양자襄子에게 배웠는데[49], 양자가 말하길, "내가 비록 편경[50]을 치는 일로 관리가 되었지만, 거문고 연주하는 데에 능숙하다. 지금 그대가 거문고를 타는 것이 이미 능숙하다"라 하니 이것을 말한다.

자공子貢이 사을師乙에게 묻기를 "저[51]는 어떠한 노래를 불러야 알맞겠습니까?"하고 묻자 대답하기를, "자애로운 사람은 상商을 노래하기

연주를 담당하는 관료이다.

48 태사지(太師摯)는 (…중략…) 들어갔으니 : 『논어(論語)』「미자(微子)」편에 나온다. "태사(大師) 지(摯)는 제(齊)나라로 가고 아반간(亞飯干)은 초(楚)나라로 가고, 삼반료(三飯繚)는 채(蔡)나라로 가고, 사반결(四飯缺)은 진(秦)나라로 가고, 북을 치는 방숙(方叔)은 하내(河內)로 들어가고, 소고(小鼓)를 흔드는 무(武)는 한중(漢中)으로 들어가고, 소사(少師 보좌관) 양(陽)과 경쇠를 치는 양(襄)은 해도(海島)로 들어갔다(大(太)師摯, 適齊. 亞飯干, 適楚. 三飯繚, 適蔡. 四飯缺, 適秦 鼓方叔, 入於河. 播鼓武, 入於漢. 少師陽, 擊磬襄, 入於海)"라고 했다. 주자의 주에 의하면 아반, 삼반(三飯), 사반은 음식을 들 때 음악을 연주하여 흥을 돕는 관직이고 간(干), 요(繚), 결(缺)은 사람 이름이다.

49 공자는 (…중략…) 배웠는데 : 『공자가어(孔子家語)』「변악해(辯樂解)」에 나온다. 춘추 시대의 유명한 악사 사양자(師襄子)로 거문고 연주에 능했다. 공자가 사양에게 거문고를 배웠다.

50 편경(編磬) : 아악기(雅樂器)의 하나로, 2층으로 된 걸이가 있고, 한 층에 여덟 개씩 매어단 경쇠를 말한다.

51 저 : 원문은 "사(賜)"인데, 자공의 이름이 사(賜)이기에 자신, 저라고 번역했다.

에 알맞고 온화하면서도 제대로 결단할 수 있는 사람은 제齊를 노래하기에 알맞으며, 너그러우면서도 조용하며 부드러우면서도 바른 사람은 송頌을 노래하기에 알맞고 광대하면서 고요하고 탁 트이면서 믿음직스런 사람은 대아大雅를 노래하기 알맞으며, 공손하고 검소하며 예를 좋아하는 사람은 소아小雅를 노래하기에 알맞고 정직하면서 조용하고 청렴하고 겸허한 사람은 풍風을 노래하기에 알맞다"라고 했다.[52] 사을은 비천한 악공인데 학식이 바로 이러한 경지에 이르렀다.

또 말하기를, "노래란 소리가 높을 때는 들어 올리는 것과 같고 낮을 때는 땅에 떨어지는 듯하며, 굽을 때는 몸을 꺾는 듯하고 그칠 때는 마른 나무와 같으며, 약간 굽힐 때에는 곡척에 맞고 크게 굽힐 때에는 갈고리에 맞으며[53], 연이어 이어지는데 바름이 꿰어놓은 구슬과 같습니다."[54]라고 했다. 아무리 오묘한 노래도 이것을 넘어서지 못한

---

52 자애로운 (…중략…) 알맞다 : 『예기(禮記)』「악기(樂記)」편에 나오는 내용으로 전체 문장은 다음과 같다. "정직하되 자애한 자는 상(商)을 노래하기에 알맞고 온량(溫良)하되 능히 결단하는 자는 제(齊)를 노래하기에 알맞고, 너그럽되 조용하고 부드럽되 정직한 자는 송(頌)을 노래하기에 알맞고, 광대(廣大)하되 안정(安靜)하고 소명(疏明)·통달(通達)하되 성실한 자는 대아(大雅)를 노래하기에 알맞고, 공검(恭儉)하되 예(禮)를 좋아하는 자는 소아(小雅)를 노래하기에 알맞고, 정직하면서 정(靜)하고 염(廉)하면서 겸(謙)한 자는 풍(風)을 노래하기에 알맞다(肆直而慈愛者, 宜歌商. 溫良而能斷者, 宜歌齊. 寬而静柔而正者, 宜歌頌. 廣大而静. 疏達而信者, 宜歌大雅. 恭儉而好禮者, 宜歌小雅. 正直而静, 廉而謙者, 宜歌風)"

53 약간 (…중략…) 맞으며 : 원문은 "倨中矩, 句中鉤"인데, 노래의 고저장단을 비유법으로 형용한 것인데 거(倨)는 거만하다는 의미이고, 구(句)는 굽다는 의미이다. 구(矩)는 곱자, 구(鉤)는 갈고리이다. 노래가 직선이 아닌 곡선으로 표현하는데 이리저리 휘어있는 정도에 따라 거만한 자세로 살짝 숙인 모습이 거(倨)이고 고리처럼 완연한 원형으로 숙인 모습이 구(鉤)이다. 따라서 노래의 고저장단을 원을 그리는 곱자에 맞게 살짝 숙이고 갈고리처럼 곡선이 급한 차이로 설명했다.

54 노래란 (…중략…) 같습니다 : 『예기(禮記)』「악기(樂記)」에 나오는 내용으로 "노래는 소리가 높을 때는 드는 것과 같고 낮을 때는 땅에 떨어지는 듯하며, 굽을 때는 몸

다. 지금 균용반鈞容班에서 교방教坊 음악을 연주하는 누군가가[55] "저희는 어떤 노래를 해야 알맞겠습니까?"하고 묻는다면, 반드시 "당신은 전중행田中行[56]이나 조조曹組[57]의 소령小令[58]을 불러야 알맞소."라고 말할 것이다.

을 꺾는 듯하고 그칠 때는 마른 나무와 같이하며, 약간 굽힐 때에는 곡척에 맞고 크게 굽힐 때에는 갈고리에 맞으며, 연이어 이어지는데 단정함이 구슬을 꿰어놓은 것과 같습니다(故歌者, 上如抗, 下如隊, 曲如折, 止如槀木, 倨中矩, 句中鉤, 纍纍乎端如貫珠)"라고 했다.

55 지금 교방(敎坊)에 (…중략…) 누군가가 : 교방의 악대가 균용(鈞容)의 악곡을 연주함을 이른다. 교방은 당 현종(玄宗) 때 여인들에게 노래와 춤을 가르치던 곳이다. 궁중에 소속된 악대로 송나라는 당나라 제도를 따라 4부의 악대를 두었다. 균용은 황제(黃帝)가 연주했다는 균천(鈞天)의 음악에서 온 것으로 군악에 속했다. 균용반(鈞容班)은 송나라 때 어가가 출행할 당시 의장대와 군악대로 황제의 어가 앞뒤에 교방악을 연주했다.

56 전중행(田中行) : 생몰년과 고향은 모두 미상이다. 『전중행집(田中行集)』이 있지만 소실되었다. 사문은 사람들의 생활상을 잘 묘사했다. 속담이나 사투리를 섞어서 오묘한 부분을 곡진하게 표현했다.

57 조조(曹組) : 자는 원총(元宠)으로 북송 후기 가사의 작가이다. 양적(阳翟 지금 하남성 우현(禹县)) 사람이다. 조위(曹纬)의 아우이다. 매번 과거에 급제하지 못하여 『철연편(铁砚篇)』을 지었다. 선화(宣和) 3년(1121)에 진사로 출사하여 관직이 각문선찬사인(阁门宣赞舍人), 예사전응제(睿思殿应制)에 올랐다. 『宋史 曹勛传』 우리나라의 기록에는 송나라 초기 태종(太宗)이 음률에 밝아서 대소(大小)의 악곡을 만들고, 또 구곡(舊曲)을 인하여 새로운 곡조를 만들어서 이를 교방에 폈으니, 무대곡(舞隊曲)이 무릇 390이고, 비파 한 악기에 84조(調)가 있었다. 인종(仁宗)은 금중(禁中)에서 악곡을 만들었으니 이때에는 유영(柳永) 같은 이가 있었고, 휘종(徽宗)은 대성(大晟)으로 음악을 명명하니 이때에는 주방언(周邦彦) · 조조 · 신차응(辛次膺) · 만사견언(萬俟雅言) 등이 있어 모두 음조에 밝았다. 『五洲衍文長箋散稿 · 樂府辨證說』

58 소령(小令) : 사체(詞體)의 하나로, 58자 이내의 사(詞)를 소령이라 한다.

◎ 1.4

원문 **漢初古俗猶在**

劉、項皆善作歌, 西漢諸帝如武、宣類能之. 趙王幽死, 諸王負罪死, 臨絶之音, 曲折深迫. 廣川王通經, 好文辭, 為諸姬作歌尤奇古. 而高祖之戚夫人、燕王旦之華容夫人兩歌, 又不在諸王下, 蓋漢初古俗猶在也. 東京以來, 非無作者, 大概文釆有餘, 情性不足. 高歡玉壁之役, 士卒死者七萬人, 慚憤發疾, 歸使斛律金作『勅勒歌』. 其辭略曰 :「山蒼蒼, 天茫茫, 風吹草低見牛羊.」歡自和之, 哀感流涕. 金不知書, 能發揮自然之妙如此, 當時徐、庾輩不能也. 吾謂西漢後, 獨『勅勒歌』暨韓退之『十琴操』近古.

번역 **한나라 초기의 옛 풍속은 그대로이다**

유방과 항우는 모두 노래를 잘 지었고 전한前漢의 무제武帝나 선제宣帝 등과 같은 여러 황제들도 노래를 잘 지었다. 조왕趙王은 유폐되어 굶어죽었고[59] 여러 왕들은 처형당하였는데, 임종할 때 불렀던 노래가 곡절이 매우 절박했다. 광천왕廣川王[60]은 경서에 능통하였고 문사를 좋아했으며, 여러 희첩들을 위해서 노래를 지었는데 대단히 기이하고 고

59 조왕(趙王)이 유폐되어 굶어죽었고 : 조왕 유우(劉友)는 유방의 아들이자, 혜제의 이복동생이다. 여태후가 질투가 심하여 조왕을 불러 감금시키고 먹을 것을 주지 않자 여씨를 저주하는 노래를 짓고 아사했다.『史記・呂太后本紀』

60 광천왕(廣川王) : 유거(劉去, ?~기원전 70) 또는 유길(劉吉), 유거질(劉去疾)이라 한다. 중국 전한의 제후왕으로, 광천왕이다. 광천유왕 유제의 아들이다. 유거는 역경・논어・효경에 능통했고 문사・방기・박혁・노래・연극을 좋아했다. 궁전 문에 용사 성경(成慶)의 그림을 그려두고 그 모습을 좋아해 칼을 차고 다녔다.『漢書・宣帝紀』

풍스러웠다. 고조高祖의 척부인戚夫人[61]과 연왕燕王 단旦의 화용부인華容夫人[62]이 지은 두 곡의 노래의 수준은 또 여러 왕들 아래에 있지 않으니[63] 대개 한나라 초기에는 옛 풍속이 오히려 그대로였다. 후한後漢 이래[64]로 작가가 없는 것은 아니었으나 대개 문채[65]는 풍부한 데 반해 성정을 표현하는 데는 부족했다.

고환高歡은 옥벽성玉壁城 전투[66]에서 전사한 병사가 7만 명이 되어 수치와 분노로 발병하자 귀환하여 곡율금斛律金으로 하여금 「칙륵가勅勒歌」를 짓게 했다.[67] 그 내용을 간략히 말하면 "산은 푸르디 푸르고 하늘

---

61 척부인(戚夫人) : 한 고조(漢高祖)의 총희(寵姬)로, 조은왕(趙隱王) 여의(如意)를 낳았으나 여후(呂后)의 미움을 샀다. 한 고조가 죽자 척부인은 여후에게 머리를 깎이고 쇠사슬로 목을 묶인 채 붉은 수의(囚衣)를 입고 옥에 갇히게 되었는데, 행형(行刑)의 일부로 곡식을 찧게 하자, 그는 방아를 찧으며 노래를 불렀다. 『漢書・外戚傳上』

62 화용부인(華容夫人) : 화용부인은 한나라 무제의 넷째 아들 연왕 단의 부인이다. 연왕이 제위에 즉위하려고 하면서 걱정이 되어 술자리를 마련하였는데 빈객들 사이에서 노래 부르자 화용부인이 일어나 춤추며 노래를 이어 불렀다. 노래를 마치자 연왕이 먼저 자진(自盡)하자, 화용부인도 따라 죽었다. 화용부인이 불렀던 노래는 후세에 『기무가(起舞歌)』라고 하였는데, 원문은 다음과 같다. "發紛紛兮, 寘渠. 骨籍籍兮, 亡居. 母求死子兮, 妻求死夫. 徘回兩渠间兮, 君子將安居."

63 아래에 있지 않나니 : 아래에 있지 않다는 것은 실력이나 품격이 뒤처지지 않고 대등하거나 높음을 의미한다.

64 후한 이래 : 원문 '동경(東京)'은 지금의 낙양(洛陽)으로 전한의 도읍 장안(長安)을 서경(西京)이라 하고, 광무제(光武帝)가 후한을 세우고 낙양에 도읍을 정하자 '동경'이라 했다. 도읍의 위치에 따라 전한을 서한(西漢), 후한을 동한(東漢)이라고도 한다.

65 문채 : 원문은 "문채(文采)"인데, 내면의 본질과 외면의 모습을 비교하여 내면과 외면이 적당하게 어울리면 문채가 난다고 표현한다. 이 때의 문채는 '文彩'라고 표현한다.

66 옥벽성(玉壁城) 전투 : 북제(北齊)의 고환(高歡, 496~547)은 북위의 대장으로 효무제를 옹립하고 스스로 대승상에 올랐다. 북위가 동위와 서위로 나뉘자 16년간 정권을 독차지했다. 아들 고양(高洋)이 동위를 멸망시키고 북제를 건국하였고 고환을 신무황제(神武皇帝)로 추증했다. 옥벽성은 산서성(陝西省) 직산현(稷山縣)에 위치한 고성으로 546년에 고환이 군사를 이끌고 공격하였으나 함락하지 못하고 군사의 절반을 잃게 되자 곡율금에게 「칙륵가(勅勒歌)」를 부르게 하여 사기를 진작하였다고 한다.

67 곡율금으로 (…중략…) 하였다 : 「칙륵가」는 중국 남북조 시대 황하 이북의 선비족

은 끝없이 펼쳐져 있는데, 바람이 불어 풀이 낮게 숙이면 소와 양이 보인다."라고 하였는데, 고환이 스스로 그 노래에 화답하고는 애상을 느끼고 눈물을 흘렸다. 곡율금은 글을 몰랐지만, 이처럼 자연의 오묘함을 발휘할 수 있었으니 당시에 서릉徐陵[68]이나 유신庾信[69]과 같은 부류도 지을 수 없는 수준이었다. 나는 서한의 이후에는 오직 「칙륵가勅勒歌」 및 한유韓愈의 「금조琴操 10수」[70]만이 고풍과 비슷하다고 생각한다.

사이에서 유행하던 민요이다. 북제의 고환이 옥벽성을 공격하였으나 함락하지 못하고 군사의 절반을 잃게 되자 곡률금에게 「칙륵가」를 부르게 하여 사기를 진작하였다고 한다. "어쩌면 3만의 철갑 기병을 얻어, 임금 위해 옛 관하를 취할 수 있을까?(安得鐵衣三萬騎, 爲君王取舊關河)"라는 구절이 있다.

68 서릉(徐陵) : 서릉(507~583)은 남조(南朝) 양(梁) · 진(陳) 때의 사람으로, 자는 효목(孝穆)이다. 양나라 태자(太子) 소강(蕭綱)의 명으로 『옥대신영(玉臺新詠)』을 엮었다. 저서로는 『서효목집(徐孝穆集)』이 있다.

69 유신(庾信) : 유신(513~581)은 남북조(南北朝) 시대의 문신이자 문인으로 자는 자산(子山)이다. 「애강남부(哀江南賦)」등을 지었다. 『춘추좌씨전(春秋左氏傳)』에 정통하였으며, 학문에 해박하고 문장 또한 매우 아름다워 서릉(徐陵)과 함께 서유체(徐庾體)라고 칭해졌는데, 그의 변려문은 육조(六朝) 변려문의 집대성이라는 칭송을 받았다.

70 한유(韓愈)의 금조(琴操) 10수 : 한유가 황제에게 「논불골표(論佛骨表)」를 올린 사건으로 인해 조주자사(潮州刺史)로 폄적 가서 지은 작품이다. 한유의 『금조십시수(琴操十首) · 의란조(猗兰操)』가 『전당시(全唐诗)』에 수록되었는데, 원문은 다음과 같다. "蘭之猗猗, 揚揚其香, 不采而佩, 于蘭何傷, 今天之旋, 其曷爲然, 我行四方, 以日以年. 雪霜貿貿, 薺麥之茂. 子如不傷, 我不爾觀. 薺麥之茂, 薺麥之有. 君子之傷, 君子之守."

◎ 1.5

원문 荊軻易水歌

荊軻入秦, 燕太子丹及賓客送至易水之上, 高漸離擊筑, 軻和而歌, 為變徵之聲, 士皆涕淚. 又前為歌曰 :「風蕭蕭兮易水寒, 壯士一去兮不復還.」復為羽聲慷慨, 士皆瞋目, 髮上指冠. 軻本非聲律得名, 乃能變徵換羽于立談間, 而當時左右聽者, 亦不憒憒也. 今人苦心造成一新聲, 便作幾許大知音矣.

번역 형가荊軻가 역수易水에서 노래하다

형가荊軻[71]가 진秦나라에 들어가는데 연태자燕太子 단丹[72]이 빈객들과 함께 역수易水가에서 전송을 했다. 고점리高漸離[73]가 축筑을 두드리고, 형가가 연주에 어우러져 노래를 불렀는데, 변치變徵[74]의 성률로 부르

---

71 형가(荊軻) : 전국시대 연(燕)나라의 검객으로 연나라 태자 단(丹)이 진시황(秦始皇)을 죽이고자 형가를 맞아들여 국사로 대우해 주었다. 형가가 진나라로 들어가 진시황을 죽여 은혜를 갚고자 했다. 형가는 역수(易水) 가에서 "차가운 역수 가에 바람결 쓸쓸한데, 장사 한번 떠나면 다시 돌아오지 않으리(風蕭蕭兮易水寒, 壯士一去兮不復還)"라는 노래를 부르고 진나라로 들어가 비수를 꺼내어 찌르려고 하였으나, 뜻을 이루지 못하고 도리어 죽음을 당했다.『史記・刺客列傳』

72 태자 단(太子丹) : 단(丹)은 연왕(燕王) 희(喜)의 아들로서 형가(荊軻)를 시켜 진시황을 살해하려다가 발각되어 진왕이 왕전(王翦)으로 하여금 연 나라를 치게 하고 태자 단은 요동으로 피신했다가 참수당했다.

73 고점리(高漸離) : 축은 거문고와 비슷한 악기의 일종인데, 전국 시대에 자객 형가가 연(燕)나라에 가서 축을 잘 연주하는 고점리와 서로 매우 친하게 지내면서 날마다 시장에서 술을 마시고 거나해지면, 고점리는 축을 연주하고, 형가는 비분강개하게 노래를 부르곤 했다.『戰國策・燕策』

74 변치(變徵) :『통전(通典)』에 "상(商)나라 이전에는 오음(五音)인 궁(宮), 상(商), 각(角), 치(徵), 우(羽)만 있었는데 주(周)나라 때에 여기에 변궁(變宮), 변치(變徵) 2성(聲)이 추가되었으니, 이것을 2변이라고 한다"라고 했다.

니 선비들 모두 눈물을 줄줄 흘렸다. 또 앞서 노래하기를, "바람 소리 우수수 불어오네. 역수물이 차갑네. 장사壯士가 한번 떠나가면, 다시는 돌아오지 못하리"라고 하였고, 다시 강개한 우성羽聲[75]으로 노래하자 선비들은 모두 눈을 부릅뜨고 머리카락이 곧추서 관을 찔렀다.

형가는 본래 성률로써 명성을 얻은 사람이 아닌데, 이내 잠시 대화를 나누는 사이에 변치를 우음羽音으로 바꿀 수 있었고, 당시 좌우에 듣고 있던 사람들 역시 몽매하지[76] 않았다. 지금 사람들은 고심해서 하나의 새로운 성률을 만들지만, 바로 몇 명이나 음률에 정통한 대가가 되겠는가.

---

75 우성(羽聲)이 (…중략…) 강개해지자 : 우성과 상성(商聲)은 오음(五音) 가운데 하나. 우성은 강개하고 격앙된 소리. 상성은 맑고 슬픈 음색을 띤 소리이다. 우리 옛 음악에서 곡조의 웅장하고 장쾌한 성질을 띤 장조(長調) 계통이다. 변치가 우성이 되었다는 것은 선율이 치음이 주음(主音)이 되었다가 우음으로 전환되니 선율이 별개의 음역으로 움직여서 음악의 효과를 극대화했다.

76 몽매하지 : 원문은 "궤궤(憒憒)"인데 어리석고 흐리멍덩한 상태를 말한다. 전문가가 아닌 사람이 노래하는데 노래 속에 담긴 의미를 공감할 정도로 작품을 이해하는 공감 능력이 탁월했음을 설명했다.

◎ 1.6

원문 古音古辭亡缺

或問：元次山補伏羲至商十代樂歌，皮襲美補九夏歌，是否？曰：名與義存，二子補之無害．或有其名而無其義，有其義而名不可強訓，吾未保二子之全得也．次山曰：「嗚呼！樂聲自太古始，百世之後，盡亡古音；樂歌自太古始，百世之後，遂亡古辭.」次山知之晚也．孔子之時，三皇五帝樂歌已不及見，在齊聞『韶』，至三月不知肉味．戰國秦火，古器與音辭亡缺無遺.

번역 옛 음악과 옛 가사의 망실

어떤 사람이 묻기를, "원결元結[77]의 복희씨伏羲氏로부터 상商나라에 이르는 10대의 악가樂歌를, 피일휴皮日休[78]는 「보구하가補九夏歌」를 지었는데[79] 맞습니까?"라고 묻길래, 내가 대답했다. "이름과 의미가 남아 있

---

77 원결(元結)：차산(次山)은 원결(719-772)의 자이다. 당(唐)나라의 문학가이며, 호는 만수(漫叟), 용수(聱叟)이다. 하남 노산(魯山) 사람이다. 문학에서 육조시대의 변려문체를 반대하고 고문을 제창하여 한유(韓愈) 이전에 당나라의 고문(古文)을 부흥한 선구자로 일컬어진다. 해당 내용은『당원차산집(唐元次山集)』에「보악가십수(補樂歌十首)」가 수록되어 있다.

78 피일휴(皮日休)：습미(襲美)는 피일휴(833-883)의 자이다. 당나라 양양(襄陽) 사람으로 자는 일소(逸少), 호는 취음선생(醉吟先生)・녹문은사(鹿門隱士)・간기포의(間氣布衣)이다. 만당(晩唐)의 시인으로 육구몽과 함께 피육(皮陸) 2대 시인이라고 불렸다. 문장에 능하고, 벼슬은 태상박사(太常博士)에 이르렀다. 저서에『피자문수(皮子文藪)』,『녹문은서(鹿門隱書)』등 60편이 있다.『唐詩記事』

79 「보구하가(補九夏歌)」:『주례(周禮)』의 구하(九夏) 주에 "구하는 송(頌)의 종류이다" 하였고 그 가사가 전하지 않으므로 정 사농(鄭司農 鄭玄)은 "음악이 없어지자 구하도 없어졌다" 하였는데, 피일휴(皮日休)에 이르러서 마침내「보구하가(補九夏歌)」를 지었다. 구하는 아홉 가지 노래로, 천자가 출입할 때 연주하는 왕하(王夏), 시(尸)가 출입할 때 연주하는 사하(肆夏), 생(牲)이 출입할 때 연주하는 소하(昭夏), 사방에

다면 두 사람이 보충해도 무방합니다. 어떤 것은 이름은 있지만 의미가 없기도 하고, 어떤 것은 의미는 있지만 이름은 억지로 풀이할 수 없으니,[80] 나는 이 두 사람이 온전히 얻었을 것이라 장담하지는 못합니다. 원결이 말하길, '아아! 악성樂聲은 태고부터 시작되었으나 백세가 지난 후에는 옛 음악이 모두 없어졌고, 악가樂歌는 태고부터 시작되었으나 백세가 지난 후에는 옛 가사가 마침내 없어졌다'라고 하였으니 차산이 늦게 알았습니다. 공자가 살던 시대에 삼황오제[81]의 악가는 이미 찾아볼 수 없었고, 공자가 제나라에서 「소韶」를 듣고는[82] 3개월 동안 고기 맛을 몰랐을 정도입니다. 전국시대 진秦나라의 통일전쟁으로 옛 악기와 가락과 가사는 망실되어 남겨진 것이 없습니다"라고 했다.

서 손님이 왔을 때 연주하는 납하(納夏), 공신을 위한 장하(章夏), 부인(夫人)의 제사에 연주하는 제하(齊夏), 종족을 모시고 있을 때의 족하(族夏), 손님이 술 취하여 나갈 때의 해하(陔夏), 공(公)이 출입할 때의 오하(驁夏)이다. 하(夏)는 크다는 뜻으로, 종고(鐘鼓)를 진열하여 음악을 크게 연주함을 이른다. 『국어(國語)』「노어(魯語)」의 주석에 있는 말이다. 정현은 구하가 송(頌)의 종류로 악장(樂章)에 실려 있었는데 음악이 없어지자 함께 망실되었다 했다.

80 억지로 풀이할 수 없으니 : 원문은 "강훈(强訓)"인데, '억지로 뜻을 푼다'는 의미이다. 훈(訓)은 '가르치다'라는 의미 외에 글자의 의미를 새긴다라는 의미에서 '풀이하다'의 의미로 확장되었다.

81 삼황오제(三皇五帝) : 여러 가지 설이 있는데, 흔히 삼황은 복희(伏羲)·신농(神農)·황제(黃帝)를 가리킨다. 오제는 소호(少昊)·전욱(顓頊)·고신(高辛)·당요(唐堯)·우순(虞舜)을 가리키며, 일반적으로 아주 먼 상고 시대의 제왕을 이른다. 『書經·序』

82 공자가 (…중략…) 듣고는 : 『논어(論語)』「술이(述而)」편에 "공자께서 제(齊)나라에 계실 때 소(韶 舜임금 음악)를 들으시고 배우는 3달 동안 고기 맛을 몰랐다(子在齊, 聞韶, 三月不知肉味)"라고 되어 있다.

◎ 1.7

원문 自漢至唐所存之曲

漢時雅鄭參用, 而鄭為多. 魏平荊州, 獲漢雅樂, 古曲音辭存者四, 曰 : 『鹿鳴』、『騶虞』、『伐檀』、『文王』. 而左延年之徒以新聲被寵, 復改易音辭, 止存 『鹿鳴』一曲, 晉初亦除之. 又漢代短簫鐃歌樂曲, 三國時存者, 有 『朱鷺』、『艾如張』、『上之回』、『戰城南』、『巫山高』、『將進酒』之類, 凡二十二曲. 魏、吳稱號, 始各改其十二曲. 晉興, 又盡改之, 獨 『玄雲』、『釣竿』二曲名存而已. 漢代鼙舞, 三國時存者, 有 『殿前生桂樹』等五曲, 其辭則亡. 漢代胡角 『摩訶兜勒』一曲, 張騫得自西域, 李延年因之更造新聲二十八解, 魏晉時亦亡. 晉以來新曲頗衆, 隋初盡歸清樂[83]. 至唐武后時, 舊曲存者, 如 『白雪』、『公莫』、『巴渝』、『白紵』、『子夜』、『團扇』、『懊儂』、『石城』、『莫愁』、『楊叛』、『烏夜啼』、『玉樹後庭花』等, 止六十三曲. 唐中葉, 聲辭存者, 又止三十七, 有聲無辭者七, 今不復見. 唐歌曲比前世益多, 聲行于今、辭見于今者, 皆十之三四, 世代差近爾. 大抵先世樂府, 有其名者尚多, 其義存者十之三, 其始辭存者十不得一, 若其音則無傳, 勢使然也.

---

83 청악(淸樂) : 청상악(淸商樂)으로, 남조(南朝)의 구악(舊樂)이다. 남북조시대에 한위시대의 상화곡(相和曲)을 계승하여 민간 음악으로 발전하여 속악(俗樂)이 되었다. 후위(後魏)의 효문제(孝文帝)가 회(淮)와 한(漢)을 정벌하고 얻은 남음(南音)을 수집하여 청상악이라고 하였는데, 수(隋)나라의 평진(平陳)이 청상서(淸商署)를 설치하고 총괄하여 청악이라고 했다. 『舊唐書・音樂志』

번역 한나라에서 당나라까지 남아있는 악곡

한나라 때는 아악雅樂과 정악鄭樂[84]을 함께 사용하였으나 정악鄭樂이 많았다. 위魏나라가 형주荊州를 평정하자,[85] 한나라 아악을 얻었는데, 옛날 악곡의 가락과 가사는 모두 4가지로 「녹명鹿鳴」, 「추우騶虞」, 「벌단伐檀」, 「문왕文王」[86]이었다. 그러나 좌연년左延年[87]의 무리가 새로운 성률로 사랑을 받자 다시 음악의 가사를 바꾸는 바람에 「녹명鹿鳴」 한 곡만이 남아 있는데 그쳤고 진晉나라 초기에 또한 그것마저 삭제했다. 또 한나라의 단소요가短簫鐃歌 악곡[88]이 삼국시대에 남아있는데 「주노朱

---

84 아악(雅樂)과 정악(鄭樂) : 아악은 바른 음악이라는 뜻으로 국가의 예식에 사용된다. 정악은 춘추(春秋) 시대 정(鄭)나라의 음악으로 음란한 음악으로 유명하다. 『논어(論語)』「양화(陽貨)」에 "잡색인 자줏빛이 원색인 붉은빛의 자리를 뺏는 것을 미워하며, 정나라의 음란한 음악이 바른 아악을 문란하게 하는 것을 미워하며, 말만 잘하는 입이 나라를 뒤엎는 것을 미워한다(惡紫之奪朱也, 惡鄭聲之亂雅樂也, 惡利口之覆邦家者)"라고 되어 있다.

85 위(魏)나라가 형주(荊州)를 평정하자 : 후한 말기 조조(曹操)가 한 헌제(漢獻帝)를 등에 업고 원소를 격파하고 중원을 차지했다. 그 후 양자강 중류에 자리하고 있는 형주를 침공하여 함락시켰다. 당시 형주 자사(荊州刺史)는 유표(劉表)로 한실의 종실이었다. 조조는 당시 승상이었고 훗날 위왕(魏王)에 오른다. 아들 조비(曹丕)가 위나라를 세웠지만, 형주를 평정한 것은 한나라 때이니 위나라가 평정한 것은 아니다.

86 「녹명(鹿鳴)」, 「추우(騶虞)」, 「벌단(伐檀)」, 「문왕(文王)」 : 모두 『시경(詩經)』에 수록된 편명이다. 「녹명」은 「소아(小雅)」 첫 편이며 주나라 때 신하들의 잔치에 쓰였다. 「추우」는 「소남(召南)」에 실렸으며 무왕이 은나라를 멸망시키고 자작한 곡이다. 「벌단」은 「위풍(魏風)」에 있으며 고대의 일하지 않고 무위도식하는 지도층을 힐책하는 내용이다. 「문왕」은 「대아(大雅)」의 첫 편이며 문왕이 천명을 받아 주나라를 세운 공덕을 찬양하는 내용이다.

87 좌연년(左延年) : 삼국 시대 위나라의 음악가이며 시인이다. 위 문제(魏文帝) 황초(黃初) 연간에 활약하였는데 신곡(新曲)을 많이 만들어 임금의 총애를 받고 구악(舊樂)을 많이 고쳤다. 음률에 정통했으며 특히 정성(鄭聲)에 뛰어났지만, 음악적 성취는 두기(杜夔)에 못 미쳤다고 한다. 『三國志・魏書』

88 단소요가(短簫鐃歌) 악곡 : 동한(東漢)의 명제(明帝)는 악(樂)을 사품(四品)으로 나누었다. 첫째는 대여악(大予樂)으로 교(郊) 제사나 묘(廟) 제사 및 능행(陵行)할 때 사용하고, 둘째는 아송악(雅頌樂)으로 벽옹(辟雍)의 향사(饗射)에 사용하고, 셋째는

鷺」, 「애여장艾如張」, 「상지회上之回」, 「전성남戰城南」, 「무산고巫山高」, 「장진주將進酒」의 부류로 모두 22곡이다. 위魏나라와 오吳나라가 황제를 칭하자[89] 비로소 각각 12곡을 개명했다. 진晉나라가 흥성하자 또 그것을 모조리 바꾸었는데, 오로지 「현운玄雲」, 「조간釣竿」[90] 두 곡의 이름만 남아있을 뿐이다.

한나라의 비무鞞舞[91]는 삼국시대에 남아있는데 「전전생계수殿前生桂樹」 등의 다섯 곡으로 그 가사는 없어졌다. 한나라 호각胡角[92]으로 연주하는 「마가도륵摩訶兜勒」[93]곡은 장건張騫[94]이 서역西城에서 가져온 것으

황문고취악(黃門鼓吹樂)으로 천자가 군신(群臣)에게 잔치를 베풀 때 사용하고, 넷째는 단소요가악(短簫鐃歌樂)으로 군중(軍中)에서 사용한다.

89 위나라와 (…중략…) 칭하자 : 후한이 220년에 멸망하자 조비가 위나라를 세우고 황초(黃初)라는 연호를 정했고, 2년 후에 손권(孫權)이 오나라를 세우고 황무(黃武)라는 연호를 정했다.

90 「현운(玄雲)」, 「조간(釣竿)」 : 한나라의 요가(鐃歌) 곡명이다. 「현운」은 황제가 인재를 등용하여 각자 재능을 모조리 발휘한다는 내용이다. 『고금실록(古今樂錄)』「조간」은 백상자(伯常子)의 처가 지은 악곡으로 하빈(河濱)으로 피해 어부가 되자 아내가 그리워서 지었다. 『晉書・樂志』

91 비무(鞞舞) : 한(漢)의 시절에는나라 때 잔치 자리에서 쓰던 춤이다. 『熱河日記・忘羊錄』

92 호각(胡角) : 서역(西域)의 관악기인 뿔피리로 주로 군영에서 작전신호 용도로 쓰였다. 호각(號角)이라고도 한다.

93 「마가도륵(摩訶兜勒)」 : 한나라 때 서역의 악곡이다. 장건이 서역에 사신으로 갔다가 장안으로 돌아와 호악(胡樂)을 연주하였고 연주법이 장안으로 전래되었는데 「마가도륵」 한 곡만 전해졌다.

94 장건(張騫) : 한 무제(漢武帝) 때 박망후에 봉해진 장건이 서역(西域)에 사신으로 나가서 모진 고생을 겪고 돌아온 결과, 서역 제국(諸國)에 한나라가 널리 알려져서 서역과의 교통 또한 크게 열리는 계기가 되었고 장건은 그 공으로 박망후에 봉해졌다. 『진서・악지(晉書・樂志)』에 "가로로 비껴 연주하는 것에 고각이 있고, 호각이 있으니 바로 오랑캐의 피리이다. 한나라 장건이 서역으로 들어가서 장안에 그 연주법을 전파하였는데, 유일하게 마가도륵(摩訶兜勒) 한 곡만 남아있다. 이연년(李延年)은 이 오랑캐 악곡으로 인하여 다시 새로운 성조 28해(解)를 지어서 본래 북방의 노래에 비유하려 했다"라는 내용이 나온다.

로, 이연년李延年[95]이 그것을 바탕으로 새로운 성률 28해解를 다시 만들어 내었는데 위진魏晋시대에 또한 없어졌다. 진晉나라 이후로 새로운 악곡이 제법 많았는데 수隋나라 초기에 모두 「청악淸樂」[96]으로 귀속되었다.

당나라 측천무후則天武后[97] 때에 이르러서는 옛 악곡 중에 남아있는 것은 예컨대 「백설白雪」, 「공막公莫」, 「파투巴渝」, 「백저白紵」, 「자야子夜」, 「단선團扇」, 「오뇌懊憹」, 「석성石城」, 「막수莫愁」, 「양반楊叛」, 「오야제烏夜啼」, 「옥수후정화玉樹後庭花」 등 63곡에 이르렀다. 당나라 중엽에는 성률과 가사가 남아있는 것은 또 37곡에 이르고, 성률은 있으나 가사가 없는 것이 7곡이며, 지금은 다시 보이지 않는다. 당나라의 가곡은 전 왕조에 비해서 더욱 많은데 성률이 지금까지 유행하고 가사가 지금까지 보이는 것은 모두 열 중에 서너 개 정도이니 시대가 가장 가깝기 때문이다. 대체적으로 앞시대의 악부는 그 이름이 남아있는 것은 오히려 많아서, 그 의미가 남아있는 것은 열 중에 세 개 정도이며 애초

---

95 이연년(李延年) : 한 무제(漢武帝)가 총애한 이 부인(李夫人)의 오빠로, 노래를 매우 잘했으며 신성(新聲) 즉 신작 가곡을 짓기도 했다. 무제가 여러 사당을 짓자 이연년은 그 뜻에 맞춰 시곡(詩曲)을 짓고 규중(閨中)의 가곡을 만들었으나, 뒤에 부부간의 애정을 노래하는 곡조로 변했다. 『漢書·李延年傳』

96 청악(淸樂) : 청상악(淸商樂)으로, 남조(南朝)의 구악(舊樂)이다. 남북조 시대에 한위 시대의 상화곡(相和曲)을 계승하여 민간 음악으로 발전하여 속악(俗樂)이 되었다. 후위(後魏)의 효문제(孝文帝)가 회(淮)와 한(漢)을 정벌하고 얻은 남음(南音)을 수집하여 청상악이라고 하였는데, 수(隋)나라의 평진(平陳)이 청상서(淸商署)를 설치하고 총괄하여 청악이라고 했다. 『舊唐書·音樂志』

97 측천무후(則天武后) : 당나라 측천무후는 고종(高宗)의 황후였으나, 고종이 죽은 뒤 중종(中宗)·예종(睿宗)을 폐하고 연호를 천수(天授)라고 고치고 국호를 주(周)라 개칭하고 황제를 자칭하여 전후 21년 동안 통치했다.

부터 가사가 존재하는 것이 열 중에 한 개도 되지 않으니, 음악 같은 것은 전해지는 것이 없으니 시대의 형세가 그렇게 만들었다.

◎ 1.8

원문 晉以來歌曲

石崇以『明君曲』教其妾綠珠, 曰 :「我本漢家子, 將適單于庭. 昔為匣中玉, 今為糞土英.」綠珠亦自作『懊憹歌』曰 :「絲布澀難縫.」桓伊侍孝武飮讌, 撫弦而歌『怨詩』曰 :「為君既不易, 為臣良獨難. 忠信事不顯, 乃有見疑患. 周旦佐文武, 金縢功不刊. 推心輔王政, 二叔反流言.」熊甫見王敦委任錢鳳, 將有異圖, 進說不納, 因告歸. 臨與敦別, 歌曰 :「徂風飆起蓋山陵, 氛霧蔽日玉石焚. 往事既去可長嘆, 念別惆悵會復難.」陳安死, 隴上歌之曰 :「隴上壯士有陳安, 軀幹雖小腹中寬, 愛養將士同心肝. 驌驄父馬鐵鍛鞍, 七尺大刀奮如湍, 丈八蛇矛左右盤, 十蕩十決無當前. 戰始三交失蛇矛, 棄我驌驄竄巖幽, 為我外援而懸頭. 西流之水東流河, 一去不還奈子何.」劉曜聞而悲傷, 命樂府歌之. 晉以來歌曲見于史者, 蓋如是耳.

번역 진晉나라 이후의 가곡

석숭石崇[98]이 「명군곡明君曲」[99]을 그 첩 녹주綠珠[100]에게 가르치며 다음

---

98 석숭(石崇) : 생졸년은 249~300이고, 자는 계륜(季倫)이며, 아명은 제노(齊奴)이다. 발해(渤海) 남피(南皮) 사람으로 석포(石苞)의 아들이다. 문학적 재질이 있었으며 산기상시(散騎常侍), 시중(侍中)을 역임하고, 남중랑장(南中郎將), 형주자사(荊州刺史)로 나갔다. 임기에 있을 때 상인을 겁탈하여 치부하였으며 가황후(賈皇后)가 전권을 휘두를 때 가밀(賈謐)에게 아첨하여 "24명의 벗"의 하나가 되었다. 재물이 쌓였고 집이 웅장하였으며 사치를 숭상하여 일찌기 왕의 인척인 왕개(王愷), 양수(羊琇)와 부를 다투었다. 뒤에 관직에서 파면되었으며, 손수(孫秀)가 전권을 잡고서 자기 집 기생인 녹주(綠珠)를 요구하였는데 주지 않았다가 죽임을 당했다. 『晉書 · 列傳』

99 「명군곡(明君曲)」 : 석숭이 지은 「왕소군사(王昭君辭)」를 말한다. 왕소군이 진 문제

과 같이 말했다.

나는 본래 한나라의 처자인데 我本漢家子
흉노 선우[101]의 집으로 시집가려 하오 將適單于庭
옛날에는 상자 속의 보옥이었으나 昔為匣中玉
지금은 거름 속의 꽃이 되었소 今為糞土英

녹주가 또한 스스로 「오뇌가懊憹歌」[102]를 지어 말하기를, "무명 천은

(晉文帝 사마소(司馬昭))의 휘(諱)를 피하여 명군 혹은 명비(明妃)라 했다. 왕소군은 한나라의 궁녀인데, 흉노족과 정략결혼으로 차출되어 흉노족 선우에게 시집가서 왕비가 되었다.

100 녹주(綠珠) : 석숭의 기생으로 아름답고 피리를 잘 불었다. 손수(孫秀)가 사람을 시켜 구하려 하였는데 이때 석숭은 금곡 별장에 있었다. 마침 냉대(凉臺)에 올라 맑은 물을 감상하고 있었으며 부인이 모시고 있었다. 사자가 이 내용을 알리자 자신의 비첩(婢妾) 10인을 보였는데 모두 성장(盛裝)을 하고 비단옷을 입고 있었다. "여기서 가려라" 하니 사자가 "군후의 비첩들은 아름답다면 아름답지만 본래 녹주를 지명하여 찾아오라 했는데 누구인지 모르겠습니다"라고 했다. 석숭이 이에 발끈하여 말하기를 "녹주는 내가 사랑하는 첩이니 줄 수 없다"라고 답했다. 사자가 "군후는 고금을 두루 아시니 앞뒤를 제어 숙고해 주십시오"라고 말하자. 석숭이 말하기를 "그러지 않겠다." 사자가 물러났다가 다시 돌아왔으나 석숭이 끝내 허락하지 않았다. 손수가 화가 나서 조왕륜(趙王倫)을 부추겨서 석숭과 그의 생질인 구양건(歐陽建)을 죽이게 했다. 석숭과 구양건도 그 계략을 알고 황문시랑(黃門侍郎) 반악(潘岳)과 함께 회남왕윤(淮南王允)과 제왕경(齊王冏)을 부추겨서 조왕륜과 손수를 헤치려 했다. 손수가 이를 알고 드디어 군명을 칭탁하여 석숭과 반악, 구양건 등을 오게 하니 석숭이 마침 누각에서 잔치를 하는 중에 갑옷 입은 무사가 문에 이르렀다. 석숭이 녹주에게 이르기를 "내가 이제 너 때문에 죄를 입게 되었다"하니 녹주가 울면서 말하기를 "마땅히 당신 앞에서 죽겠습니다"하고 스스로 누각 아래로 떨어져 죽었다.

101 선우(單于) : 한나라의 북쪽에 있는 흉노족(匈奴族)의 왕을 선우라고 불렀다. 몽고지역은 칸(可汗)이라 불렀던 것과 유사하다.

102 「오뇌가(懊憹歌)」 : 서진(西晉)시대의 명기 녹주가 지은 시로, 원문은 다음과 같다. "絲布澀難縫, 令儂十指穿, 黃牛細犢車, 遊戲出孟津."

매끄럽지 못해 꿰매기가 어렵네"라고 했다. 환이桓伊[103]가 효무제孝武帝를 모시고 연회를 열어 현악기를 연주하며 「원시怨詩」에서 다음과 같이 노래했다.

임금 노릇도 이미 쉽지 않고 為君既不易
신하 노릇도 참 외롭고 어렵네 為臣良獨難
충신한 일은 드러나지 않는데 忠信事不顯
이내 의심과 고통만 받는구려 乃有見疑患
주공[104]은 문왕과 무왕을 보좌하니 周旦佐文武
금등[105]의 공적이야 깎이지 않으리 金縢功不刊
진심을 미루어 왕도정치 보좌했건만 推心輔王政
두 아우[106]는 오히려 헛소문 퍼트리네 二叔反流言

103 환이(桓伊) : 진(晉)나라 때 사람으로 젓대를 잘 불었는데, 그가 청계(淸溪)를 지날 적에 서로 알지 못하던 왕휘지(王徽之)가 사람을 시켜 그에게 젓대 한 곡(曲)을 불어 달라고 요청하자, 문득 수레에서 내려 호상(胡牀)에 걸터앉아 세 곡조를 연달아 불어 주고 갔던 데서 온 말이다. 그는 또 사안(謝安)이 참소를 입어 무제(武帝)에게 의심을 받고 있을 때, 마침 무제의 연음(宴飮)에 부름을 받고 가서 명에 따라 젓대 한 곡조를 분 다음, 쟁으로 한 곡조 타기를 청하여 「원시(怨詩)」를 노래했던 바, 무제의 마음을 뉘우쳐서 깨우치게 한 일이 있기도 하다. 『晉書・桓伊列傳』

104 주공 : 주나라의 왕실로 문왕(文王)의 둘째아들이자, 무왕(武王)의 아우로 주나라가 세워지자 문왕과 무왕을 도와 나라를 다스렸다. 이름이 단(旦)이다.

105 금등 : 금등(金縢)이란 『서경(書經)』의 편명으로 주(周)나라 무왕이 병이 나자 주공(周公)이 왕실이 편안치 못하고 은민(殷民)이 굴복하지 아니하여 근본이 흔들리기 쉽다는 것으로써 세 왕(태왕・왕계・문왕)에게 무왕의 명을 자기가 대신 받아 죽게 하고 무왕은 살려 달라고 축원한 것을 사관(史官)이 기록하여 금궤 속에 감추어 두었던 것을 말하는데, 나라의 충성을 나타낸다.

106 두 아우 : 관숙(管叔)과 채숙(蔡叔)으로, 이들은 주공(周公)의 형제이다. 주(周)나라 무왕(武王)이 죽은 뒤에 성왕(成王)이 어리므로 그의 숙부인 주공이 섭정할 때 관숙과 채숙이 유언(流言)을 퍼뜨려 주공을 모해하고 반란을 일으킨 사실이 있다. 『書經・金縢』

웅보熊甫[107]는 왕돈王敦이 전봉錢鳳을 신임한 것[108]을 보고 장차 다른 의도가 있다고 여겨 간언을 올렸으나 받아들여지지 않았다. 이로 인하여 고하고 귀향하게 되었는데 왕돈과 전별餞別하는 자리에 참석하여 다음과 같이 노래했다.

거친 바람[109] 거세게 일어나 산언덕 뒤덮고 徂風飆起蓋山陵
안개가 해를 가리니 옥석이 함께 불타네 氛霧蔽日玉石焚
지나간 일은 흘러가 장탄식 자아내는데 往事既去可長嘆
이별이란 서글프니 다시 만나지 못한다오 念別惆悵會復難

진안陳安이 죽자 「농상가隴上歌」[110]에서 다음과 같이 노래했다.

농상의 천하장사 진안이라고 있는데 隴上壯士有陳安

---

107 웅보(熊甫) : 왕돈의 참군(參軍) 웅보가 왕돈이 전봉(錢鳳)을 신임하는 것을 보고 장차 역모가 있을 것이라 짐작하여 술기운을 빌려 왕돈에게 아뢰었다. "나라를 열고 가문을 계승하는데 소인은 쓰면 안 됩니다. 아첨하여 총애받는 간신이 요직에 있으면 대업을 망치지 않았던 적이 드뭅니다"라 하니 왕돈이 화를 내며 "소인이 도대체 누구냐?"하니 웅보가 두려운 기색이 없었다. 이로 인해 벼슬을 버리고 낙향할 것이라 알렸다. 왕돈과 전별연에서 아래의 조풍(徂風)을 노래했다. 왕돈은 자기를 풍자한 것임을 알고 받아들이지 않았다. 『晉書・沈充傳』

108 왕돈(王敦)이 전봉(錢鳳)을 신임한 것 : 동진(東晉) 원제(元帝) 때의 왕돈이 정남 대장군(征南大將軍)이 되어 세력이 강성하게 되자, 몰래 반역할 마음을 품고 있었는데, 그의 참군(參軍)인 심충(沈充)・전봉이 모두 아첨하고 간악하여 왕돈이 반역할 뜻이 있음을 알고서 몰래 계책을 세워 그를 반역하게 만들었다.

109 거친 바람 : 원문 '徂風'은 '질풍(疾風)'과 통한다. 『晉書・沈充傳』

110 「농상가(隴上歌)」 : 악부 잡곡(雜曲)으로 진안이 전조(前趙) 유요(劉曜)의 군사들과 싸우다가 장렬하게 전사하였는데, 당시 사람들이 그의 용맹을 추모하여 지은 노래이다. 『晉書・劉曜載記』

체구는 왜소하나 배짱만큼은 두둑하네 軀幹雖小腹中寬
장병을 사랑으로 양성해 한 마음 되어 愛養將士同心肝
천리마[111] 등에 쇠로 단련한 안장 얹고 驫驄父馬鐵鍛鞍
일곱 척 큰 칼 소용돌이처럼 몰아치고 七尺大刀奮如湍
장팔사모[112] 왼쪽 오른쪽으로 휘두르네 丈八蛇矛左右盤
열이면 열 쓸어버려 앞 막을 자 없는데 十蕩十決無當前
전투 시작되자 세 합만에 장팔사모 잃었네 戰始三交失蛇矛
내 천리마 버리고 으슥한 바위굴로 숨는데 棄我驫驄竄巖幽
우리를 위해 구원하러 왔다가 효수가 되었네[113] 為我外援而懸頭
서쪽으로 흐르는 물 동쪽 황하로 흐르니 西流之水東流河
한 번 가서 돌아오지 않는 그대를 어이할까 一去不還奈子何

유요劉曜[114]가 듣고 슬퍼하며 악부[115]에 명하여 노래하게 했다. 진晉나라 이래로 역사에서 보이는 가곡은 대개 이와 같을 뿐이다.

111 천리마 : 원문 "섭총(驫驄)"은 모두 천리마를 뜻하는 준마(駿馬)이며, 『晉載記隴上歌』에는 "문마(文馬)"라고 되어 있는데 화려하게 장식한 말을 뜻한다.

112 장팔사모 : '장팔사모(丈八蛇矛)'는 창의 한 종류로 전장에 쓰는 무기이다. 칼날의 모양이 긴 뱀처럼 물결치듯 생겨서 사모라고 하며, 길이가 1장 8척이나 되는 긴 창이라 장팔(丈八)이라는 별명이 붙었다.

113 효수(梟首) : 원문 "현두(懸頭)"는 글자 그대로 참수하여 그 머리를 성곽 위에 매달아놓은 것을 말한다. 진안이 전사하자 적군이 진안의 머리를 매달았다.

114 유요(劉曜) : 진(晉)나라 시대에 전조(前趙)의 임금이다. 유연(劉淵)의 아들로 처음에 한의 유총(劉聰)을 섬겨 상국(相國)이 되었다. 얼마 뒤에 황제의 위를 참칭하고는 장안(長安)에 도읍하였으며, 국호를 조(趙)로 바꾸었다. 12년간 재위하다가 뤄양(洛陽)에서 죽었다. 『晉書』

115 악부(樂府) : 한(漢)나라 때 음악을 관장하던 관청으로 민간의 노래를 채집하기도 했다. 민간의 노래를 모아놓았기 때문에 궁중의 예악과 구분하여 시가의 악부체(樂府體)로 분류한다.

◎ 1.9

원문 唐絕句定為歌曲

唐時古意亦未全喪,『竹枝』、『浪淘沙』、『拋毬樂』、『楊柳枝』, 乃詩中絕句, 而定為歌曲. 故李太白『清平調詞』三章皆絕句. 元、白諸詩, 亦為知音者協律作歌. 白樂天守杭, 元微之贈云:「休遣玲瓏唱我詩, 我詩多是別君辭.」自注云:「樂人高玲瓏能歌, 歌予數十詩.」樂天亦『醉戲諸妓』云:「席上爭飛使君酒, 歌中多唱舍人詩.」又『聞歌妓唱前郡守嚴郎中詩』云:「已留舊政布中和, 又付新詩與豔歌.」元微之『見人詠韓舍人新律詩戲贈』云:「輕新便妓唱, 凝妙入僧禪.」沈亞之送人序云;「故友李賀, 善撰南北朝樂府故詞, 其所賦尤多怨鬱悽豔之巧. 誠以蓋古排今, 使為詞者莫得偶矣. 惜乎其終亦不備聲弦唱.」然唐史稱:李賀樂府數十篇, 雲韶諸工皆合之弦筦. 又稱:李益詩名與賀相埒, 每一篇成, 樂工爭以賂求取之, 被聲歌供奉天子. 又稱:元微之詩, 往往播樂府. 舊史亦稱:武元衡工五言詩, 好事者傳之, 往往被于筦弦. 又舊說:開元中, 詩人王昌齡、高適、王之渙詣旗亭飲. 梨園伶官亦招妓聚燕, 三人私約曰:「我輩擅詩名, 未定甲乙, 試觀諸伶謳詩分優劣.」一伶唱昌齡二絕句云:「寒雨連江夜入吳. 平明送客楚帆孤. 洛陽親友如相問, 一片冰心在玉壺.」「奉帚平明金殿開, 強將團扇共徘徊. 玉顏不及寒鴉色, 猶帶昭陽日影來.」一伶唱適絕句云:「開篋淚沾臆, 見君前日書. 夜臺何寂寞, 猶是子雲居.」之渙曰:「佳妓所唱, 如非我詩, 終身不敢與子爭衡. 不然, 子等列拜牀下.」須臾, 妓唱:「黃沙遠上白雲間, 一片孤城萬仞山. 羌笛何須怨楊柳, 春風不度玉門關.」之渙揶揄二子曰：「田舍奴，我豈妄哉！」以此知李唐伶伎取當時名士詩句入歌曲，蓋常俗也. 蜀王衍召嘉王宗壽飮宣華苑，命宮人李玉簫歌衍所撰宮詞云：「輝輝赫赫浮五雲，宣華池上月華春. 月華如水映宮殿，有酒不醉真癡人.」五代猶有此風，今亡矣. 近世有取陶淵明『歸去來』、李太白『把酒問月』、李長吉『將進酒』、大蘇公赤壁前後賦協入聲律，此暗合其美耳.

번역 당의 절구를 가곡歌曲으로 정하다

당唐나라 때에 고풍스러운 시의詩意는 전부 사라지지 않았으니 「죽지竹枝」[116], 「낭도사浪淘沙」[117], 「포구락拋毬樂」[118], 「양류지楊柳枝」[119]가 바

116 「죽지사(竹枝詞)」: 악부(樂府)의 한 가지 체(體)로서, 「파유곡(巴渝曲)」이라고도 한다. 주로 남녀의 정사(情事) 또는 지방의 풍속 등을 읊은 것이 많다. 당(唐)의 유우석(劉禹錫)이 기주자사(夔州刺史 지금의 중경(重慶)) 있을 적에 신사(新詞) 9수를 지은 데서 비롯되었다.

117 「낭도사(浪淘沙)」: 당대 교방곡(敎坊曲) 이름이며 이후에 사패로 사용되었다. 『흠정사보(欽定詞譜)』에 이르길 당나라 사람의 「낭도사(浪淘沙)」는 본디 칠언절구였는데 남당시기에 이르러 이욱(李煜)에서 양단령(兩段令) 사를 창작하기 시작하면서 비록 매 단락이 칠언시의 두 구절을 보존하기는 했지만 사실은 옛날 곡조의 이름을 써서 새로운 소리를 만들어낸 것이다. 살펴보건대, 장순민(張舜民)의 사는 「매화성(賣花聲)」이라고 하며 유영(柳永)의 사는 「낭도사령(浪淘沙令)」이라고 했다. 쌍조, 54자이다. 앞단락 다섯 구절은 사평운으로 27자이다. 뒷단락은 동일하다. 『악장집(樂章集)』에는 "헐지조(歇指調)"라고 주석했다. 남곡(南曲)에는 "월조인(越調引)"에 포함시켰으며 또한 "월조정곡(越調正曲)"에 포함시켰으며 구법과 사는 동일하다.

118 「포구락(拋毬樂)」: 당나라 때 교방 악곡으로 「막사귀(莫思歸)」라고도 한다. 유우석이 지은 2수가 5언 6구로 체제를 굳혔다. 내용 중에 "幸有拋毬樂, 一杯君莫辭"라는 시구로 인하여 제목을 삼았다. 포구는 죽간자(竹竿子)가 나아 마주 서고, 여기(女妓) 하나는 꽃을 들고 포구문(拋毬門) 동쪽에 서고, 하나는 붓을 들고 서쪽에 섬. 12인이 6대(隊)로 나누어, 제1대 2인이 용 알을 가지고 주악(奏樂)에 맞추어 노래를 부르며 춤을 추다가 위로 던지어 구멍으로 나가게 함. 제1대가 춤추고 물러서면 제2대, 제3대가 차례로 추는데, 공을 구멍으로 넘기면 상으로 꽃 한 가지를 주고, 못하면 벌로 얼굴

로 시 중에서 절구인데 가곡으로 정하여졌다. 그러므로 이백의 「청평조清平調」[120]사 3편은 모두 절구이다.

원진元稹과 백거이白居易[121]의 여러 시詩 역시 음을 아는 자가 성률에 맞는 노래를 지은 것이다. 백거이가 항주杭州의 수령이 되었을 때 원진이 백거이에게 시를 주어 보내기를, "고영롱高玲瓏에게 내 시를 노래 부르게 하지 마오. 고영롱의 시 대부분 그대와 이별한 내용이니."라고 하였는데 스스로 단 주석에 말하기를 "악공樂工 고영롱[122]은 노래를 잘 불렀는데 나의 시 수십 수를 노래했다"라고 했다. 백거이 또한 「취희제기醉戲諸妓」[123]에서 말하길, "술자리에서 다투어 원진[124]에게 술 권하

에 먹점을 찍었다.

119 「양류지(楊柳枝)」: 악부의 곡명이고, 사패 이름이다. 본래는 중국 한(漢)나라 악부의 횡취곡사(橫吹曲辭)인 「절양류(折楊柳)」로, 당나라 때 백거이(白居易)에 의하여 새 가사로 개작되었다. 「양류지(楊柳枝)」라고도 한다. 석별의 아쉬운 마음을 노래한 작품이다.

120 이백(李白)의 「청평조(淸平調)」: 당 현종(唐玄宗)이 침향정(沈香亭)에서 양귀비(楊貴妃)와 모란꽃을 구경하다가 한림(翰林) 이백을 불러 시를 짓게 하자 3수를 지어 바쳤는데, 그중에 "유명한 꽃과 경국지색 모두 기쁨을 선사해서, 군왕이 언제나 미소 띠고 바라본다네. 봄바람의 끝없는 한을 풀어 녹이려고, 침향정 북쪽 난간에 기대섰다오(名花傾國兩相歡, 長得君王帶笑看. 解釋春風無限恨, 沈香亭北倚闌干)"라는 말이 나온다. 『李太白集·淸平調詞』

121 원진(元稹)과 백거이(白居易): 백거이(772~846)는 당 목종(唐穆宗) 장경(長慶) 2년(822)에 항주자사(杭州刺史)에 임명되고 825년에 소주자사(蘇州刺史)에 임명되었는데, 이 기간에 원진(779~831)을 알게 되어 이후 평생의 지기가 되었다. 두 사람의 교분이 두터워서 시를 서로 주고받은 것이 매우 많아서 당시 원백(元白)으로 불렸다.

122 고영롱(高玲瓏): 원문은 '高玲瓏'인데, 원진의 「중증낙천(重贈樂天)」의 자주(自註)에는 '商玲瓏'으로 되어 있다. 「중증낙천」의 원문은 "休遣玲瓏唱我詩, 我詩多是別君辭. 明朝又向江頭別, 月落潮平是去時"라고 되어 있다.

123 「취희제기(醉戲諸妓)」: 백거이가 지은 시로 『백씨장경집(白氏長慶集)』에 나오는 원문은 "席上爭飛使君酒, 歌中多唱舍人詩, 不知明日休官後, 逐我東山去是誰"라고 되어 있다.

였는데, 노래 중에는 백거이[125]의 시를 많이 부르더라."라고 했다. 또한 「문가기창전군수엄랑중시聞歌妓唱前郡守嚴郞中詩」[126]에서 말하길, "중화中和[127]의 덕을 베푼 옛 정사는 이미 변치 않았다. 또 새로운 시와 염가艶歌를 덧붙였다."라고 했다. 원진의 「견인영한사인신율시희증見人詠韓舍人新律詩戲贈」[128]에서는 말하길, "경쾌하고 새로우니 곧 기녀의 노래요 오묘함이 응축되니 참선參禪에 들어간 듯하네."라고 했다.

심아지沈亞之[129]가 사람을 송별하는 서문에서 말하기를, "오랜 친구 이하李賀[130]가 남북조시대의 악부樂府에 수록된 옛 가사를 잘 지었는데,

---

124 원진 : 원문은 사군(使君)으로 되어있다. 한나라 때에는 태수(太守)를 부군(府君)이라 칭하고 자사(刺史)를 사군(使君)이라 칭하였으며, 또 사명(使命)을 받든 관원도 사군이라 칭했다. 여기서는 항주태수인 원진을 가리킨다.

125 백거이: 원문은 사인(舍人)으로 되어 있다. 당대의 관직명으로 백거이가 중서사인(中書舍人)에 제수된 바 있다.

126 「문가기창전군수엄낭중시(聞歌妓唱前郡守嚴郞中詩)」: 백거이의 시로 시의 원제목은 「聞歌妓唱嚴郞中詩因以絶句寄之嚴前爲郡守」이다. 『백씨장경집(白氏長慶集)』에 나오는 원문은 다음과 같다. "已留舊政布中和, 又付新詞與艶歌, 但是人家有遺愛, 就中蘇小感恩多."

127 중화(中和) : 『중용(中庸)』제1장에 "중화를 지극히 하면 천지가 자리 잡히고 만물이 생육된다.(致中和, 天地位焉, 萬物育焉,)" 한 데서 온 말로, 성인의 공용(功用)을 극도로 말한 것이다.

128 「견인영한사인신율시희증(見人詠韓舍人新律詩戲贈)」: 원진의 시로 시의 원제목은 「見人詠韓舍人新律詩, 因有戲贈」이다. 『백씨장경집(白氏長慶集)』에 나오는 원문은 다음과 같다. "喜聞韓古調, 兼愛近詩篇, 玉磬聲聲徹, 金鈴個個圓, 高疏明月下, 細膩早春前. 花態繁於綺, 閨情軟似綿. 輕新便妓唱, 凝妙入僧禪. 欲得人人伏, 能敎面面全. 延之苦拘檢, 摩詰好因緣. 七字排居敬, 千詞敵樂天. 殷勤閑太祝, 好去老通川. 莫漫裁章句, 須饒紫禁仙."

129 심아지(沈亞之) : 심아지의 생졸년은 781~832?이고, 자는 하현(下賢)으로 절강성(浙江省) 오흥(吳興) 출신이며 일찍이 이상은(李商隱), 두목(杜牧), 이하(李賀) 등과 마찬가지로 한유 문하에 들었다. 시보다 오히려 「이몽록(異夢錄)」, 「상중원사(湘中怨辭)」, 「진몽기(秦夢記)」, 「풍연전(馮燕傳)」 등의 전기소설 작가로서 더 알려졌다. 『심하현집(沈下賢集)』12권이 전한다.

130 이하(李賀) : 생졸년은 790~817이고, 중국 당나라 때 시인이다. 하남성(河南省) 복창(福昌) 출신이고, 자는 장길(長吉)이다. 과거에 낙방하고 9품 말단 관직을 지낸 뒤

그렇게 지은 부賦는 한이 서려서 원망스러운 우울함, 처량한 아름다움의 기교가 더욱 많다. 진실로 옛것을 아울러서 오늘날에 구현하는 재주로는 가사 짓는 작가에게 맞수가 될 사람이 없었다. 애석하구나! 마지막까지도 역시 악곡聲, 연주弦, 창唱이 갖춰지지 않았다"라고 했다. 그러나『당사唐史』에서 이르길, "이하의 악부는 수십 편은 운소雲韶[131]를 연주하는 여러 악공들이 모두 관악기와 현악기로 합주했다"라고 했다. 또 이르기를, "이익李益[132] 시의 명성은 이하와 서로 같아서 매번 한 편을 완성하면 악공이 다투어 뇌물을 써서 얻고는 성률과 가사를 입혀서 천자에게 바쳤다"라고 했다. 또 이르기를, "원진의 시는 종종 음악기관인 악부樂府에 퍼졌다"라고 했다.

『구당사舊唐史』에서 또한 이르기를, "무원형武元衡[133]이 오언시를 잘

27세에 요절했다. 염세적 색채가 짙으며 풍부한 상상력을 바탕으로 낭만적이고 환상적인 분위기를 표현했다. 초자연적인 제재(題材)를 잘 써서 '귀재(鬼才)'라고 일컬어지기도 했다. 당나라 때 이백, 이상은(李商隱)과 함께 '삼이(三李)'로 불렸다.

131 운소(雲韶) : 황제(黃帝) 때의 음악인「운문(雲門)」과 순(舜)임금 때의 음악인「대소(大韶)」를 합해서 이르는 말이다.

132 이익(李益) : 생졸년은 746~829이고, 당나라 때의 시인으로, 당 숙종(唐肅宗) 때의 재상 이규(李揆)의 족자(族子)이다. 당시에 종인(宗人) 이하(李賀, 790~816)와 나란히 명성을 날렸다.「정인가」와「조행편」은 이조(李肇, 813 전후)의『당국사보(唐國史補)』에 "이익은 시로 일찍부터 이름이 났다.「정인가차행」1편은 호사가들이 그림을 그려 병풍으로 만들었다(李益詩名早著, 有征人歌且行一篇, 好事者畫爲屛障)"라고 되다.『舊唐書・李益列傳』

133 무원형(武元衡) : 생졸년은 758~815이고, 자는 백창(伯蒼)이다. 당나라 하남(河南) 구씨(緱氏, 지금의 河南 偃師縣) 사람으로 시인이다. 증조 무재덕(武載德)은 무측천의 족제(族弟)였다. 헌종(憲宗) 원화(元和) 2년(807)에는 문하시랑평장사(門下侍郞平章事)가 되었고, 이어서 검남서천절도사(劍南西川節度使)로 나갔다. 8년(813)에는 소환되어 다시 재상이 되었으며, 번진(藩鎭)을 평정하고 통일을 강화할 것을 힘써 주장했다. 저작으로『임회집(臨淮集)』10권이 있었지만 산일되었다.『전당시(全唐詩)』에는 그의 시 2권이 편집되어 있으며,『전당문(全唐文)』에는 그의 문장 10편이 보존되어 있다.

지었는데 일 꾸미기를 좋아하는 사람이 전파하면서 종종 관현악기 연주를 입혔다"라고 했다.

또 옛날부터 전해지는 말이 있다. "개원開元 연간에 시인 왕창령王昌齡[134], 고적高適[135], 왕지환王之渙[136]이 주막에서 술을 마시는데, 이원梨園의 약관[137] 역시 기녀들을 불러서 모여 연회를 열자 세 사람은 몰래 약속하여 말하기를, "우리들은 시의 명성이 으뜸인데 그 우열이 정해지지 않았소. 시험삼아 여러 악공들이 노래하는 시를 보고서 우열을 가립시다"라고 했다. 한 악공이 왕창령의 절구 두 수를 불렀다.

찬 빗물은 강물 따라 밤새 오나라에 흐르고	寒雨連江夜入吳
동틀 녘[138] 손 보내는 초나라 범선은 외롭구나	平明送客楚帆孤
낙양 사는 벗들이 만약 서로 안부 물어오거든	洛陽親友如相問
한 조각 찬 마음이 옥항아리[139]에 있다하게	一片冰心在玉壺

---

134 왕창령(王昌齡) : 생졸년은 690~757이고, 당나라 장안 사람이다. 자는 소백(少伯)으로 강녕(江寧) 수령을 역임했다. 안사의 난에 고향으로 돌아갔다가 자사 염구효(閭丘曉)에게 피살당했다. 칠언시에 능했는데 풍격이 웅건했다.

135 고적(高適) : 생졸년은 702?~765이고, 자는 달부(達夫)이고 발해 사람이다. 하급 지방관을 하다가 절도사까지 이른다. 변방에 오래 있어서 격앙되고 발분하는 시격이 많았다.

136 왕지환(王之渙) : 생졸년은 688~742이고, 자는 계릉(季陵)으로 진양(晉陽) 사람이다. 주로 변방의 제재를 많이 사용한 시격으로 유명하다. 현재 6수만 남아있는데 회자되었다.

137 이원(梨園)의 악관 : 이원은 당나라 현종 때 궁정의 가무(歌舞) 예인(藝人)들을 교련하던 곳이다. 『新唐書 · 禮樂志』영관(伶官)은 궁중의 악사(樂士)를 가리킨다. 『시경(詩經)』「모시서(毛詩序)」에 "위(衛)나라의 현자(賢者)가 악관(樂官) 벼슬로 자신을 숨겼다"라는 말이 나온다.

138 동틀 녘 : 원문 '평명(平明)'은 지평선 위로 밝은 해가 떠오르는 무렵을 뜻한다.

139 옥항아리 : '玉壺'는 술병을 미화하여 이르는 말이다. 당나라 백거이(白居易,

동틀 녘에 청소하다 궁궐문 열리니 奉帚平明金殿開
일부러 부채 들고 함께 서성거리네 強將團扇共徘徊
옥 같던 얼굴색 겨울 까마귀만 못하니 玉顏不及寒鴉色
그래도 소양궁[140] 아침 햇살 받고 오네 猶帶昭陽日影來

그러자 다른 악공이 고적高適의 절구를 노래했다.

상자 열자 눈물이 가슴을 적시나니 開篋淚沾臆
당신이 보낸 옛 편지를 읽어 봅니다 見君前日書
깊은 밤 누대는 어찌나 적막하던지 夜臺何寂寞
그래도 여기는 양웅(揚雄)[141]이 살던 곳이네 猶是子雲居

왕지환王之渙이 말하길, "아름다운 기녀가 부르는 노래가 만약 내가

772~846)의 「새벽에 호주에서 보내온 술을 마시고 최자사(崔刺史)에게 부친 시(早飮湖州酒寄崔使君)」에 "한 통의 독한 술을, 술병에 그득 쏟아 부으니(一榼扶頭酒, 泓澄瀉玉壺)"라고 되어 있다.

140 소양궁(昭陽宮) : 한 성제(漢成帝)가 조비연(趙飛燕)을 총애하여 여동생 조합덕(趙合德)을 소의(昭儀)에 봉하고 소양전에 살게 했다. 이에 앞서 후궁 반첩여(班婕妤)는 임금의 총애를 잃어 장신전(長信殿)에서 태후(太后)를 시봉(侍奉)하며 자신의 처지를 기탁한 「원가행(怨歌行)」을 지었다. 왕창령(王昌齡)의 「장신추사(長信秋詞)」에 "옥 같은 얼굴이 까마귀보다 못하나니, 까마귀는 그래도 소양궁 해 그림자 받고 오거늘(玉顏不及寒鴉色, 猶帶昭陽日影來)"라고 되어있다.

141 양웅(揚雄) : 생졸년은 B.C.53~18년이고, 자는 자운(子雲)이며, 사천성(四川省) 성도(成都) 사람이다. 전한 때 경학가로, 엄평군(嚴平君)에게 배웠다. 양장(楊莊)의 추천으로 성제(成帝)에게 발탁되어 황문랑(黃門郎)을 지냈다. 젊어서부터 시부(詩賦)로써 이름이 났으나, 중년 이후로는 경학 연구에 잠심했다. 『주역』을 모방한 『태현경(太玄經)』과 『논어(論語)』를 모방한 『법언(法言)』 등을 저술했다. 궁궐에 오래 벼슬살이 하였기에 양웅이 살던 곳이라 했다.

지은 시가 아니라면, 평생토록 감히 당신들과 우열을 다투지 않겠소. 그렇지 않고 내가 지은 시를 노래한다면 당신들은 내 평상 아래에서 줄지어 절을 올리시오."라고 했다. 잠시 후에 기녀가 노래했다.

누런 모래는 멀리 흰 구름 사이로 날리고	黃沙遠上白雲間
조그만 외로운 성곽은 만 길 높은 산이네	一片孤城萬仞山
오랑캐 피리소리에 하필 버들을 원망하랴	羌笛何須怨楊柳
봄바람이라도 옥문관[142]을 넘지 못하는데	春風不度玉門關

왕지환이 두 사람을 야유하며 "촌놈들아, 내가 어찌 허풍쟁란 말인가!"라고 했다. 이것으로써 당나라 악공과 기녀들이 당시 이름난 문사들의 시구를 가져다가 노래를 입히는 것이 대중적이었다는 것을 알 수 있다.

후촉後蜀[143]의 왕연王衍[144]이 가왕嘉王 왕종수王宗壽[145]를 불러 선화원宣華

---

142 옥문관 : 옥문관(玉門關)은 옥새(玉塞)라고도 하는데, 한 무제(漢武帝)가 설치했다. 서역에서 옥석(玉石)을 수입할 적에 이곳을 거쳤기 때문에 옥문관이라고 하였는데, 한나라 때 서역 각지로 갈 때 반드시 이곳을 거쳐야 했다. 옛터가 지금 감숙성(甘肅省) 돈황(敦煌)의 서북쪽 소방반성(小方盤城)에 있다.

143 후촉(後蜀) : 원문은 '위촉(僞蜀)으로 되어 있는데, 맹지상(孟知祥)이 세운 후촉(後蜀)을 가리킨다. 후촉은 오대(五代) 때 10국 중 하나로서 후당(後唐) 명종(明宗)이 맹지상을 촉왕(蜀王)에 봉해 주었는데, 맹지상의 아들 창(昶)에 이르러 송나라 군사에 패망했다. 촉주(蜀主) 왕연(王衍)이 한소(韓昭)와 반재영(潘在迎)・고재순(顧在珣) 등을 압객(狎客)으로 삼았는데, 이들은 연회에 배종(陪從)하여 궁녀와 섞여 앉아서 혹은 염가(艷歌)를 부르며 서로 창화(唱和)하는 등 무례하고 방자하기가 그지없었다. 중양연(重陽宴)에서 선화원(宣華苑)에서 술이 거나해졌을 때, 가왕(嘉王) 왕종수(王宗壽)가 틈을 타고 극언하기를 사직이 곧 위태로워지려고 한다 하고, 눈물 흘리기를 그치지 않았다. 『治平要覽』

苑에서 술 마시며 궁인 이옥소李玉簫[146]에게 명하여 왕연 자신이 지은 「궁사宮詞」를 노래하게 했다.

휘황찬란하게 빛나는 오색구름 떠있고	輝輝赫赫浮五雲
선화원 연못가는 달빛 화려한 봄날이네	宣華池上月華春
달빛 밝아 마치 물에 비친 궁전 같은데	月華如水映宮殿
술 마셔도 취하지 않는 정말 바보로구나	有酒不醉真癡人

오대五代 시대에는 아직도 이러한 시풍詩風이 있었으나 당대에는 없어졌다. 당대에는 도연명陶淵明의 「귀거래歸去來」, 이백의 「파주문월把酒問月」, 이하李賀의 「장진주將進酒」, 소식蘇軾의 「전후적벽부前後赤壁賦」를 취해서 성률을 조화로이 입히니, 이러한 시부는 그 아름다움이 은근히 자연스럽게 맞아떨어진다.

---

144 왕연(王衍) : 생졸년은 ?~926이고, 오대시대 전촉을 세운 왕건(王建)의 아들이다. 본명은 왕종연(王宗衍)이고 자는 화원(化源)이다. 아버지를 이어 제왕이 되었는데 음악과 여색만 일삼고 정치는 환관에게 위임했다. 후당(後唐)의 장종(莊宗)이 촉나라에 입성하자 항복하였고 피살되었다.

145 왕종수(王宗壽) : 원래 허주(許州)에 있는 농민의 자식으로 태어나 왕건에게 입적되어 양자가 되었고 가왕(嘉王)에 봉해졌다. 태자태보가 되어 왕연의 황음무도한 행동을 간하였으나 받아들여지지 않았고 촉이 망하고 도망쳤다. 후당은 충정을 가상히 여겨 관직을 주고 왕연의 시신을 거두게 했다.

146 이옥소(李玉簫) : 전촉의 궁인으로 노래를 잘 불러 왕연의 총애를 독차지 했다. 왕연이 왕종수를 불러 잔치를 베풀자 이옥소를 시켜 술을 권하도록 한 기사가 『촉도올(蜀檮杌)』에 나온다.

◎ 1.10

원문 元微之分詩與樂府作兩科

元微之序『樂府古題』云：「操、引、謠、謳、歌、曲、詞、調八名，起於郊祭、軍賓、吉凶、苦樂之際. 在音聲者，因聲以度詞，審調以節唱，句度短長之數，聲韻平上之差，莫不由之準度. 而又別其在琴瑟者爲操、引，採民甿者爲謳、謠，備曲度者總謂之歌、曲、詞、調. 斯皆由樂以定詞，非選詞以配樂也. 詩、行、詠、吟、題、怨、嘆、章、篇九名，皆屬事而作，雖題號不同，而悉謂之爲詩可也. 後之審樂者，往往採取其詞度爲歌曲，蓋選詞以配樂，非由樂以定詞也.」微之分詩與樂府作兩科，固不知事始，又不知後世俗變. 凡十七名皆詩也，詩即可歌，可被之筦弦也. 元以八名者近樂府，故謂由樂以定詞；九名者本諸詩，故謂選詞以配樂. 今樂府古題具在，當時或由樂定詞，或選詞配樂，初無常法. 習俗之變，安能齊一.

번역 원진이 시와 악부를 두 과로 나누었다

원진[147]이 『악부고제樂府古題』서문[148]에서 말하기를, "조操 · 인引 · 요

---

147 원진(元稹) : 생졸년은 779~831이고, 당 나라 시인이며 자는 미지(微之)이다. 동시대의 백거이(白居易)와 교류했다. 그는 성품이 강직하고 시를 잘 지었으므로 궁중에서 원재자(元才子)라 했고, 백거이와 같이 이름이 높아 원백(元白)이라 일컬어졌으며, 또 그들의 시체를 원백체(元白體)라 한다. 저서에는 『원씨장경집(元氏長慶集)』이 있다.

148 『악부고제(樂府古題)』서문 : 당나라 원진(元稹)의 「악부고제서(樂府古題序)」에 "『시경』은 주(周)나라 때에 끝이 났고, 『이소(離騷)』는 초(楚)나라 때에 끝이 났다. 이 뒤로 시의 갈래가 스물네 가지로 나뉘어졌는데, 부(賦) · 송(頌) · 명(銘) · 찬(贊) · 문(文) · 뢰(誄) · 잠(箴) · 시(詩) · 행(行) · 영(詠) · 음(吟) · 제(題) · 원(怨) · 탄

謠 · 구謳 · 가歌 · 곡曲 · 사詞 · 조調 등 여덟 개의 명칭은 교제郊祭와 군빈軍賓[149] · 길흉吉凶 · 고락苦樂을 시작할 때, 음악과 성률이 남아 있는 것은 성률에 맞춰서 가사를 헤아리고, 조調를 살펴서 창唱을 조절하며, 구도句度[150]의 길고 짧은 수효와 성운聲韻의 평성平聲과 상성上聲의 차이가 그 기준에 말미암지 않는 것이 없다. 그런데도 거문고와 비파를 연주하는 것을 구별하여 조와 인이 되었고, 백성들에게서 채집한 것은 구와 요가 되었으며, 곡을 짓는 법도曲度[151]를 갖춘 것을 총칭해서 가歌 · 곡曲 · 사詞 · 조調라고 불렀다. 이것은 모두 음악에 따라 가사를 정한 것이지 가사를 선택해 음악에 배합한 것은 아니다.

시詩 · 행行 · 영詠 · 음吟 · 제題 · 원怨 · 탄嘆 · 장章 · 편篇 등 아홉 개의 명칭은 모두 유래한 고사를 붙여서 지은 것으로 비록 제목과 호칭은 다르지만 전부 시라고 말해도 괜찮다. 훗날 음악을 살펴보는 사람이 종종 그 가사를 짓는 법도詞度[152]를 채취했다가 가곡을 만들기도 하는데, 대개 가사를 선택해 음악에 맞춘 것이지 음악에 따라 가사를 정하

(歎) · 장(章) · 편(篇) · 조(操) · 인(引) · 요(謠) · 구(謳) · 가(歌) · 곡(曲) · 사(詞) · 조(調)이다. 이는 모두 시인의 육의(六義)의 나머지이다"라고 했다. 『全唐詩 · 樂府古題序』

149 군빈(軍賓) · 길흉(吉凶) : 성인(成人)의 도(道)로서 마땅히 제사 지내는 길례(吉禮), 상을 당했을 때의 흉례(凶禮), 군에 들어갔을 때의 군례(軍禮), 손님을 대할 때의 빈례(賓禮), 관례(冠禮)와 혼례(婚禮)와 같은 경사스러운 예인 가례(嘉禮) 등, 오례(五禮)를 말한다.

150 구도(句度) : 시구를 읊을 때 끊어 읽는 정도를 말하며 보통 구두(句讀)를 가리킨다.

151 곡을 짓는 법도(曲度) : 곡(曲)을 짓는 법도를 말한다. 곡을 작곡하는데 따라야 하는 요소를 총칭했다.

152 가사를 짓는 법도(詞度) : 사(詞)를 짓는 법도를 말한다. 사를 짓는데 따라야 하는 요소를 총칭했다.

는 것이 아니다"라고 했다.

원진이 시와 악부 두 과科로 나누었는데 진정 그 고사의 시초를 알지 못하고 또 후세에 풍속이 바뀐지도 몰랐다. 17개의 곡명은 모두 시이며, 시는 노래할 수 있고 그것을 관현악기에 입혀서[153] 연주할 수도 있다. 원진이 8개의 곡명은 악부에 가깝기 때문에 음악에 따라 가사를 정한 것이라고 하였고, 9개의 곡명은 시에 근본하기 때문에 가사를 선택해 음악에 배합한 것이라고 했다. 오늘날에는 『악부고제』에 모두 남아 있는데 당시에 간혹 음악에 따라 가사를 정하기도 하고, 혹은 가사를 선택해 음악에 배합하기도 해서 처음에는 고정된 법칙은 없다. 습속이 변하는데 어찌 같을 수 있겠는가!

153 관현악기에 입혀서 : 작곡한 곡을 여러 악기에 맞추어 악보를 만들어 연주할 수 있다는 표현이다.

◎ 1.11

원문 古人善歌得名不擇男女

古人善歌得名, 不擇男女. 戰國時, 男有秦青、薛談、王豹、綿駒、瓠梁, 女有韓娥. 漢高祖『大風歌』, 教沛中兒歌之. 武帝用事甘泉、圜丘, 使童男女七十人歌. 漢以來, 男有虞公、李延年、朱顧仙、朱子尚、吳安泰、韓法秀, 女有麗娟、莫愁、孫瑣、陳左、宋容華、王金珠. 唐時男有陳不謙、謙子意奴、高玲瓏、長孫元忠、侯貴昌、韋青、李龜年、米嘉榮、李袞、何戡、田順郎、何滿、郝三寶、黎可及、柳恭. 女有穆氏、方等、念奴、張紅紅、張好好、金谷里葉、永新娘、御史娘、柳青娘、謝阿蠻、胡二姉、寵姐、盛小叢、樊素、唐有態、李山奴、任智方四女、洞雲. 今人獨重女音, 不復問能否. 而士大夫所作歌詞, 亦尚婉媚, 古意盡矣. 政和間, 李方叔在陽翟, 有攜善謳老翁過之者. 方叔戲作『品令』云 :「歌唱須是玉人, 檀口皓齒冰膚. 意傳心事, 語嬌聲顫, 字如貫珠. 老翁雖是解歌, 無奈雪鬢霜鬚. 大家且道, 是伊模樣, 怎如念奴?」方叔固是沈于習俗, 而語嬌聲顫, 那得字如貫珠?不思甚矣.

번역 옛사람이 노래를 잘 불러 명성을 얻는데 남녀를 가리지 않았다

옛 사람은 노래를 잘 불러 명성을 얻는데 남녀를 가리지 않았다. 전국시대戰國時代에 남자 가수로는 진청秦青, 설담薛談,[154] 왕표王豹, 면구綿駒,

154 진청(秦青)·설담(薛談) : 옛날 진(秦)나라에 노래를 아주 잘하는 진청(秦靑)이란 사람이 있었는데, 일찍이 자기 제자(弟子) 설담(薛譚)을 전송하는 자리에서 손수 박자

[155] 호량瓠梁[156] 등이 있었고, 여자가수로는 한아韓娥[157]가 있었다. 한고조漢高祖 유방劉邦의 「대풍가大風歌[158]」는 패현沛縣의 어린아이에게 가르쳐 노래하게 했다. 한무제漢武帝가 감천甘泉과 환구圜丘[159]에 제사[160]를 지내는데 소년・소녀 70명으로 하여금 노래 부르게 했다. 한나라 이래 남자가수로는 우공虞公[161], 이연년李延年, 주고선朱顧仙, 주자상朱子尙, 오안태吳

를 치며 슬피 노래하니, 구슬픈 노랫소리가 숲을 진동하여 그 애절한 메아리가 멀리 가는 구름을 멈추게 했다는 데서 온 말이다. 『列子・湯問』

155 왕표(王豹)・면구(綿駒) : 순우곤이 맹자에게 "왕표(王豹)가 기수(淇水) 가에 처하자 하서(河西) 지방이 동요를 잘하였고, 면구(綿駒)가 고당(高唐)에 처하자 제나라 서쪽 지방이 노래를 잘 불렀으며, 화주(華周)와 기량(杞梁)의 아내가 남편의 상(喪)에 곡을 잘하자 나라의 풍속이 변했다"라는 비유를 들어서 나라에 현자가 없다고 했다. 그리고 만약 현자가 있다면 그러한 공효가 나타날 것이니, 그렇다면 자신이 현자를 알 것이라고 했다. 『孟子・告子下』

156 호량(瓠梁) : 『淮南子・齊俗訓』에는 '호량(狐梁)'이라 했다. "호량의 노래는 따라할 수 있지만, 호량이 노래하는 창법은 흉내 낼 수 없다. 성인의 법이야 볼 수 있지만, 법이 되는 이유는 근원적으로 따질 수 없다(狐梁之歌可隨也, 其所以歌者, 不可爲也. 聖人之法可觀也, 其所以作法, 不可原也)"라고 했다.

157 한아(韓娥) : 『열자(列子)』「탕문(湯問)」편에 "옛날 한아가 제(齊)나라로 가다가 옹문(雍門)을 지날 적에 양식이 떨어져 노래를 불러주고 양식을 얻었다. 한아가 떠난 지 3일이 지나도록 그 노래의 여음이 끊어지지 않았다"라고 되어 있다.

158 「대풍가(大風歌)」 : 한 고조(漢高祖)가 천자가 된 뒤에 고향인 풍패(豐沛)를 지나다가 부로(父老)들과 술을 마시면서 노래를 부르기를, "큰바람이 일어남이여 구름이 흩날리도다. 위엄이 사해(四海)를 덮음이여 고향에 돌아왔도다. 어쩌면 맹사(猛士)를 얻어 사방(四方)을 지킬 수 있을까?(大風起兮雲飛揚, 威加海內兮歸故鄕. 安得猛士兮守四方)"라고 했다.

159 감천(甘泉)과 환구(圜丘) : 한 무제가 감천(甘泉)과 환구(圜丘)의 사단(祠壇)에 모여드는 유성(流星)과 같은 귀신의 불빛들을 보고 죽궁(竹宮)이라는 궁실에 망배(望拜)했다. 『漢書・禮樂志』

160 제사 : 원문은 '용사(用事)'인데, 권력을 차지해 일을 지배한다는 의미이다. 한무제는 황제이기 때문에 황제로서 행사하는 권한으로 하늘에 지내는 제사를 지칭한다. 『史記・樂書』에 "한(漢)나라에서는 항상 1월 상신에 태일감천(太一甘泉)에 제사를 지냈다. 동남동녀(童男童女) 70명으로 하여금 노래하게 했다"라고 했다.

161 우공(虞公) : 한(漢)나라 사람 우공이 "한 번 노래를 부르면 사람들 모두가 탄식을 하고, 두 번 노래를 부르면 들보 위의 먼지도 숨을 죽이고서 풀썩거렸다(一唱萬夫嘆, 再唱梁塵飛)"라는 말이 진(晉)나라 육기(陸機)의 「의동성일하고(擬東城一何高)」시에

安泰, 한법수韓法秀 등이 있었고, 여자가수로는 여연麗娟[162], 막수莫愁[163], 손쇄孫瑣, 진좌陳左, 송용화宋容華, 왕금주王金珠 등이 있었다. 당나라에 남자가수로는 진불겸陳不謙과 아들 진의노陳意奴, 고영롱高玲瓏, 장손원충長孫元忠, 후귀창侯貴昌, 위청韋青, 이구년李龜年, 미가영米嘉榮, 이곤李袞, 하감何戡, 전순랑田順郎, 하만何滿, 학삼보郝三寶, 여가급黎可及, 유공柳恭 등이 있었다. 여자가수로는 목씨穆氏, 방등方等, 염노念奴, 장홍홍張紅紅, 장호호張好好, 금곡리엽金谷里葉, 영신랑永新娘, 어사랑御史娘, 유청랑柳青娘, 사아만謝阿蠻, 호이자胡二姉, 총달寵妲, 성소총盛小叢, 번소樊素, 당유태唐有態, 이산노李山奴, 임지방任智方의 넷째딸과 동운洞雲 등이 있었다.

지금 사람들은 유독 여성의 목소리만 중시하고 노래를 잘 부르는지 못 부르는지를 따지지 않는다. 그러나 사대부가 지었던 가사도 오히려 부드럽고 아름다운데, 옛사람이 지은 가사도 모두 이러한 뜻이 들어가 있다. 정화政和[164] 연간에, 이치李廌[165]는 양적陽翟에 있었는데, 어떤 노래를 잘 부르는 늙은이를 모시고 지나가는 자가 있었다. 이방숙이

나온다. 『文選』

162 여연(麗娟) : 한나라 무제가 총애하던 궁녀이다. 무제의 이부인(李夫人)처럼 창가(倡家) 출신이다.

163 막수(莫愁) : 옛 악부(樂府) 가운데 나오는 전설적인 여인으로 석성(石城) 사람이었는데 13세에 시집가 노씨(盧氏) 집안의 며느리가 되었으며, 노래를 잘 불렀다 한다. 그녀의 노래에 "막수는 어느 곳에 있는가. 막수는 석성의 서쪽에 있도다(莫愁在何處, 莫愁石城西)"라고 했다.

164 정화(政和) : 북송 휘종(徽宗)의 연호로 1111년에서 1118년 사이를 말한다.

165 이치(李廌) : 생졸년은 1059~1109이고, 북송시대의 문학가로 자는 방숙(方叔), 호는 덕우재(德隅齋), 제남선생(齊南先生), 태화일민(太華逸民)이다. 섬서성 화주(華州) 출신으로 6세 때 고아가 되어 독학했다. 소식과 교분이 있어 그를 만인을 대적할 만한 재주라고 칭송한 바 있다. 과거에 낙방하고 문장을 지어 고금의 치란을 논하기를 즐겼다.

장난삼아 「품령品令」[166]을 읊었다.

노래하는 가수란 모름지기 歌唱須是
옥 같은 얼굴과 탐스런 입술[167] 玉人檀口
하얀 치아와 뽀얀 피부[168]야 하리 皓齒冰膚
말뜻은 마음을 전하는 일이요 意傳心事
시어는 아름답고 목소리 떨리니 語嬌聲顫
글자가 꿰어 놓은 진주 같아라 字如貫珠
늙은이가 아무리 노래의 묘미를 터득해도 老翁雖是解歌
새하얀 백발로는 어찌할 도리가 없구나 無奈雪鬢霜鬚
대가는 또 말하노니 大家且道
이러한 미모여야 하는데 是伊模樣
어찌 「염노교」[169]와 같겠는가 怎如念奴

166 「품령(品令)」: 「사월인(思越人)」, 「품자령(品字令)」, 「해월요(海月謠)」라고도 한다. 평운(平韻)과 측운(仄韻)체가 있다.

167 탐스런 입술 : 원문 '단구(檀口)'는 빨갛고 요염한 입술로 여자의 아름다운 입술을 형용한 말이다.

168 뽀얀 피부 : 원문 '빙부(冰膚)'는 얼음처럼 순백색이며 매끄러운 피부를 말하는데 주로 아름다운 미인을 상징한다.

169 「염노교」: 원진(元稹)의 『연창궁사(連昌宮詞)』 자주(自注)에서는 염노(念奴)는 천보(天寶) 연간 유명한 가희(歌伎)의 이름으로 노래를 잘 불렀다고 한다. 현종(玄宗)은 유협(游俠)들의 성대한 분위기가 사라지는 것을 원하지 않아서 염노를 궁중에 두지 않고 매년 온천과 낙양에 갈 때 관리들 모르게 그녀가 뒤따르게 했다. 『악부잡록(樂府雜錄)』에서는 염노는 매 번 목판을 두드리며 자리 앞에서 노래를 불렀는데 노래 소리가 아침 노을 위로 솟구쳤다고 했다. 사의 이름은 여기서 비롯된 것이다. 『흠정사보』에서는 후인들이 소식(蘇軾)의 사에 근거하여 「대강동거(大江東去)」, 「뇌강월(酹江月)」, 「적벽요(赤壁謠)」라고 바꿔 불렀으며 증적(曾覿)의 사는 「호중천(壺中天)」이라고 했으며 강기(姜夔)의 사는 「상월(湘月)」이라고 했다. 자주에서는 "「염노교(念奴

방숙이 진실로 습속에 빠져 있어서 시어는 아름답고 소리는 떨리지만, 어떻게 글자가 구슬을 꿴듯하겠는가. 깊이 생각하지 않은 것이다.

嬌)」는 격지성(隔指聲)이다. 한호(韓淲)의 사는 「수남지(寿南枝)」, 「고매곡(古梅曲)」이라고 했으며 장저(張翥)의 사는 「백자령(白字令)」이라고 한다고 했다. 쌍조, 100자이다. 앞단락 아홉 구절은 4측운으로 49자이다. 뒷단락 열 구절은 4측운으로 51자이다.

◎ 1.12

원문 論雅鄭所分

或問雅鄭所分. 曰：中正則雅, 多哇則鄭；至論也. 何謂中正？凡陰陽之氣, 有中有正, 故音樂有正聲, 有中聲. 二十四氣, 歲一周天, 而統以十二律. 中正之聲, 正聲得正氣, 中聲得中氣, 則可用. 中正用, 則平氣應. 故曰：中正以平之. 若乃得正氣而用中律, 得中氣而用正律, 律有短長, 氣有盛衰, 太過不及之弊起矣. 自揚子雲之後, 惟魏漢津曉此. 東坡曰：「樂之所以不能致氣召和如古者, 不得中聲故也. 樂不得中聲者, 氣不當律也.」東坡知有中聲, 蓋見孔子及伶州鳩之言, 恨未知正聲耳. 近梓潼雍嗣侯者, 作正笙訣琴數, 還相爲宮, 解律呂逆順相生圖. 大概謂知音在識律, 審律在習數. 故師曠之聰, 不以六律不能正五音, 諸譜以律通不過者, 率皆淫哇之聲. 嗣侯自言得律呂真數, 著說甚詳, 而不及中正.

번역 아악과 정악의 구분을 논하다

누군가가 아악雅樂과 정악鄭樂[170]의 구분을 물어서, 대답했다. "중도에 맞고 바르면 아악이고 음란한 소리가 많으면 정악이라 한다. 이것은 지극한 논제이다. 중도에 맞고 바르다는 것은 무엇을 말하는가? 무

170 아악(雅樂)과 정악(鄭樂) : 아악(雅樂)은 바른 음악이라는 뜻으로 국가의 예식에 사용된다. 정악(鄭樂)은 춘추(春秋)시대 정(鄭)나라의 음악으로 음란한 음악으로 유명하다. 『논어(論語)』「양화(陽貨)」편에 "잡색인 자줏빛이 원색인 붉은빛의 자리를 뺏는 것을 미워하며, 정나라의 음란한 음악이 바른 아악을 문란하게 하는 것을 미워하며, 말만 잘하는 입이 나라를 뒤엎는 것을 미워한다(惡紫之奪朱也, 惡鄭聲之亂雅樂也, 惡利口之覆邦家者)"라고 되어 있다.

릇 음양의 기에는 중도에 맞는 것이 있고 바름이 있기 때문에 음악은 바른 소리가 있고 중도에 맞는 소리가 있다. 24절기는 1년 동안 하늘을 한번 도는데 모두 12율[171]로 통합한다. 중도에 맞고 바른 소리란 바른 소리가 바른 기운을 얻고 중도에 맞는 소리가 중도에 맞는 기운을 얻으면 사용할 만하다. 중도에 맞고 바른 소리가 사용되면 화평한 기운이 응하게 되기 때문에 중도에 맞고 바른 것으로 화평하게 한다고 말한다. 이와 같이 바른 기운을 얻어서 중도에 맞는 음률을 사용하고 중도에 맞는 기운을 얻어 바른 음율을 사용하게 된다. 음률에는 길고 짧은 것이 있고, 기운에는 왕성하고 쇠잔함이 있으니, 너무 지나치거나 미치지 못하는 폐단이 일어났다. 양웅揚雄[172] 이후부터 오로지 위한진魏漢津[173]만이 이것을 깨달았다.

소식이 말하기를, "음악이 옛날처럼 기운을 이루어 조화를 부르지

---

171 12율 : 새로운 율관(律管)은 새해를 맞아 절기(節氣)를 알려주는 율관을 이른다. 『한서(漢書)』「율력지(律曆志)」에 율관으로 절후를 살피는 법이 수록되어 있는데, 1년 12개월을 십이율려(十二律呂)에 배합하면 동짓달인 11월은 황종, 12월은 태주(大簇), 정월은 고선(姑洗), 2월은 유빈(蕤賓), 3월은 이측(夷則), 4월은 무역(無射), 5월은 대려(大呂), 6월은 협종(夾鐘), 7월은 중려(仲呂), 8월은 임종(林鐘), 9월은 남려(南呂), 10월은 응종(應鐘)에 각각 배속된다.

172 양웅(揚雄) : 자운(揚雲)은 전한(前漢) 말의 학자 양웅(揚雄)의 자(字)로, 『태현경(太玄經)』·『법언(法言)』 등의 대표적인 저서가 있는데, 『법언』은 도가(道家)의 말을 빌려서 논한 책이고, 『논어(論語)』의 유가(儒家)의 학설을 논한 책이다.

173 위한진(魏漢津): 북송 음악가로 휘종(宋徽宗) 때 도사(道士)로 아악을 정비하였고, 『송사(宋史)』 및 『문헌통고(文獻通考)』를 인용하여 "대사악(大司樂) 유병(劉昺)이 촉(蜀)의 방사(方士) 위한진(魏漢津)을 인도하여 황제를 알현하고 「악의(樂議)」를 바쳤다. 위한진이 하(夏)나라 우왕(禹王)의 '몸으로 도(度)를 삼았다.'라는 글을 사용하여, 황제의 손가락 세 마디 세 치를 취하여 법도로 삼아 황종(黃鍾)의 음률을 정하자고 하면서, 먼저 구정(九鼎)을 주조(鑄造)하여 백물(百物)의 형상(形象)을 갖춘 후에 현(絃)을 고르고 관(管)을 만들어 한 시대의 악제(樂制)를 만들기를 청하니, 황제가 그대로 따랐다."라고 했다.

못하는 까닭은 중도에 맞는 소리를 얻지 못하기 때문이라. 음악이 중도에 맞는 소리를 얻지 못한 것은 기운이 음률에 합당하지 않아서이다."라고 했다. 소식은 중도에 맞는 소리가 있다는 사실이 있으니, 아마 공자께서 영주구伶州鳩[174]의 말을 언급하면서 바른 소리를 모른다는 사실에 한탄하였을 뿐이다. 근래에 재동梓潼[175]지역의 옹사후雍嗣侯라는 사람이 「정생결正笙訣」, 「금수琴數」, 「환상위궁해還相爲宮解」, 「율려역순상생도律呂逆順相生圖」[176]를 지었다. 대개 음音을 아는 것은 음률音律을 아는데 달려있고, 음률을 살피는 것은 자주 연습하는데 달려있다. 그러므로 사광師曠의 총명함[177]은 육률六律로써 오음五音[178]을 바르게 할 수 없는 것이 아니었다. 모든 악보가 음률로 통하는 것에 불과한 것은 대부분이 모두 음탕한 소리이다. 옹사후가 율려律呂의 진정한 숫자를 터득해서 저술에서 매우 상세하게 서술하였다고 스스로 말하였지만, 중도에 맞고 바른 소리를 아는 경지에는 미치지 못했다.

---

174 영주구(伶州鳩): 춘추시대 주나라 경왕(景王) 때의 악관이다. 영(伶)은 영(泠)으로도 쓰는데, 관직명이고, 주구는 이름이다. 영주구가 경왕에게 정악(正樂)을 즐기라고 간했던 일. 소(韶)는 순(舜)의 악(樂)이고, 호(濩)는 탕(湯)의 악인데, 당시 경왕이 무역(無射)이라는 종을 주조하려 하자 영주구가 주조하지 말도록 간하면서, 왕이 내년에 심질(心疾)로 죽을 것이라고 예언했다. 『左傳·昭公21年』

175 재동(梓潼) : 지금 사천성 재동현(梓潼縣)으로 왕작이 활동하던 지역이다. 옹사후 역시 생몰년과 내력은 미상이다. 단지 왕작과 같은 시기, 비슷한 장소에서 활동한 음악가임을 알 수 있다.

176 「율려역순상생도(律呂逆順相生圖)」: 남송의 문장가 장염(張炎)이 지은 한편의 산문으로 「율려격팔상생도(律呂隔八相生圖)」가 원래 제목이다. 『詞源』

177 사광(師曠)의 총명함 : 춘추시대 진(晉)나라 악사(樂師)였던 사광(師曠)은 귀가 대단히 밝아 음률(音律)에 통달했다. 『孟子·離婁上』

178 오음(五音) : 오행(五行), 오방(五方), 사계(四季)와 대응시켜서, 궁(宮)은 중앙(中央)과 토(土), 상(商)은 서(西)와 금(金)과 가을, 각(角)은 동(東)과 목(木)과 봄, 치(徵)는 남(南)과 화(火)와 여름, 우(羽)는 북(北)과 수(水)와 겨울에 해당하는 것으로 본다.

◎ 1.13

원문 歌曲拍節乃自然之度數

或曰：古人因事作歌，輸寫一時之意，意盡則止，故歌無定句；因其喜怒哀樂，聲則不同，故句無定聲. 今音節皆有轄束，而一字一拍，不敢輒增損，何與古相戾歟？予曰：皆是也. 今人固不及古，而本之情性，稽之度數，古今所尚，各因其所重. 昔堯民亦擊壤歌，先儒爲搏拊之說，亦曰所以節樂. 樂之有拍，非唐虞創始，實自然之度數也. 故明皇使黃幡綽寫拍板譜，幡綽畫一耳於紙以進，曰：「拍從耳出.」牛僧孺亦謂拍爲樂句. 嘉祐間，汴都三歲小兒在母懷飲乳，聽曲皆撚手指作拍，應之不差. 雖然，古今所尚，治體風俗，各因其所重，不獨歌樂也. 古人豈無度數？今人豈無性情？用之各有輕重，但今不及古耳. 今所行曲拍，使古人復生，恐未能易.

번역 가곡의 박자와 리듬은 바로 자연 그대로의 도수度數이다

누군가가 말하기를, "옛 사람은 일에 연유하여 노래를 지어서 당시의 마음을 쏟아내니[179] 뜻을 모조리 쏟아내면 노래를 멈추므로 노래에 정해진 구절이 없다. 희노애락喜怒哀樂의 감정에 따라 내는 소리가 다르므로 구절에는 정해진 소리가 없다. 그런데 오늘날의 음절은 모두 구애[180]를 받아서 한 글자에 한 박자를 쓰다 보니 감히 곧장 첨삭할 수

---

179 쏟아내니 : 원문 "수사(輸寫)"에서 '輸'는 수레로 실어 나르듯 거침없이 이동하는 것이고 '寫'는 '瀉'와 통용되어 물을 쏟아부듯 남김없이 배출하는 것이다.

180 구애 : 원문 '할속(轄束)'은 수레바퀴가 이탈하지 않도록 축에 고정되어 있는 비녀장 할(轄)과 구속을 의미하는 묶을 속(束)이 결합하여 변동이 불가하도록 구애된 상태

없으니 어쩌다가 옛날과 어긋나겠는가!"라고 했다.

그래서 내가 말했다. "모두 옳은 말이다. 오늘날 사람들은 옛날만 못하니, 성정性情[181]에 근본하며, 박자의 빠르기度數[182]를 살펴보니 옛날과 지금이 숭상하는 바는 각자 소중하게 여기는 것에 기인하기 마련이다. 옛날의 요堯임금의 백성이 또한 「격양가擊壤歌」[183]를 부르니 선배 유림들이 박부搏拊[184]를 만들었다는 가설 또한 박자를 맞추는 악기라고 했다. 음악에는 박자가 있으니 요·순堯舜이 창시한 것은 아니고 진실로 자연스러운 도수이다. 그러므로 당현종唐玄宗[185]이 황번작黃幡綽[186]

를 의미한다.

181 성정(性情) : 성정은 사람이 태어나면서 갖추고 있는 본성과 온갖 감정이다. 보편적으로 하늘이 사람에게 부여한다는 인의예지(仁義禮智) 사단(四端)이 성에 속하고, 사물에 감응하여 발현되는 모든 감정인 희노애락애오욕(喜怒哀樂愛惡慾) 등은 정에 속한다고 인식된다. 『예기(禮記)』「악기(樂記)」에 근거하면 "선왕은 성정에 근본하고 도수를 살펴보고 예의로 제어한다(先王本之情性, 稽之度數, 制之禮義)"라는 말이 나온다.

182 박자의 빠르기(度數) : 본래 도(度)는 바로 하늘을 가로로 잘라서 수많은 도수로 만든 것이다. 하늘에 가공의 눈금을 만들어 해와 달이 움직이는 속도를 파악하는 것으로 음악에 있어서 박자의 빠르기를 파악하는 단위로 쓰였다.

183 「격양가(擊壤歌)」 : 요(堯)임금 때에 노인이 지었다는 「격양가(擊壤歌)」에 "해가 뜨면 일어나고 해가 지면 쉬면서, 내 우물을 파서 물을 마시고 내 밭을 갈아서 밥을 먹으니, 황제의 힘이 나에게 도대체 무슨 상관이랴(日出而作, 日入而息. 鑿井而飮, 耕田而食, 帝力於我何有哉)"라는 말이 나오는 데에서 유래한 것이다.

184 박부(搏拊) : 『상서정의(尙書正義)』에 "박부는 가죽으로 만들어 겨를 채워넣은 것으로 음악의 박자를 맞추는 데 쓰는 악기(搏拊, 以韋爲之, 實之以糠, 所以節樂)"라는 말이 나온다.

185 당현종(唐玄宗) : 원문 "명황제(明皇帝)"는 명나라의 황제를 말하는 것 같지만, 『통감절요·당기(通鑑節要·唐紀)』에 근거하여 당현종(唐玄宗)의 시호인 명황제로 불렸다는 것을 알 수 있다.

186 황번작(黃幡綽) : 당나라 현종 때의 배우로, 개원(開元) 초에 궁중에 들어와 30년간 현종을 모셨다. 성격이 익살스럽고 대답을 잘하여 시정(時政)에 대한 풍자와 해학이 있었으며, 안녹산의 난 때에는 반군에 조력하기도 했다. 그로 인해 난이 평정된 뒤에 구금되기도 하였으나 현종이 불쌍히 여겨 풀어 주었다고 한다. 『開天傳信記』

에게 박판보拍板譜[187]를 쓰게 하니, 황번작이 종이에다 한쪽 귀를 그려 바치면서 "박자는 귀로부터 나옵니다"라고 말했다. 우승유牛僧孺[188] 역시 박자를 음악의 구절로 삼았다. 가우嘉祐[189] 연간에 변경汴京[190]의 세 살배기 아이가 어미의 품에서 젖을 먹고 가곡을 들으면 모두 손가락을 비벼서 박자를 맞추었는데 반응이 다르지 않았다. 비록 그렇지만, 옛날과 지금 사람이 숭상하는 것은 풍속을 다스리는 요체인데 각자 그 소중히 여기는 것을 따르는데 노래와 음악이라고 아니다. 옛사람이라고 어찌 도수가 없겠는가! 지금 사람이라고 어찌 성정性情[191]이 없겠는가? 그것을 사용하면서 각자 경중의 차이가 있기 마련이지만 다만 지금은 옛날만 못할 뿐이다. 지금 유행하는 가곡의 박자를 옛사람으로 하여금 다시 살아나더라도 아마 바꾸지는 못할 것이다."

---

187 박판(拍板) : 악기의 하나로, 2매 내지 10여 매의 매끄러운 목판(木板)의 한 끝을 끈으로 꿰어 손에 잡고서 음악의 박자를 맞추는 것이다.

188 우승유(牛僧孺): 당(唐)나라 문종(文宗) 때의 권신(權臣)으로 자(字)는 사암(思黯)이다. 이종민(李宗閔)과 붕당을 결성하고 천하에 위세를 떨쳐, 당시에 우이(牛李)로 불리어졌으며, 그 뒤 좌천을 거듭하다가 선종(宣宗) 때 태자 소사(太子少師)로 죽었다. 『唐書』

189 가우(嘉祐) : 송나라 인종(仁宗)의 연호이고, 1056년부터 1063년까지를 말한다.

190 변경(汴京) : 북송의 수도로 변수(汴水) 주변에 위치한 지금의 개봉(開封)이다.

191 성정(性情): 성정은 사람이 태어나면서 갖추고 있는 본성과 온갖 감정이다. 보편적으로 하늘이 사람에게 부여한다는 인의예지(仁義禮智) 사단(四端)이 성에 속하고, 사물에 감응하여 발현되는 모든 감정 희노애락애오욕(喜怒哀樂愛惡慾) 등은 정에 속한다고 인식된다.

Ⅱ

제2권

◎ 2.14

원문 唐末五代樂章可喜

唐末五代, 文章之陋極矣, 獨樂章可喜. 雖乏高韻, 而一種奇巧, 各自立格, 不相沿襲. 在士大夫猶有可言, 若昭宗 '野煙生碧樹, 陌上行人去', 豈非作者? 諸國僭主中, 李重光、王衍、孟昶、霸主錢俶, 習于富貴, 以歌酒自娛. 而莊宗同父興代北, 生長戎馬間, 百戰之餘, 亦造語有思致. 國初平一宇內, 法度禮樂, 寖復全盛. 而士大夫樂章頓衰于前日, 此尤可怪.

번역 당나라 말기에서 오대시대의 악장은 즐길 만하다

당나라 말기에서 오대시대五代時代[1]의 문장은 매우 비루하지만, 유독 악장樂章만은 즐길만하다. 비록 고아한 음률은 부족하지만, 일종의 기교가 각자 격을 이루니 기존 형식을 답습하지는 않았다. 사대부 사이에 있어서 그래도 언급할 만한 것이 있으니, 예를 들면 소종昭宗[2]의 "푸른 나무에 아지랑이 피어나는데, 밭두둑 위로 행인이 지나가네"와 같은 작품이 어찌 괜찮은 작가가 아니겠는가! 여러 나라에서 제왕을 참

---

1 오대시대(五代時代) : 오대십국시대(五代十國時代, 907~979)는 중국의 역사에서 당나라가 멸망한 907년부터, 송나라가 십국을 통일한 979년까지, 황하 유역을 중심으로 화북을 통치했던 5개의 왕조(五代)와 화중·화남과 화북의 일부를 지배했던 여러 지방정권(십국)이 흥망을 거듭한 정치적 격변기를 가리킨다. 오대는 후량(後梁), 후당(後唐), 후진(後晋), 후한(後漢), 후주(後周)를 뜻하며, 십국은 오월, 민, 형남, 초, 오, 남당, 남한, 북한, 전촉, 후촉을 포함한다.

2 소종(昭宗) : 의종(懿宗)의 아들이다. 희종(僖宗)의 뒤를 이어 즉위하여 기울어가는 당을 다시 일으키려고 노력했으나 환관이 국정(國政)을 어지럽히고 번진(藩鎭)이 발호하여 이루지 못하고 끝내는 세력이 강해진 주온(朱溫)에게 시해당했다. 『舊唐書』

칭僭稱한 사람 중에 이욱李煜, 왕연王衍, 맹창孟昶[3], 패주覇主 전숙錢俶[4]은 모두 부귀에 익숙해서 노래와 술로써 스스로 즐거워했다. 그러나 장종莊宗[5]은 부친인 이극용李克用[6]과 함께 대북代北[7]에서 흥기하여 군영[8]에서 나고 자랐고, 숱한 전투를 치르는 가운데에서도 또한 사구를 짓느

---

3 이욱(李煜)·왕연(王衍)·맹창(孟昶) : 이중광(李重光)은 오대(五代)의 마지막 남당(南唐)의 임금으로 이름은 욱(煜), 자는 중광(重光)이며, 문장과 서화에 뛰어났다. 왕연(王衍)은 오대 시기 전촉(前蜀)의 국왕이다. 어려서 왕위에 올라 음란한 짓을 일삼으며 밤낮으로 술을 마시다가 후당(後唐)에게 멸망당했다. 맹창(孟昶)은 오대(五代)의 마지막 후촉주(後蜀主)이다.

4 패주(覇主)인 전숙(錢俶) : 전홍숙(錢弘俶, 929~988)을 가리킨다. 중국 오대십국 시대 오월(吳越)의 제5대 왕이자 마지막 왕으로, 자는 문덕(文德)이다. 문목왕(文穆王) 전원관(錢元瓘)의 아홉째 아들로, 947년 전원관의 아들 전홍좌(錢弘佐)가 죽고 아우 전홍종(錢弘倧)이 뒤를 이었으나 반란이 일어나 퇴위당하였고, 다시 그의 아우 전홍숙이 왕위에 올랐다. 후한(後漢)과 후주(後周)를 섬기고 남당(南唐)과 적대 관계를 이루었으나, 남당이 후주의 공격을 받아 약화되었으므로 비교적 평온한 시기를 보냈다. 975년 송(宋)나라에 의해 남당이 멸망하고 송나라와 직접 국경이 맞닿게 되자 978년 나라를 바치며 귀순하고 회해국왕(淮海國王)에 봉해졌다. 983년 남한국왕(南漢國王)으로 이름을 바꾸고, 988년에 등왕(鄧王)으로 고쳐 봉해졌다. 진국왕(秦國王)에 추봉되었으며, 시호는 충의왕(忠懿王)이며, 재위기간은 948~978년이다.

5 장종(莊宗) : 오대 후당 이극용(李克用)의 아들로, 이름은 존욱(存勗)이다. 그는 908년에 부왕의 사망 후 진왕에 즉위, 923년에 하북(河北)에서 제위에 올라, 진을 당(唐)이라 하고, 후량(後梁)을 멸망시켜 낙양에 도읍을 정했다. 무사로 용맹이 뛰어났고 또한 어려서부터 노래와 춤 그리고 음악을 즐겼으나, 후량을 멸망시킨 후부터 사치에 빠져 민심을 잃게 되어 926년에 친군(親軍)의 대장 곽종근(郭從謹)에게 살해당했다. 『五代史』

6 이극용(李克用) : 생졸년은 856~906이고, 당나라 말의 무장으로, 묘호는 태조(太祖)이다. 후당(後唐)의 사실상의 건국자이다. 황소의 난을 평정하는데 공을 세워 세력을 얻었고 진왕(晉王)에 봉해졌다. 나중에 주전충과 싸우다가 전사했다. 그의 아들 이존욱(李存勖)은 후량(後梁)을 뒤엎고 후당을 세웠다.

7 대북(代北) : 산서성(山西省) 북부의 지명으로 북방 요충지인 대주(代州) 위에 자리하여 대북(代北)이라 불린다. 후당의 이극용의 양자이자 장종의 이복동생 명종(明宗, 李嗣源 867~933)이 대북 출신이다.

8 군영 : 원문 '융마간(戎馬間)'은 전투용 전마(戰馬) 사이라는 의미로 말 그대로 전장에서 나고 자란 타고난 무사라는 의미이다.

라 지극히 고심했다. 후당의 개국 초기에 천하[9]를 통일시키자 법도와 예악이 점점 전성기를 회복했다. 그러나 사대부의 악장만은 갑자기 지난날에 비해 쇠퇴하였으니 이는 특히 괴이한 것이다.

9 천하 : 원문 '우내(宇內)'에서 '우(宇)'는 우주, 즉 세상이라는 의미이다. 장종은 오대 시대 중 2번째로 황제를 칭하고 후당(後唐)을 세웠다.

◎ 2.15

원문 唐昭宗詞

唐昭宗以李茂貞之故, 欲幸太原, 至渭北, 韓建迎奉歸華州. 上鬱鬱不樂, 時登城西齊雲樓眺望, 製『菩薩蠻』曲曰 :「登樓遙望秦宮殿, 茫茫只見雙飛燕. 渭水一條流, 千山與萬丘. 野煙生碧樹, 陌上行人去. 安得有英雄, 迎歸大內中.」又曰 :「飄颻且在三峰下, 秋風往往堪沾灑. 腸斷憶仙宮, 朦朧煙霧中. 思夢時時睡, 不語長如醉. 早晚是歸期, 穹蒼知不知?」

번역 당 소종의 가사

당나라 소종昭宗이 이무정李茂貞의 난[10]으로 태원太原[11]으로 순행하고자[12] 위수渭水[13] 북쪽에 이르렀는데, 한건韓建[14]이 맞이하여 모시고 화주華

---

10 이무정(李茂貞)의 난 : 이무정은 사병(士兵) 출신이다. 당 소종(唐昭宗) 대순(大順) 2년(891) 양복공(楊復恭)이 반란을 일으켰을 때 소종의 허락을 얻지 못하였는데도 흥원(興元)을 공격하여 점령하고 장안을 압박했다. 소종을 협박하여 진왕(秦王)에 봉진되어 발호했다. 건녕(乾寧) 3년(896)에는 군사를 이끌고 장안을 공격하여 소종이 화주(華州)로 피난 간 일도 있었다.『舊五代史·世襲列傳』

11 태원(太原) : 현재 산서성(山西省) 성도인 태원시(太原市)로 전통적으로 진양(晉陽)이라 불리며 중국 북방의 요새지의 대명사로 불렸다. 당대(唐代)에는 장안(長安)·낙양(洛陽)·태원·봉상(鳳翔)을 사경(四京)으로 삼았을 정도로 큰 도회지였다. 병주(并州)라고 불리며 당나라 때 곽자의(郭子儀)를 비롯한 영웅호걸이 많이 배출되었다.

12 순행하고자 : 제왕이 궁궐을 벗어나 행차하는 것을 말한다. 제왕이 가는 곳은 교화를 입게 되어 다행이라는 의미이다.

13 위수(渭水) : 감숙성(甘肅省) 위윤현(渭原縣) 서북 조서산(鳥鼠山)에서 발원하여 섬서성(陝西省)을 거쳐, 낙수(洛水)와 합쳐 황하로 흐르는 강이다. 흡수(洽水)는 섬서성 함양현(郃陽縣)에서 발원하여 황하로 빠지는 강으로 흡하(洽河)라고도 한다. 강태공(姜太公)이 문왕(文王)을 만나 조정으로 들어오기 전에 위수 가에서 낚시질을 하면서 지냈던 것으로 유명하다.

14 한건(韓建) : 화주자사(華州刺史)이면서 진국절도사(鎭國節度使)이다.

州[15]로 돌아갔다. 황제는 마음이 답답해서 즐겁지 않으니, 때때로 성 서쪽에 자리한 제운루齊雲樓에 올라 멀리 바라보며 「보살만菩薩蠻」곡을 지어서 노래 불렀다.

누각에 올라 진나라 궁전[16] 멀리 바라보니	登樓遙望秦宮殿
까마득히 날아오른 제비 한 쌍만 보일뿐	茫茫只見雙飛燕
한 줄기 위수 흐르고	渭水一條流
수많은 산과 언덕에	千山與萬丘
푸른 나무에 아지랑이[17] 생기고	野煙生碧樹
밭두둑에 행인들 지나간다오	陌上行人去
어떻게 하면 영웅호걸 만나서	安得有英雄
세상 속[18]으로 데리고 돌아올까	迎歸大內中

또 지어서 불렀다.

---

15 화주(華州) : 지금의 섬서성(陝西省) 화현(華縣) 일대로 대표적인 북변 국경수비도시이다. 『장자(莊子)』「천지(天地)」편에 화봉인(華封人)이 복을 기원하는 화봉삼축(華封三祝)의 고사가 나오며, 변방 요충지라 화주자사는 절도사를 겸직하기도 한다.

16 진나라 궁전 : 진(秦)나라는 지금의 서안(西安) 옆 함양(咸陽)에 수도를 두었다. 당나라의 수도 시안은 섬서성(陝西省)의 수도이고, 화주 섬서성에 위치하여 거리가 가깝다.

17 아지랑이 : 원문 '야연(野煙)'은 더워진 들판에 신기루처럼 환영이 보이는 현상이다. '아지랑이', 혹은 '이내'라고 표현한다.

18 세상 속 : 원문 '대내(大內)'는 중의적인 표현이다. 큰 세상 속이라는 광의적인 의미와 대궐 안이라는 협의적인 의미가 있다. 여기에서는 영웅호걸이 많이 배출된 태원, 화주 지역에서 영웅을 얻어 반란을 평정하고 황실을 굳건히 할 영웅을 만나 세상을 바로잡아 줄 것을 염원하는 내용을 말한다.

회오리는 또 세 봉우리[19] 아래에 일고 飄颻且在三峰下
가을바람은 종종 불어와 눈물 적시네 秋風往往堪沾灑
애간장 끊어지듯 선궁[20]이 그리우니 腸斷憶仙宮
몽롱한 연기와 안개 속에 자리하겠지 朦朧煙霧中
꿈꾸듯 그리워 때때로 졸다 보면 思夢時時睡
오랫동안 말 없어 취한 것 같구려 不語長如醉
조만간에 돌아오겠다는 그 기약 早晚是歸期
푸르른 하늘은 아는가 모르는가 穹蒼知不知

19 세 봉우리 : 송나라 시인 반랑(潘閬)의 「과화산(過華山)」시에 "하늘에 우뚝 솟은 세 봉우리가 너무 좋아서, 머리 돌려 읊으며 바라보다 나귀를 거꾸로 탔네. 옆 사람이 크게 웃지만 그야 웃거나 말거나, 나는 끝내 이곳에 집 옮겨 살고만 싶구나(高愛三峯揷太虛, 掉頭吟望倒騎驢. 旁人大笑徒他笑, 終擬移家向此居)"라고 되어있다. 『宋詩紀事』

20 선궁(仙宮) : 신선이 사는 천상세계의 궁궐이지만, 여기서는 황궁을 버리고 몽진한 소종이 황궁으로 돌아가기를 바라는 마음을 가리킨다.

◎ 2.16

원문 各家詞短長

王荊公長短句不多，合繩墨處，自蕭容奇特．晏元獻公、歐陽文忠公，風流縕藉，一時莫及，而溫潤秀潔，亦無其比．東坡先生以文章餘事作詩，溢而作詞曲，高處出神入天，平處尚臨鏡笑春，不顧儕輩．或曰：長短句中詩也．爲此論者，乃是遭柳永野狐涎之毒．詩與樂府同出，豈當分異？若從柳氏家法，正自不得不分異耳．晁無咎、黃魯直皆學東坡，韻製得七八．黃晚年閑放于狹邪，故有少疏蕩處．後來學東坡者，葉少蘊、蒲大受亦得六七，其才力比晁、黃差劣．蘇在庭、石耆翁入東坡之門矣，短氣跼步，不能進也．趙德麟、李方叔皆東坡客，其氣味殊不近，趙婉而李俊，各有所長，晚年皆荒醉汝潁京洛間，時時出滑稽語．賀方回、周美成、晏叔原、僧仲殊各盡其才力，自成一家．賀、周語意精新，用心甚苦．毛澤民、黃載萬次之．叔原如金陵王謝子弟，秀氣勝韻，得之天然，將不可學．仲殊次之，殊之贍，晏反不逮也．張子野、秦少游俊逸精妙．少游屢困京洛，故疏蕩之風不除．陳無己所作數十首，號曰『語業』，妙處如其詩，但用意太深，有時僻澀．陳去非、徐師川、蘇養直、呂居仁、韓子蒼、朱希真、陳子高、洪覺範，佳處亦各如其詩．王輔道、履道善作一種俊語，其失在輕浮，輔道誇捷敏，故或有不縝密．李漢老富麗而韻平平．舒信道、李元膺，思致妍密，要是波瀾小．謝無逸字字求工，不敢輒下一語，如刻削通草人，都無筋骨，要是力不足．然則獨無逸乎？曰：類多有之，此最著者爾．宗室中，明發、伯山久從汝洛名士游，下筆有逸韻，雖未能一一盡奇，比國賢、聖褒則過之. 王逐客才豪, 其新麗處與輕狂處皆足驚人. 沈公述、李景元、孔方平、處度叔侄、晁次膺、万俟雅言, 皆有佳句, 就中雅言又絕出. 然六人者, 源流從柳氏來, 病於無韻. 雅言初自集分兩體：曰雅詞, 曰側艷, 目之曰『勝萱麗藻』. 後召試入官, 以側艷體無賴太甚, 削去之. 再編成集, 分五體：曰應制、曰風月脂粉、曰雪月風花、曰脂粉才情、曰雜類, 周美成目之曰『大聲』. 次膺亦間作側艷. 田不伐才思與雅言抗行, 不聞有側艷. 田中行極能寫人意中事, 雜以鄙俚, 曲盡要妙, 當在万俟雅言之右, 然莊語輒不佳. 嘗執一扇, 書句其上云：「玉蝴蝶戀花心動.」語人曰：「此聯三曲名也, 有能對者, 吾下拜.」北里狹邪間橫行者也. 宗室溫之次之. 長短句中, 作滑稽無賴語, 起於至和. 嘉祐之前, 猶未盛也. 熙、豐、元祐間, 兗州張山人以詼諧獨步京師, 時出一兩解. 澤州孔三傳者, 首創諸宮調古傳, 士大夫皆能誦之. 元祐間, 王齊叟彥齡, 政和間, 曹組元寵皆能文, 每出長短句, 膾炙人口. 彥齡以滑稽語譟河朔. 組潦倒無成, 作『紅窗迥』及雜曲數百解, 聞者絕倒, 滑稽無賴之魁也. 夤緣遭遇, 官至防禦使. 同時有張兗臣者, 組之流, 亦供奉禁中, 號「曲子張觀察」. 其後祖述者益眾, 嫚戲汙賤, 古所未有. 組之子知閤門事勳, 字公顯, 亦能文, 嘗以家集刻板, 欲蓋父之惡. 近有旨下揚州, 毀其板云.

번역 각 사가의 장단점

왕안석王安石[21]의 장단구는 많지 않은데, 격식에 부합하는 부분은 본디 온화하면서도 기특했다. 안수晏殊[22]와 구양수歐陽脩[23]는 풍류가 자자

해서, 당시의 문객들이 미치지 못할 수준이었고, 따뜻하고 인정미가 있으니 또한 이에 견줄 만한 문인이 없었다.

소식蘇軾은 문장을 짓고 나머지 일로 시를 지었고[24], 그것이 넘쳐서 사곡詞曲을 지었는데 고아한 부분은 신묘한 경지를 뛰어넘어 천연의 경지에 들어갔으며, 낮은 곳에서는 오히려 거울 앞에서 봄을 희롱하다가[25] 동년배들 돌아보지 못했다. 어떤 사람은 '장단구長短句는 시에 맞다'라고 말한다. 이러한 논평을 하는 사람은 바로 유영柳永이 야호野狐의 독침[26]에 중독되었다는 것이다. 시와 악부는 같은 뿌리에서 나온

21 왕안석(王安石) : 생졸년은 1021~1086이다. 왕형공(王荊公)은 북송(北宋)의 정치가 왕안석(王安石)을 말하는데, 그의 봉토(封土)가 형(荊) 땅이었기 때문에 형공이라 부른다. 자는 개보(介甫)이고 호는 반산(半山)이다.

22 안수(晏殊) : 생졸년은 991~1055이고, 자는 동숙(同叔)이고, 송(宋)나라 임천(臨川) 사람이며, 시호는 원헌(元獻)이다. 사에 능하고 시 역시 아름답다. 진종(眞宗) 때 출사하여 벼슬이 재상 겸 추밀사에 이르렀다. 학교를 일으키고 생도를 가르치는 등 학문 부흥에 힘써 구양수(歐陽脩), 범중엄(范仲淹) 등이 모두 그 문하에서 나왔다. 130여 수가 남아있는데 모두 소령(小令)체이다.

23 구양 문충공(歐陽文忠公) : 구양수(歐陽脩, 1007~1072)를 가리킨다. 중국 북송(北宋) 때의 문장가이자 정치가로, 자는 영숙(永叔), 호는 취옹(醉翁)이며 만년에는 육일거사(六一居士)라고 했다. 당송팔대가(唐宋八大家)의 한 사람으로, 미문조인 서곤체(西崑體)를 개혁하고 당(唐)나라의 한유(韓愈)를 모범으로 하는 시문을 지었다. 운율과 격식을 중시하고 전고(典故)를 남용하는 변려문을 배격하고, 평이하고 간결한 고문(古文)의 부흥을 주도함으로써 중국문학의 새로운 지평을 열었다는 평가를 받았다. 저서로 『구양문충공집(歐陽文忠公集)』·『육일사(六一詞)』·『육일시화(六一詩話)』 등이 있다.

24 문장을 짓고 나머지 일로 시를 지었고 : 주업으로 종사하지 않고 남는 시간에 소일거리로 삼는 취미를 말한다. 이 내용은 『후산시화(後山詩話)』의 "한유는 문장으로 시를 지었고, 소식은 시로 사를 지었다(退之以文爲詩, 子瞻以詩爲詞)"에서 나온 것이다.

25 거울 앞에서 봄을 희롱하다가 : 시적 표현이 절실하면 독자가 감동하여 마치 거울을 들여다보면 봄날에 들판에 앉아 꽃을 완상하는 듯한 느낌을 받는 경지를 말한다.

26 야호(野狐)의 독침 : 시문(詩文)의 법을 제대로 터득하지 못한 사람의 수준 낮은 시문을 비유한 말이다. 송나라 사람 증민행(曾敏行)의 『독성잡지(獨醒雜志)』에 실려있는 전설에 의하면 주둥이가 작은 병에 고기를 넣고 들판에 묻어두면 여우가 먹고 싶지만

것인데 어찌 다르게 분류해야 하겠는가! 만약 유영의 가법을 따른다면, 정말로 본래 어쩔 수 없이 다르게 분별하지 않을 수 없을 뿐이다.[27]

조보지晁補之[28]와 황정견黃庭堅[29]은 모두 소식의 시를 배웠는데, 운율을 지으면 그중 7, 8할은 소식과 맞았다. 황정견은 말년에 시아예[狹邪][30]에서 한가하게 노닐었기 때문에 다소 시원시원한 부분이 있었다. 후에

주둥이가 들어가지 않는다. 군침을 병 속에 뚝뚝 흘리면 고기에 침이 들어간다. 고기를 가져다 햇빛에 말려 육포로 만들면 사람을 미혹시켜 환영이 생긴다. 뒤에 야호의 침은 사람은 미혹시킨다는 말이 되었다.

27 만약 유영의 (…중략…) 뿐이다 : 이 부분의 서술에서 송대의 사체에 대한 두 가지 다른 관념이 드러난다. 소식을 대표로 하는 정성파(情性派)는 시와 사는 본래 정성(情性)이 같은 것으로 두 가지는 분리될 수 없다고 본다. 유영을 대표로 하는 성률파(聲律派)는 시는 별도의 것으로 시와 사는 마땅히 분리된다고 본다. 왕작은 정성파의 주장을 지지한다. "詩與樂府同出, 豈當分異(시와 악부는 동시에 나온 것인데 어떻게 다르게 분리되는가?)"라고 했다. 박씨 성률파는 "若從柳氏家法, 正自不得不分異也.(만약 유영의 가법을 따른다면, 어떻게 나누지 않을 수 있겠는가?)"라고 주장했다. 만약 여기서 '得不' 두 글자를 생략해 버린다면 그 의미는 정반대가 되서 "柳氏家法正自不分異(유영파는 正自 분리하지 않았다)"가 될 것이다. 두 문장은 서로 모순될 뿐만 아니라, 성률파의 "詩與樂府分異(시와 악부는 분리된다)"는 기본 관념을 완전히 곡해하는 것이다. 그러므로 위 문장의 '得不'구절은 절대로 생략해서는 안 된다.

28 조보지(晁補之) : 생졸년은 1053~1110이고, 자(字)는 무구(無咎)이다. 송나라 철종(哲宗) 때 사람으로, 학문을 좋아하고 문장에 능하였으며, 서화(書畫)에 뛰어났다. 황정견, 진관, 장뢰(張耒)와 함께 소문사학사(蘇門四學士)로 불렸다. 저서에는 『계륵집(雞肋集)』이 있다. 『宋史・晁補之列傳』

29 황정견(黃庭堅) : 생졸년은 1045~1105이고, 자는 노직(魯直)이며, 호는 산곡도인(山谷道人)이다. 북송의 강서시파(江西詩派)를 대표하는 시인으로 영종(英宗) 치평(治平) 4년(1066) 진사시에 급제하고 기거사인(起居舍人) 등의 벼슬을 역임하였으나 고위직에는 이르지 못했다. 시부(詩賦)의 창신(創新)을 주장하고 독특한 시풍을 이루어 동시대의 소식(蘇軾)으로부터 높은 평가를 받았다.

30 협사(狹邪) : 본디 좁고 꼬불꼬불한 골목길로, 협사(狹斜)와 같은 말이다. 장안의 좁은 골목길에 빗대어 정도(正道)를 외면하고 편법과 불법을 자행하는 세태를 지적하고, 정도로써 국가를 운영해야 한다는 것을 말했다. 남조 송(宋)나라 사혜련(謝惠連)의 「장안유협사행(長安有狹邪行)」이라고도 하고 「상봉협로간행(相逢狹路間行)」이라고도 한다.

소식에게 배운 사람들 중 섭몽득葉夢得[31]과 포영蒲瀛[32] 또한 6, 7할은 소식과 맞았지만 그 재능은 조보지와 황정견에 비하면 조금 열등했다.

소재정蘇在庭과 석기옹石耆翁[33]이 소식의 문하로 입문하였는데 아주 짧은 발전도 이루지 못했다. 조령치趙令時[34]와 이치李廌[35]는 모두 소식의 문객門客인데 그 기질은 사뭇 달랐다. 조령치는 여성적인 반면에 이치는 남성적이라서 각각의 장점이 있었는데, 말년에 모두 여영汝穎과 도성 사이[36]에서 놀이와 술에 빠져 지내며 때때로 우스갯소리를 내기도 했다.

하주賀鑄[37], 주방언周邦彦[38], 안기도晏幾道[39], 승려 중수仲殊[40]는 각각 재

---

31 섭몽득(葉夢得) : 생졸년은 1077~1148이고, 자는 소온(少蘊)이며, 호는 석림(石林)이다. 송나라 오현(吳縣) 사람으로 평생 학문을 좋아하여 고사에 정통했다. 저서에 『석림연어(石林燕語)』이 있다.

32 포영(蒲瀛) : 자는 대수(大受), 호는 만수(漫叟)로 사천성 낭중(閬中) 사람이다. 송나라 휘종과 고종 연간에 활동하였고 시와 사문에 능했다.

33 석기옹(石耆翁) : 송나라 때 사문 작가로 생몰년이나 약력은 알려진 것이 없고 대표작으로 『자고천(鷓鴣天)』「석문지두작야춘(借問枝頭昨夜春)」 등이 있다.

34 조령치(趙令時) : 일명 조덕린(趙德麟, 1061~1134)으로 당송팔대가 중의 한 사람으로 소식의 친구이다. 처음에 자를 경황(景貺)이었는데, 소식이 덕린(德麟)으로 자를 고쳐주었다. 호는 요복옹(聊復翁)이다. 송 태조의 4왕자 조덕방(趙德芳)의 현손이다. 원우 연간에 영주(潁州)에서 관직생활을 했는데 소식이 수령으로 부임하여 조정에 인재로 추천했다. 원우당적(元祐黨籍)에 연좌되어 10년간 금고 당했다. 소흥 초기에 안정군왕(安定郡王)에 습봉(襲封)되었다. 저서에 『후청록(侯鯖录』 8권이 있다.

35 이치(李廌) : 생졸년은 1059~1109이고, 자는 방숙(方叔)이며, 호는 덕우재(德隅齋)이다. 젊어서 소식에게서 문장으로 인정을 받았다. 문장은 고금의 치란을 즐겨 썼으며 시의 풍격은 웅건하면서 수려한 편이다.

36 여영(汝潁)과 도성 사이 : 원문은 '여영경락간(汝潁京洛間)'으로 북송의 수도 변경(汴京) 주변의 지명이다. 황하의 지류의 여수(汝水)와 영수(潁水), 그리고 낙양(洛陽)과 수도인 변경(汴京)을 아우르는 말이다.

37 하주(賀鑄): 송(宋)나라 문인(文人)으로 방회(方回)는 그의 자이다. 그는 일찍이 승사랑(承事郎), 사주 통판(泗州通判) 등을 역임했다. 그는 시에 능하였고 특히 사(詞)에 뛰어났다. 저서에 『동산악부(東山樂府)』, 『경호유로집(慶湖遺老集)』 등이 있다.

38 주방언(周邦彦) : 송나라 전당(錢塘) 사람으로 자는 미성(美成)이다. 제자백가(諸子百家)의 서적을 두루 섭렵한 그는 원풍(元豐) 연간에 변도부(汴都賦)를 지어 올린 후

능을 다 펼쳐서 스스로 일가를 이루었다.[41] 하주와 주방언은 시서의 의미가 정밀하면서도 참신하였는데 마음 씀이 매우 고통스러웠다. 소방蘇滂[42], 황대여黃大輿[43]는 이들에 버금갔다. 안기도가 금릉金陵의 왕王씨와 사謝씨[44]의 훌륭한 자제처럼 빼어난 기운과 훌륭한 운율이 자연스러운 경지에 올라서 거의 배울 수 없었다. 중수는 이에 버금가지만,

---

대악정(太樂正)이 되었고, 그 후 사장(辭章)에 더욱 주력하여 휘종(徽宗) 때에는 휘유각 대제(徽猷閣待制)를 지내고 대성부 제거(大晟府提擧)가 되었다가 얼마 후에 순주창부(順州昌府)가 되었다. 그는 음악을 좋아하여 장단구(長短句)를 지었는데, 사운(詞韻)이 맑고 고와서 북송시대 사가(詞家)들의 대종(大宗)이 되었다. 『宋史・周邦彦列傳』

39 안기도(晏幾道) : 생졸년은 1031~1106이고, 중국 송나라 인종(仁宗)에서 휘종(徽宗) 때의 문인이다. 안수(晏殊)의 일곱째 아들로, 아버지와 함께 이안(二晏)이라 불린다. 섬세하고 애상적인 사풍을 보인다.

40 승려 중수(仲殊) : 송(宋)나라 때 승천사(承天寺)의 승려이다. 자는 사리(師利). 속성(俗姓)은 장씨(張氏)이다. 소식(蘇軾)과 교유가 있었고 시사(詩詞)에 능했다. 저서에 『보월집(寶月集)』이 있다. 천성이 꿀을 좋아하였으므로 별명을 밀수(蜜殊)라 한다.

41 일가를 이루었다 : 기록에는 송나라 초기 태종(太宗)이 음률에 밝아서 대소의 악곡을 만들고, 또 구곡(舊曲)을 인하여 새로운 곡조를 만들어서 이를 교방(敎坊)에 폈으니, 무대곡(舞隊曲)이 무릇 3백 90곡이고, 비파 한 악기에만도 84조(調)가 있었다. 인종(仁宗)은 금중(禁中)에서 악곡을 만들었으니 이때에는 유영 같은 이가 있었고, 휘종(徽宗)은 대성(大晟)으로 악을 이름 했으니 이때에는 주방언(周邦彦)・조조・신차응(辛次膺)・만사영(萬俟詠) 등이 있어 모두 음조에 밝았다. 『五洲衍文長箋散稿・樂府辨證說』

42 소방(蘇滂) : 생졸년은 1060~1124이고, 자는 택민(澤民)이며, 호는 동당(東堂)으로 저장성 강산(江山) 사람이다. 소식이 항주자사가 되었을 때 법조(法曹)를 맡아서 수제자가 되었다. 사문은 소식에게 전수받아 유영에게 영향을 주었다. 문체가 원만하고 부드러워 남송의 주류에 영향을 미쳤다.

43 황대여(黃大輿) : 송나라 사천 사람으로 자는 재만(載萬)이고 민산우경(岷山耦耕)이라 스스로를 불렀다. 악부의 가사를 잘 지어서 「악부광변풍(樂府廣變風)」을 지었다. 당나라 이래로 재사가 매화를 노래한 가사를 수록해 『매원(梅苑)』10권을 편찬했다. 왕작이 사천에서 지낼 때 교유하던 인사로 다른 전거를 찾을 수 없다.

44 금릉(金陵)의 왕씨(王氏)와 사씨(謝氏) : 금릉은 지금의 난징으로 남북조 시대에 동진(東晉)의 도읍지가 되었다. 동진에 문장가 가문으로 유명한 왕씨와 사씨 문벌이 있는데, 대표적 작가로는 왕희지(王羲之), 태부(太傅)를 지낸 사안(謝安)이 있다.

중수의 풍부한 표현력은 안기도에 오히려 미치지 못했다.

장선張先[45]과 진관秦觀[46]은 뛰어나면서 정교했다. 진관은 자주 도성과 낙양에서 곤궁하였기 때문에 소탈한 풍모가 사라지지 않았다. 진사도陳師道[47]가 지은 수십 수를 「어업語業」이라고 불렀는데, 절묘한 부분은 그가 지은 시와 같지만, 다만 의미가 매우 심오해서 때때로 괴팍한 시어를 사용하기도 했다.

진여의陳與義[48], 서부徐俯[49], 소상蘇庠[50], 여본중呂本中[51], 한구韓駒[52], 주돈

---

45 장선(張先) : 생졸년은 990~1078이고, 자는 자야(子野)이며, 송나라 때 문장가이다. 그는 구양수(歐陽脩)의 친구였는데, 그가 죽은 후 그의 아우가 구양수에게 찾아와 묘지명(墓誌銘)을 지어 달라고 요청하므로 구양수가 이렇게 말했던 것이다. 이를테면 자기가 아니면 누가 자기 친구의 숨은 덕을 표창할 수 있겠느냐는 뜻으로 매우 정의가 넘치는 말이다. 『歐陽文忠集・張子野墓誌銘』

46 진관(秦觀) : 생졸년은 1049~1100이고, 북송 때의 문인 학자이다. 자는 소유(少游), 호는 회해거사(淮海居士)이다. 소식(蘇軾, 1036~1101)의 문인으로서 황정견(黃庭堅)・조보지(晁補之)・장뇌(張耒)와 함께 '소문사학사(蘇門四學士)'로 일컬어졌다. 저서로는 『회해집(淮海集)』이 있다. 처음의 자는 태허(太虛)였는데, 나중에 나이가 든 뒤 종전에 사방으로 유람하던 뜻을 거두어 고향으로 돌아가 늙기를 한(漢)나라 때 마소유(馬少游)처럼 하겠다는 뜻으로 자를 소유(少游)로 고치고 자신의 허물을 반성했다. 이 사실은 진사도(陳師道, 1053~1101)가 지은 「진소유자서(秦少游字敍)」에 보인다.

47 진사도(陳師道) : 생졸년은 1053~1101이고, 송나라 시인으로 무기(無已)는 그의 자이며 호는 후산(后山)이다. 젊었을 때 증공(曾鞏)에게 배웠고, 과거에 뜻을 두지 않았다. 사람됨이 고아하고 절개가 있어 안빈낙도했지만, 어려움 속에 곤궁하게 살다가 추위와 병에 시달리다 죽었다. 『宋史・陳師道列傳』

48 진여의(陳與義) : 생졸년은 1090~1139이고, 남송 초기의 걸출한 시인으로 자는 거비(去非), 호는 간재(簡齋)이다. 자는 거비(去非)이고, 호는 간재(簡齋)이다. 금나라가 변경을 침략하자 남쪽으로 피신하여 방랑하다가 남송 고종(高宗)에게 발탁되어 참지정사(叅知政事)가 되었다. 난세에 강남 각지를 방랑한 체험이 비슷했던 두보를 특히 좋아했으며, 우국탄식의 사(詞)를 많이 지었다. 소박하고 순진한 서정・서경(敍景)의 시를 주로 썼으며, 특히 풍경에 감정을 이입하는 서정성은 당시풍(唐詩風)으로의 회귀를 나타낸다.

49 서부(徐俯) : 생졸년은 1075~1141이고, 자는 사천(師川)이고 호는 동호거사(東湖居士)이며 황정견의 조카이다. 시와 사에 능했으며 시어가 수려하고 의미가 활달했다.

유朱敦儒[53], 진극陳克[54], 혜홍惠洪[55]의 아름다운 부분 역시 각각 그들이 지은 시와 같다. 왕채王寀[56]와 왕안중王安中[57]은 일종의 뛰어난 시어를 잘 지었는데, 경박한 실수를 저질렀고 왕채는 지나치게 민첩하였기 때문에 더러 치밀하지 못한 부분이 있다. 이병李邴[58]는 화려하고 풍부하지만 운율은 평이했다. 서단舒亶[59]과 이원응李元膺은 시상이 아주 아름답고 면밀하니 요컨대 감정의 기복이 적었다.

사일謝逸[60]은 한 글자 한 글자를 공교롭게 하려고 감히 한 글자라도

---

50 소상(蘇庠) : 생졸년은 1065~1147이고, 자는 양직(養直)이고 장수성 단양(丹陽) 사람이다. 시로 이름났으며 사 역시 더욱 유명하다. 한적한 생활을 묘사하였는데 나라가 망한 애절함을 잘 표현했다.

51 여본중(呂本中) : 생졸년은 1084~1145이고, 자는 거인(居仁)이며, 시호는 문청(文淸)으로 학자들은 동래선생(東萊先生)이라 불렀다. 강서시파의 유명한 시인이다. 정교한 시어로 유명한데 시어는 천박할지라도 그 의미는 깊어서 별도의 풍미가 있다.

52 한구(韓駒) : 생졸년은 1080~1135이고, 자는 자창(子蒼)이고 호는 모양(牟陽)이니 학자들은 능양선생(陵陽先生)이라 불렀다. 소철(蘇轍)을 따라 시를 배웠다.

53 주돈유(朱敦儒) : 생졸년은 1081~1159이고, 자는 희진(希眞)이며, 호는 암학(巖壑), 낙양 사람이다. 이수노인(伊水老人)이나 낙천선생(洛川先生)이라 불렸다. 은거하며 벼슬 하지 않았고 시와 술의 풍류를 즐겼다. 그래서 시어가 맑고 화창하다.

54 진극(陳克) : 생졸년은 1081~1137이고, 자는 자고(子高), 호는 적성거사(赤城居士)이다. 시와 사 모두 잘 지었으며 사가 더욱 성공했다. 당시 시대상을 반영하였는데 화간(花間) 시풍의 화려한 풍격을 계승했다.

55 혜홍(惠洪) : 생졸년은 1071~1128이고, 자는 각범(覺範)으로 유명한 시승(詩僧)으로 속성은 팽씨(彭氏)이다. 소식과 황정견과 함께 방외(方外)의 교류를 맺었다. 승려이지만 시어는 아름답고 로맨틱하여 낭자화상(浪子和尙)이라는 별명도 있다.

56 왕채(王寀) : 생졸년은 1078~1118이고, 자는 보도(輔道)이며, 호는 남해(南陔)이다. 북송 후기의 유명한 사인(詞人)으로 임령소(林靈素)의 모함에 빠져 기시(棄市)되었다.

57 왕안중(王安中) : 생졸년은 1075~1118이고, 자는 이도(履道)로 섬서성 양곡(陽曲) 사람이다. 젊어서 소식을 스승으로 모셨다. 사문의 풍격은 청아하면서 부드럽다.

58 이병(李邴) : 생졸년은 1085~1146이고, 자는 한로(漢老)이며 호는 운감(雲龕)이다. 풍아하고 고결하여 모방(毛滂)의 풍격이 비슷한다.

59 서단(徐亶) : 생졸년은 1041~1103이고, 자는 신도(信道), 호는 나당(懶堂)이다. 소령(小令)체의 사문에 능했고 「보살만(菩薩蠻)」여러 수로 명성을 얻었다. 시어가 치밀하고 감정이 긴밀하게 이어진다.

잠깐도 소홀히 하지 않아 마치 풀로 만든 사람을 조각하는 것과 같아서, 근육과 뼈가 모두 없으니, 요컨대 필력이 부족한 것이다. 그렇다면 오로지 사일 뿐인가? 답하길 비슷한 부류야 많이 있지만, 사일이 가장 잘 지은 것일 뿐이다.

종실宗室 중에서는 조사간趙士暕과 조자숭趙子崧[61]은 오랫동안 여영汝潁과 낙양의 명사와 노닐면서 붓을 들어 시를 쓰면 뛰어난 운율이 생겨나니, 비록 하나하나 모두 기발할 수는 없지만, 조국현趙國賢과 조성포趙聖褒와 견주어 칭찬한다면 지나칠 것이다. 왕중보王仲甫[62]는 재량이 호방하여 그 세련되고 미려한 부분과 경망스런 부분은 모두 사람을 놀라게하기에 충분했다.

심당沈唐[63], 이갑李甲[64], 공이孔夷, 공구孔榘 숙부와 조카[65], 조단례晁端禮[66],

---

60 사일(謝逸) : 생졸년은 1068~1113이고, 자는 무일(無逸)이며 호는 계당거사(溪堂居士)이다. 박학다식하고 문사를 잘 지었다. 일찍이 나비 시 300수를 지었는데 대부분 아름다워 한 시대를 풍미했다.

61 조사간(趙士暕)과 조자숭(趙子崧) : 조사간은 한왕(漢王) 조원좌(趙元佐)의 현손으로 자는 명발(明發)이다. 시와 그림을 잘 그렸다. 조자숭은 연왕(燕王) 조덕소(趙德昭)의 5대손으로 자는 백산(伯山), 호는 감당거사(鑑堂居士)이다.

62 왕중보(王仲甫) : 자는 명지(明之), 호는 축객(逐客)으로 사천성 성도 사람이다. 송나라 신종 때 활동했다. 혹은 왕관(王觀)을 가리키기도 하는데, 진관(秦觀)과 함께 이관(二觀)으로 불린다. 궁정생활을 묘사한 「청평악(淸平樂)」을 지었다. 왕안석의 신법에 반대하여 파직 당하자 스스로 쫓겨난 나그네[逐客]이라고 불렀다. 이때부터 평민으로 살아가며 「복산자(卜算子)」·「고양대(高陽臺)」 등을 지었다.

63 심당(沈唐) : 자는 공술(公述)로 한기(韓琦)의 문객이 되었다. 『전송사(全宋詞)』에 4수가 실렸다.

64 이갑(李甲) : 자는 경원(景元)으로 상해(上海) 사람이다. 새 깃털 그림을 잘 그리고 대나무도 잘 그렸다. 『전송사(全宋詞)』에 9수가 실렸다.

65 공이(孔夷) 공구(孔榘) 숙부와 조카 : 공이는 자가 방평(方平)이고 하남성 용흥(龍興) 사람이다. 공민(孔旼)의 아들로 공자의 47대손이다. 이치(李廌)와 술과 시 친구로 지냈다. 당나라 말기부터 송나라 초기의 사문을 수록하여 『난원곡회(蘭畹曲會)』를 편찬했다. 공구는 자가 처도(處度)이고 공이의 조카이다.

만사영萬俟詠[67]은 모두 아름다운 시구를 지었고, 그 중에서도 만사영이 더 출중했다. 그러나 6명은 원류가 유영柳永으로부터 나왔는데, 맞는 운율이 없다는 병폐가 있다. 만사영은 초기에 자신의 시집을 두 가지 문체로 나누었는데, 하나는 '아사雅詞'라고 하고, 다른 하나는 '측염側艷'이라 하여 『승훤려조勝萱麗藻』라고 제목을 붙였다. 후에 과거에 합격해 관리가 되었는데 측염체가 너무나 터무니없다는 이유로 삭제했다. 다시 편집하여 시집을 만들면서 다섯 가지 문체로 분류하였는데 「응제應製」, 「풍월지분風月脂粉」, 「설월풍화雪月風花」, 「지분재정脂粉才情」, 「잡류雜類」라 하였고, 주방언이 『대성大聲』이라고 제목을 달았다.

조차응 역시 간혹 측염체를 지었다. 전위田爲[68]의 재사才思는 만사영과 맞수가 되었는데 측염체의 시를 지었다는 말은 듣지 못했다. 전중행田中行[69]은 사람 마음 속 일을 제대로 묘사할 줄 알았는데, 비속한 시

66 조단례(晁端禮) : 생졸년은 1046~1113이고, 자는 차응(次膺)이며 일명 단례(端禮)이다. 정화3년(1113)에 승사랑으로 대성악부 협율랑이 되어 가사 짓는 분야에 으뜸이 되었다. 궁정에서 명을 받아 짓는가 하면 서정적 묘사를 하기도 하고 타인에 빗대어 서정을 서사하는 대언체(代言體)를 창시하기도 했다.

67 만사영(萬俟詠) : 생졸년은 미상이다. '만사(萬俟)'는 복성이다. 북송말 남송초기의 사인(詞人)이다. 자는 아언(雅言)이고 자호는 사은(詞隱)이며 대량사은(大梁詞隱)이라 했다. 철종 원우(元佑) 연간에 시부로 명성을 얻었다. 급제하지 못하다가 휘종 정화(政和) 초기에 시보관으로 초빙되어 대성부(大晟府) 제찬(製撰)에 제수된다. 음률을 잘 다루어 스스로 새로운 성률을 지어낼 수 있었다. 사(詞)는 유영(柳永)에게 배웠다. 현재 27수의 사가 남아있다.

68 전위(田爲) : 생졸년은 미상이고, 자는 불벌(不伐)이며 고향은 미상이다. 비파를 잘 연주하고 음률을 통달했다. 정화 연간 말기에 대성악부 전악(典樂)에 충원되었다. 선화 원년에는 악령(樂令)이 되었다. 『전송사(全宋詞)』에 6수의 사가 남아있고 문집으로 『천구집(芊嘔集)』이 있다. 재주가 만사영과 맞수가 되는데 사람의 마음 속 심사를 잘 표현하였고 비속어에 잘 사용하여 가곡의 묘미를 다했다. 일찍이 3개 사패 중에 중요한 대목을 연결시켜 "玉蝴蝶戀花心動"이라고 시를 짓자 천하에 대적할 사람이 없었다 한다.

69 전중행(田中行) : 생몰년과 고향은 모두 미상이다. 『전중행집(田中行集)』이 있지만

어를 섞어서 오묘한 심리를 구성지게 표현했으니 마땅히 만사영보다 나은 편에 속한다. 그러나 장엄한 시어를 쓸 때마다 아름답지는 않다. 일찍이 부채를 들고 그 부채 위에 시구를 쓰기를, "옥 같은 나비가 꽃을 사모하니 마음이 요동치네"라고 했다. 사람들에게 말하기를, "이것은 세 곡조의 곡명을 합친 것이다. 이 시에 대구할 수 있는 사람이 있다면 내가 내려가 절하겠다"라고 했다. 전중행은 북리北里의 협사狹邪 사이를 누비던 사람이다.

종실에서는 조온지趙溫之[70]가 버금간다. 장단구 중에 터무니없는 우스갯소리를 만들었는데 지화至和[71]연간에 시작했다. 가우嘉祐[72]연간 이전에는 아직 융성하는 못했다. 희풍熙豐・원우元祐[73] 연간에 곤주袞州의 장수張壽[74]가 우스갯소리로는 서울에서 독보적 존재였는데 때때로 한 두 해解를 지어냈었다. 택주澤州의 공삼전孔三傳[75]이라는 사람이 여러 궁조의

소실되었다. 사문은 사람들의 생활상을 잘 묘사했다. 속담이나 사투리를 섞어서 오묘한 부분을 곡진하게 표현했다.

70 조온지(趙溫之) : 광평군왕(廣平郡王) 조덕륭(趙德隆)의 4대손으로 전송사(全宋詞)에 3수가 실렸다.

71 지화(至和) : 북송 인종(仁宗)의 연호로, 1054년에서 1056년까지이다.

72 가우(嘉祐) : 북송 인종(仁宗)의 연호로, 1056년에서 1063년까지이다.

73 희풍(熙豐)・원우(元祐) : 송 신종(宋神宗)의 연호 희령(熙寧)과 원풍(元豐)을 아울러 이르는 말로, 희풍(熙豐)은 1068년에서 1077년까지이고, 원우(元祐)은 1078년에서 1085년까지이다. 원우(元祐)는 철종(哲宗)의 연호로 1086년에서 1094년까지를 말한다.

74 장수(張壽) : 산동성 연주(兗州)사람으로 생몰년은 미상이다. 17자로 된 사체를 창시했고 해학적인 내용의 사를 지었다. 앞부분은 엄숙하다가 후반부에 우스갯소리를 내어 독특한 정취를 자아낸다.

75 공삼전(孔三傳) : 생졸년은 1068~1085이고, 북송 택주(澤州) 사람이다. 고대의 여러 궁조(宮調)를 발명하여 중국고대의 음악대사(音樂大師)로 불린다. 당나라 송나라 이래의 대곡(大曲), 사조(詞調), 요령(繞令)과 당시 북방민족에 유행하던 악곡을 수집하여 변화무쌍하게 불렀는데 음색이 풍부하면서 다채로웠다. 훗날 원나라 잡극을 홍

전범(고전)으로 불려지는 것을 처음으로 창시했는데, 사대부 모두가 외울 수 있었다.

원우 연간에 왕제수王齊叟[76]가, 정화政和[77] 연간에 조조曹組가 모두 글을 잘 지었는데, 매번 장단구를 지을 때마다 사람들 입에 회자膾炙되었다. 왕제수는 우스갯소리로 하북河北지역을 떠들썩하게 했다. 조조는 영락零落해서 성공을 거두지 못하고 「홍창경紅窗迥」과 잡곡雜曲 수백 해解를 지었는데, 듣는 사람들이 포복절도할 정도라 터무니없는 우스갯소리로는 으뜸이었다. 권력가와 만난 인연으로 관직이 방어사防禦使에 이르렀다.

동시대에 장곤신張袞臣이라는 사람이 있는데, 조조의 부류로 그도 궁중에 시에 바쳤는데 '노래를 잘 부르는 장관찰사張觀察使'라고 불렸다. 그 뒤로 업을 이어받은 사람이 더욱 많아져, 장난스럽고 천박하기가 옛날에는 없던 것이었다. 조조의 아들 지합문사知閤門事 조훈曹勛[78]은 자가 공현公顯인데 역시 문장을 잘 지었다. 일찍이 집안의 문집을 판각하여 부친의 추행을 덮어버리려고 했다. 최근에 뜻을 정하고 양주揚州로 내려가 그 판본을 훼손했다.

기시키는 등 역사상 뛰어난 음악적 공적을 이루었다.

76 왕제수(王齊叟) : 자는 언령(彦齡)으로 산동성 임청(臨淸) 사람이다. 39세에 요절했다. 원우 연간의 재상 왕암수(王巖叟)의 아우이다.

77 정화(政和) : 송 휘종(宋徽宗)의 연호로 1111년에서 1118년까지이다.

78 조훈(曹勛) : 생졸년은 1098~1174이고, 자는 공현(公顯)이며 호는 송은(松隱)으로 조조(曹組)의 아들이다. 북송 말기의 만사(慢詞)의 대가이다. 응제영물(應製詠物)의 작품이 대다수이다.

◎ 2.17

원문 樂章集淺近卑俗

柳耆卿『樂章集』, 世多愛賞, 其實該洽, 序事閑暇, 有首有尾, 亦間出佳語, 又能擇聲律諧美者用之. 惟是淺近卑俗, 自成一體, 不知書者尤好之. 予嘗以比都下富兒, 雖脫村野, 而聲態可憎. 前輩云:「『離騷』寂寞千年後, 『戚氏』淒涼一曲終.」『戚氏』, 柳所作也, 柳何敢知世間有『離騷』? 惟賀方回、周美成時時得之. 賀『六州歌頭』、『望湘人』、『吳音子』諸曲, 周『大酺』、『蘭陵王』諸曲最奇崛. 或謂深勁乏韻, 此遭柳氏野狐涎吐不出者也. 歌曲自唐虞三代以前, 秦漢以後皆有, 造語險易, 則無定法. 今必以「斜陽芳草」、「淡煙細雨」繩墨後來作者, 愚甚矣. 故曰:不知書者, 尤好耆卿.

번역 『악장집樂章集』은 평이하면서도 비속하다

유영柳永[79]의 『악장집樂章集』은 세상 사람들이 좋아하여 감상하였는데, 그 사실이 적절하고 서사한 부분이 한가로웠으며 처음과 끝이 호응했다.[80] 또한 간혹가다 아름다운 사어가 나오고 또 성률 중에 조화

---

79 유영(柳永) : 송나라 숭안(崇安) 사람으로 자는 기경(耆卿)이다. 벼슬이 둔전원외랑(屯田員外郞)에 이르렀으므로 세상 사람들은 유둔전(柳屯田)으로 불렀다. 사 짓는 것에 뛰어나서 교방(敎坊)의 악공(樂工)들이 매번 새로운 곡조를 얻게 되면 반드시 유영에게 노래가사를 요구하곤 했다. 저서에 『악장집(樂章集)』이 있고 『후산시화(後山詩話)』에도 보인다.

80 처음과 끝이 호응했다 : "其實該洽, 序事闲暇" 구절은 처음과 끝이 있다. "實"는 "事"와 대강 같은 것으로, 유사의 생활 내용을 언급하고 있다. 여기에서 의미하는 바는 유가가 사회생활 내용의 해박함과 융합됨을 말하는 것으로, 문장을 짓고 상세히 서술하여 뜻을 펼치는 것이 자유자재였다. 게다가 구성이 잘 갖추어졌고, 서두와 서미가 호응

롭고 아름다운 것을 가려서 사용할 줄 알았다. 다만 깊이가 얄팍하고 비속해서 저절로 하나의 사체詞體를 이루어서 글을 모르는 사람이 특히 좋아했다. 내가 일찍이 이것을 도회지에 사는 부유층 자제에다 비유하곤 하였는데, 비록 촌스러움을 벗어났다 하더라도 소리의 형태가 역겨웠다.

앞시대 동년배들이 말하기를, "『이소경離騷經』[81] 이후 천년토록 적막한지가 「척씨戚氏」[82]의 처량한 한 곡으로 매듭이 지어졌다."라고 했다. 「척씨」는 유영이 지었는데, 유영이 어찌 감히 세상에 「이소경」이 있는지 알았겠는가? 하주賀鑄와 주방언周邦彥만이 때때로 시격에 합당했을 뿐이다. 하주의 「육주가두六州歌頭」, 「망상인望湘人」, 「오음자吳音子」 등 여러 가곡과 주방언의 「대포大酺」와 「난릉왕蘭陵王」 등 여러 사詞가 가장 빼어났다. 어떤 사람은 아주 깊고 강해서 운율감이 떨어진다고 말하는데, 이것은 유영이 야호野狐의 독침을 맞고 뱉어내지 못한 것이다.

가곡은 요순堯舜과 하은주夏殷周 삼대三代[83] 이전부터 진·한秦漢 이후

을 이루었다. 만약 문장에서 "其實" 두 글자가 없다면, '愛賞'은 다음의 세 문장의 내용을 개괄할 수 없을 것이다. '愛'는 '該'를 목적어로 취해, 세인들이 유사의 융합성을 좋아했다는 뜻으로 세인이 주어가 된다. 다음 문장 '序事閑暇, 有首有尾'의 주어는 마땅히 유사이지 세인이 아니므로 문장이 의미하는 바에 대한 혼란을 낳게 된다. 그러므로 '愛賞' 뒤의 '其實' 두 글자는 결코 있으나 없으나 한 것이 아니라 마땅히 있어야 하는 것이다. 여기에서는 『천일각본(天一閣本)』의 교정을 따랐다.

81 『이소경(離騷經)』: 이소는 초(楚)나라 굴원(屈原)이 지은 부(賦)의 이름이다. 간신의 모함으로 임금에게 쫓겨나 애국지성과 울분을 참지 못하여 지은 장편의 서정시이다.

82 「척씨(戚氏)」: 유영이 지은 사패(詞牌) 제목으로, 유영의 문집 『악장집』에 수록되었다. 212자의 장문으로 북송시대 장조만사(長調慢詞) 중에 가장 길다. 첫 구절이 '만추천(晩秋天)'이라서 사제를 「만추천」이라고도 했다.

83 삼대(三代) : 요순의 선양하던 시대가 지나 부자가 왕위를 계승하는 우임금이 세운 하(夏)나라, 탕왕이 세운 은(殷)나라, 문왕과 무왕이 세운 주(周)나라를 말한다.

에 모두 있었는데, 시어를 만드는데 난삽하고 평이한 차이는 따로 정해진 법칙은 없다. 지금은 반드시 '향긋한 풀에 햇살이 비껴오네斜陽芳草', '가랑비와 옅은 안개 피어나다淡煙細雨'라는 시구를 규범[84]으로 삼았던 후대의 작가들은 매우 어리석었다. 때문에 '글을 모르는 무지랭이들이 유영의 사를 더욱 좋아했다'고 말한 것이다.

---

84 규범 : 원문은 '승묵(繩墨)'인데, 모두 목공이 집을 지을 때 쓰는 연장으로 목재를 바르게 재단하기 위한 먹줄이다. 따라서 이것들은 모두 규범과 법도를 말한다.

◎ 2.18

원문 東坡指出向上一路

長短句雖至本朝盛，而前人自立與真情衰矣．東坡先生非心醉於音律者，偶爾作歌，指出向上一路，新天下耳目，弄筆者始知自振．今少年妄謂東坡移詩律作長短句，十有八九不學柳耆卿，則學曹元寵．雖可笑，亦毋用笑也．

번역 소식蘇軾은 절대적인 경지에 오르다

장단구가 비록 현 왕조에 이르러 성해졌지만, 이전 사람들의 자립성과 진정성은 쇠퇴했다. 소식은 음률에 심취한 작가는 아니지만, 간혹 노래를 지으면 절대적인 경지에 올라[85] 세상 사람들의 이목을 새롭게 하였으니 작가들은[86] 그제서야 스스로 분발해야 한다는 것을 깨달았다. 오늘날 젊은이들이 '소식이 시율을 옮기어 장단구를 짓는다'라고 함부로 말하니, 십중팔구는 유영에게 사를 배우지 않았다면, 조조曹組에게 사를 배운 사람일 것이다. 아무리 우스꽝스러운 소리지만 그렇더라도 비웃는 것은 안 된다.

---

85 절대적인 경지에 올라 : 어떤 스승도 언어와 문자로 가르쳐 줄 수 없는 불교의 절대적인 경지를 독자적으로 철저하게 깨닫는 것을 말하는데, 『벽암록(碧巖錄)』제12칙에 "千聖不傳, 向上一路"라는 구절이 나온다.

86 작가들은 : 붓을 놀린다는 것은 집필(執筆)과 동일한 의미이다.

◎ 2.19

원문 **歐詞集自作者三之一**

歐陽永叔所集歌詞，自作者三之一耳．其間他人數章，羣小因指爲永叔，起曖昧之謗.

번역 **구양수의 사집에서 스스로 지은 사가 3분의 1이다**

구양수歐陽脩의 사집에 수록된 사는 직접 창작한 것은 3분의 1뿐이었다. 그 중간에 다른 사람이 지은 여러 작품의 사를, 소인배들이 그대로 답습하여 구양수가 지은 작품이라고 지목했기 때문에 미심쩍은[87] 비방이 일어났다.

87 미심쩍은 : 원문은 '애매(曖昧)'인데, 정확한 사실이 명확하게 드러나지 않아 공연한 오해를 샀기에 사실과 다른 점이 미심쩍게 비춰질 수 있다고 해석했다.

◎ 2.20

원문 小山詞

晏叔原歌詞初號『樂府補亡』. 自序曰 :「往與二三忘名之士浮沉酒中, 病世之歌詞不足以析酲解慍, 試續南部諸賢作五七字語, 期以自娛. 不皆敍所懷, 亦兼寫一時杯酒間聞見, 及同游者意中事. 嘗思感物之情, 古今不異. 竊謂篇中之意, 昔人定已不遺, 第今無傳耳, 故今所製, 通以『補亡』名之. 始時沈十二廉叔、陳十君龍家有蓮、鴻、蘋、雲, 工以清謳娛客, 每得一解, 即以草授諸兒, 吾三人聽之, 爲一笑樂.」其大指如此. 叔原於悲歡合離, 寫眾作之所不能, 而嫌于夸. 故云 :「昔人定已不遺, 第今無傳.」蓮、鴻、蘋、雲, 皆篇中數見, 而世多不知爲兩家歌兒也. 其後目爲『小山集』, 黃魯直序之云 :「嬉弄於樂府之餘, 寓以詩人句法, 清壯頓挫, 能動搖人心.」又云 :「狹邪之大雅, 豪士之鼓吹, 其合者『高唐』、『洛神』之流, 其下者不減『桃葉』、『團扇』.」「若乃妙年美士, 近知酒色之娛 ; 苦節臞儒, 晚悟裙裾之樂. 鼓之舞之, 使宴安酖毒而不悔, 則叔原之罪也哉 !」叔原年未至乞身, 退居京城賜第, 不踐諸貴之門. 蔡京重九冬至日遣客求長短句, 欣然兩爲作『鷓鴣天』:「九日悲秋不到心, 鳳城歌管有新音. 風彫碧柳愁眉淡, 露染黃花笑靨深. 初過雁, 已聞砧, 綺羅叢裏勝登臨. 須教月戶纖纖玉, 細捧霞觴灩灩金.」曉日迎長歲歲同, 太平簫鼓間歌鐘. 雲高未有前村雪, 梅小初開昨夜風. 羅幕翠, 綿筵紅, 釵頭羅勝寫宜冬. 從今屈指春期近, 莫使金罇對月空.」竟無一語及蔡者.

번역 안기도의 사

안기도晏幾道의 가사歌詞는 처음에 『악부보망樂府補亡』이라 불렀다. 자서에 말하기를, "예전에 이름을 잊어버린 두어 명의 사대부와 함께 술자리를 즐기면서 병든 세상의 가사로는 숙취宿醉를 깨고 화를 풀기에 부족하여, 시험 삼아 남쪽 지역에 사는 현자들을 이어 오언과 칠언의 시어를 지으면서 스스로 즐기려 했다. 그러나 모두 가슴 속 소회를 서술한 것은 아니고, 한 때 술자리에서 보고 들을 것과 함께 즐겼던 자들의 마음속 일들도 아울러 묘사했다. 일찍이 사물을 느끼는 감정은 예나 지금이나 다르지 않다고 생각한다. 시편 안에 담긴 뜻을 말하자면, 옛 사람들이 버린 것이 아니고 지금 전해지지 않을 뿐이라고 여기기에 지금 지은 것을 통틀어 『보망補亡』이라 이름하였다. 당초에 심염숙沈廉叔과 진군용陳君龍의 집에는 연蓮, 홍鴻, 빈蘋, 운雲 등 가기들이 있어서 맑은 노래를 잘 불러 객을 즐겁게 하였다. 매번 한 곡을 얻으면 바로 즉석에서 이 가기들에게 써주어 우리 세 사람이 그것을 듣는 것을 하나의 즐거움으로 삼았다"라고 하였는데, 그 대체적인 의미가 이와 같았다. 안기도는 기쁨과 슬픔, 만남과 헤어짐에 있어서 많은 작가들이 표현하지 못한 것을 묘사하였는데 과장된 표현을 싫어했다. 때문에 말하기를, "옛 사람들이 분명 남긴 것이 없어, 오늘날 전해지는 것도 없다"라고 했다. 연, 홍, 빈, 운은 모두 사 속에 자주 나오기는 하지만, 세상 사람들 대부분은 두 집안의 가기인지는 알지 못한다. 그 뒤에 『소산집小山集』이라고 제목을 달고 황정견黃庭堅이 서문에서 말하기를, '악부의 아류를 장난스레 짓다가 시인의 구법으로 짓는 방법에

접목하여 맑고 씩씩하던 분위기가 갑자기 꺾어지는 것이[88] 사람의 마음을 움직일 수 있었다'라고 했다. 또 말하기를, '꼬불꼬불하고 비좁은 대아大雅와 호협한 선비의 고취鼓吹가 합한 것은 「고당부高唐賦」[89]와 「낙신부洛神賦」[90]의 부류이고, 그 보다 못한 것이라도 「도엽가桃葉歌」[91]과 「단선가團扇歌」[92]에는 뒤지지 않는다' 또 말하기를, '자네는 바로 묘령의 미남자인데, 최근에 주색의 즐거움을 알게 되었다. 고된 시절에서도 굳건한 선비인데, 말년에 여색의 즐거움을 알았다. 연주하고 춤추며 연회를 즐기며 술에 취해도 후회하지 않게 하니 안기도의 죄이다'라고 했다. 안기도는 나이가 관직에서 은퇴[93]할 나이가 되지 않을 적에 서울에 물러나 살면서 사저私邸를 하사받았지만, 귀족들의 문에는 발을 들여놓지 않았다. 채경蔡京[94]이 중양절과 동지에 날마다 문객

88 갑자기 꺾어지는 것이: 돈좌법(頓挫法)은 한껏 고조되던 긍정적이고 밝은 분위기가 냉혹한 현실 앞에 갑자기 꺾이는 구조로 서사의 묘사법으로 사용된다.

89 「고당부(高唐賦)」: 전국 시대 초(楚) 나라 송옥(宋玉)이 초왕(楚王)과 무산(巫山) 신녀(神女)의 환락을 묘사한 것이다.

90 「낙신부(洛神賦)」: 삼국 시대 위(魏)나라의 조식(曹植)이 상고 시대 복희씨(伏羲氏)의 딸 복비(宓妃)가 낙수(洛水)에서 익사하여 수신(水神)이 되었다는 전설에 의거해 그 신녀의 아름다움을 묘사한 시부이다.

91 「도엽가(桃葉歌)」: 도엽은 진(晉)나라 왕헌지(王獻之)의 애첩 이름이다. 왕헌지가 애첩을 사모하여 지어서 당시에 크게 유행했다.

92 「단선가(團扇歌)」: 단선은 둥근 부채라는 뜻으로 진(晉)나라 때 왕민(王珉)이 형수의 비(婢)인 사방자(謝芳恣)와 사통하여 서로 매우 사랑하다가, 사실이 탄로되어 사방자가 왕민의 형수에게 매를 몹시 맞았는데, 당시 사방자는 노래를 잘하였고 왕민은 백단선을 좋아하여 항상 손에 가졌으므로, 사방자가 「단선가」를 지어 불렀던 데서 온 말이다.

93 관직에서 은퇴: 걸신(乞身)은 고대에 관직을 하면 몸을 바쳐 제왕을 섬기기 때문에 퇴직하여 치사(致仕)하면 맡겼던 육신을 되돌려 받기를 애걸했다.

94 채경(蔡京): 생졸년은 1047~1126이고, 북송 말기의 재상으로 자는 원장(元長)이고 복건성, 섬유(仙游) 출신이다. 휘종조(徽宗朝)에 환관 동관(童貫)의 도움으로 52세에 재상이 된 뒤 전후 4회에 걸쳐 16년을 재상 자리에 있었다. 금나라와 동맹하여 숙

을 보내 장단구를 요구하였는데 흔쾌하게 「자고천鷓鴣天」[95] 사를 두 번 지었다.

중양절[96] 슬픈 가을이라 마음에 이르지 않는데　　九日悲秋不到心
도성[97]의 노래와 음악에 새로운 소리가 있구나　　鳳城歌管有新音
바람에 시든 푸른 버들에 근심어린 눈썹 풀리고　　風彫碧柳愁眉淡
이슬 물든 노란 국화에 함박웃음 깊게 새겨지네　　露染黃花笑靨深
처음 기러기 지나자, 다듬잇 소리[98] 들렸고　　初過雁, 已聞砧
비단결 꽃밭 속에 올라가 절경 내려다보네　　綺羅叢裏勝登臨

적 요(遼)를 멸망시킨 것은 그의 공적이지만, 휘종에게 아첨하여 사치를 권하고 재정을 궁핍에 몰아넣어 증세(增稅)를 강행함으로써 민심의 이반(離反)을 초래했다. 금군(金軍)이 침입하고 흠종(欽宗)이 즉위하자 국난을 초래한 6적(賊)의 우두머리로 몰려 실각, 배소(配所)로 가던 도중 탄조우(潭州)에서 병사했다.

95 「자고천(鷓鴣天)」: 「천엽련(千葉蓮)」·「반사동(半死桐)」·「어중호(於中好)」·「사가객(思佳客)」·「사월인(思越人)」·「간서향(看瑞香)」·「제일화(第一花)」·「금연(禁煙)」·「전조하(翦朝霞)」·「취매화(醉梅花)」·「금자고(錦鷓鴣)」·「피소년(避少年)」·「자고인(鷓鴣引)」·「여가일첩(驪歌一疊)」 등 별칭이 많은 사패(詞牌)로서 쌍조(雙調) 55자로 평운(平韻)에 속한다. 당나라 때 정우(鄭嵎)가 지은 "春游鷄鹿塞, 家在鷓鴣天"에서 나왔다.

96 중양절 : 원문 '구일(九日)'은 음력 9월 9일 중양절의 줄임말이다. 아울러 황화(黃花)는 노란 국화꽃을 가리키므로 가을날 9일인 중양절임을 쉽게 유추할 수 있다.

97 도성 : 원문 '봉성(鳳城)'은 단봉성(丹鳳城)의 준말로, 황제의 도성을 가리킨다. 『열선전(列仙傳)』 소사(蕭史)에 진 목공(秦穆公)의 딸인 농옥(弄玉)이 피리를 불면 진나라 함양(咸陽)에 단봉(丹鳳)이 내려왔다는 전설이 있고, 『사기(史記)』 또는 『봉선서(封禪書)』에는 한 무제(漢武帝)가 세운 봉궐(鳳闕) 위에 구리로 만든 봉황이 있었다는 고사가 있다.

98 다듬잇 소리 : 이백(李白)의 「자야오가(子夜吳歌)」에 "장안에 한 조각 달이 밝은데, 일만 호에서 들리나니 다듬이 소리(長安一片月, 萬戶擣衣聲)"라는 구절이 나온다. 다듬잇 소리는 변방에 수자리 살러 남편을 위해 옷을 만들어 보내기 위해 다듬이질을 하는 것으로 그리운 마음을 표현한 것이다. 『李太白集』

모름지기 달에 사는 섬섬옥수 항아[99]에게	須教月戶纖纖玉
구하상[100] 살짝 들어 고운 황금술 따르게 하리	細捧霞觴艷艷金
새벽녘 길어지는 해[101]는 해마다 같은데	曉日迎長歲歲同
태평소[102]와 북 사이에 가종[103]을 울리네	太平簫鼓間歌鐘
구름 높아도 앞마을에 눈 내리지 않는데	雲高未有前村雪
매화 어려도 어젯밤 바람에 첫 꽃 피웠네	梅小初開昨夜風
비단 장막은 푸르고, 비단 대자리는 붉나니	羅幕翠 綿筵紅
머리에 비녀 꽂은 미녀는 겨울풍경에 알맞네	釵頭羅勝寫宜冬
지금부터 손꼽으며 봄에 만날 기약 가까우니	從今屈指春期近
달 마주하여 황금 술동이나 비우지 마시오	莫使金罇對月空

라고 했는데, 결국 한 글자도 채경에게 주지 않았다.

---

99 항아(姮娥) : 달 속에 산다는 선녀로 달을 가리킨다. 항아는 상고 시대 유궁후(有窮后) 예(羿)의 아내로 예가 일찍이 서왕모(西王母)에게서 불사약을 얻어 놓았는데, 항아가 이를 훔쳐 먹고 신선이 되어 달로 도망쳐 들어가 외롭게 산다는 전설이 있다. 『淮南子·覽冥訓』

100 구하상(九霞觴) : 원문의 '하상(霞觴)'은 구하상(九霞觴)으로, 신선주(神仙酒)가 담긴 술잔을 가리킨다. 참고로 당나라 허작(許碏)의 시 「취음(醉吟)」에 "낭원의 꽃밭 앞이 바로 취향이라, 서왕모의 구하상을 밟아 엎었다오(閬苑花前是醉鄉, 踏翻王母九霞觴)"라고 했다. 『全唐詩』

101 길어지는 해 : 「교특생」에 "교제(郊祭)를 지냄은 장일(長日 길어지는 해)이 이름을 맞이하는 것이다(郊之祭也, 迎長日之至也)"라고 보이고, 『집설(集說)』에 "'지(至)'는 도(到)와 같으니, 동지에는 해가 짧음이 극에 이르렀다가 점점 길어진다. 그러므로 '장일(長日)이 이름을 맞이한다'라고 한 것이다(至 猶到也, 冬至日短極而漸舒, 故云迎長日之至)"라고 보인다. 시기가 동지이기 때문에 이 전거를 차용한 것이다.

102 태평소(太平簫) : 관악기의 하나인데 이 악기는 목관 악기로서 쇄납(瑣吶) 또는 호적(胡笛)이라고도 하며, 속칭 날라리라고도 한다.

103 가종(歌鐘) : 악기의 한 가지인데, 노래의 박자를 조정하는 종(鐘)이다. 16개의 종을 하나의 쇠북틀에 나열하여 단다.

◎ 2.21

원문 周 · 賀詞語意精新

江南某氏者解音律, 時時度曲. 周美成與有瓜葛, 每得一解, 即爲製詞, 故周集中多新聲. 賀方回初在錢塘作『青玉案』, 魯直喜之, 賦絕句云 : 「解道江南斷腸句, 只今惟有賀方回.」 賀集中如『青玉案』者甚衆. 大抵二公卓然自立, 不肯浪下筆, 予故謂語意精新, 用心甚苦.

번역 주방언과 하주의 사어詞語에 담긴 의미가 섬세하고 새롭다

강남에 사는 아무개는 음률의 이치를 터득해서 때때로 새로운 가곡을 지었다.[104] 주방언을 그와 인척 관계[105]라서 매 번 한 소절[106] 곡조를 얻을 때마다 즉시 가사를 지었기 때문에 주방언周邦彦의 사집詞集 중에는 새로운 곡조가 많았다. 하주賀鑄가 처음에 전당錢塘[107]에 살면서 「청옥안靑玉案」[108]을 지었는데, 황정견黃庭堅[109]이 기뻐하며 절구를 지어서

---

104 새로운 가곡을 지었다 : 원문 '度曲'은 가사나 가곡을 창작하거나 가곡을 부르는 것을 말한다. 『漢書 · 元帝紀贊』에 "금슬을 연주하고, 퉁소를 불며, 스스로 곡조를 지어 노랫소리를 입히며 박자를 나누니 오묘함이 궁극에 이른다(鼓琴瑟, 吹洞簫, 自度曲, 被歌聲, 分刌節度, 窮极幼眇)"라는 내용이 나온다.

105 인척 관계 : '과갈(瓜葛)'은 오이와 칡은 덩굴이 벋고 그 가지와 잎이 서로 엉클어지는 점이 인척 사이의 관계와 같다는 뜻에서 온 말이다.

106 한소절 : 원문 '一解'에서 해는 마디(節)란 의미로 시가(詩歌)나 악곡(樂曲)의 한 장절(한 소절)을 이른다.

107 전당(錢塘) : 항주(杭州)의 별칭이다. 항주를 관통하는 강으로 당시 하주가 이 시를 지을 때는 소주(蘇州)의 횡당(橫塘)에 살았으므로 오류이다.

108 「청옥안(靑玉案)」 : 『사품(詞品)』에 이르길, 사의 제목은 동한(東漢)시기 장형(張衡)의 「사수시(四愁詩)」에 있는 "美人贈娥锦绣段, 何以报之青玉案"의 의미에서 딴 것이다. 살펴보건대, '안(案)'은 옛날의 '완(盌)'자이다. 하주(賀鑄)의 사는 「횡당로(橫塘路)」라고 하며 한표(韓淲)의 사는 「서호로(西湖路)」라고 했다. 쌍조, 67자이다. 앞단락 여섯 구절은 5측운으로 33자이다. 뒷단락 여섯 구절은 5측운으로 34자이다. 앞뒤단락의

말하기를, "강남의 애간장 끊어지는 사구를 이해하는 이는, 작금에 오직 하주만 있구나!"라고 했다. 하주의 사집 중에 「청옥안」 같은 작품이 매우 많다. 대저 주방언, 하주 두 사람은 탁월하게 뛰어나 스스로 품격을 세워서 제멋대로 사를 지으려 하지 않으려 했다. 내가 일부러 '사어에 담긴 의미가 섬세하고 새로우니 각고의 노력을 기울였다'라고 말했던 것이다.

다섯 번째 구절은 압운하지 않으며 소식・신기질의 사와 같다. 남곡(南曲)은 "중려궁인(中呂宮引)"에 포함시켰으며 구법과 사는 동일하다.

109 노직(魯直) : 송나라 시인 황정견(黃庭堅, 1045~1105)의 자이다. 호는 산곡(山谷)이다. 또 다른 호는 부옹(涪翁)이다. 진관(陳觀)・장뢰(張耒)・조보지(晁補之)와 함께 소식(蘇東坡)의 문하에 노닐어 '소문사학사(蘇門四學士)'라고 일컬어졌다.

◎ 2.22

원문 梅苑

吾友黃載萬歌詞號『樂府廣變風』, 學富才贍, 意深思遠, 直與唐名輩相角逐, 又輔以高明之韻, 未易求也. 吾每對之嘆息, 誦東坡先生語曰:「彼嘗從事於此, 然後知其難, 不知者以為苟然而已.」夏幾道序之曰:「惜乎語妙而多傷, 思窮而氣不舒, 賦才如此, 反嗇其壽, 無乃情文之兆歟?」載萬所居齋前, 梅花一株甚盛, 因錄唐以來詞人才士之作凡數百首, 為齋居之玩, 命曰『梅苑』. 其序引云:「呈妍月夕, 奪霜雪之鮮; 吐臭風晨, 聚椒蘭之酷. 情涯殆絕, 鑒賞斯在, 莫不抽毫簨彩, 比聲裁句. 召楚雲使興歌, 命燕玉以按節. 粧臺之篇, 賓筵之章, 可得而述焉.」『樂府廣變風』有賦梅花數曲, 亦自奇特.

번역 매화 정원

내 친구 황대여黃大輿의 노래 가사를 『악부광변풍樂府廣變風』이라고 불렀다. 그는 학식이 풍부하고 재능이 뛰어나며, 그 뜻은 깊고 사상 역시 심원하니 정말로 당나라의 유명한 선인들에 비견될 만하다. 또한 높고 맑은 운으로써 보완했는데[110], 쉽게 구하지 못했다. 나는 매번 그의 시를 대할 때마다 감탄하며, 소식의 말을 읊으며 "사람들이 일찍이 여기에 종사한 연후에야 그 어려움을 아는 법이니 모르는 사람들은

110 높고 맑은 운으로써 보완했는데 : 『논어』「안연(顏淵)」편에 "군자는 글을 강학함으로써 벗을 사귀고, 벗을 통해 자신의 인덕(仁德)을 배양한다(君子以文會友, 以友輔仁)"라는 말을 변형한 표현이다.

대충 지었겠구나 하고 여길 뿐이다"라고 했다. 하기도夏幾道[111]는 서문에서 말하길, "애석하도다! 말이 오묘하고 애상哀傷이 많으며, 그 뜻은 다함이 없고 감정은 죄다 쏟아붓지 않네. 글 짓는 재능이 이와 같지만 도리어 수명은 인색하니 정문情文의 징조[112]가 아니겠는가!"라고 말했다. 황대여가 기거하는 서재의 방 앞에 매화 한 그루가 무성한데, 당나라 이래로 사인詞人이나 재능있는 선비들의 작품 수백 수를 기록하여 재실에서 살면서 완상玩賞할 거리로 삼았기 때문에 「매원梅苑」이라 이름 붙였다. 그 서문[113]에서는 말하길, "어여쁜 달빛 비추는 저녁에 서리와 눈의 새하얀 빛을 압도하고, 향긋한 바람 불어대는 새벽에 산초山椒와 난초[114]의 진한 향기를 모았다. 정감은 거의 끊어지고 감상만 여기에 남으니 붓 빼들어 아름답게 꾸며대며 성률을 맞추고 구절을 다듬지 않는 이 없다. 초나라 구름[115]을 불렀다 흥겹게 노래 부르게 하고 연옥燕玉[116]을 명하여 박자를 맞추게 하니, 화려한 누대를 채운 시편

111 하기도(夏幾道) : 생졸년은 미상이다.

112 정문(情文)의 징조 : '정문(情文)'은 인정(人情)과 예문(禮文)을 이른다. 예컨대, 제사에 있어서 조상을 사모하는 것은 정이고 제사를 올리는 의식은 문인데, 두 가지가 모두 구비되었다는 뜻이다. 여기서 예문은 죽은 이에 대한 애도의 글을 의미하므로 훌륭한 인재일수록 수명이 짧다는 속담을 인용한 것으로 보인다.

113 서문 : 원문의 '서인(序引)'은 다소 긴 분량의 서문인 서(序)와 간단하게 메모형식의 소인(小引)의 병칭으로 길고 짧은 글의 서문을 의미한다.

114 산초(山椒)와 난초 : 초(楚)나라 대부(大夫) 자초(子椒)와 초 회왕(楚懷王)의 동생 사마자란(司馬子蘭)의 병칭으로, 이 두 사람은 모두 간사한 소인이었다. 「이소경(離騷經)」에 이 두 사람이 시속을 따라 변절한 것을 풍자하여, "진실로 시속(時俗)을 따라 흐르다 보면, 또 뉘라서 변하지 않을쏘냐. 산초와 난초가 이와 같음을 보노니, 하물며 게거(揭車)와 강리(江蘺) 따위야 말해 무엇하랴(固時俗之流從兮, 又孰能無變化, 覽椒蘭其若玆兮, 又況揭車與)"라고 되어있다.

115 초나라 구름 : 원문의 '초운(楚雲)'은 초나라의 구름으로 남쪽의 구름을 뜻한다. 흔히 벗이 오랫동안 멀리 떨어져 있으면서 서로 그리워하는 정을 표현할 때 쓴다.

과 연회의 문객[117]이 지은 문장을 얻어서 서술할 수 있다."라고 했다. 『악부광변풍樂府廣變風』에 매화에 관한 곡이 몇 편 있는데, 이 또한 기이하고 독특하다.

116 연옥(燕玉) : 옥처럼 아름다운 연(燕)나라 땅의 여인이란 말로 미인을 뜻한다. 연나라 땅에 미인이 많았기 때문에 이렇게 말한 것이다. 송(宋)나라 한림 학사(翰林學士) 도곡(陶穀)이 일찍이 당 태위(黨太尉) 집에 있었던 기생을 얻었다. 돌아오는 길에 눈 녹인 물로 차를 끓이면서 "당 태위 집에는 이러한 풍류를 몰랐겠지?" 했다. 기생이 "그는 거친 사람이니, 어찌 이러한 풍류가 있겠습니까. 다만 따뜻한 소금장 안에서 잔에 얕게 술을 따라 마시고 가기(歌妓)의 나직한 노래를 들으며 양고주(羊羔酒)를 마실 줄 알 뿐입니다"하니, 도곡이 부끄러워했다. 『綠窓新話』

117 연회의 문객 : 원문 '빈연(賓筵)'은 손님을 대접하는 대자리로 우리나라에서는 세자시강원(世子侍講院)의 교관인 빈객(賓客)을 가리키나, 여기에서는 문사들을 초청하여 문예를 겨루는 연회의 장소로 쓰였다.

◎ 2.23

원문 蘭畹曲會

『蘭畹曲會』, 孔甯極先生之子方平所集. 序引稱無為、莫知非, 其自作者稱魯逸仲, 皆方平隱名, 如子虛、烏有、亡是之類. 孔平日自號溎皐漁父, 與姪處度齊名, 李方叔詩酒侶也.

번역 난원곡회蘭畹曲會

『난원곡회蘭畹曲會』는 공민孔旼[118] 선생의 아들인 공방평孔方平이 모은 것이다. 서문에서는 무위無爲나 막지비莫知非 등으로 불렀고 스스로 지은 필명은 노일중魯逸仲이라 칭하였는데, 모두 공방평의 가명이니 자허子虛[119], 오유烏有, 망시亡是[120] 등과 같은 가공의 부류이다. 공이는 평소에 스스로 치고어부溎皐漁父라는 호를 지었는데, 그의 조카 공구孔榘[121]와 함께 명성이 비등하였으며, 이치李廌와는 시와 술을 함께하는 벗이었다.

---

118 공민(孔旼) : 공자의 46대손으로 자는 영극(甯極)이다. 여주(汝州) 용홍(龍興)사람으로 치양성(蚩陽城)에 은거했다. 성품이 고결하고 독서를 좋아했다. 주요작품으로『태현도(太玄圖)』가 있다.

119 공이(孔夷) : 공자의 47대손이자 공민의 아들이다. 자는 방평(方平), 예명은 노일중(魯逸仲)이다. 여주(汝州) 용홍(龍興)사람이다. 송나라 철종 원우(元祐) 연간에 활동했다. 이천(李荐), 유분(劉攽), 한유(韓維)와 친구이다. 황승찬(黃升贊)은 "사의가 부드럽고 화려해서 만사아언과 비슷하다(詞意婉麗, 似萬俟雅言)"라고 했다.『花庵詞選』

120 자허(子虛), 오유(烏有), 망시(亡是) : 한나라의 사마상여(司馬相如)가「자허부(子虛賦)」에서 자허, 오유선생, 망시공(亡是公)이라는 가공의 세 인물을 설정하여 문답을 전개했는데, 자허는 '빈말'이라는 뜻이고 오유 선생은 '무엇이 있느냐'는 뜻이고 망시공은 '이 사람이 없다'는 뜻이다. 후세에 허무한 일을 말할 때 흔히 자허·오유라 했다.

121 공구(孔榘) : 2.16 주 65 참고.

◎ 2.24

원문 **大晟樂府得人**

崇寧間建大晟樂府，周美成作提擧官，而製撰官又有七．万俟詠雅言，元祐詩賦科老手也，三舍法行，不復進取，放意歌酒，自稱大梁詞隱．每出一章，信宿喧傳都下，政和初召試補官，置大晟樂府製撰之職．新廣八十四調，患譜弗傳，雅言請以盛德大業及祥瑞事迹製詞實譜，有旨依月用律，月進一曲，自此新譜稍傳．時田為不伐亦供職大樂，衆謂樂府得人云．

번역 **대성악부大晟樂府에서 인재를 얻다**

숭녕崇寧[122] 연간에 대성악부[123]를 세우니 주방언이 제거관提擧官[124]이 되었고 제찬관製撰官[125]이 또 일곱이나 있었다. 만사영萬俟詠[126]은 원우元

---

122 숭녕(崇寧) : 송나라 휘종(徽宗)의 연호로 1102~1106년까지이다.

123 대성악부(大晟樂府) : 송나라의 음악기관인 대성부(大晟府). 송 휘종(宋徽宗) 숭녕(崇寧) 3년(1104)에 설치한 음악을 관장하기 위해 대성부(大晟府)를 세웠다. 여기서 만든 신악(新樂)은 궁중의 제례의식 때 연주하는 아악(雅樂)으로 이를 또 대성악부라고 한다. 고려에서는 예종 11년(1116)에 왕자지(王字之)와 문공미(文公美)가 중국에 사신으로 가서 휘종의 대성악을 하사받아가지고 와서 전했다.

124 제거관(提擧官) : 북송 전기에 설치한 관고원(官告院)의 장관 관직이다. 정원 1인으로 지제고(知制誥)가 충원한다. 신종(神宗) 원풍(元豊) 연간(1078−1085)에 제도를 고친 뒤에 주관관(主管官)을 두었다.

125 제찬관(製撰官) : 북송 전기에 설치한 대성부(大晟府)를 총괄하는 장관 관직이다. 북송대 조정은 옛 예악(禮樂)으로 태상(太常)을 장악하고, 이에 이르러 음악을 전담하는 대성부(大晟府)를 설치하고, 대사악(大司樂) 1인, 전악(典樂) 2인으로 장이(長貳)로 삼았다. 대사령(大樂令) 1인, 협률랑(協律郎) 4인, 또 제찬관(製撰官) 1인이 있었다. 직제를 심히 갖추자, 비로소 예악이 둘로 나눠지게 되었다.

126 만사영(萬俟詠) : '萬俟'는 복성이다. 북송 말 남송 초기의 사인(詞人)이다. 자는 아언(雅言)이고 자호는 사은(詞隱), 대량사은(大梁词隐)이라 했다. 생졸년은 미상이다.

祐[127] 연간에 시부詩賦의 원로 작가이고, 삼사법三舍法[128]을 시행하였지만 다시 태학에 들어가지 않고 거리낌없이 노래하고 술 마시며 스스로를 대량사은大梁詞隱이라고 불렀다. 매번 사詞 한 장을 지어낼 때마다 이틀도 안 되어[129] 도성 안에 파다하게 퍼졌다. 정화政和[130] 초에 시보관試補官[131]에 임명되어 대성악부 제찬製撰의 직임에 배치되었다. 84개 곡조[132]를 새롭게 확대하였는데 악보가 세상에 전해지지나 않을까 걱정하여, 만사영이 성대한 대업과 상서로운 사적事迹으로 가사를 지어 악보를 채우도록 요청했다. 월용률月用律[133]대로 달마다 한 곡조씩 올리도록 하는 성지聖旨가 내려서 이 때부터 새로운 악보가 조금씩 전해지

철종 원우(元佑) 연간에 시부로 명성을 얻었다. 급제하지 못하다가 휘종 정화(政和) 초기에 시보관으로 초빙되어 대성부(大晟府) 제찬(製撰)에 제수된다. 음률을 잘 다루어 스스로 새로운 성률을 지어낼 수 있었다. 유영에게서 사(詞)를 배웠다. 현재 27수의 사가 남아있다.

127 원우(元祐) : 송 철종(宋哲宗)의 연호로, 1086년부터 1093년까지이다.

128 삼사법(三舍法) : 송나라 신종(神宗) 때 왕안석(王安石)이 시행한 신법(新法)의 하나로, 태학(太學)에 외사(外舍)·내사(內舍)·상사(上舍)를 두고, 생원(生員)을 세 등급으로 나누어 일정한 연한과 조건에 따라 외사에서 내사로 올라가고 이어서 내사에서 상사로 올라가게 하여 발해(發解)와 예부시(禮部試)·소시(召試)를 면제하고 급제시켜서 관직에 임명했다.

129 이틀도 안 되어 : 원문 '신숙(信宿)'은 이틀 밤을 유숙하는 것이다. 『시경·주송·유객(有客)』에 "손님이 하룻밤을 유숙하며 손님이 이틀 밤을 유숙하니 끈을 주어 그 말을 동여매리라(有客宿宿, 有客信信, 言授之縶, 以縶其馬)"하였는데, 주자는 『集箋』에서 "하룻밤을 유숙함을 숙이라 하고, 이틀 밤을 유숙함을 신이라 한다(一宿曰宿, 再宿曰信)"라고 주를 달았다.

130 정화(政和) : 송나라 휘종(徽宗)의 연호로 1111~1117까지를 말한다.

131 시보관(試補官) : 어떤 벼슬의 후보자를 말한다. 권지(權知)처럼 지금의 수습(修習)·서리(署理)와 비슷하다. 벼슬 이름 앞에 붙어 그 벼슬의 일을 잠시 맡아 봄을 뜻하는 말이다.

132 84개 곡조 : 「예운」에 "오성(五聲)·육률(六律)·십이관(十二管)이 돌아가며 서로 궁(宮)이 되는 것이다(五聲、六律、十二管還相爲宮也)"라고 되어있다.

133 월용률(月用律) : 1년 12달에 따라 적용하는 악률을 말한다.

게 되었다. 당시 전위田爲[134] 역시 대성악부에서 함께 직무를 맡아서 사람들은 '대성악부가 인재를 얻었다'라고 말했다.

134 전위(田爲) : 전위(田爲)의 자는 불벌(不伐)이고, 생졸년은 미상이다.

◎ 2.25

원문 易安居士詞

易安居士, 京東路提刑李格非文叔之女, 建康守趙明誠德甫之妻. 自少年便有詩名, 才力華贍, 逼近前輩, 在士大夫中已不多得, 若本朝婦人, 當推詞采第一. 趙死, 再嫁某氏, 訟而離之, 晚節流蕩無歸. 作長短句能曲折盡人意, 輕巧尖新, 姿態百出, 閭巷荒淫之語, 肆意落筆, 自古搢紳之家能文婦女, 未見如此無顧籍也. 陳後主游宴, 使女學士狎客賦詩相贈答, 采其尤艷麗者被以新聲, 不過「璧月夜夜滿, 瓊樹朝朝新」等語. 李戡嘗痛元白詩纖艷不逞, 非莊士雅人, 多為其破壞. 流于民間, 子父女母, 交口教授, 淫言媟語, 冬寒夏熱, 入人肌骨, 不可除去. 二公集尚存, 可考也. 元與白書, 自謂近世婦人, 暈淡眉目, 綰約頭鬢, 衣服脩廣之度, 及匹配色澤, 尤劇怪艷, 因為艷詩百餘首, 今集中不載. 元『會真詩』, 白『夢游春詩』, 所謂纖艷不逞, 淫言媟語, 止此耳. 溫飛卿號多作側辭艷曲, 其甚者 :「合歡桃核終堪恨, 裏許元來別有人」,「玲瓏骰子安紅豆, 入骨相思知不知」, 亦止此耳. 今之士大夫學曹組諸人鄙穢歌詞, 則為艷麗如陳之女學士狎客, 為纖艷不逞淫言媟語如元白, 為側詞艷曲如溫飛卿, 皆不敢也. 其風至閨房婦女, 夸張筆墨, 無所羞畏, 殆不可使李戡見也.

번역 이청조의 사

이청조李清照[135]는 경동로京東路[136] 제형提刑[137]인 이격비李格非[138]의 딸로, 건강建康[139] 태수 조명성趙明誠[140]의 부인이다. 어릴 때부터 시로 이름을 날렸고 글 짓는 솜씨가 화려해서 선배 문인들을 누를 정도였다. 사대부 중에도 이미 그만한 실력을 갖춘 이가 많지 않았으니 남송대의 부녀자 같은 경우 응당 제일의 사채詞采[141]로 추앙받았을 것이다. 조명성이 죽자 다른 이에게 재가하여 비난을 받아 떠났고, 말년에는 정처 없이 떠돌며 돌아오지 않았다. 장단구를 짓는데 구구절절 사람의 마음을 모조리 드러내었으며 경쾌하고 세련되어 표현한 자태가 각양각색으로 길거리의 음탕한 말들을 제멋대로 써 내려갔다. 예부터 사대부 집안의 글재주 있는 부녀자 중에 이처럼 마음대로 할 수 있었던

---

135 이청조(李淸照) : 생졸년은 1084~1155이고, 호는 이안거사(易安居士)이다. 완약사파(婉约詞派)의 대표 작가이다. '천고의 제일가는 재능을 가진 여시인'이란 칭송이 있다. 송대에 크게 유행했던 서정적인 운문으로서 음률에 맞추어 노래로 불리는 사(詞)를 주로 지었다. 그녀의 시는 여성 특유의 예리함과 강렬한 어법 구사로 유명하다. 저서는 『이안거사문집(易安居士文集)』, 『이안사(易安詞)』는 산실되었고, 『수옥사(漱玉詞)』편집본으로 지금은 『이청조집교주(李清照集校注)』가 남아있다.

136 경동로(京東路) : 북송시대 행정구역으로 천하를 15개 로(路)로 획정했다. 초기 지금의 산동성을 동경동로(東京東路), 하남성을 동경서로(東京西路)로 삼았다. 동경은 낙양(洛陽)을 의미한다.

137 제형(提刑) : 중국 고대 지방의 사법 관료이다. '제점형옥(提點刑獄)'의 약칭으로 송나라 초기에 각 지방에 설치되었다.

138 이격비(李格非) : 생졸년은 1045~1105이고, 송나라의 문신·학자이다. 자는 문숙(文叔)이다. 예부원외랑(禮部員外郎) 등을 역임하였고, 경학에 정통하고 사장(詞章)에 뛰어났으며, 저서에 『예기설(禮記說)』 등이 있다. 송나라 혜홍(惠洪)의 『냉재야화(冷齋夜話)』에 "이격비는 문장을 잘 논평했는데, 그가 말하기를 '제갈공명의 「출사표」, 유령의 「주덕송」, 도연명의 「귀거래사」, 이영백의 「진정표」는 모두 마음속에서 성대히 절로 우러나온 것이라, 도끼로 찍은 흔적을 볼 수가 없다'라고 했다.

139 건강(建康) : 지금의 남경(南京)의 옛지명이다.

140 조명성(趙明誠) : 생졸년은 1081~1129이고, 송대(宋代)의 문인으로 자는 덕보(德父)이고 벼슬은 지호주군주사(知湖州軍州事)를 지냈다. 그가 일찍이 자기 집에 소장한 삼대(三代) 시대의 이기(彝器)와 한당(漢唐) 시대 이후의 석각(石刻)들을 모아서 구양수(歐陽脩)가 편찬한 『집고록(集古錄)』의 예를 모방하여 『금석록(金石錄)』을 편찬하기도 하였다.

141 사채(詞采) : 사패의 풍채라는 뜻으로 문장의 체제 등으로 정리할 수 있겠다.

이는 없었다.

남조의 진후주陳後主[142]는 술을 마실 때마다 여학사女學士와 단골손님狎客[143]과 함께 시를 짓고 서로 주고받았으며, 그 중에서 가장 화려한 것을 가려서 새로운 성률을 입혀 가곡을 만들었으니 '옥같이 둥근 달이 밤마다 차오르고, 경옥 같은 나무는 아침마다 새롭구나!璧月夜夜滿, 瓊樹朝朝新' 등의 말에 지나지 않았다.

이감李戡[144]은 일찍이 원진元稹과 백거이白居易의 시가 섬세하고 농염하여 제멋대로 행동해서[145] 장중한 문사나 교양있는 시인이 아니라서 시풍이 대부분 파괴되었다고 통탄했다. 민간에 전해져서 부모 자식 간에 입에서 입으로 가르치면서 음란한 말과 상스러운 대화가 마치 겨울에 추위가 여름에 더위가 사람 뼛속까지 스며들 듯이 제거할 수 없게 되었다. 두 사람의 시집은 아직도 남아 살펴 볼 수 있다. 원진과

142 진후주(陳後主) : 남북조시대 진(陳)나라 선제(宣帝)의 장자로 이름은 숙보(叔寶), 자는 원수(元秀), 시호는 양(煬)이다. 주색에 빠져 정사를 돌보지 않았으며, 많은 누각을 짓고 비빈들과 잔치를 벌이며 시부(詩賦)를 일삼았다. 수(隋)나라의 군사가 쳐들어오는데도 기악과 시 짓기를 그치지 않다가 수나라의 장수 한금호(韓擒虎)에게 잡혀 장안에 바쳐졌다.

143 단골손님(狎客): 주인과 스스럼없이 가깝게 지내는 단골손님을 말한다. 진 후주의 압객은 육유(陸瑜)라고도 하나, 자세하지 않다.

144 이감(李戡) : 자는 정신(定臣)으로 어렸을 때 고아가 되었다. 열 살 때 호학(好學)했다. 서른 살 때 육경(六經)에 매우 밝아 진사에 급제했다. 예부(禮部)로 나아가, 시험삼아 노래를 불렀는데 관리들에게 소문이 퍼져 이름이 났다. 이감은 이것을 매우 부끄럽게 여기고, 다시 강동(江東)으로 돌아갔고, 양선(陽羨: 지금의 절강성(浙江省) 의흥(宜興)에서 은거했다. 덕망은 매우 높았고, 수많은 문장을 남겼다. 평소 원진과 백거의 시가 너무 화려한 점을 비판하였으며 옛사람의 시 작품을 편집하여 당시(唐詩)라고 정했다.

145 제멋대로 행동해서 : 원문은 '불령(不逞)'인데, 원한이나 불만을 품고 아무런 구속도 받지 아니하고 제 마음대로 행동하거나 또 그렇게 행동하는 사람을 일컫는 말이다.

백거이의 글은 "당대의 부인들의 옅은 눈썹 화장법과 틀어 올려 묶는 머리모양, 의복 길이와 폭, 그리고 옷감의 색감과 광택까지 몹시 괴상하고 농염한데, 이로 인하여 농염한 시 백여 수를 지었다"라고 스스로 말하지만, 현재 시집에는 실려 있지 않다.

원진의 「회진시會真詩」[146]와 백거이의 「몽유춘시夢遊春詩」[147]에 이른바 '섬세하고 농염하여 제멋대로 행동하고 음란한 말과 상스러운 대화'가 있을 뿐이다. 온정균溫庭筠[148]은 화려하고 겉이 번지르르한 사와 곡을 많이 지었다고 하는데, 「남가자南柯子」사에 심한 것[149]은 다음과 같다.

함께 즐기고 다정했던 부부[150]는 끝내 감히 원망하고	合歡桃核終堪恨
어떻게 감히 다른 사람을 마음속에 허락했나	裏許元來別有人
영롱한 주사위[151]에 붉은 점 찍어두니	玲瓏骰子安紅豆

146 회진시(會眞詩) : 미인을 만나는 시를 말한다. 당나라의 시인인 원진(元稹)이 지은 『회진기(會眞記)』에 "정원(貞元) 연간에 미인 최앵앵이 아버지를 여의고 어머니와 함께 장안으로 돌아가는 도중에 포동(蒲東)의 보구사(普救寺)에 머물다가 장생을 만나 서로 시를 지어 화답하고 정까지 통했다"라고 하였는데, 그 안에 장생이 지어 준 「회진시 30운(韻)」이 나온다.

147 「몽유춘시(夢遊春詩)」: 백거이의 작품 「화몽유춘시일백운(和夢遊春詩一百韻)」의 서문을 말한다. 원진의 「몽유춘시칠십운(夢遊春詩七十韻)」에 화답한 작품이다.

148 온정균(溫庭筠) : 생졸년은 812~866이고, 자는 비경(飛卿)이다. 당나라의 문장가로서 본명은 기(岐), 문장이 뛰어나 당시 대문장가인 이상은(李商隱)과 명성이 대등했다. 시를 지을 적에는 기초(起草)도 하지 않고 여덟 번 차수(叉手)를 하는 동안에 8운(韻)이 이루어졌다. 그래서 당시 사람들이 온팔차(溫八叉)라 불렀다고 한다. 저서로는 『악란집(握蘭集)』, 『금전집(金荃集)』, 『한남진고(漢南眞稿)』 등이 있다.

149 심한 것 : 온정균의 「남가자사 2수(南歌子詞二首)」, 「신첨성양류지사(新添聲楊柳枝詞)」이다.

150 함께 즐기고 다정했던 부부는 : '도핵(桃核)'은 부부가 화목하고 사랑하는 상징물이다. 복숭아의 씨는 마음을 형상하니 두 사람의 마음이 영원히 합할 수 있는 것을 비유했다.

역시 여기에 그칠 뿐이다.

오늘날 사대부가 조조曹組 등의 비루하고 외설스런 가사를 배우니 진 후주의 문학에 재능이 있는 궁녀와 단골손님처럼 농염하고 화려한 시를 짓고, 원진과 백거이처럼 '섬세하고 농염하여 제멋대로 행동하며 음란한 말과 상스러운 대화'로 시를 지으며, 온정균처럼 '화려하고 겉이 번지르르한 사와 곡'을 짓는데, 모두 감히 할 수 없는 일이다. 그 풍속이 규방의 아녀자까지 이르렀으니 과장된 글을 짓고도 부끄러움과 두려움이 없으니 거의 이감에게 보여줄 수 없을 정도이다.

---

151 주사위 : '투자(骰子)'는 후한(後漢) 동창(董昌)이 본디 우둔하여 일을 잘 결단하지 못하였는데 마침 백성의 송사가 있자 주사위를 던져서 이긴 자를 옳은 것으로 판결하였다는 고사에 의한 말이다.『五代史・吳越世家』

◎ 2.26

원문 六人賦木犀

向伯恭用『滿庭芳』曲賦木犀, 約陳去非、朱希真、蘇養直同賦, 「月窟蟠根, 雲巖分種」者是也. 然三人皆用『清平樂』和之. 去非云:「黃衫相倚, 翠葆層層底. 八月江南風日美, 弄影山腰水尾. 楚人未識孤妍, 『離騷』遺恨千年. 無住庵中新事, 一枝喚起幽禪.」希真云:「人閑花少, 菊小芙蓉老. 冷淡仙人偏得道, 買定西風一笑. 前身元是江梅, 黃姑點破冰肌. 只有暗香猶在, 飽參清似南枝.」養直云:「斷崖流水, 香度青林底. 元配騷人蘭與芷, 不數春風桃李. 淮南叢桂小山, 詩翁合得躋攀. 身到十洲三島, 心游萬壑千巖.」後伯恭再賦木犀, 亦寄『清平樂』贈韓璜叔夏云:「吳頭楚尾, 踏破芒鞋底. 萬壑千巖秋色裏, 不奈惱人風味. 如今老我薌林, 世間百不關心. 獨喜愛香韓壽, 能來同醉花陰.」韓和云:「秋光如水, 釀作鵝黃蟻. 散入千巖佳樹裏. 惟許脩門人醉. 輕鈿重上風鬟, 不禁月冷霜寒. 步障深沉歸去, 依然愁滿江山.」初, 劉原父亦于『清平樂』賦木犀云:「小山叢桂, 最有留人意, 拂葉攀花無限思, 雨濕濃香滿袂. 別來過了秋光, 翠簾昨夜新霜. 多少月宫閑地, 姮娥借與微芳.」同一花一曲, 賦者六人, 必有第其高下者.

번역 여섯 사람이 「목서木犀」사를 짓다

향자인向子諲[152]이 「만정방滿庭芳」[153]곡을 사용하여 「목서木犀」[154]사를 읊었다. 진여의陳與義[155], 주돈유朱敦儒[156], 소상蘇庠과 같이 부를 짓기로 약속했다. "월굴月窟[157], 반근蟠根[158], 운암雲巖을 종류를 나누었다"라는 것이 이것이다. 그러나 세 사람은 모두 「청평악淸平樂」[159] 운을 써서 화

---

152 향자인(向子諲) : 생졸년은 1085~1152년이고, 자는 백공(伯恭)이며 호는 향림(薌林)이다. 주희(朱熹)가 「상향림문집후서(向薌林文集後序)」를 쓰면서 송나라가 위태로울 때 보여 준 그의 우뚝한 절개를 크게 칭찬하여 장량(張良)이나 도잠(陶潛)보다 낫다고 평가했다. 금나라가 침공할 때 상소를 올려 금나라와의 화의를 반대했다. 진회(秦檜)에게 반감을 사 사직하고 향림에 기거했다.

153 「만정방(滿庭芳)」: 사패 이름으로 「쇄양대(鎖陽台)」, 「만정상(滿庭霜)」, 「소상야우(瀟湘夜雨)」, 「화동향(話桐鄉)」, 「만정화(滿庭花)」 등의 이칭이 있다. 안기도(晏幾道)의 「남원취화(南苑吹花)」사를 정체로 삼으니 쌍조(雙調) 95자 앞뒤 단락 각 10구 4평운으로 구성된다. 별도로 쌍조 95자 앞 단락 10구 4평운, 뒷 단락 11구 5평운과 쌍조 93자 앞 단락 10구 4평운, 뒷 단락 11구 5평운 등의 변체가 있다. 대표작으로 소식의 「만정방(滿庭芳)」(와각허명(蝸角虛名), 진관(秦觀)의 「만정방(滿庭芳)」(산말미운(山抹微雲)) 등이 있다.

154 목서(木犀) : 계수나무의 별칭이라고 하나 정확하지는 않다.

155 진여의(陳與義) : 생졸년은 1090~1139이고, 자는 거비(去非), 호는 간재(簡齋)이며 남송 낙양(洛陽) 사람으로 송나라 휘종 정화(政和) 연간에 벼슬에 진출하여 이부 시랑에 이르렀다. 시를 잘 지었는데, 처음에는 황정견(黃庭堅)과 진사도(陳師道)를 배우다가 나중에는 두보(杜甫)를 배웠다. 국가의 환란을 경험하며 비탄과 정한을 시에 담아 강서시파(江西詩派) 삼종(三宗)의 한 사람으로 꼽힌다. 사(詞)에도 능했다. 저서에 『간재집(簡齋集)』16권과 『무주사(無住詞)』가 있다.

156 주돈유(朱敦儒) : 생졸년은 1081~1159이고, 자는 희진(希眞)이고, 호는 암학(巖壑)이며 낙양 사람이다. 일찍부터 명성이 알려져 부름을 여러 차례 받았지만 뜻한 대로 관리가 되지는 못했다. 주전파(主戰派) 대신 이광(李光)과 사귀다가 주화파(主和派)인 왕발(王勃)의 탄핵을 받아 파직되었다. 가화(嘉禾)에 우거했다. 산수화를 잘 그렸고, 시사(詩詞)와 악부(樂府)에도 능했다. 저서에 사집 3권이 있는데, 『초가(樵歌)』혹은 『태평초창(太平樵唱)』이라고 부른다.

157 월굴(月窟) : 달에 있다는 궁전으로, 단오는 5월 5일인데 5월은 건상손하(乾上巽下)인 구괘(姤卦)로서 음효(陰爻)가 처음 생기므로 월굴이라 일컬었다. 소옹(邵雍)의 「관물(觀物)」에 "건이 손을 만날 때 월굴이 되고, 지가 뇌를 만난 곳에 천근을 보네(乾遇巽時爲月窟, 地逢雷處見天根)"라고 되어있다.

158 반근(蟠根) : 반근(盤根)과 비슷한 의미로 뿌리가 견고하게 착근한 것을 말한다. 참고로 두보의 시에 "선리의 서린 뿌리 크기도 하여, 걸출한 후손들 대대로 빛났어라(仙李蟠根大, 猗蘭奕葉光)"라는 구절이 있다. 『杜少陵詩集』

159 「청평악(淸平樂)」: 원래 당나라 교방곡의 이름으로 뒤에 사패의 이름이 되었다. 「청평악령(淸平樂令)」, 「취동풍(醉東風)」, 「억라월(憶蘿月)」의 이칭이 있다. 송나라 시사는 항상 사패를 사용한다. 이 곡조의 정체는 쌍조(雙調) 8구 46자로 전편에 4측운,

운해서 지었다.

진여의의 사에서 다음과 같이 말했다.

소년들[160]은 서로 의지하니	黃衫相倚
푸른 수레[161]은 층층이 드리우네	翠葆層層底
팔월 강남의 바람과 햇볕은 아름다워	八月江南風日美
산기슭과 물가에 그림자가 아롱지네	弄影山腰水尾
초나라 사람은 외로운 달빛이	楚人未識孤妍
『이소경(離騷經)』[162] 천년의 한으로 남은지 모르고	離騷遺恨千年
암자 속에 파묻혀[163] 새로운 소식에 귀 닫고	無住庵中新事
한 가지의 고요함을 불러 일으키네	一枝喚起幽禪

주돈유의 사에 다음과 같이 말했다.

후편에 3평운으로 구성한다. 안수(晏殊), 안기도(晏幾道), 황정견(黃庭堅), 신기질(辛棄疾) 등이 이 곡조를 고루 사용하였는데, 그 중에 안기도가 가장 많다. 동시대에 곡패(曲牌) 이름이기도 하며 남곡우조(南曲羽調)에 속한다.

160 소년들 : 수(隋)나라 당(唐)나라 시대에 소년들이 입었던 화려한 황색 복장이다. 참고로 두보(杜甫)의 시에 "황삼 입은 소년이여 자주 와서 즐기시오, 동으로 흐르는 물처럼 청춘도 그렇게 지난다오(黃衫年少來宜數, 不見堂前東逝波)"라는 표현이 있다. 『杜少陵詩集』

161 푸른 수레 : '취보(翠葆)'는 보통 임금의 어가를 말한다. 비취로 수놓은 덮개로 장식하였기 때문에 푸른 일산을 지칭하기도 한다. 여기서는 우거진 녹음이 푸른 일산처럼 생겼음을 비유한 것으로 보인다.

162 『이소경(離騷經)』: 초(楚)나라 굴원(屈原)이 간신의 모함으로 임금에게 쫓겨나 애국지성과 울분을 참지 못하여 이소라는 장편의 서정시를 지었다.

163 파묻혀 : '무주(無住)'는 일정한 거처가 없다는 의미이다. 여기에서는 마음에 담아두지 않는다는 의미로 쓰였다. 아무도 없는 암자에 파묻혀 세상 소식을 차단하며 살아가는 것을 표현했다.

사람은 한가하고 꽃은 드물며 人閑花少
국화는 어리고 부용[164]은 시드네 菊小芙蓉老
냉담한 선인은 도를 두루 터득하고 冷淡仙人偏得道
가을바람에 한바탕 웃음을 사들였다오 買定西風一笑
전생에는 본디 강가에 핀 매화였고 前身元是江梅
견우성[165]이 고운 피부를 산산이 부수네 黃姑點破冰肌
다만 그윽한 향기 아직은 남았으니 只有暗香猶在
맑은 기운 충분히 머금어[166] 남쪽 가지[167] 같구나 飽參淸似南枝

소상蘇庠[168]의 사에 다음과 같이 말했다.

깎아지르는 벼랑에 계곡물 흐르고 斷崖流水

---

164 부용(芙蓉) : 연꽃과 비슷하며 깨끗한 연못에 떠있듯이 자란다. 연꽃이 향과 단아함을 상징한다면 부용은 아름다움과 화려함을 상징한다.

165 견우성 : 『옥대신영(玉臺新詠)·가사(歌辭)』에 "동으로 나는 백로 서로 나는 제비, 황고와 직녀가 서로 만날 때(東飛伯勞西飛燕, 黃姑织女時相見)"라는 구절이 있는데, 오조의(吳兆宜)는 주석에서 『세시기(歲時記)』를 인용하여, "하고와 황고는 모두 견우성이다. 발음이 전하여 생겨났다(河鼓黃姑, 牽牛也, 皆語之轉)"라고 했다.

166 충분히 머금어 : 송나라 효영(曉瑩)의 『나호야록(羅湖野錄)』에 명주(明州)의 화암주(和庵主)가 남악(南嶽)의 변선사(辨禪師)를 종유하면서 우거진 수풀을 충분히 이치를 이해했다.

167 남쪽 가지 : '남지(南枝)'는 남쪽의 매화 가지라는 뜻으로, 남조 송(宋)의 육개(陸凱)가 강남의 매화가지 하나를 꺾어 장안(長安)에 있는 친구 범엽(范曄)에게 보낸 고사에서 유래한 것이다. 『荊州記』

168 소상(蘇庠): 생졸년은 1065~1147년이다. 자는 양직(養直)이며, 호는 생옹(眚翁)이며 북송에서 남송에 걸쳐서 산 문인이다. 일생을 벼슬하지 않고 은거하며 살았으나 그의 시는 소식(蘇軾)이 당나라 이백(李白)에 비겼을 정도의 수준이었다. 저서로는 『후호집(後湖集)』10권과 『후호사(後湖詞)』1권이 있다.

향기는 푸른 숲 밑바닥까지 퍼지네　香度青林底
원래 시인[169]은 난초 지초와 짝하니　元配騷人蘭與芷
봄바람에 복사꽃 자두꽃 셀 수 없네　不數春風桃李
회남[170]에 계수나무 빽빽한 동산　淮南叢桂小山
시 짓는 늙은이와 함께 올라가보노라[171]　詩翁合得躋攀
몸뚱이는 십주삼도[172]에 도착해서　身到十洲三島
마음은 수많은 골짜기 암석을 누비노라　心游萬壑千巖

이후에 향자인이 다시 「목서」사를 읊었다. 또한 「청평악」에 부쳐서 한황韓璜[173]에게 주었다.

오나라 머리에서 초나라 꼬리[174]까지　吳頭楚尾
하도 돌아다녀 짚신 밑창이 헤졌네　踏破芒鞋底

---

169 시인 : '소인(騷人)'은 『이소경(離騷經)』의 저자인 초(楚)나라 시인 굴원(屈原)을 뜻한다. 전하여 시인 전체를 지칭한다.

170 회남(淮南) : 회수(淮水) 남쪽 지역으로 강남지역을 아우르는 지역이다. 봄이 일찍 찾아오기도 하며 남송의 수도 항주(杭州)와 가깝다.

171 올라가보노라 : '제반(躋攀)'은 발로 밟아 오르고 손으로 부여잡고 산을 오르는 것을 말한다.

172 십주삼도(十洲三島) : 도교에서 말하는 바다 속의 선경(仙境)이다. 십주는 조주(祖洲)·영주(瀛州)·현주(玄洲)·염주(炎洲)·장주(長洲)·원주(元洲)·유주(流洲)·생주(生洲)·봉린주(鳳麟洲)·취굴주(聚窟洲)이고, 삼도는 봉래(蓬萊)·영주(瀛洲)·방장(方丈)의 이른바 삼신산(三神山)이다.

173 한황(韓璜) : 자는 숙하(叔夏)이고 개봉(開封)부 사람이다. 송 고종 건염(建炎) 4년에 진사로 출사하고 우사간(右司諫)에 이르렀다. 대표작으로 「청평악(清平樂)」이 있다.

174 오나라 머리와 초나라 꼬리 : 오나라의 머리는 양자강 하구의 남경 지역이며 초나라의 꼬리는 지금의 광동성(廣東省) 광주(廣州) 지역이다. 상당히 먼 거리를 표현한 것이다.

수많은 골짜기 암석은 가을빛 속에　萬壑千巖秋色裏
사람의 풍미를 괴롭혀도 어쩔 수 없네　不奈惱人風味
지금처럼 나는 향림에서 늙어가나니　如今老我薌林
세상살이 모든 것에 아무 관심 없소　世間百不關心
유독 향기를 사랑한 한수[175]만 좋아해　獨喜愛香韓壽
꽃무더기 아래로 함께 와서 취해보려나　能來同醉花陰

한수가 다음과 같이 화답했다.

가을빛이 물 같아서　秋光如水
노랗고 맛난 술[176]을 빚어보네　釀作鵝黃蟻
흩어져서 많은 바위와 아름다운 숲으로 들어가니　散入千巖佳樹裏
구양수의 문인[177]만 취하도록 허락하네　惟許脩門人醉
흩날리는 머리[178]에 가벼운 비녀 거듭 얹어도　輕鈿重上風鬟

---

175 한수(韓壽) : 생졸년은 ? ~300이고, 자는 덕진(德真)으로 서진 시대의 관원이다. 한신(韓信)의 후예이자 한기(韓暨)의 증손이며 가충(賈充)의 사위로 용모가 아름다웠다.

176 노랗고 맛난 술 : '아황(蛾黃)'은 좋은 술을 말한다. 당나라 두보(杜甫)의 주전아아시(舟前鵝兒詩)에 "거위 새끼 노랗기가 술 빛깔과 비슷하니, 술 대함에 거위 새끼 노란 빛이 사랑스럽다(鵝兒黃似酒, 對酒愛鵝黃)"라고 하였는데, 뒤에는 이를 인해서 아황을 좋은 술의 대칭으로 썼다.

177 구양수의 문인 : 소철(蘇轍)의 「상추밀한태위서(上樞密韓太尉書)」에 "한림 구양수를 만나서 굉장한 의론을 들어보고 준수한 용모를 보며 문인의 현명한 사대부와 종유한 이후에야 천하의 문장이 이곳에 모여 있음을 알았다(見翰林歐陽公, 聽其議論之宏辨. 觀其容貌之秀偉, 與其門人賢士大夫遊而後, 知天下之文章, 聚乎此也)"라는 문장이 나온다.

178 흩날리는 머리 : '풍빈(風鬢)'은 왕안석(王安石)의 「명비곡(明妃曲)」시에 "명비가 처음 흉노로 가려고 한궁을 나설 때, 춘풍에 눈물 적시며 귀밑머리 드리웠어라(明妃初出漢宮時, 淚濕春風鬢脚垂)"라고 했다.

냉랭한 달빛과 서리를 막지는 못하더라 不禁月冷霜寒
휘장[179] 낮게 드리우고 돌아가는데 步障深沉歸去
여전히 강산에 근심은 가득하구나 依然愁滿江山

처음에 유창劉敞[180] 역시 「청평악」에서 「목서」사를 지었다.

동산에 계수나무 빽빽하여 小山叢桂
사람 마음 붙잡기 가장 좋다네 最有留人意
잎 떨구고 꽃 어루만지니 한없이 그립고 拂葉攀花無限思
비에 젖은 짙은 향기는 옷소매에 가득하네 雨濕濃香滿袂
이별한 뒤로 가을시절 다 가버렸고 別來過了秋光
어젯밤 푸른 주렴에 새로 서리 내렸네 翠簾昨夜新霜
달나라 궁전에 한가로움 얼마인가 多少月宫閑地
항아가 방초를 빌릴까 姮娥借與微芳

동일한 꽃으로 한 곡을 지었으니 「목서」사를 읊은 여섯 사람은 반드시 그 높고 낮은 순서를 매겼을 것이다.

179 휘장 : 보장(步障)은 옛날에 귀인이 출행할 때에 바람과 먼지를 가리기 위하여 길 좌우에 친 휘장을 말한다. 진(晉)나라 때 부호인 석숭(石崇)이 너무도 사치스러워서 50리 길이의 비단 보장을 만든 고사가 전한다. 『世說新語・汰侈』

180 유창(劉敞) : 생졸년은 1019~1068이고, 송나라 임강군(臨江軍) 신유(新喩) 사람으로 자는 원보이며, 호는 공시(公是)이다. 인종(仁宗) 때에 진사가 되어 내직과 외직을 두루 역임하였고, 『춘추』에 뛰어났다. 저서에 『춘추권형(春秋權衡)』, 『칠경소전(七經小傳)』, 『공시집(公是集)』 등이 있다.

◎ 2.27

원문 紫姑神詞

正宮『白苧』曲賦雪者, 世傳紫姑神作. 寫至「追昔燕然畫角, 寶鑰珊瑚, 是時丞相, 虛作銀城換得」, 或問出處, 答云 :「天上文字, 汝那得知.」末後句「又恐東君, 暗遣花神, 先到南國. 昨夜江梅, 漏泄春消息」, 殊可喜也. 予舊同僚郝宗文, 嘗春初請紫姑神, 既降, 自稱蓬萊仙人玉英, 書『浪淘沙』曲云 :「塞上早春時, 暖律猶微, 柳舒金綫拂回堤. 料得江鄉應更好, 開盡梅溪. 晝漏漸遲遲, 愁損仙肌. 幾回無語斂雙眉. 凭偏欄杆十二曲, 日下樓西.」

번역 자고신의 사

정궁조正宮調[181]인 「백저곡白苧曲」[182]은 백설白雪을 노래한 것으로 세상에는 자고신紫姑神[183]이 지었다고 전해진다. 필사본에 다음과 같이 되

---

181 정궁조(正宮調) : 연나라 음악 궁성(宮聲) 7조(調) 중의 첫번째 운(運)이다. 당나라 단안절(段安節)이 지은 『악부잡록 · 거성 · 궁칠조(樂府雜錄 · 去聲 · 宮七調)』에 "궁칠조에 첫 번째 운이 정궁조이다"라고 했다. 7조(調)는 처량조(凄涼調) · 범자조(凡字調) · 폐공조(閉工調) · 정궁조(正宮調) · 을자조(乙字調) · 매화조(梅花調) · 정조(頂調)이고, 13조는 황종조(黃鍾調) · 정궁조(正宮調) · 대석조(大石調) · 소석조(小石調) · 선려조(仙呂調) · 중려조(中呂調) · 남려조(南呂調) · 쌍조(雙調) · 월조(越調) · 상조(商調) · 상각조(商角調) · 반섭조(般涉調) · 자모조(子母調)이다. 고하(高下:소리의 높고 낮음을 말한다)를 가지고 조를 나눈 것은 직조(直調)이고, 곡명(曲名)을 가지고 조를 나눈 것은 횡조(橫調)이다.

182 「백저곡(白苧曲)」: 『고악부(古樂府)』에 「백저곡」이 있다. 송나라 사람이 대개 옛 곡명을 빌려 별도로 새로운 소리를 입힌 것이다. 지금은 『화초수편(花草粹編)』을 유영(柳永)이 지은 사라고 보고 있다. 모시를 노래한 「백저사(白苧詞)」를 가리킨다. 이는 고악부에 들어 있는 곡조 이름이다. 당(唐)나라 대숙륜(戴叔倫)의 백저사에 "흰 모시옷 새로 지으니 붉은 비단보다 낫나니, 패옥이며 구슬 갓끈 금노리개 흔들린다(新裁白苧勝紅綃, 玉佩珠纓金步搖)"했다.

어있다.

옛날 연연산[184] 나팔소리[185]와	追昔燕然畫角
보석 자물쇠 산호를 추억하건데	寶鑰珊瑚
당시에 승상은	是時丞相
헛되이 은성을 만들어 바꾸었다네	虛作銀城換得

라는 대목에서 어떤 사람이 출처를 묻길래, "천상의 문자를 당신이 어찌 알겠습니까?"라고 답했다. 마지막 구절에서 다음과 같이 말했다.

또 봄[186]이 온 듯하니	又恐東君
몰래 꽃의 신을 보내	暗遣花神
먼저 남국에 이르렀네	先到南國
어젯밤 강가의 매화는	昨夜江梅

---

183 자고신(紫姑神) : 민간의 전설에 나오는 여신이다. 전하는 말로 어느 집안에 첩실로 들어갔는데 정실부인의 질투를 받고 쫓겨나 정월 15일에 한을 머금고 죽었다고 한다. 이로 인해 남북조시대 이래로 민간에서 자고를 영접하여 제사 지내는 풍습이 생겼다.

184 연연산(燕然山) : 중국 고대의 산 이름으로, 오늘날 몽고의 항애산(杭愛山)을 가리킨다. 후한의 거기장군(車騎將軍) 두헌(竇憲)이 흉노를 크게 격파한 뒤 연연산에 올라가 비석을 세워 공적을 새기고 돌아왔는데, 문사인 반고(班固)로 하여금 「연연산명(燕然山銘)」을 짓게 했다는 고사가 있다. 『後漢書 · 竇憲列傳』

185 나팔소리 : 옛날 관악기의 일종으로 서강(西羌)에서 전래되었다. 모양이 대통처럼 생겼는데, 부는 곳은 가늘고 끝은 굵다. 대나무나 뿔로 만들며 겉에 그림을 그려 놓았기 때문에 화각이라고 한 것이다. 그 소리가 애절하고 높아 옛날 군중에서 이것을 사용하여 사기를 진작하고 군대를 엄숙하게 하였으며 제왕이 순시할 때 또한 이것으로 계엄을 알렸다.

186 봄 : 동군(東君)은 봄을 맡은 신(神)을 일컫는다.

봄소식을 누설하누나 漏泄春消息

라고 하였는데 자못 좋아할 만하다.

나의 옛 동료 학종문郝宗文이 봄을 완상하려 처음으로 자고신에게 요청했다. 이미 강림[187]하자 자신을 봉래선인蓬萊仙人인 옥영玉英이라고 칭하면서 「낭도사浪淘沙」[188]사를 적어 주었다.

변방은 때 첫 봄이 이르러 塞上早春時
따뜻한 봄기운[189]은 아직 미미하네 暖律猶微
버들이 금빛을 토해서 제방을 빙 둘러서 늘어 뜨려졌네 柳舒金綫拂回堤
짐작컨대 강촌이 더욱 좋으리라 料得江鄕應更好
계곡의 매화가 다 피웠으니 開盡梅溪
물시계는 낮이 점점 더뎌지네[190] 晝漏漸遲遲

187 강림 : 강림은 귀신이나 혼령이 천상을 떠돌다가 초혼(招魂) 의식에 응하여 인간세상에 내려오는 것을 말한다. 귀신인 자고신이 실제로 강림할 수 없으므로 학종문이 꿈에서 만난 것으로 이해해야 한다.

188 「낭도사(浪淘沙)」 : 사패 이름으로 원래 당나라 교방곡(教坊曲) 이름이다. 매화성(賣花聲)이라고도 한다. 중당(中唐)의 유우석(劉禹錫)과 백거이(白居易)가 소조(小調)인 「낭도사」를 창화(唱和)하였는데 먼저 악부가사(樂府歌辭) 「낭도사」를 창작했다. 남당(南唐)의 후주 이욱(李煜)이 소령(小令)체를 지었고 북송의 유영(柳永)이 장조만곡(長調慢曲)을 지었다. 유영의 『악장집』에는 「낭도사령(浪淘沙令)」으로 되어있고, 헐지조(歇指調)에 속한다. 『청진집(清真集)』은 상조(商調)에 속한다. 대표작으로 이욱의 「염외우잔잔(簾外雨潺潺)」 등이 있다.

189 따뜻한 날씨 : '난율(暖律)'은 추율(鄒律)이라고도 하며, 따뜻한 바람이 부는 것을 의미한다. 중국 전국 시대 제(齊)나라 사람 추연(鄒衍)이 음률에 정통하여 연(燕)나라 소왕(昭王)의 초빙으로 연나라에 가 있었다. 북방에 아름답기는 하지만 추워서 오곡(五穀)이 나지 않는 땅이 있었는데, 추연이 율관(律管)을 불어 따뜻하게 하니 화서(禾黍)가 자라났다는 고사에서 온 말이다. 『列子 · 湯問』

신선의 고운 피부 상할까 근심하니 愁損仙肌

몇 번이나 말없이 두 눈썹 찌푸리네 幾回無語斂雙眉

열두 굽이 난간에 기대니 凭偏欄杆十二曲

해는 누각 서쪽으로 기우는구나 日下樓西

---

190 낮이 점점 더뎌지네 : 동지가 지난 뒤부터 조금씩 낮이 길어진다. 물시계가 낮을 가리키는 시간 역시 더디게 흐르기 때문에 표현한 시어이다.

◎ 2.28

원문 沈公述詞

沈公述為韓魏公之客, 魏公在中山, 門人多有賜環之望. 沈秋日作『霜葉飛』詞云 :「謾贏得相思甚了, 東君早作歸來計. 便莫惜丹青手, 重與芳菲, 萬紅千翠.」為魏公發也.

번역 심공술의 사

심공술沈公述은 위공魏公 한기韓琦[191]의 문객이 되었고, 위공이 중산中山[192]에 있었는데 그 문객중에 사환賜環의 은혜[193]를 바라는 사람이 많았다. 심공술이 가을날에 「상엽비霜葉飛」 사를 지었다.

부질없이 너무나도 그립기도 하고 謾贏得相思甚了
봄[194]이 빨리 찾아오니 돌아갈 생각이네 東君早作歸來計
그러니 단청의 솜씨[195] 아쉬워 마오 便莫惜丹青手

---

191 위공(魏公) 한기(韓琦) : 송나라 때의 재상 한기(韓琦, 1008~1075)를 말한다. 당시에 범중엄(范仲淹, 989~1052)과 훌륭한 재상으로 명망을 나란히 하였고, 위국공(魏國公)에 봉해졌다. 『宋史 · 韓琦列傳』

192 중산(中山) : 하북성 정주(定州)이다. 전국시대에 중산국이 있는데 성 안에 산이 있어서 중산이라 했다. 조나라에 멸망당하고 한 고조가 중산군을 설치했다.

193 사환(賜環)의 은혜 : 신하가 사면을 받고 다시 조정으로 돌아오는 것을 말한다. 『순자(荀子)』「대략(大略)」편에 "임금이 조정을 떠난 신하에 대해서 용서하지 않고 결별하는 뜻을 보일 때에는 한쪽이 떨어진 패옥을 보내고, 다시 조정으로 불러들일 때에는 고리가 완전히 이어진 옥환을 보낸다(絶人以玦, 反絶以環)"라는 말이 나온다.

194 봄 : 동군(東君)은 봄을 맡은 신(神)을 일컫는다.

195 단청의 솜씨 : 송나라 소식(蘇軾)의 시 「차운오전정고목가(次韻吳傳正枯木歌)」에 "그대 비록 단청의 솜씨를 발휘하지는 못하나, 본래부터 감식하는 시안은 공교하다오(君雖不作丹青手, 詩眼亦自工識拔)"라고 했다.

향긋한 향초를 주고 重與芳菲
울긋불긋한 단풍을 거듭 줄 것이니 萬紅千翠

라고 하였는데 위공을 말한 것이다.

◎ 2.29

원문 賀方回石州慢

賀方回『石州慢』, 予舊見其稿, 「風色收寒, 雲影弄晴」改作「薄雨收寒, 斜照弄晴」. 又「冰垂玉筋, 向午滴瀝檐楹, 泥融消盡墻陰雪」改作「煙橫水際, 映帶幾點歸鴻, 東風消盡龍沙雪」.

번역 하주의 「석주만」

하주賀鑄의 「석주만石州慢」[196]사는 내가 옛날에 그 원고를 보았는데, "바람 빛은 한기 머금고, 구름 그림자 맑게 개였네風色收寒, 雲影弄晴"라는 구절을 "보슬비는 한기 머금고, 비낀 낙조에 맑게 개였네薄雨收寒, 斜照弄晴."라고 고쳤다. 또 "얼어서 새하얀 고드름 드리우더니, 한낮에 처마 기둥에 뚝뚝 떨어지다가, 담장 그늘에 쌓인 눈 모조리 녹아내리누나冰垂玉筋, 向午滴瀝檐楹, 泥融消盡墻陰雪"를 "수평선에 물안개 퍼지고, 몇몇 돌아오는 기러기에 그림자 이어지는데, 봄바람에 서북쪽에 있는 변방[197]의 눈 다 녹아내리누나煙橫水際, 映帶幾點歸鴻, 東風消盡龍沙雪"라고 고쳤다.

---

196 「석주만(石州慢)」: 악부 상조(商調)의 사패 이름이다. 「유색황(柳色黃)」, 「석주인(石州引)」, 「석주사(石州詞)」, 「석주영(石州影)」이라고 한다. 하주의 『박우수한(薄雨收寒)』을 정체(正體)로 삼는다. 쌍조 102자 앞 단락 10구 4측운, 뒷 단락 11구 5측운이 있다. 별도로 쌍조 102자 앞 단락 10구 4측운, 뒷 단락 10구 5측운 등의 변체가 있다. 대표작으로 장원간(張元幹)의 「석주만(石州慢)」(己酉秋吳興舟中作)사가 있다.

197 서북쪽에 있는 변방 : 원문의 '용사(龍沙)'는 중국 서북쪽 변방인 백룡퇴(白龍堆)와 사막(沙漠)을 합칭한 말이다. 이백(李白)의 시에 "장군은 호죽을 나누고, 전사는 서북쪽에 있는 변방에 누웠네(將軍分虎竹, 戰士臥龍沙)"라고 되어있다. 『李太白文集・塞下曲』

◎ 2.30

원문 宇文叔通詞

宇文叔通久留虜中不得歸, 立春日作『迎春樂』曲云 :「寶幡綵勝堆金縷. 雙燕釵頭舞. 人間要識春來處, 天際雁, 江邊樹. 故國鶯花又誰主, 念憔悴, 幾年羈旅. 把酒祝東風, 吹取人歸去.」

번역 우문숙통宇文叔通의 사

우문허중宇文虛中[198]은 오랫동안 포로로 잡혀 귀국하지 못했는데, 입춘에 「영춘악迎春樂」[199] 곡을 지었다.

화려한 두건과 머리장식[200]에 금실 쌓이고	寶幡綵勝堆金縷
제비 한 쌍 머리 장식 꽂아 춤추네	雙燕釵頭舞

198 우문허중(宇文虛中) : 생졸년은 1079~1146이고 본래 송나라 사람으로 자는 숙통(叔通)이며, 호는 용계(龍溪)이고 성도(成都) 사람이다. 송 휘종(徽宗) 때 동관(童貫) 등이 여진(女眞)과 연합하여 거란(契丹)을 협공하자고 건의하는 것을 그가 적극 반대하였으나 결국 듣지 않고 싸우다가 패한 적이 있었고, 송나라가 남도(南渡)한 뒤 고종 건염 2년(1128)에 거란에 사신으로 갔다가 억류되었다가 금나라에 출사하여 예부상서, 한림학사승지를 역임하고 하내군 개국공(河內郡開國公)에 봉해지고 '국사(國師)'로 존중받았다. 무함을 입어 온 가족이 불타 죽었고, 자신은 피살당했다. 『宋史』

199 「영춘악(迎春樂)」 : 우문허중의 시사는 당시에 큰 추앙을 받았는데, 이 시사는 그의 대표작이다. 작자는 이역에서 봄을 맞이하여 고국에서 찬란했던 지난날을 회상하며 고국을 그리는 꿈을 꾸고 또 고국의 존망을 걱정했다. 현재를 생각하고 옛날을 그리워하며 차마 고향으로 돌아갈 수는 없지만, 오히려 희망을 버리지 않는 마음을 표현했다. 작자의 필봉은 변화무쌍하여 시적 표현이 파란만장하여 금나라 시사 중에 최고의 작품으로 여겨졌다.

200 화려한 두건과 머리장식 : 원문의 '보번채승(寶幡綵勝)'은 금박(金箔)을 입혀서 제작한 번승(幡勝)을 가리킨다. 번승이란 곧 입춘일(立春日)에 봄이 온 것을 경축하는 의미로 머리에 꽂았던 채색 조화(造花)로, 옛날 풍속에 입춘 때마다 대궐에서 여러 조관(朝官)들에게 이것을 하사했다고 한다.

인간 세상에 봄 도래한 곳 알려주려는[201] 人間要識春來處
하늘 끝 기러기와 강변의 나무로다 天際雁江邊樹
고국의 꾀꼬리와 꽃[202]은 또 누가 주인인가 故國鶯花又誰主
초췌해진 이 몸 타향살이[203] 몇 해던가 念憔悴幾年羈旅
술잔 들어 봄바람 기원하노니 把酒祝東風
바람 불어[204] 나를 돌아가게 해주오 吹取人歸去

201 알려주려는 : 원문 '요식(要識)'은 사동문으로 봄이 온 곳을 사람들이 알게 하려 한다는 의미이다.
202 꾀꼬리와 꽃 : '앵화(鶯花)'는 꾀꼬리와 꽃으로, 봄날의 풍경을 뜻한다.
203 타향살이 : '기려(羈旅)'는 나그네처럼 다른 나라나 먼 지방에 와서 벼슬살이를 하는 사람으로 주로 '기려지신(羈旅之臣)'으로 쓰인다.
204 바람 불어 : 봄바람 불기를 기원하는 이유가 봄바람을 타고 고향으로 돌아가고 싶은 소망을 반영했다.

◎ 2.31

원문 周美成點絳唇

周美成初在姑蘇，與營妓岳七楚雲者游甚久，後歸自京師，首訪之，則已從人矣．明日飮於太守蔡巒子高坐中，見其妹，作『點絳唇』曲寄之云：「遼鶴西歸，故鄉多少傷心事．短書不寄，魚浪空千里．憑仗桃根，說與相思意．愁何際，舊時衣袂，猶有東風淚.」

번역 주방언의 「점강순」

주방언周邦彦[205]이 막 고소姑蘇[206]에 있을 때 관기官妓인 악초운岳楚雲[207]이라는 사람과 아주 오랫동안 교제하였다. 나중에 서울[208]에서 돌아와 제일 먼저 그녀를 수소문하였는데 그녀는 이미 다른 사람을 따라가고 없었다. 다음날 소주 태수 채만蔡巒의 연회자리에서 술 마시다가 관기

---

205 주방언 : 북송대의 문학가로 생졸년은 1056~1121이다. 자는 미성(美成), 호는 청진거사(淸眞居士)이며 전당(錢塘 : 지금의 항주) 출신이다. 젊었을 때는 방탕한 생활을 했으나, 「변도부(汴都賦)」를 헌정하고 관직에 올라 휘종(徽宗) 때 대성악부(大晟樂府)에 등용되었다. 음률에 정통하여 악곡을 짓기도 했다. 대성악부로 재직할 때 여러 종류의 신곡을 만들었으며 사(詞)의 율조를 더욱 정밀하게 했다. 대표작으로는 「난릉왕(蘭陵王)」·「만정방(滿庭芳)」·「육축(六丑)」·「서하(西河)」 등이 있다. 그는 선인들의 시구를 융화하여 사에 운용하는 데 특히 뛰어났으며, 사물의 모습을 매우 상세하게 묘사했다. 만사(慢詞)는 완곡하고 구성지며, 소령(小令) 또한 청신하고 미려하며 자연스럽다. 북송사의 집대성자로 추앙받고 있다. 저서로는 『청진사(淸眞詞)』가 있다.

206 고소(姑蘇) : 소주(蘇州)를 가리킨다. 소주는 성 서쪽에 있는 고소산(姑蘇山)에서 비롯된 지명이다.

207 악초운(岳楚雲) : 소주의 기녀 이름이다. 원문은 '악칠초운(岳七楚雲)'인데 악씨(岳氏)의 일곱째 자식이란 별칭에 이름 초운(楚雲)을 병칭한 것이다.

208 서울 : 주방언은 북송 말기 휘종 때 인물로 당시 북송의 수도는 변경(汴京 지금의 개봉(開封))이다.

의 여동생을 만나자 「점강순點絳唇」[209]곡을 지어서 부쳐 주었다.

요동학(遼東鶴)[210] 서쪽으로 돌아가니	遼鶴西歸
고향 생각에 얼마나 마음 아팠느냐	故鄕多少傷心事
짧은 편지조차 부치지 못하네	短書不寄
소식 두절[211]된 채 천리 멀리 떨어져	魚浪空千里
여동생 도근(桃根)[212]을 빌어	憑仗桃根
그리운 마음을 담아 말해보네	說與相思意
이 수심 언제 끝나려나	愁何際
그 옛날 헤어질 때 입던 옷 소매[213]에는	舊時衣袂
아직 봄바람에 흘리는 눈물이 남아있구나	猶有東風淚

209 「점강순(點絳唇)」 : 사패의 이름이고, 「일혼사(一痕沙)」, 「십팔향(十八香)」, 「사두우(沙頭雨)」, 「남포월(南浦月)」이라는 이칭이 있다. 3가지 체제가 있으며 모두 쌍조 측운이다. 주방언이 악초운과 만남을 추억하며 지은 곡조이다. 주방언은 전당(錢塘)이 고향으로 소주에 있을 때 유명한 가기(歌妓) 악칠초운과 잘 알고 지냈다. 뒤에 도성에서 돌아와 다시 가기를 찾았지만, 이미 다른 사람의 부인이 되어 있었다. 하루는 소주태수 채만(蔡巒 자는 자고(子高))의 연회에서 술을 마시다가 우연히 가기의 누이동생을 만나자 사모하는 마음이 일어나 곧장 「점강순」을 지어 동생에게 전해주기를 청했다.

210 요동학(遼東鶴) : 요동(遼東) 사람 정영위(丁令威)가 신선이 되어 학을 타고서 천 년 만에 요동에 돌아와 화표주(華表柱)에 내려앉았다는 요동학(遼東鶴)의 전설을 인용한 것이다. 『搜神後記』

211 소식 두절 : '어랑(魚浪)'은 물고기가 일으키는 물결로, 물결이 비었다는 것은 서신이 끊겨 소식이 단절될 것이라는 말이다. 한(漢)나라 때의 악부(樂府)인 「음마장성굴행(飮馬長城窟行)」에 "나그네가 멀리서 찾아와 내게 잉어 한 쌍을 주고 가기에, 아이 불러 잉어를 삶게 했더니 배 속에 한 자의 비단 편지가 있네(客從遠方來, 遺我雙鯉魚, 呼童烹鯉魚, 中有尺素書)"라고 한 데서 나왔다. 『文選註』

212 도근(桃根) : 진(晉)나라 왕헌지(王獻之)의 애첩인 도엽(桃葉)의 자매이다. 여기서도 여동생을 통해 소식을 전한다는 의미이다.

213 옷 소매 : '몌(袂)'는 옷소매 가운데 가장 넓은 부분인 팔꿈치 부분을 말한다. 소매를 뒤집어 얼굴에 흐르는 눈물을 닦는다는 의미이다.

◎ 2.32

원문 何文縝詞

何文縝在館閣時，飮一貴人家，侍兒惠柔者解帕子為贈，約牡丹開再集．何甚屬意，歸作『虞美人』曲，曲中隱其名云：「分香帕子揉藍膩，欲去殷勤惠．重來宜待牡丹時，只恐花知，知後故開遲．別來看盡閑桃李，日日欄杆倚．催花無計問東風，夢作一雙蝴蝶遶芳叢．」何書此曲與趙詠道，自言其張本云．

번역 하율의 사

하율何栗[214]이 관각館閣[215]에 재직할 때에 어느 귀족 집에서 술을 마셨다. 혜유惠柔라고 하는 시녀가 손수건[216]을 풀어서 주었다. 모란꽃[217]이 필 때 다시 만나자고 약속했다. 하율이 몹시 애정을 기울여서 돌아갈 때 「우미인虞美人」[218]곡을 지었는데 곡 중에 그녀의 이름을 숨겨두

---

214 하율(何栗) : 생졸년은 1089~1127이고, 하탁(何卓)이라고도 하며, 자는 문진(文縝)이다. 송 휘종 정화(政和) 5년에 진사로 비서성 교서랑, 거제경기학사, 어사중승을 역임했다. 정강의 변에 휘종과 흠종을 따라 금나라로 가서 단식하여 39세로 사망했다. 사적이 『삼조북맹회편(三朝北盟會編)』과 『송사(宋史)』에 나온다.

215 관각(館閣) : 북송대에 소문관(昭文館)・사관(史館)・집현전(集賢殿)의 삼관(三館)과 비각(秘閣)・용도각(龍圖閣) 등의 각(閣)에서 도서・경적(經籍)과 역사 편찬의 사무를 나누어 관장하는 것을 통틀어 일컫는 말이다.

216 손수건 : '파자(帕子)'는 머리를 감싸는 넓은 천을 말한다. 보통 전체를 감쌀 수도 있는 보자기, 두건, 머리 수건, 머리띠, 허리띠 등을 가리킨다. 여기서는 헤어질 때 안타까워 손수건을 풀어서 주었다는 의미이다.

217 모란꽃 : '모란(牧丹)'은 늦봄에 붉고 아주 큰 꽃이 핀다.

218 우미인(虞美人) : 항우(項羽)의 애첩이다. 항우가 유방(劉邦)에게 패하여 오강(烏江)에서 죽을 때, 우미인은 전날 밤 자결하였는데, 그 무덤 위에 풀꽃이 피어났다 하여 그 꽃 이름을 우미인초(虞美人草)라고 불렀다 한다. 이를 소재로 지은 송(宋)나라 증공(曾鞏)의 「우미인초(虞美人草)」라는 시가 유명하다. 이 사는 우미인의 사패 형식에

었다.[219]

향긋한 손수건은 군청색[220]으로 반들거리니	分香帕子揉藍膩
은근한 온정을 떠나려 하네	欲去殷勤惠
모란꽃 필 때 다시 찾아오겠지만	重來宜待牡丹時
오직 모란꽃이 지각이 있어	只恐花知
약속을 안 뒤에 짐짓 더디 피울까 두렵다네	知後故開遲
이별하고서 모두 시든 복사꽃 자두꽃[221] 보고서	別來看盡閑桃李
날이면 날마다 난간에 기대어	日日欄杆倚
모란꽃 재촉하는 봄바람을 물어볼 방법 없나니	催花無計問東風
한 쌍의 나비 꽃떨기 맴도는 꿈꾸네	夢作一雙蝴蝶遶芳叢

하율이 이 곡조를 써서 조사점趙師蔵[222]에게 주면서 곡의 장본인張本人[223]이라 스스로 밝혔다고 한다.

서 글자 수를 맞추었으나 운자를 놓아야 할 위치를 지키지 않고 있다.

219 이름을 숨겨두었다 : 시어 중에 '유람니(揉藍膩)'와 '은근혜(殷勤惠)'를 가리킨다.

220 군청색 : '유람(揉藍)'은 쪽을 물에 불려 짜서 만든 염료로 시어에서는 진한 남색을 지칭한다.

221 복사꽃 자두꽃 : 보통은 "복숭아나무와 자두나무는 말이 없으나 꽃과 열매가 좋아서 찾아오는 사람이 절로 많기 때문에 그 밑에 자연히 길이 생긴다(桃李不言, 下自成蹊)"라는 고어(古語)에서 온 말이지만 여기서는 두 꽃이 봄에 만개했다가 봄이 가기 전에 시들면 모란꽃이 핀다는 의미로 쓰였다.

222 조사점(趙師蔵) : 남송시대의 학자로 자는 영도(詠道)이다. 일찍이 육구연(陸九淵), 주자에게서 학문을 배웠다.

223 장본인(張本人) : 어떤 일을 꾀하여 일으킨 바로 그 사람이란 뜻으로 여기서는 이 곡을 짓게 만든 주인공 혜유를 가리킨다.

◎ 2.33

원문 王彦齡夫婦詞

王齊叟彦齡, 元祐副樞巖叟之弟, 任俊得聲. 初官太原, 作『望江南』數十曲嘲府縣同僚, 遂併及帥, 帥怒甚, 因衆入謁, 面責彦齡:「何敢爾! 豈恃兄貴, 謂吾不能劾治耶?」彦齡執手板頓首帥前曰:「居下位, 只恐被人讒. 昨日只吟『青玉案』, 幾時曾做『望江南』? 試問馬都監.」帥不覺失笑, 衆亦匿笑去. 今『別素質』曲「此事憑誰知證, 有樓前明月, 窗外花影」者, 彦齡作也. 娶舒氏, 亦有詞翰. 婦翁武選, 彦齡事之素不謹. 因醉酒嫚罵, 翁不能堪, 取女歸, 竟至離絕. 舒在父家, 一日行池上, 懷其夫, 作『點絳唇』曲云:「獨自臨流, 興來時把欄干凭. 舊愁新恨, 耗卻來時興. 鷺散魚潛, 煙斂風初定. 波心靜, 照人如鏡, 少個年時影.」

번역 왕언령 부부의 사

왕제수王齊叟[224]는 자가 언령彦齡으로, 원우元祐[225] 연간의 추밀원 부장관인 왕암수王巖叟[226]의 동생이다. 맡은 일에 뛰어나서 명성을 얻었다.

---

224 왕제수(王齊叟) : 왕제수는 자가 언령(彦齡)으로 회주(懷州) 사람이다. 재주가 좋고 형식에 구속 않고 가사를 지었다. 태원(太原) 지방의 속관이 되었을 이미 「청옥안(青玉案)」, 「망강남(望江南)」 두 수의 가사를 채워 넣어 타이위엔 지역을 감찰하는 고관을 조롱하기도 했다.

225 원우(元祐) : 철종(哲宗)의 연호로 1086~1094년까지를 말한다.

226 왕암수(王巖叟) : 1044~1094. 송(宋)나라 사람으로 자는 언림(彦霖), 시호는 공간(恭簡)으로 대명(大名) 청평(清平) 사람이다. 숨김없이 직간(直諫)한 것으로 유명하며, 그가 지은 홍범삼덕론(洪範三德論)은 정치의 기본을 밝힌 것임. 원우 삼당 중에 삭당(朔黨)의 영수로 당수로는 양도(梁燾), 범조우(范祖禹), 오안시(吳安詩), 유안세(劉安世), 문언박(文彦博) 등이 있다.

처음에 태원太原에서 관직 생활을 하며 「망강남望江南」[227] 수 십 수를 지어서 태원부와 속현屬縣[228]의 동료를 조롱하였고 마침내 원수元帥[229]에게까지 미치니 원수가 매우 분노하자, 이로 인해 동료들이 들어와 원수를 뵙고 왕제수 면전에서 질책하면서 "어찌 감히 이럴 수 있는가? 어찌 형의 높은 지위만 믿고서 내가 너의 죄를 묻지 못하리라 생각했는가?"라고 했다. 왕제수는 수판手板[230]을 잡고 머리를 조아리며 "아랫자리에 있으니 남에게 참소 당할까봐 두렵기만 합니다. 어제는 단지 「청옥안青玉案」만 읊었는데, 언제 「망강남」을 지었겠습니까? 마 도감都監[231]께 여쭙습니다"라고 했다. 원수는 자기도 모르게 실소하였고, 동료들 또한 웃음을 숨기며 떠났다.

오늘날 전해지는 「별소질別素質」[232]곡에 "이럴 때에 그 누가 있어 증

---

227 「망강남(望江南)」: 사패 이름이다. 수양제(隋煬帝)가 서원(西苑)을 만들고, 연못을 파서 거기에 용봉가(龍鳳舸)를 띄우고서 「망강남(望江南)」곡을 지었다고 한다. 한강 남쪽 시골의 경치를 그리워하는 내용의 노래로 당(唐)나라 백거이(白居易)가 이를 본떠 「억강남(憶江南)」이라는 사(詞)를 지어 읊은 뒤 「억강남」으로 유명해지게 되었다. 이 사는 '억강남'의 사패 형식에서 글자 수는 맞추었으나 운자 위치를 지키지 않고 있다. 진(眞)자 운목에 속하는 신(新)·인(人)을 운자로 사용하여 짝을 맞추었으나 운(雲)자는 운목이 문(文)에 속하므로 운자를 맞추지 않은 것이다. 『宋詞大辭典』

228 속현(屬縣): 큰 고을에 딸린 작은 고을. 자치 능력이 없이 큰 고을의 관할 아래 있다.

229 원수(元帥): 태원(太原)은 군사적으로 중요한 요충지이므로 타이위엔 뿐만 아니라 국경을 수비하는 고위 사령관이 주둔하고 있다. 따라서 태원에 집결된 국경수비부대의 총사령관을 지칭한다.

230 수판(手板): 관리가 항시 띠 사이에 꽂고 있다가 임금의 명령이나 또는 임금에게 아뢸 일들을 기록하는 것, 즉 홀(笏)을 가리키는데 진(晉)·송(宋) 이후에 수판이라고 했다.

231 도감(都監): 감군(監軍)이라고 하며 고대에는 감군대위(監軍大尉)를 겸한다. 송대에는 각 지역 로(路: 지금의 省)의 군사를 담당하는 장관으로 지금의 군단장 급 사령관이다.

232 「별소질(別素質)」: 송나라 때 왕질(王質)이 지은 사패 「별소질(別素質)」(일개모암

명할까? 누각 앞에 밝은 달과 창문밖에 꽃 그림자가 있구려."[233] 라고 한 것은 왕제수가 지었다. 서씨舒氏에게 장가들었는데 아내 또한 문장력[234]이 있었다. 장인은 무관[235]이라서 왕제수는 평소 성실하게 섬기지 않았다. 술기운 때문에 거만해져 욕설을 내뱉자 장인은 참지 못하고 딸을 데리고 돌아오니 마침내 이별까지 하게 되었다. 서씨는 친정집에 살면서 하루는 호수를 걷다가 남편을 그리워하며 「점강순點絳唇」[236] 곡을 지어 불렀다.

홀로 호수가를 거닐다	獨自臨流
흥이 일면 난간에 기대었고	興來時把欄干憑
옛 근심과 새로운 원망	舊愁新恨
사라지는듯 하다 다시 일어나네	耗卻來時興

(一個茅庵))이 있는데 왕제수가 지은 사패와 혼동한 듯하다. 왕제수의 사 원문은 다음과 같다. "蹙繡圈金, 槃囊密約, 未赴意先警. 欲罷還休, 臨行又怯, 倚定畫欄癡等. 簾風漸冷, 先自慮春宵不永, 更那堪鬥轉星移. 尚在有無之境, 綠雲滿壓蛾螓領, 慚愧也滿懷香擁. 此際有誰知證, 但樓前明月, 窗間花影."

233 이럴 때 (…중략…) 있을 뿐 : 사패의 원문은 "此際有誰知證, 但樓前明月"인데, 역자는 '事'를 '際'로 '憑'를 '有'으로 '有'를 '但'으로 수정하여 번역했다.

234 문장력 : 원문 '사한(詞翰)'은 문장과 붓이다. 붓을 휘둘러 문장을 지어내기에 문장 짓는 실력이 있다는 의미가 된다.

235 무관 : 원문 '무선(武選)'은 무과선발 과거로 송나라 때 무신을 선발하는 과정 중에 하나이다. 경덕(景德) 2년(1005년)에 처음 신설되어 비정기 시험으로 치루었으며 정기시험의 결원 보충할 때 시행했다.

236 「점강순(點絳唇)」: 사패의 이름이다. 「점앵도(點櫻桃)」, 「십팔향(十八香)」, 「남포월(南浦月)」, 「사두우(沙頭雨)」, 「심요초(尋瑤草)」 등의 이칭이 있다. 풍연사(馮延巳)의 「음록위홍(蔭綠圍紅)」을 정체(正體)로 삼는다. 쌍조41자로 앞단락 4구에 3측운, 뒷단락 5구에 4측운으로 구성된다. 별도로 41자 앞뒤 단락에 각 5구 4측운, 43자 앞단락 4구 3측운, 뒷단락 5구 4측운의 변체가 있다. 대표작으로 소식의 「점강순(點絳唇)」(홍행표향(紅杏飄香) 사가 있다.

백로 흩어지고 물고기 숨어버리자 鷺散魚潛
안개 걷히고 바람도 비로소 잠잠하네 煙斂風初定
일렁거리는 마음이 고요해지고 波心靜
거울처럼[237] 나를 비추니 照人如鏡
그때의 당신모습 보이지 않네 少個年時影

237 거울처럼 : 호수가를 걷다가 비바람이 그치자 수면이 거울처럼 잠잠해지자 외롭고 초라한 자신의 모습이 비춰지자 어렸을 적 자신의 모습이 떠올라 소회를 풀어 쓴 것이다.

◎ 2.34

원문 莫少虛詞

『水調歌頭』:「瑤草一何碧, 春入武陵溪. 溪上桃花無數, 花上有黃鸝.」世傳為魯直于建炎初見石耆翁言, 此莫少虛作也. 莫此詞本始, 耆翁能道其詳. 予嘗見莫『浣溪沙』曲:「寶釧緗裙上玉梯, 雲重應恨翠樓低. 愁同芳草兩萋萋.」又云:「歸夢悠颺見未真, 繡衾恰有暗香薰. 五更分得楚臺春.」造語頗工. 晚年心醉富貴, 不復事文筆.

번역 막장莫將의 사

「수조가두水調歌頭」[238]에서 다음과 같이 말했다.

아름다운 풀이 어찌나 한결같이 푸르니[239]	瑤草一何碧
무릉도원 계곡[240]에 봄이 찾아 왔구나	春入武陵溪

238 「수조가두(水調歌頭)」: 사패(詞牌)의 이름으로, 수양제(隋煬帝)가 변하(汴河)를 개통할 때 「수조가(水調歌)」를 지었는데 당나라 때 이를 부연하여 대곡(大曲)이 되었다. 산서(散序), 중서(中序), 입파(入破)의 세 부분이 있는데 수조가두는 중서의 제1장에 해당하여 두 곡조로 94자에서 97자로 이루어져 있다. 쌍조 95자이다. 앞 단락의 아홉 구절은 4평운으로 48자이다. 뒤 단락의 열 구절은 4평운으로 47자이다. 송대 사람들은 위 아래 단락에서 6자로 이루어진 두 구절을 대부분 측운으로 압운했다. 또한 평측을 호압(互押)하였으며 구절마다 압운한 것은 후에 하주(賀鑄)의 사를 따른 것이다. 소식의 「수조가두(水調歌頭)」 중추(中秋)사가 유명하다.

239 아름다운 풀이 어찌나 한결같이 푸르니 : 이 구절은 황정견(黃庭堅)이 소식(蘇軾)의 「수조가두(水調歌頭)」사 내용 중 '밝은 달이 얼마나 있었던가(明月幾時有)'를 본떠서 지은 것이다.

240 무릉도원 계곡 : 전설상에 존재하는 선경(仙境)인 무릉도원(武陵桃源)을 말하는 것으로, 도잠(陶潛)의 「도화원기(桃花源記)」에서 비롯되었다. 「도화원기」에 의하면, 무릉에 사는 어떤 어부가 시내를 따라 올라가다가 복사꽃이 흐드러지게 핀 선경(仙境)을 만나 그곳에서, 진(秦)나라 때에 난리를 피해 그곳에 들어와 살고 있던 사람들을

계곡 위 복사꽃은 수없이 피었고 溪上桃花無數
꽃밭 속 꾀꼬리는 노래하네 花上有黃鸝

세상에는 황정견黃庭堅이 지었다고 전해지는데, 건염建炎[241] 초기에 석기옹石耆翁[242]을 처음 만나서 "이것은 막장莫將[243]이 지은 것이다"라고 했다. 막장이 이 사를 짓던 시초를 석기옹이 상세하게 설명할 수 있었다. 나는 일찍이 막장의 「완계사浣溪沙」 사를 본 적이 있다.

보석 팔찌 담황색 치마 입고 옥계단[244] 오르니 寶釧緗裙上玉梯
겹쳐진 구름 분명 원망하리 푸른 누대 낮음을 雲重應恨翠樓低
근심은 향초와 함께 무성하구나 愁同芳草兩萋萋

또한 다음과 같이 말했다.

돌아가는 꿈속 스산한 바람 불어 참모습 보이지 않고 歸夢悠颺見未眞

만나 극진한 대접을 받고 나왔는데, 뒤에 다시 그곳을 찾아갔더니 흔적이 없어서 찾을 수가 없었다고 한다. 『陶淵明集』

241 건염(建炎) : 남송 고종(高宗)의 연호로 1127년부터 1130년까지이다.

242 석기옹(石耆翁) : 촉(蜀)지방 사람으로 생몰년이나 관직 등 자료는 남아있지 않다. 대표작으로 「자고천(鷓鴣天)」, 「접련화(蝶戀花)」가 있다.

243 막장(莫將) : 생졸년은 1080~1148이고, 자는 소허(少虛), 예명은 문연(文硯)이며, 수수만강(修水漫江) 사람이다. 송대의 명신으로 음관(蔭官)으로 여러 지방관을 역임하여 치세를 이루었고 학문에도 명성을 얻었다. 후에 변경지역에 부임하여 금나라에 항거하여 국경을 지켰다.

244 옥계단 : 옥루(玉樓)라고 하며 천상에 있는 궁궐이다. 서왕모(西王母)가 사는 곤륜산(崑崙山) 꼭대기에는 다섯 곳의 금대(金臺)와 열두 곳의 옥루가 있다는 전설이 있다.

수놓은 이불은 은은한 향을 품은듯　　繡衾恰有暗香薰
오경[245]에 초대(楚臺)[246]의 봄을 나누네　　五更分得楚臺春

말을 다듬는게 자못 정교하다. 말년에는 부귀에 심취하여 다시는 문장을 짓지 않았다.

---

245 오경 : 오전 3시부터 5시 사이로 늦은 밤에서 동이 트는 새벽녘을 뜻한다. 꿈에서 깨어날 시간이다.

246 초대(楚臺) : 초나라 무산(巫山)의 양대(陽臺)를 말한다. 초회왕(楚懷王)이 일찍이 고당(高唐)에 낮잠을 자는데, 꿈에 한 여인이 와서 말하기를, "저는 무산의 여자로 고당의 나그네가 되었는데, 임금님이 여기에 계시다는 소문을 듣고 왔으니, 원컨대 침석(枕席)을 같이 하소서" 하므로, 회왕이 하룻밤을 같이 잤는바, 다음날 아침에 여인이 떠나면서, "저는 아침이면 구름이 되고 저녁에는 비가 되는데, 아침마다 양대 아래에 있습니다"라고 했다는 데서 온 말이다.

◎ 2.35

원문 **古人使王昌莫愁事**

古書亡逸固多，存于世者，亦恨不盡見．李義山絕句云：「本來銀漢是紅墻，隔得盧家白玉堂．誰與王昌報消息，盡知三十六鴛鴦.」而唐人使王昌事尤數，世多不曉，古樂府中可互見，然亦不詳也．一曰：「相逢狹路間，道隘不容車．如何兩少年，挾轂問君家．君家誠易知，易知復難忘．黃金為君門，白玉為君堂．堂上置樽酒，使作邯鄲倡．中庭生桂樹，華燈何煌煌．兄弟兩三人，中子為侍郎．五日一來歸，道上自生光．黃金絡馬頭，觀者滿路傍．入門時左顧，但見雙鴛鴦．鴛鴦七十二，羅列自成行.」一曰：「河中之水向東流，洛陽女兒名莫愁．莫愁十三能織綺，十四採桑南陌頭．十五嫁為盧家婦，十六生兒字阿侯．盧家蘭室桂為梁，中有鬱金蘇合香．頭上金釵十二行，足下絲履五文章．珊瑚桂鏡爛生光，平頭奴子提履箱．人生富貴何所望，恨不嫁與東家王.」以三章互考之，即知樂府前篇所謂白玉堂與鴛鴦七十二，乃盧家．然義山稱三十六者，三十六雙，即七十二也．又知樂府後篇所謂東家王，即王昌也．余少年時戲作『清平樂』曲贈妓盧姓者云：「盧家白玉為堂，于飛多少鴛鴦．縱使東墻隔斷，莫愁應念王昌.」黃載萬亦有『更漏子』曲云：「憐宋玉，許王昌．東西鄰短墻.」予每戲謂人曰：「載萬似曾經界兩家來.」蓋宋玉『好色賦』，稱東鄰之子，即宋玉為西鄰也．東家王，即東鄰也；載萬用事如此之工．世徒知石城有莫愁，不知洛陽亦有之，前輩言樂府兩莫愁，正謂此也．又韓致光詩：「何必苦勞魂與夢，王昌祇在此墻東.」業唱歌者，沈亞之目為聲家，又曰聲黨, 又曰貢聲中禁. 李義山云 :「王昌且在墻東住, 未必金堂得免嫌.」又云 :「欲入盧家白玉堂, 新春催破舞衣裳.」『對雪』云 :「又入盧家妒玉堂.」

번역 옛사람이 왕창과 막수의 고사를 노래하다

망실된 고서는 참으로 많지만, 세상에 남아있는 것 또한 모두 볼 수 없음이 한스럽다. 이상은李商隐[247]의 절구絶句[248]에 다음과 같이 읊었다.

본래 은하수가 붉은 담장[249]이러니 本來銀漢是紅墻
노가의 백옥당[250]에 가로막혀다오 隔得盧家白玉堂
누가 왕창[251]에게 소식을 전하였나 誰與王昌報消息
서른 여섯 원앙[252]을 모조리 알더군 盡知三十六鴛鴦

247 이상은(李商隱) : 생졸년은 812~858이고, 자는 의산(義山)이며 호는 옥계생(玉谿生)이다. 그의 시는 한・위・육조시(六朝詩)의 정수를 계승하였고, 두보를 배웠으며, 이하(李賀)의 상징적 기법을 사랑했다. 또한 전고(典故)를 자주 인용, 풍려(豊麗)한 자구를 구사하여 수사문학(修辭文學)의 극치를 보여주어 시는 수사를 생명으로 하였고, 송초(宋初)의 서곤체(西崑體)의 비조가 되었다.

248 절구(絶句) : 시 제목은 「대응(代應)」으로 이상은이 규방(閨房)의 그리움을 묘사하여 문후하는 편지의 회답을 모의하여 지은 시이다. 『李商隱詩詞大全』

249 붉은 담장 : 붉은 담장은 시인이 눈 앞에 보이는 지척거리의 삶의 장소이고 은하수는 하늘 높이 있어 다다를 수 없는 죽음이나 만날 수 없는 이별을 상징한다.

250 백옥당 : 신선이 사는 곳이나 부잣집을 뜻하는 말로 쓰인다.

251 왕창 : 옛사람 이름이다. 왕랑(王郎)이라고도 한다. 일찍이 한나라 성제(成帝)의 아들 자여(子輿)라 사칭하고 한단에서 거병하여 천자를 참칭하다 광무제에게 격퇴 당해 살해되었다. 청나라 고사기(高士奇)의 『천록식여(天祿識餘)』에 '그 사람에 대한 모든 기록은 찾아볼 만 한 것이 없다'라고 했다. 옛사람은 항상 이상적인 남편이나 정인을 대신하기도 하는데 우리나라에서 아무개를 '홍길동'이라 하는 것과 비슷하다.

252 서른 여섯 원앙 : 다른 시에 '일흔 두 원앙(七十二鴛鴦)'이 나오는데 가족을 포함한 대식구를 가리키므로 36쌍 즉, 72마리의 원앙 무리를 지칭하는 것으로 보는 것이 타

당나라 사람은 왕창의 고사를 더욱 자주 거론했으나 세상사람 대부분은 왕창이 누구인지 알지 못한다. 고악부古樂府 중에 서로 상고해 볼 만 하겠지만, 그렇더라도 역시 자세하지는 못하다.

다른 한 시[253]에서 다음과 같이 말했다.

좁은 골목길에서 마주쳤는데	相逢狹路間
길이 좁아 수레가 통하지 않네	道隘不容車
어찌어찌하다 두 소년이	如何兩少年
수레를 끼고서[254] 그대 집을 묻네	挾轂問君家
당신 집이야 정말 알기 쉬우니	君家誠易知
쉽게 알면 다시 잊기 어려운 법	易知復難忘
황금으로 그대 대문을 만들고	黃金為君門
백옥으로 그대 당실을 지었네	白玉為君堂
당상에는 술자리 마련하여[255]	堂上置樽酒
한단의 창기[256]로 만들었구나	使作邯鄲倡
중정에는 계수나무가 자라고	中庭生桂樹

당하겠다.

253 다른 한 시 : 남북조시대 심약(沈約)이 지은 「상봉협로간(相逢狹路間)」시를 말한다

254 수레를 끼고서 : 좁은 길에 수레 두 대가 막혀서 가로막힌 형세이다

255 술자리 마련하여 : 고악부(古樂府)의 「계명(鷄鳴)」에는 "당 위에는 두 동이의 술이 있거니, 나를 한단 창기로 만들었구나(堂上雙樽酒, 作使邯鄲倡)"라고 되어있다.

256 한단의 창기 : 아주 고운 모습의 창기를 말한다. 한단은 전국 시대 조(趙)나라의 서울이다.

환한 등불은 어찌나 반짝이던가 華燈何煌煌
형제가 두 세 사람인데 兄弟兩三人
둘째가 시랑[257]이 되었네 中子為侍郎
닷새마다 한 번씩 돌아오면 五日一來歸
길에 저절로 빛이 생긴다오 道上自生光
황금으로 말머리 둘러싸니 黃金絡馬頭
구경꾼들 길가에 가득하네 觀者滿路傍
문에 들어갈 때 왼쪽을 돌아보니 入門時左顧
다만 원앙 한 쌍만 보이네 但見雙鴛鴦
일흔두 마리 원앙새[258]가 鴛鴦七十二
저절로 행렬을 이루어 늘어섰네 羅列自成行

다른 한 시[259]에서 다음과 같이 말했다.

하수[260]는 동쪽으로 흐르는데 河中之水向東流
낙양 소녀의 이름 막수[261]라네 洛陽女兒名莫愁

---

257 시랑(侍郎) : 성의 차관에 해당하는 관직으로 공부의 장관(長官) 상서(尙書)의 부직(副職)이었다. 단, 당나라 때는 중서시랑(中書侍郎)은 황제의 최측근으로 재상급에 해당한다.

258 일흔 두 원앙 : 집안에 있는 모든 사람을 가리키는 말이다.

259 다른 한 시 : 남북조시대 양(梁)나라 무제 소연(蕭衍)이 지은 「하중지수가(河中之水歌)」시를 말한다.

260 하수 : 황하의 강물을 말한다. 중국 북부에서는 강을 '하(河)'라고 하며, 남부에서는 '강(江)'이라 다르게 부른다. 황하만 '하(河)'라고 부르고 나머지는 모두 '강(江)'이라 한다. 황하는 티벳지역에서 발원하여 산동성까지 동쪽으로 흐른다.

261 막수(莫愁) : 고악부에 흔히 등장하는 전설적인 여자인데, 일설에는 낙양(洛陽)의 여

막수는 열세살에 비단을 짤 수 있고　莫愁十三能織綺
열넷에 남쪽 밭두둑에서 뽕잎을 따네[262]　十四採桑南陌頭
열다섯에 노씨에게 시집가서　十五嫁為盧家婦
열여섯에 아후[263]라는 아이를 낳았네　十六生兒字阿侯
노씨집의 난실은 계수나무 대들보로 삼았네[264]　盧家蘭室桂為梁
언제나 울금초와 소합향[265] 감도네　中有鬱金蘇合香
머리에 금비녀 열 두 줄[266] 얹고　頭上金釵十二行
발에는 명주실 다섯 문양인 신 신었네　足下絲履五文章
산호 장식 계수나무 경대에 불빛 생겨　珊瑚桂鏡爛生光
평두건[267] 쓴 노비가 신발 상자 올리네　平頭奴子提履箱

자라고 하는바, 남조 양 무제(梁武帝)의 「하중지수가(河中之水歌)」에 "하중의 물은 동쪽으로 흐르는데, 낙양의 여아는 이름이 막수라네(河中之水向東流, 洛陽女兒名莫愁)"라고 되어있다.

262 남쪽 밭두둑에서 뽕잎을 따네 : 비단은 누에고치로 만드는데, 누에는 오로지 뽕잎만 먹는다. 따라서 뽕나무를 많이 심었는데, 주로 논밭의 경계가 되는 밭두둑 위에 심어서 별도의 농장을 경영하지 않았다. 뽕잎을 딴다는 것은 단순한 가사 노동이 아닌 전문적으로 뽕잎을 따다 양잠업에 종사했음을 가리킨다.

263 아후(阿侯) : 아이가 태어나면 정식 이름을 짓기 전에 아호(兒號)를 지어주기도 하는데, 애칭으로 앞에 '아(阿)'를 붙여준다.

264 노씨집의 난실은 계수나무 대들보로 삼았네 : 원문의 '난실(蘭室)'은 지란지실(芝蘭之室) 즉 지초와 난초가 있는 방이란 뜻이다. 『공자가어(孔子家語)』에 "선한 사람과 함께 지내면 마치 지란(芝蘭)의 방에 들어간 것과 같아 그 향기는 못 맡더라도 오래 지나면 동화된다"라고 했다.

265 울금초와 소합향 : 울금초는 강황(薑黃)이라고 하며 노란 뿌리줄기는 향신료로 쓰인다. 소합향은 소합향나무의 수지를 원료로 하여 만든 향으로 여러 가지 향을 섞어 끓여서 만든다.

266 금비녀 열 두 줄 : 『설원(說苑)』에 "우승유(牛僧孺)가 '1천금을 주고 종유를 사서 복용하였더니 힘이 샘솟고, 또 노래 부르며 춤추는 기생이 많다'고 자랑하므로 백거이(白居易)가 '종유는 삼천 냥이요 금비녀가 열두 줄이라(鐘乳三千兩, 金釵十二行)'라고 한 시를 지어 보냈다"라고 하였는데, 금비녀가 열두 줄이란 처첩(妻妾)이 많다는 뜻이다.

267 평두건(平頭巾) : '평두소양건(平頭小樣巾)' 이라고도 하는데, 위가 평평한 두건의 이

인생에서 부귀를 어찌 바랄까마는　　　　人生富貴何所望
동가왕[268]에게 시집 못 가서 한이라네　　　　恨不嫁與東家王

이 3편의 사를 고찰해보면 곧바로 악부 전편에서 이른바 '백옥당白玉堂'과 '원앙칠십이鴛鴦七十二'가 바로 노씨 집안이라는 것을 알 수 있다. 그러나 이상은이 36이라고 말한 것은 36쌍이니 바로 72마리이다. 또 악부 후편에 이른바 '동가왕東家王'이 바로 왕창임을 알 수 있다. 내가 젊었을 때에 장난삼아 「청평악清平樂」[269] 사를 지어서 노씨 성을 가진 기생에게 주었다.

름이다.

268 동가왕(東家王) : 한(梁) 무제(武帝)의 「河中之歌」시 마지막 2구절에 "인생에 부귀를 어찌 바라리오. 일찍이 동가왕(東家王)에게 시집가지 못한 것이 한스럽다(人生富貴何所望, 恨不早嫁東家王)"라고 되어 있다. 여기서 낙양 여아는 여남왕(汝南王)에게 시집간 벽옥(碧玉)처럼 본래는 보잘것없는 집안의 딸이었지만 부잣집 권문세도가로 시집가고 난 후에는 오로지 어여쁜 용모만을 치장하며 사치와 향락의 삶을 살고 있다. 현자들은 불우하고, 선택된 자들은 적임자들이 아닌 현실의 부조리에 대하여 시인은 불만과 분개함을 표출하고 있는 것이다.

269 「청평악(清平樂)」: 『교방기전정(教坊記箋訂)』에는 "『감계록(鑒戒錄)』에는 오대시기 진유(陳裕)의 시가 실려 있는데 '阿家解舞清平樂'이라는 구절에 따라 무곡(舞曲)이다. 온정균(溫庭筠)의 「청평악(清平樂)」의 '新歲清平思同輦'이라는 구절에서 하내(海内)의 청평에 대한 뜻이 분명하지 결코 清調와 平調에 대한 것이 아니다. 『당서(唐書)』에서는 남조(南詔)에 청평관(清平官)이 있었는데 청평관은 조정의 예악(禮樂)을 담당하였으며 당나라의 재상과 같았다. 양헌익(楊憲益)은 『영묵신전(零墨新箋)』에서 이 곡을 남조악(南詔樂)으로 분류했으니 관명에서 따왔기 때문이라고 했다. 한편 『흠정사보(欽定詞譜)』에서는 당교방곡의 이름이라고 했고, 『화엄사선(花菴詞選)』에서는 「청평악령(清平樂令)」이라고 했으며 장집(張輯)의 사에서는 「억몽월(憶夢月)」로, 장저(張翥)의 사는 「취동풍(醉東風)」이라고 불렀다. 쌍조, 46자이다. 앞단락의 네 구절은 사측운으로 22자이다. 뒷단락의 네 구절은 삼평운으로 24자이다. 『벽계만지(碧雞漫志)』에서는 "이 곡은 월조(越調)에 있는데 당나라에 이르러 성행했다"라고 했다. 『송사(宋史)·악지(樂志)』에는 이 곡이 "대석조(大石調)"에 포함되었다. 『악장집(樂章集)』에는 "월조(越調)"라고 주석했다.

노씨는 백옥으로 당실을 만드니　盧家白玉為堂
많은 원앙새가 날아오네　于飛多少鴛鴦
아무리 동쪽 담으로 막아도　縱使東墻隔斷
막수는 왕창을 그리워하리라　莫愁應念王昌

황대여黃大輿 역시 「경루자更漏子」[270]사에서 "가련한 송옥宋玉[271]과 인정받는 왕창이 동서로 이어진 얕은 담장 사이로 이웃하네"라고 했다. 내가 매번 장난삼아 사람들에게 "황대여는 일찍이 양쪽 집안 경계를 오가는 듯 하구려"라고 말했다. 대개 송옥의 「호색부好色賦」에서 '동쪽 이웃의 자식東鄰之子'이라고 불렀으니 바로 송옥이 서쪽 이웃이다. 동가왕은 바로 동쪽 이웃이다. 황대여는 이처럼 글 짓는 솜씨가 뛰어나다. 세상 사람들은 다만 석성石城[272]에 막수가 있는 줄만 알지 낙양에도 동명의 여인이 있는지는 모르니, 앞시대 동년배들이 악부에서 두 막

270 「경루자(更漏子)」: 「부금차(付金釵)」, 「독의루(獨倚樓)」, 「번취수(翻翠袖)」 등의 사패 이름으로도 불린다. 온정균(溫庭筠)의 「경루자(更漏子)」, 「옥로향(玉爐香)」사를 정격으로 삼으며 쌍조 46자, 앞 단락 6구 2측운 2평운, 뒷 단락 6구 3측운 2평운으로 구성되며 별도로 쌍조 46자, 앞뒤 단락 각 6구 2측운 2평운과 쌍조 45자 앞 단락 6구 2측운 2평운, 뒷 단락 6구 3측운 2평운 등의 변체가 있다.

271 송옥(宋玉) : 전국시대 초(楚)나라의 시인이자 대부로 자는 자연(子淵)이며, 굴원(屈原)의 제자로 알려져 있는데, 「구변(九辯)」과 「초혼(招魂)」을 지었으며, 이 밖에 「풍부(風賦)」·「고당부(高唐賦)」·「신녀부(神女賦)」·「등도자호색부(登徒子好色賦)」 등을 지었다.

272 석성(石城) : 지금 호북성(湖北省) 종상현(鍾祥縣)으로 현 서쪽에 막수촌(莫愁村)이 있다. 옛 악부(樂府) 가운데 나오는 전설적인 여인으로 석성(石城) 사람이었는데 13세에 시집가 노씨(盧氏) 집안의 며느리가 되었으며, 노래를 잘 불렀다 한다. 그녀의 노래에 "막수는 어느 곳에 있는가. 막수는 석성의 서쪽에 있도다(莫愁在何處, 莫愁石城西)"라고 되어있다. 『구당서(舊唐書)』「음악지(音樂志)」에 "석성에 이름이 막수라는 여자가 있어 가요를 잘했다(石城有女子名莫愁, 善歌謠)"라고 했다.

수를 언급한 것이 바로 이것을 말한다. 또 한악韓偓[273]의 시에 "하필 혼령과 꿈을 근심스럽게 하랴, 왕창은 다만 이 담장 동쪽에 있는 따름이니何必苦勞魂與夢, 王昌祇在此墻東"라고 했다.

직업 가수 심아지沈亞之[274]가 지목하여 '성가聲家'라고 하고, 또 '성당聲黨'이라고도 하며 또, '궁궐에 소리를 바친다'라고도 했다. 이상은이 말하기를, "왕창이 또 담장 동쪽에서 살고 있으니, 황금으로 당실을 지을 필요 없어 혐의를 면할 수 있네"라고 하고, 또 "노씨집의 옥으로 꾸민 전당에 들어가려하니, 봄바람에 옷이 나풀거리며 춤추게 하네"라고 했다. 「대설對雪」에는 "또 노씨집에 들어가 옥으로 꾸민 전당을 시기하네"[275]라고 했다.

---

273 한악(韓偓) : 생졸년은 842~923년이고, 당나라 말기와 오대시대 사람으로 자는 치광(致光), 치요(致堯)이며, 서안(西安) 사람이다. 이상은이 한악의 이모부이다. 그의 시는 대부분 비분강개(悲憤慷慨)의 기상이 가득한데, 유독 『향렴집(香奩集)』에 실려있는 시만큼은 부녀자의 신변에 속한 자질구레한 일들을 소재로 하여 화려하고 지분(脂粉) 냄새가 물씬 나는 표현들을 썼기 때문에, 후대에 이러한 시체(詩體)를 향렴체(香奩體)라고 부르게 되었다.

274 심아지(沈亞之) : 생졸년은 781~832이고, 자는 하현(下賢), 오흥(吳興)사람이다. 시와 글을 아주 잘 썼다. 한유의 문하에 들어가 이하(李賀)와 교분을 맺었다. 장호(張祜)와 서응(徐凝)과도 왕래했다. 원화 10년(815)에 진사 급제하여 여러 관직을 역임했다. 첩의 이름이 노금란(盧金蘭)이다. 저서로는 『심하현집(沈下賢集)』이 있다.

275 또 노씨집에 들어가 옥으로 꾸민 전당을 시기하네(又入盧家妒玉堂) : 『옥계생시전주·대설(玉谿生詩箋註·對雪)』의 "이미 강령을 따라 옥나무를 뽐내고 또 노씨집에 들어가 옥당을 시기하네(已隨江令誇瓊樹, 又入盧家妒玉堂)"에서 인용한 것이다. 강령은 남조(南朝) 진(陳) 나라 때의 상서령(尙書令)을 지낸 강총(江總)을 가리킨다. 노씨집은 막수(莫愁)라는 소녀가 집을 옥으로 꾸민 노씨집으로 시집갔다고 하는 양무제(梁武帝)의 하중지수가(河中之水歌)에서 나온 고사이다.

◎ 2.36

원문 陳無己浣溪沙

陳無己作『浣溪沙』曲云：「暮葉朝花種種陳，三秋作意問詩人. 安排雲雨要新清. 隨意且須追去馬，輕衫從使著行塵. 晚窗誰念一愁新.」本是「安排雲雨要清新」，以末後句「新」字韻，遂倒作「新清」. 世言無己喜作莊語，其弊生硬是也. 詞中暗帶陳三、念一兩名，亦有時不莊語乎？

번역 진사도의 「완계사」

진사도陳師道[276]가 「완계사浣溪沙」[277] 곡을 지어 다음과 같이 말했다.

저녁에 낙엽 아침에 꽃 각양각색 수놓아　　暮葉朝花種種陳
가을날[278] 노래할 마음으로 시인에게 묻네　　三秋作意問詩人
운우의 정[279]을 품고 맑아지고자 떠나네　　安排雲雨要新清

---

276 진사도(陳師道)：생졸년은 1053~1101이고, 자는 무기(無己)이다. 황정견(黃庭堅)의 시에 "문 닫고 앉아 시구 찾는 이는 진무기이고, 손님 마주해 붓 휘두르는 이는 진소유로다(閉門覓句陳無己, 對客揮毫秦少游)"라고 했다. 『山谷集 卷7 病起荆江亭即事』

277 「완계사(浣溪紗)」：「완계사(浣溪沙)」·「완사계(浣紗溪)」라고 하기도 한다. 「소정화(小庭花)」·「완단사(玩丹砂)」·「원제견(怨啼鵑)」·「완사계(浣紗溪)」·「엄소제(掩蕭齊)」·「청화풍(淸和風)」·「환추풍(換追風)」·「최다의(最多宜)」·「감자완계사(減字浣溪沙)」·「양류맥(楊柳陌)」·「시향라(試香羅)」·「만원춘(滿院春)」·「광한지(廣寒枝)」·「경쌍춘(慶雙椿)」·「취중진(醉中眞)」·「취목서(醉木犀)」·「금전두(錦纏頭)」·「상국황(霜菊黃)」·「빈재주(頻載酒)」 등 별칭이 많다. 당나라 때 교방(教坊)의 가곡 이름인데, 후에는 이를 사용하여 사패(詞牌)를 지었다. 이별의 정한이나 서로의 소식이 궁금한 것 등을 노래한 것이 많다. 「완계사」의 결구(結句)는 정감이 언외(言外)에 풍겨 함축이 짙은 것을 중시한다.

278 가을날：삼추(三秋)는 음력 7·8·9월 가을 3달을 가리킨다.

마음 가는 대로 떠난 말을 뒤따라야 하리라　隨意且須追去馬
종사관[280] 가벼운 적삼에 먼지가 내려앉으니　輕衫從使著行塵
저녁 창가에 그 누가 새로운 수심에 잠겨있나　晩窗誰念一愁新

본래 "구름과 비를 내리니 맑아졌다安排雲雨要清新"라는 구절이었는데, 마지막 구절의 '신新'자를 운자韻字로 도치하여 '새롭고 맑아지면新清'이라고 지었다. 세상 사람들은 진사도가 장엄한 시어로 짓는 것을 좋아해서 그 폐단은 생경生梗[281]하다고 하니 바로 이것이다. 가사 중에 '진삼陳三'[282]이니 '염일念一'[283]이니 하는 두 별명을 암암리에 끼워 넣으니 또한 장엄하지 않은 시어를 지은 적이 있던가!

---

279 운우의 정 : 무협의 신녀(神女)가 초 회왕(楚懷王)의 꿈에 나타나 사랑을 나누고 그녀가 가면서 하는 말이 "아침엔 구름이 되고 저녁엔 비가 되리라"했다. 흔히 남녀의 합환(合歡)을 '운우(雲雨)'라 한다.

280 종사관 : 종사(從使)는 임무를 띠고 멀리 부임하는 상대를 지칭한다.

281 생경(生梗) : 글의 표현이 세련되지 못하고 어설프다는 뜻이다. 보통 시어는 청신하다라는 표현을 잘 한다. 세련되고 신선하다는 의미인데, 이 시에서는 도치하여 '새롭고 맑다'처럼 어색한 표현이 되었다.

282 진삼(陳三) : 진사도가 진씨(陳氏) 집안의 셋째 아들이기 때문에 '진삼(陳三)' 이라고 불렀다.

283 염일(念一) : 본래 불교에서 하나만 생각한다. 불교의 진리만 염두한다는 의미이다. 여기서는 진사도의 시구가 하나에만 집중하여 골몰하여 훌륭한 시구를 지어낸다는 의미의 별명으로 쓰였다.

Ⅲ

제3권

◎ 3.37

원문 霓裳羽衣曲

『霓裳羽衣曲』, 說者多異. 予斷之曰：西涼創作, 明皇潤色, 又為易美名. 其他飾以神怪者, 皆不足信也. 唐史云：河西節度使楊敬忠獻, 凡十二遍. 白樂天『和元微之霓裳羽衣曲歌』云：「由來能事各有主, 楊氏創聲君造譜.」自注云：「開元中, 西涼節度使楊敬述造.」鄭愚『津陽門詩』注亦稱西涼府都督楊敬述進. 予又考唐史『突厥傳』, 開元間, 涼州都督楊敬述為暾欲谷所敗, 白衣檢校涼州事. 樂天、鄭愚之說是也. 劉夢得詩云：「開元天子萬事足, 惟惜當年光景促. 三鄉陌上望仙山, 歸作霓裳羽衣曲. 仙心從此在瑤池, 三清八景相追隨. 天上忽乘白雲去, 世間空有秋風詞.」李肱『霓裳羽衣曲』詩云：「開元太平時, 萬國賀豐歲. 梨園進舊曲, 玉座流新製. 鳳管迭參差, 霞衣競搖曳.」元微之『法曲』詩云：「明皇度曲多新態, 宛轉浸淫易沈著. 赤白桃李取花名, 霓裳羽衣號天落.」劉詩謂明皇望女几山, 持志求仙, 故退作此曲. 當時詩今無傳, 疑是西涼獻曲之後, 明皇三鄉眺望, 發興求仙, 因以名曲.「忽乘白雲去, 空有秋風詞」, 譏其無成也. 李詩謂明皇厭梨園舊曲, 故有此新製. 元詩謂明皇作此曲多新態, 霓裳羽衣非人間服, 故號天落. 然元指為法曲, 而樂天亦云：「法曲法曲歌霓裳, 政和世理音洋洋. 開元之人樂且康.」又知其為法曲一類也. 夫西涼既獻此曲, 而三人者又謂明皇製作, 予以是知為西涼創作, 明皇潤色者也. 杜佑『理道要訣』云：「天寶十三載七月改諸樂名, 中使輔璆琳宣進止, 令于太常寺刊石, 內黃鍾商『婆羅門曲』改為『霓裳羽衣曲』.」

『津陽門詩』注 :「葉法善引明皇入月宮, 聞樂歸, 笛寫其半, 會西涼都督楊敬述進『婆羅門』, 聲調脗合, 遂以月中所聞為散序, 敬述所進為其腔, 製『霓裳羽衣』.」月宮事荒誕, 惟西涼進『婆羅門曲』, 明皇潤色, 又為易美名, 最明白無疑. 『異人錄』云 :「開元六年, 上皇與申天師中秋夜同游月中, 見一大官府, 牓曰 : 『廣寒清虛之府』. 兵衛守門, 不得入. 天師引上皇躍超煙霧中, 下視玉城, 仙人、道士乘雲駕鶴往來其間, 素娥十餘人, 舞笑于廣庭大桂樹下, 樂音嘈雜清麗. 上皇歸, 編律成音, 製『霓裳羽衣曲』.」『逸史』云 :「羅公遠中秋侍明皇宮中翫月, 以拄杖向空擲之, 化為銀橋, 與帝升橋, 寒氣侵人, 遂至月宮. 女仙數百, 素練霓衣, 舞于廣庭. 上問曲名, 曰 : 『霓裳羽衣』. 上記其音, 歸作『霓裳羽衣曲』.」『鹿革事類』云 :「八月望夜, 葉法善與明皇游月宮, 聆月中天樂, 問曲名, 曰 : 『紫雲回』. 默記其聲, 歸傳之, 名曰『霓裳羽衣』.」此三家者, 皆誌明皇游月宮, 其一申天師同游, 初不得曲名. 其一羅公遠同游, 得今曲名. 其一葉法善同游, 得『紫雲回』曲名, 歸易之. 雖大同小異, 要皆荒誕無可稽據. 杜牧之『華清宮』詩 :「月聞仙曲調, 霓作舞衣裳.」詩家搜奇入句, 非決然信之也. 又有甚者, 『開元傳信記』云 :「帝夢游月宮, 聞樂聲, 記其曲名『紫雲回』.」『楊妃外傳』云 :「上夢仙子十餘輩, 各執樂器, 御雲而下. 一人曰 : 『此曲神仙『紫雲回』, 今授陛下. 』」『明皇雜錄』及『仙傳拾遺』云 :「明皇用葉法善術, 上元夜自上陽宮往西涼州觀燈, 以鐵如意質酒而還, 遣使取之, 不誣.」『幽怪錄』云 :「開元正月望夜, 帝欲與葉天師觀廣陵, 俄虹橋起殿前, 師奏請行, 但無回顧. 帝步上,高力士、樂官數十從, 頃之, 到廣陵. 士女仰望, 曰:『仙人現.』師請令樂官奏『霓裳羽衣』一曲, 乃回. 後廣陵奏:『上元夜仙人乘雲西來, 臨孝感寺, 奏『霓裳羽衣曲』而去.』上大悅.」唐人喜言開元天寶事, 而荒誕相凌奪如此, 將使誰信之? 予以是知其他飾以神怪者, 皆不足信也. 王建詩云:「弟子歌中留一色, 聽風聽水作霓裳.」歐陽永叔『詩話』以不曉聽風聽水為恨. 蔡絛『詩話』云: 出唐人『西域記』. 龜茲國王與臣庶知樂者, 于大山間聽風水聲, 均節成音. 後翻入中國, 如『伊州』、『甘州』、『涼州』, 皆自龜茲致. 此說近之, 但不及『霓裳』. 予謂『涼州』定從西涼來, 若『伊』與『甘』, 自龜茲致, 而龜茲聽風水造諸曲, 皆未可知. 王建全章, 餘亦未見. 但「弟子歌中留一色」, 恐是指梨園弟子, 則何豫于龜茲? 置之勿論可也. 按唐史及唐人諸集、諸家小說, 楊太真進見之日, 奏此曲導之. 妃亦善此舞, 帝嘗以趙飛燕身輕, 成帝為置七寶避風臺事戲妃, 曰:「爾則任吹多少.」妃曰:「『霓裳』一曲, 足掩前右.」而宮妓佩七寶瓔珞舞此曲, 曲終珠翠可掃. 故詩人云:「貴妃宛轉侍君側, 體弱不勝珠翠繁. 冬雪飄颻錦袍暖, 春風蕩樣霓裳翻.」又云:「天閣沈沈夜未央, 碧雲仙曲舞霓裳. 一聲玉笛向空盡, 月滿驪山宮漏長.」又云:「霓裳一曲千峰上, 舞破中原始下來.」又云:「漁陽鼙鼓動地來, 驚破霓裳羽衣曲.」又云:「世人莫重霓裳曲, 曾致干戈是此中.」又云:「雲雨馬嵬分散後, 驪宮無復聽霓裳.」又云:「霓裳滿天月, 粉骨幾春風.」帝為太上皇, 就養南宮, 遷于西宮, 梨園弟子玉琯發音, 聞此曲一聲, 則天顏不怡, 左右歔欷. 其後憲宗時, 每大宴, 間作此舞. 文宗時, 詔太常卿馮定, 采開元雅樂, 製『雲韶雅樂』及『霓裳羽衣曲』. 是時四方大都邑及士大夫家, 已多按習, 而文宗乃令馮定製舞曲者, 疑曲存而舞節非舊, 故就加整頓焉. 李後主作『昭惠后誄』云 :「『霓裳羽衣曲』, 綿玆喪亂, 世罕聞者. 獲其舊譜, 殘缺頗甚. 暇日與后詳定, 去彼淫繁, 定其缺墜.」蓋唐末始不全. 『蜀檮杌』稱 :「三月上巳, 王衍宴怡神亭, 衍自執板唱『霓裳羽衣』、『後庭花』、『思越人』曲.」決非開元全章. 『洞微志』稱 :「五代時, 齊州章丘北村任六郎, 愛讀道書, 好湯餅, 得犯天麥毒疾, 多唱異曲. 八月望夜, 待月私第, 六郎執板大譟一曲. 有水鳥野雀數百, 集其舍屋傾聽. 自道曰 :「此即昔人『霓裳羽衣』者.」衆請于何得, 笑而不答.」既得之邪疾, 使此聲果傳, 亦未足信. 按明皇改『婆羅門』為『霓裳羽衣』, 屬黃鍾商. 云 : 時號越調, 即今之越調是也. 白樂天『嵩陽觀夜奏霓裳』詩云 :「開元遺曲自淒涼, 況近秋天調是商.」又知其為黃鍾商無疑. 歐陽永叔云 :「人間有『瀛府』、『獻仙音』二曲, 此其遺聲.」『瀛府』屬黃鍾宮, 『獻仙音』屬小石調, 了不相干. 永叔知『霓裳羽衣』為法曲, 而『瀛府』、『獻仙音』為法曲中遺聲, 今合兩個宮調作『霓裳羽衣』一曲遺聲, 亦太疏矣. 『筆談』云 :「蒲中逍遙樓楣上, 有唐人橫書, 類梵字, 相傳是『霓裳譜』, 字訓不通, 莫知是非. 或謂今燕部有『獻仙音』曲, 乃其遺聲. 然『霓裳』本謂之道調法曲, 『獻仙音』乃小石調爾.」又『嘉祐雜志』云 :「同州樂工翻河中黃幡綽『霓裳譜』, 鈞容樂工任守澄以為非是, 別依法曲造成. 教坊伶人花日新見之, 題其後云 : 『法曲雖精, 莫近『望瀛』. 』」予謂『筆談』知『獻仙音』非是, 乃指為道調法曲, 則無所著見. 獨『理道要訣』所載, 係當時朝旨, 可信不誣. 『雜志』謂同州樂工翻河中黃幡綽譜, 雖不載何宮調, 安知非逍遙樓楣上橫書耶? 今並任守澄譜皆不傳. 樂天『和元微之霓裳羽衣曲歌』云:「磬簫箏笛遞相攙, 擊擫彈吹聲邐迤.」注云:「凡法曲之初, 眾樂不齊, 惟金石絲竹次第發聲, 霓裳序初亦復如此.」又云:「散序六奏未動衣, 陽臺宿雲慵不飛. 中序擘騞初入拍, 秋竹竿裂春冰拆.」注云:「散序六遍無拍, 故不舞, 中序始有拍, 亦名拍序.」又云:「繁音急節十二遍, 跳珠撼玉何鏗錚. 翔鸞舞了卻收翅, 唳鶴曲終長引聲.」注云:「『霓裳』十二遍而曲終, 凡曲將終, 皆聲拍促速, 惟『霓裳』之末, 長引一聲.」『筆談』云:「『霓裳曲』凡十二疊, 前六疊無拍, 至第七疊方謂之疊遍, 自此始有拍而舞.」『筆談』, 沈存中撰. 沈指『霓裳羽衣』為道調法曲, 則是未嘗見舊譜. 今所云豈亦得之樂天乎? 世有般涉調『拂霓裳曲』, 因石曼卿取作傳踏, 述開元天寶舊事. 曼卿云: 本是月宮之音, 翻作人間之曲. 近夔帥曾端伯增損其辭, 為勾遣隊口號, 亦云開寶遺音. 蓋二公不知此曲自屬黃鍾商, 而『拂霓裳』則般涉調也. 宣和初, 普州守山東人王平, 詞學華贍, 自言得夷則商『霓裳羽衣譜』, 取陳鴻、白樂天『長恨歌傳』, 並樂天『寄元微之霓裳羽衣曲歌』, 又雜取唐人小詩長句, 及明皇、太真事, 終以微之『連昌宮飼』, 補綴成曲, 刻板流傳. 曲十一段, 起第四遍, 第五遍、第六遍、正攧、入破、虛催、袞、實催、袞、歇拍、殺袞, 音律節奏, 與白氏歌注大異. 則知唐曲今世決不復見, 亦可恨也. 又唐史稱: 客有以按樂圖示王維者, 無題識. 維徐曰:「此『霓裳』第三疊最初拍也.」客未然, 引工按曲, 乃信. 予嘗笑之,霓裳第一至第六疊無拍者，皆散序故也．類音家所行大品，安得有拍？樂圖必作舞女，而霓裳散序六疊以無拍故不舞．又畫師于樂器上，或吹或彈，止能畫一個字，諸曲皆有此一字，豈獨『霓裳』？唐孔緯拜官教坊，優伶求利市，緯呼使前，索其笛，指竅問曰：「何者是『浣溪沙』孔籠子？」諸伶大笑．此與畫圖上定曲名何異．

번역 예상우의곡

「예상우의곡霓裳羽衣曲」[1]에 대한 설은 다양하고 서로 다르나, 내가 이를 결론내려 말한다면, "서량西凉에서[2] 지어졌고, 명황제[3]가 윤색하고 또 쉽게 아름다운 명성을 얻었으니 그밖에 신기하면서 괴이하게 꾸며댄 것은 모두 믿을 수 없다." 『당사唐史』에 이르길, "하서절도사河西節度使 충헌공忠獻公 양경楊敬[4]이 모두 12편을 현종에게 바쳤다"[5]라고 하였

1 「예상우의곡(霓裳羽衣曲)」: 본디 서량(西凉) 지역에서 전래하여 당 현종(唐玄宗) 개원(開元) 연간에 하서 절도사(河西節度使) 양경충(楊敬忠)이 바친 가곡이다. 처음 이름은 「바라문곡(婆羅門曲)」이었는데, 현종이 이것을 윤색하고 아울러 가사를 지어서 이 이름으로 고쳤다고 한다. 그러나 전설에는, 당 현종(唐玄宗)이 꿈에 월궁(月宮)에 올라가 월궁의 선녀들이 무지갯빛 치마와 새털로 된 하얀 옷을 입고 춤추고 노래하는 것을 보았는데, 그 곡을 물으니 「예상우의」라 했다. 깨어나 이를 본떠서 「예상우의곡」과 「예상우의무」를 만들어 양귀비(楊貴妃)에게 추게 하였다고 하는데, 여기에서 온 말이다.

2 서량(西凉)에서 : 지금 감숙성 지역으로 전통적인 국경지역이다. 당나라 때 이곳을 수비하던 하서 절도사(河西節度使) 양경충(楊敬忠)이 채집하여 당 현종에게 바쳤고, 현종이 윤색하고 각색했다.

3 명황제(明皇帝) : 당 현종(唐玄宗)을 가리킨다. 그의 시호가 지도대성대명효황제(至道大聖大明孝皇帝)이기 때문에, 이를 줄여서 그렇게 부르게 되었다.

4 양경충(楊敬忠) : 현종이 꿈에 방사(方士)와 월궁(月宮)에서 놀다가 그 음악을 듣고 돌아와 지었다는 내용으로 양경충(楊敬忠)이 지어 바쳤다는 설과, 양경술(楊敬述)이 지었다는 설 등이 있다.

5 양경(楊敬)이 12편을 현종에게 바쳤다 : 「예상우의곡」은 당대(唐代)의 저명한 법곡

으며, 백거이白居易의 「화원미지예상우의곡가和元微之霓裳羽衣曲歌」에 이르기를, "아는 바에 따라서 각자 주장이 있으니, 양씨가 성률을 창작하고 현종이 악보를 지었다"라고 했다. 자주自註에 이르기를, "개원開元[6] 중엽에 서량절도사 양경이 지었다"라고 되어 있다. 정우鄭愚[7]의 「진양문시津陽門詩」[8]주석에도 역시 "서량부 도독 양경이 지어 바쳤다"라고 했다. 내가 또 『당사·돌궐전唐史·突厥傳』을 살펴보니, 개원 연간에 양주 도독 양경술이 돈욕곡暾欲谷[9]에게 패배하자 흰옷을 입고 양주[10]의

(法曲) 이름으로, 당 현종(唐玄宗) 개원(開元) 연간에 하서 절도사(河西節度使) 양경충(楊敬忠)이 바친 가곡이다. 처음 이름은 「바라문곡(婆羅門曲)」이었는데, 현종이 이것을 윤색하고 아울러 가사를 지어서 이 이름으로 고쳤다고 한다. 그러나 전설에는 당 현종이 꿈에 월궁(月宮)에 올라가 월궁의 선녀들이 무지갯빛 치마와 새털로 된 하얀 옷을 입고 춤추고 노래하는 것을 보았는데, 그 곡을 물으니 「예상우의」라 했다. 깨어나 이를 본떠서 「예상우의곡」과 〈예상우의무〉를 만들어 양귀비(楊貴妃)에게 추게 하였다고 하는데, 여기에서 온 말이다.

6 개원(開元) : 당(唐)나라 현종의 첫번째 연호로 713~741년에 해당된다.

7 정우(鄭愚) : 번우(番禺) 사람으로 당나라 함통(咸通) 연간에 관찰계관(觀察桂管)이 되었고, 조정에 들어와 예부시랑이 되었다. 황소(黃巢)의 난을 평정한 뒤에 남해(南海)의 출진(出鎭)하였고 마지막에는 상서좌복야가 되었다. 유명한 시 2편이 전한다. 『전당시(全唐詩)』에 수록된 「범석기해(泛石岐海)」와 「취제광주사원(醉題廣州使院)」이 그것이다.

8 「진양문시(津陽門詩)」 : 당나라 시인 정우가 지은 7언시로 첫구절부터 일부분만 소개하면 "津陽門北臨通逵, 雪風獵獵飄酒旗. 泥寒款段蹶不進, 疲童退問前何爲 ……"라고 되어 있다. 『全唐詩』

9 돈욕곡(暾欲谷) : 생년은 646年이고 졸년은 미상이다. 후돌궐(後突厥) 한국(汗国)의 유족이다. 당나라 시대에 출생하여 관직이 비가돈욕곡배라막하달간(毗伽暾欲谷裴羅莫賀達干)에 이르렀다. 돌궐 칸의 조정과 돌궐의 사업을 중건하여 돌궐족을 부흥시켰다. 차례로 골돌록(骨咄禄), 묵철(默啜), 비가가한(毗伽可汗) 세 조정을 섬겼고 비가가한의 장인이기도 하다.

10 양주(凉州) : 지금의 감숙성 지역으로 서량의 이칭이며 서량주(西涼州)라고도 한다. 『신당서(新唐書)』「예악지(禮樂志)」에 "양주곡은 본래 서량(西涼)에서 바쳤는데, 그 소리가 본래 궁조(宮調)이고 대편(大遍)과 소편(小遍)이다"라고 되어있다. 당나라 때에 세상이 태평하므로 사람들이 보통 악곡에 싫증나서 이상한 악곡, 특히 외국의 악곡을 좋아하게 되었는데, 서량(西涼)에서 중앙아시아 지방 민족의 악곡을 들여왔

사무[11]를 검교檢校[12]했다"라 하니 백거이와 정우의 설명이 맞다.

유우석劉禹錫[13]의 시에서 다음과 같이 말했다.

개원의 천자[14]는 만사가 만족스러웠으나	開元天子萬事足
바삐 흘러가는 세월만 애석할 뿐이오	惟惜當年光景促
삼향(三鄕)[15] 길 위에서 신선산 바라보고	三鄕陌上望仙山
돌아오면서 「예상우의곡」을 지었다네	歸作霓裳羽衣曲

으므로, 그 곡조를 「양주곡」이라 했다.

11 사무 : 개원 9년(721) 돈욕곡이 군대를 돌려 적정(赤亭)을 나아가서 양주(涼州)의 양과 말을 노략질했다. 이 때 양경술(楊敬述)이 양주도독(涼州都督)이었는데, 부장(副將) 노공리(盧公利)와 판관(判官) 원징(元澄)을 보내 군대를 내서 돈욕곡 무리를 막고 공격하게 했다. 돈욕곡은 "양경술이 만약 성을 지키고 스스로를 굳게 잠그고 있다면 바로 그와 화해를 할 것이지만 만약 그가 병사를 출동시켜 서로 맞부닥치게 된다면 결전을 벌여야 할 것입니다. 저는 지금 승리한 기세에 편승해서 반드시 공을 세울 수 있을 것입니다"라고 말했다. 노공리 등의 군사들이 산단현(刪丹縣)에 이르러 적을 만나자 원징이 병사들에게 팔을 걷고 활시위를 당기도록 하다가 급하게 소매를 묶도록 했는데, 마침 눈보라로 얼고 찢어져 모두가 활과 화살을 땅에 떨어뜨렸기 때문에 관군이 대패했고 원징은 몸만 빠져나와 도망가야 했다. 이에 양경술은 패전의 책임을 지고 관작을 삭탈 당해 백의(白衣)를 입고 양주도독의 사무를 대리(檢校)한 일을 가리킨다.

12 검교(檢校) : 정원(定員) 이상으로 벼슬자리를 임시로 늘리거나, 공사(公事)를 맡기지 않고 이름만 가지게 할 경우, 그 벼슬 이름 앞에 붙이던 말이다. 예를 들어 검교문하시중(檢校門下侍中)·검교정승(檢校政丞) 등이 있다.

13 유우석(劉禹錫) : 생졸년은 772~842이고, 당나라 중산(中山) 사람으로 자는 몽득(夢得)이다. 벼슬은 감찰어사(監察御史)·태자빈객(太子賓客) 등을 역임하였고, 저서에 『유빈객문집(劉賓客文集)』이 있다. 특히 시문에 뛰어나 백거이는 그의 시서(詩敍)에 시호(詩豪)라고 찬양했다. 『唐書』

14 개원의 천자 : 당 현종을 가리킨다. 개원은 그의 연호(年號)이다.

15 삼향(三鄕) : 당대(唐代)의 저명한 법곡(法曲) 이름이다. 당 현종(唐玄宗) 개원(開元) 연간에 하서 절도사(河西節度使) 양경충(楊敬忠)이 바친 가곡으로, 처음 이름은 「바라문곡(婆羅門曲)」이었는데, 현종이 이것을 윤색(潤色)하고 아울러 가사를 지어서 이 이름으로 고쳤다고 한다. 전설에 의하면, 현종이 삼향역(三鄕驛)에 올라가 여아산(女兒山)을 바라보고, 월궁(月宮)에 올라가 노닐면서 선녀들의 노래를 비밀리에 기록하여 돌아와서 이 곡의 가사를 지었다고도 한다.

신선을 쫓는 마음은 여기부터 요지(瑤池)[16]에 있고 仙心從此在瑤池
삼청[17]과 팔경[18]에 들어가니 서로 따르네 三淸八景相追隨
천상에서는 갑자기 흰 구름 타고 떠나니 天上忽乘白雲去
세상에는 공연히 「추풍사」[19]만 남았구나 世間空有秋風詞

이굉李肱[20]의 「예상우의곡」시에서 다음과 같이 말했다.

개원 연간은 태평성세라서 開元太平時
온 나라에 풍년들어 축하하네 萬國賀豐歲
이원[21]의 제자들이 옛 노래를 바치니 梨園進舊曲

---

16 요지(瑤池) : 고대 전설에 곤륜산(崑崙山) 위에 있는 연못의 이름으로 서왕모가 거처하는 곳이다. 주 목왕(周穆王)이 정사는 돌보지 않은 채 팔준마(八駿馬)가 모는 수레를 타고 천하를 두루 유람하다가 곤륜산 꼭대기의 요지에 이르러 서왕모의 환대를 받고 연회를 가졌다고 한다. 『列子・周穆王』

17 삼청(三淸) : 도교(道敎)의 이른바 삼동교주(三洞敎主)가 거처하는 최고의 선경(仙境)이다. 삼청경(三淸境)의 준말로, 옥청(玉淸), 상청(上淸), 태청(太淸)을 말한다.

18 팔경(八景) : 중국 소수(瀟水)와 상수(湘水) 부근에 있는 여덟 곳의 아름다운 경치를 그린 그림을 말하는데, 팔경은 평사낙안(平沙落鴈), 원포귀범(遠浦歸帆), 산시청람(山市晴嵐), 강천모설(江天暮雪), 동정추월(洞庭秋月), 소상야우(瀟湘夜雨), 연사만종(煙寺晩鍾), 어촌낙조(漁村落照)이다. 『夢溪筆談・書畫』

19 「추풍사(秋風詞)」 : 한무제(漢武帝)가 인생의 무상함을 슬퍼하는 내용으로 지은 시다. 그가 하동(河東)을 순시할 적에 배를 띄우고 신하들과 어울려 술을 마시다가 매우 즐거워지자 「추풍사」를 지어 불렀는데, 그중에 "누선을 띄워 분수를 건너감이여, 중류를 가로지르며 흰 물결을 날리도다(泛樓船兮濟汾河, 橫中流兮揚素波)"라는 구절이 있다.

20 이굉(李肱) : 생졸년은 미상이고, 협서 성기(陝西 成纪: 지금의 감숙성 정영(静宁) 사람이다. 당 문종(文宗) 개성(開成) 2년(837)년 문과에 장원급제 했다. 동기생 중에 이상은(李商隱)이 있었고 시로는 「금슬합주부(琴瑟合奏賦)」와 「예상우의곡(霓裳羽衣曲)」 등이 있다.

21 이원(梨園) : 배우들의 기교를 닦는 곳이고 제자란 곧 연극하는 배우를 지칭하는 말

옥좌에는 새로 지은 곡이 흐르네　　玉座流新製
훌륭한 피리연주[22]는 들쑥날쑥[23] 바뀌니　　鳳管迭參差
신선 노을 옷[24]은 경쟁하듯 흔들며 끈다　　霞衣競搖曳

원진元稹의 「법곡法曲」에서 다음과 같이 말했다.

현종이 지으니[25] 새로운 모습 많고　　明皇度曲多新態
음침한 분위기를 전환시켜 침착하게 바꾸었네　　宛轉浸淫易沈著
붉고 흰 복숭아 오얏꽃에서 이름 가져다　　赤白桃李取花名
선녀옷이 하늘에서 떨어진다 하더라　　霓裳羽衣號天落

유우석의 시에 "현종이 여궤산女几山[26]을 바라보고 뜻을 가지고 신선

이다. 당 현종 때 장안의 금원(禁苑) 안에 있는 이원에서 제자 3백 명을 뽑아 속악(俗樂)을 가르쳤던 데서 연유된 것이다.

22 피리 연주 : 봉관(鳳管)은 봉황 같은 아름다운 피리를 말하는데 특히 생황(笙簧)이나 생황과 퉁소로 연주하는 음악을 아름답게 부르기도 한다.

23 들쑥날쑥 : 원문 '참치(參差)'는 『시경(詩經)』「주남(周南) · 관저(關雎)」편에 "들쭉날쭉한 마름 나물을 좌우로 취하여 가리도다. 요조한 숙녀를 거문고와 비파로 친애하도다. 들쭉날쭉한 마름 나물을 좌우로 삶아 올리도다. 요조한 숙녀를 종과 북으로 즐겁게 하도다(參差荇菜, 左右采之. 窈窕淑女, 琴瑟友之. 參差荇菜, 左右芼之. 窈窕淑女, 鍾鼓樂之)"라고 되어있다. 피리를 가리키기도 한다. 『楚辭 · 九歌』

24 신선 노을 옷 : 꿰맬 필요가 없이 구름과 노을(雲霞)로 지은 옷이라는 뜻으로, 보통 선인(仙人)을 형용할 때 쓰는 표현이다.

25 현종이 지으니 : 원문 '度曲'인데 보통 가사나 가곡을 창작하거나 가곡을 부르는 것을 말한다. 『한서(汉书) · 원제기찬(元帝纪赞)』에 "금슬을 연주하고, 퉁소를 불며, 스스로 가곡을 지어 노랫소리를 입히며 박자를 나누니 오묘함이 궁극에 이른다(鼓琴瑟, 吹洞簫, 自度曲, 被歌聲, 分刌節度, 窮极幼眇)"라는 내용이 나온다.

26 여궤산(女几山) : 하남성(河南省) 복창현(福昌縣)의 서남쪽에 있는 산으로, 두란향(杜蘭香)이란 여인이 신녀(神女)가 되어 하늘 위로 올라가면서 궤(几)를 남겨 놓았기

을 찾았기 때문에 물러나서 이 곡을 지었다"라고 했다. 그 당시에 지었던 시는 지금 전해지지 않으니, 아마도 이 노래가 서량이 바친 후에 지어진 것이라고 보여진다. 현종이 삼향역을 바라보고 흥이 일어나 신선을 찾으니, 이것으로 곡명을 지어져진 것으로 보인다. "천상에서 홀연히 흰 구름 타고 떠나가니, 세상에 공연히 「추풍사」만 남았구나"[27]라는 구절은 아무것도 이루지 못한 인생무상을 풍자한 것이다. 이괭의 시에서 "현종이 이원의 이 곡을 싫어했기 때문에 이러한 새로운 곡을 지었다"라고 했다. 원진의 시에서 "현종이 이 곡이 만들었는데 새로운 모습이 많다고 했다. 예상우의霓裳羽衣: 무지개 치마와 깃털 저고리는 인간의 의복이 아니기 때문에 하늘에서 떨어졌다"라고 한 것이다. 그러나 원진은 이것을 「법곡」으로 하였고, 백거이 또한 "법부[28]의 「법곡」[29]과 「예상우의곡」을 노래하니, 정사는 조화롭게 잘 다스려져 음

때문에 이런 이름이 붙었다고 한다.

27 천상에서 (…중략…) 「추풍사」만 남았구나 : 한 무제가 분수 남쪽 편인(汾陰)에서 후토신(后土神)에게 제사를 드린 뒤에 배를 타고 신하들과 술을 마시며 지은 노래로, 지난날을 추억하고 인생의 무상함을 탄식하는 노래이다. 「추풍사(秋風辭)」에 "가을바람이 일고 흰 구름이 날아가네, 초목은 시들어 떨어지고 기러기는 남으로 돌아가네. 난초는 빼어나고 국화는 향기로우니, 아름다운 님이 그리워 잊을 수가 없네. 누선을 띄워서 분하를 건너가니, 중류를 가로질러 흰 물결을 날리네. 퉁소와 북소리 울려 퍼지고 뱃노래 부르니, 환락이 극에 이르러 슬픈 정이 많아지네. 젊은 시절이 얼마인가 늙어 감을 어이할꼬(秋風起兮白雲飛, 草木黃落兮雁南歸. 蘭有秀兮菊有芳, 懷佳人兮不能忘. 泛樓船兮濟汾河, 橫中流兮揚素波. 簫鼓鳴兮發棹歌, 歡樂極兮哀情多. 少壯幾時兮奈老何)"라고 되어있다.

28 법부 : 원문은 '법곡(法曲)'인데, 뒤에 중복되어 '법부(法部)'의 오자가 확실하므로 수정하여 번역했다.

29 법곡(法曲) : 이원(梨園)의 법부(法部)를 가리킨다. 부(府)는 부(部)의 오기(誤記)로, 당 현종 때 이원의 제자들에게 법부를 구성하여 가르쳤다. 법부는 원래 법곡(法曲)으로, 악곡의 이름이다. 여기에서는 음악을 담당하는 부서라는 뜻으로, 즉 궁중의 음악단을 말한다. 『唐書・禮樂志』

악은 양양하게 울렸다. 개원 연간의 사람들은 즐겁고 또한 편안했다" 라고 되어있다. 또 그것은 법부의 한 종류가 되는 것을 알 수 있다. 서량절도사가 이 곡을 바쳤는데, 세 시인도 현종이 제작했다고 말하니, 나는 이로써 서량절도사가 창작하였고 현종이 윤색했다는 것을 알게 되었다.

두우杜佑[30]의 『이도요결理道要訣』에 다음과 같이 말했다. "천보天寶13년[31] 7월에 여러 악곡의 이름을 고쳤는데 중사中使[32]가 아름다운 미사여구[33]를 보충하여 성지聖旨[34]를 선포하였고 태상시太常寺[35]로 하여금 비석에 새기게 했는데, 그 안에 황종상黃鍾商[36]「바라문곡婆羅門曲」을「예

---

30 두우(杜佑) : 생졸년은 735~812이고, 자는 군경(君卿)이며, 시호는 안간(安簡)이다. 당나라 때 학자로 덕종(德宗)・순종(順宗)・헌종(憲宗) 때 재상을 지냈다. 저서로는 『통전(通典)』, 『이도요결(理道要訣)』, 『관씨지략(管氏指略)』, 『빈좌기(賓佐記)』 등이 있다.

31 천보(天寶) 13년 : 천보는 당나라 현종(玄宗)의 연호로 742년부터 755년까지이다. 천보 13년은 755년을 말한다.

32 중사(中使) : 궁중(宮中)에서 파견한 사자(使者)인데 대부분 환관(宦官)을 지칭한다.

33 아름다운 미사여구 : 원문은 '구림(璆琳)'인데, 중국 서북 지역에서 생산되는 훌륭한 옥으로, 『이아(爾雅)』「석지(釋地)」에 "서북 지역의 아름다운 것으로는 곤륜산의 구림과 낭간이 있다(西北之美者, 有昆崙虛之璆琳琅玕焉)"라고 되어있다. 여기서는 아름다운 미사여구를 가리킨다.

34 성지(聖旨) : 원문 '진지(進止)'는 진퇴와 같은 말로 당나라 때부터 성지 받드는 것을 진지라 하였는데, 대개 성지가 나오라 하면 나오고 그치라 하면 그치는 데서 유래했다.

35 태상시(太常寺) : 교묘(郊廟)에 올리는 예악과 제사 등의 사무를 관장하는 관서로 상서성(尙書省) 예부의 지휘를 받았는데, 당나라 고종(高宗)과 측천무후 때 태상(太常)이나 사례(司禮)라고 관서 이름을 고친 적도 있었다. 『唐六典・太常寺』

36 황종상(黃鍾商) : 황종지상(黃鐘之商)의 줄인말로 황종이 궁이고, 태주가 상이 되는 상선법(尙旋法)을 말한다. 동양 음악은 한 옥타브 내에 12개의 음률을 가지고 있는데, 그중 가장 기본이 되고 시작이 되는 음이 황종이다. 순서대로 나열하면, 황종(黃鍾)・대려(大呂)・태주(大簇)・협종(夾鍾)・고선(姑洗)・중려(仲呂)・유빈(蕤賓)・임종(林鍾)・이칙(夷則)・남려(南呂)・무역(無射)・응종(應鍾)이다. 이 가운데 홀수

상우의곡」으로 고쳤다"라고 했다. 「진양문시津陽門詩」의 주석에 다음과 같이 말했다. "섭법선葉法善[37]이 현종이 인도해서 월궁月宮에 들어가 음악을 듣고 돌아오는데 피리로 그 절반을 쓰고, 마침 서량 도독 양경이 나아가 모아 「바라문곡」[38]을 지어 올리자 소리와 가락이 맞아 떨어져서 마침내 달 속에서 들었던 것으로 대강 차례를 지었고 양경술楊敬述이 바치어 누락되어 「예상우의곡」을 지었다"라고 했다. 월궁에서의 일은 황당무계하지만, 다만 서량도독이 「바라문곡」을 지어 바치고 현종이 윤색하고 또 아름다운 이름으로 바꿨었다는 것이 가장 명백해서 의심할 여지가 없다.

『이인록異人錄』에서 다음과 같이 말했다. "개원 6년716에 당나라 현종이 신천사申天師[39]와 함께 한가위 달밤에 달 속에서 노닐다가 어느 큰 관부官府를 보니 현판에 '광한청허지부廣寒淸虛之府'[40]라고 쓰여 있었다.

의 음이 양률인 육률이고, 짝수의 음이 음률인 육려이다.

37 섭법선(葉法善) : 당나라 현종(玄宗)에게 총애를 받았던 도사 섭법선(葉法善)을 말한다. 그는 사람의 도술로 월궁(月宮)에 올라가 보았는데, 월궁 항아들이 무지개같은 치마와 새털로 된 옷을 입고 춤추고 노래하는 것을 보고와서 그 곡조대로 작고하여 「예상우의곡(霓裳羽衣曲)」과 「예상우의무(霓裳羽衣舞)」를 창작하여 그것을 양귀비에게 주게 했다.

38 「바라문곡(婆羅門曲)」: 「예상우의곡(霓裳羽衣曲)」의 처음 이름이 「바라문곡(婆羅門曲)」이었는데, 시량(西涼)에서 전래하여 당(唐)나라 하서 절도사(河西節度使) 양경술(楊敬述)이 당 명황(唐明皇 당 현종)에게 바쳤다. 당 현종이 이를 윤색하여 이것을 윤색하고 가사를 지어서 이름을 고쳤다고 한다. 『당서(唐書』에는 혹은 월궁(月宮)의 곡조와 「바라문곡」을 조화시켜 만든 곡이라고 되어있다.

39 신천사(申天師) : 천사는 도사(道士)의 별칭이다. 당 현종이 팔월 보름에 도사 신천사·홍도객(洪都客) 등과 함께 도술을 부려 월궁(月宮)에 누워 놀았는데, 패방을 보니 '광한청허부(廣寒淸虛府)'라고 쓰여 있었다. 그곳에 흰 옷을 입은 미녀 10여 사람이 흰 옷을 입고 흰 난새를 타고 광한전 뜨락 큰 계수나무 아래에서 춤을 추었다. 현종이 이를 보고 돌아와 「예상우의곡」을 지었다고 한다. 『古今事文類聚·遊廣寒宮』

40 광한청허지부(廣寒淸虛之府): 달 속의 선궁(仙宮)인 광한궁(廣寒宮)의 누각이라는

군사들이 문을 지키고 있어 들어올 수 없었다. 신천사가 상황제를 인도하여 자욱한 안개 속을 뛰어넘는데 아래로 옥빛 성곽을 바라보니 신선과 도사가 구름을 타고 학을 몰아 그 사이를 오고갔다. 미녀[41] 10여 명이 넓은 마당의 큰 계수나무 아래에서 춤추며 웃었고 음악 소리는 떠들썩하지만 청아했다. 상황제가 돌아오자 성률을 편집하여 음악을 만들었고, 「예상우의곡」을 지었다"라고 했다.

『일사逸史』[42]에서 다음과 같이 말했다. "나공원羅公遠[43]이 한가위에 당나라 현종을 모시고 궁중에서 달빛을 감상했다. 짚고 있던 지팡이로 허공을 향해 내던지자 은빛 다리로 변했다. 황제와 함께 다리에 오르자 한기가 사람을 엄습하였고 마침내 달나라 궁전에 이르렀다. 선녀 수 백 명이 흰 명주로 만든 무지개 저고리를 입고서 넓은 마당에서 춤을 추었다. 황제께서 곡명을 물으니 「예상우의곡」이라고 대답했다. 황제께서 그 음악을 기억하고 돌아와서 「예상우의곡」을 지었다"라고 되어있다.

『녹혁사류鹿革事類』[44]에 이르기를, "8월 보름날 밤에 섭법선이 현종

말로, 달의 궁궐을 가리킨다. 『용성록(龍城錄)』에 "당 명황(唐明皇)이 신천사(申天師) 홍도객(鴻都客)과 함께 8월 보름날 밤에 달 속에서 노니는데, 방(榜)을 보니 '광한청허지부(廣寒淸虛之府)'라고 쓰여 있었다"라고 되어 있다.

41 미녀 : 서왕모가 남편에게 준 불사약(不死藥)을 훔쳐 먹고 달 속으로 도망가 달의 선녀가 되었다는 항아(姮娥)를 말하는 것으로, 전하여 하얀 달이나, 항아 같은 미인을 의미한다.

42 일사(逸史) : 역대의 정사(正史)에서 빠진 사실을 기록한 역사서를 말한다.

43 나공원(羅公遠): 당나라의 도사로, 현종(玄宗) 때 어느 중추절 날 지팡이를 공중에 던져 큰 은빛 다리를 만들어서 현종과 함께 달에 올라가 선녀 수백 명이 「예상우의곡」에 맞추어 춤추는 것을 보고 돌아와서는 악관으로 하여금 지상의 「예상우의곡」을 만들게 했다고 한다. 『古今事文類聚』

황제와 함께 달나라 궁전을 노닐어 달 속에서 천상의 음악을 듣고 곡명을 물으니, 「자운회紫雲回」라고 대답했다. 조용히 그 소리를 기억하였다가 돌아와서 전달하고 『예상우의』라고 이름지었다"라고 했다.

이 세 가지 기록은 모두 현종이 달나라 궁전을 노닐던 일을 기록한 것인데, 그 중 하나는 신천사와 함께 노닐다가 처음에는 곡명을 알지 못했다는 것이고, 그 다른 하나는 나공원과 함께 노닐다가 지금의 곡명을 알았다는 것이다. 마지막 하나는 섭법선과 함께 노닐다가 「자운회」라는 곡명을 얻어 돌아와 곡명을 바꿨다는 것이다. 비록 내용은 대동소이하나 중요한 것은 모두 황당무계하여 근거가 없다는 것이다.

두목杜牧[45]의 「화청궁華清宮」[46]시에 "달에서 신선의 곡조를 듣고, 무지개로 무희의 치마를 지었다"라고 되어있다. 시인이 기이한 구절을 찾아서 시구에 삽입한 것으로 확연하게 믿는 것은 아니다. 또한 심한 경우도 있었는데, 『개원전신기開元傳信記』에 이르기를, "황제는 꿈속에서 달나라 궁전을 노닐며 음악 소리를 듣고 그 곡명을 「자운회」를 기록해 두었다"라고 했다. 『양비외전楊妃外傳』에 이르기를, "황제께서 꿈속에 신선 십여 명과 각기 악기를 잡고 구름을 타고 아래로 내려왔다.

---

44 『녹혁사류(鹿革事類)』: 송나라 사람 채번증(蔡蕃曾)이 엮은 책으로 『녹혁사류』, 『녹혁문류(鹿革文类)』가 각 30권이다. 모두 『광기(廣記)』를 절록(節錄)한 것이다.

45 두목(杜牧): 생졸년은 803~852이고, 자는 목지(牧之)이며 호는 번천(樊川)이다. 만당(晩唐)의 저명한 시인이자 고문가로 젊어서부터 병법을 논하는 것을 좋아하여 번진(藩鎮) 문제와 용병의 방법에 대해 여러 가지 저술을 했다.

46 화청궁(華清宮): 당나라 서울 근처에 온천이 있었는데, 그것을 황실의 전용 온천으로 하고, 거기에 궁을 지어서 화청궁(華清宮)이라 하고, 온천은 화청지라 하고서 양귀비와 항상 놀러 갔었다. 『전당시(全唐詩)』에 두목(杜牧)의 「화청궁 30운(華清宮三十韻)」이 수록되어 있다.

어떤 사람이 '이 곡은 신선이 부르는 「자운회」인데 오늘 폐하께 드립니다' "라고 했다.

『명황잡록明皇雜錄』과 『선전습유仙傳拾遺』에 이르기를, "현종이 섭법선의 도술을 이용하여 원소절原宵節 대보름날 밤에 상양궁上陽宮[47]에서 서량주西凉州로 등불을 보러 갔다. 철여의鐵如意[48]로 술을 저당 잡히고 돌아와서는 사신을 보내어 그것을 가져오니 속이지 않았다"라고 되어 있다. 『유괴록幽怪錄』에 이르기를, "개원 정월 보름날 밤에 황제는 섭천사와 함께 광릉廣陵[49]을 구경하려 가는데, 갑자기 무지개다리가 궁전 앞에 일어나자 섭천사가 '청컨대 건너가시되, 다만 뒤돌아보지 마옵소서'라고 했다. 황제가 걸어서 다리에 오르자 고력사高力士[50]와 악관 수십 명이 따랐고, 얼마 되지 않아 광릉에 이르렀다. 선비와 여인들이 우러러 바라보며 '선인이 나타났다'라고 했다. 섭천사가 악관들에게 「예상우의」 한 곡을 연주하도록 청하고 이내 돌아왔고 훗날 광릉에서

---

47 상양궁(上陽宮) : 당나라 궁궐 이름으로 양귀비가 거처하여 현종이 자주 찾았다. 개원 연간인 713~756년에 정월 대보름 관등 행사를 할 때면 으레 상양궁에서 했다. 영등(影燈)을 크게 설치하고 금중(禁中)에서 전정(殿庭)까지 환하게 횃불을 밝혔다. 『明皇雜錄』

48 철여의(鐵如意) : 석숭(石崇)이 일찍이 무제가 왕개(王愷)에게 하사한 산호수(珊瑚樹)를 철여의로 마구 부수어버렸던 데서 온 말로, 전하여 의기(意氣)의 호방함을 의미한다.

49 광릉(廣陵) : 강소성(江蘇省) 양주(揚州)시에 위치했다. 강소성 중심에 위치하여 북경과 항주를 잇는 대운하가 흐른다.

50 고력사(高力士) : 생졸년은 684~762이다. 당 현종 때의 환관으로 내시성(內侍省)의 직임을 맡아 신중히 사무를 처리한 공로가 인정되어 발해군공(渤海郡公)에 봉해졌다. 현종의 총애를 받아 숙종(肅宗)은 태자로 있을 때에 그를 형으로 섬겼다. 안사의 난 때에는 현종을 따라 촉(蜀) 땅에 갔으며, 숙종 상원 1년(760)에 무주(巫州)에 유배되었고, 2년 뒤에 사면되어 돌아가던 중 병사했다.

연주되었다. '원소절 밤에 신선이 구름타고 서쪽으로 와서 효감사孝感寺에 이르러 「예상우의곡」을 연주하고 떠났다'라고 하니 황제께서 크게 기뻐했다"라고 되어있다. 당나라 사람은 개원・천보[51]의 일을 즐겨 말하는데, 이처럼 황당무계하니 서로 침탈하는데 장차 그 누가 믿겠는가. 나는 이런 까닭으로 그 밖에 신기하고 괴이한 것으로 꾸며댄 것이 모두 믿기에는 부족한지 알았다.

왕건王建의 시에 이르기를 "제자의 노래 가운데 한 음색이 머리에 맴돌고, 바람 소리 물소리 듣고 「예상우의곡」을 짓네"라고 했다. 구양수歐陽脩[52]의 『시화詩話』에 "새벽에 바람소리 물소리를 듣지 못한 것이 한으로 여긴다"라고 했다. 채도蔡絛[53]의 『시화』에 "당나라 사람의 『서역기西域記』[54]에서 나왔다. 구자국龜茲國[55]의 왕과 신하 중에 음악을 아는 사람이 큰 산속에서 바람소리와 물소리를 듣고 박자를 균일하게 해서

---

51 개원・천보 : 당 현종의 연호로 713~741년간이다. 현종은 재위(在位) 44년간이었는데, 초기에 정사를 바로잡아 성당(盛唐) 시대를 이룬 때가 개원 연간(開元年間)이었고, 후기에 양귀비에게 빠져 정사를 돌보지 않다가 안녹산(安祿山)의 난을 만나 나라가 어지럽게 된 시대가 천보연간(天寶年間:742~756) 이었다.

52 구양수(歐陽脩) : 북송(北宋) 때의 문장가로, 자는 영숙(永叔)이고, 호는 취옹(醉翁)・육일거사(六一居士)이며, 시호는 문충(文忠)이다. 한유(韓愈)에게 깊은 영향을 받았으며, 매요신(梅堯臣)과 함께 문장으로 천하에 이름이 났다. 저서에는 『문충집(文忠集)』, 『집고록(集古錄)』 등이 있다.

53 채도(蔡絛) : 송나라 사람으로 자는 약지(約之), 스스로 '백납거사(白衲居士)'라고 불렀다. 아버지 경(京)을 믿고 국권을 농락하다가 백주(白州)로 유배되어 죽었다.

54 『서역기(西域記)』 : 중국 당나라 때에 승려 현장(玄奘)이 서역에서 불경을 구한 행적을 기록한 견문록이다. 불교사의 기본 사료로 138개 국가의 불교 상황, 불교 고적, 제도, 풍속 따위가 상세히 기록되어 있다. 『대당서역기(大唐西域記)』12권이 있다.

55 구자국(龜兹國) : 한(漢)나라 때 서역에 있던 나라 이름으로, 천산(天山) 남쪽 고차(庫車) 지방 일대에 있었다. 효선제(孝宣帝) 때 정길(鄭吉)이 오루성(烏壘城)의 도호(都護)가 된 이후 한나라에 예속되었다. 여기서는 예악과 문물 등 문화의 수준이 보잘것없는 변방 속국을 의미한다.

음악을 이루었다. 나중에 번역되어 중국으로 들어왔는데, 예컨대 「이주곡伊州曲」[56], 「감주곡甘州曲」[57], 「양주곡凉州曲」[58] 같은 것은 모두 구자국에서 왔다. 이 설은 사실에 가깝지만, 다만 「예상우의곡」을 언급하지는 않았다. 나는 「양주곡」은 서량에서 나온 것이 확실하며 「이주곡」과 「감주곡」은 모두 구자국에서 왔다. 구자국에서 바람소리와 물소리를 듣고 여러 곡을 지어졌다는 설은 모두 사실인지 알 수 없다. 왕건의 전체 문장을 나 역시 나머지는 다 못 봤지만, 다만 "제자가 부른 노래 중에 한 음색이 머리에 맴돈다"라고 했는데, 이것은 아마도 이원의 제자를 지칭하는 듯 하니, 어떻게 구자국보다 먼저 나올 수 있겠는가. 이야기하지 않는 것이 좋겠다.

『당사唐史』와 당나라 사람이 지은 여러 문집들, 여러 소설가가 지은 소설을 살펴보면 양귀비[59]가 현종에게 나아가 뵌 날에 이 곡을 연주하여 황제를 이끌었다. 양귀비 역시 이 춤을 잘 추었는데, 황제가 일찍

56 「이주곡(伊州曲)」: 당현종(唐玄宗) 개원(開元) 연간에 서량절도사(西涼節度使) 개가운(蓋嘉運)이 바쳤다는 상조 대곡(商調大曲)인데, 백거이(白居易)의 시에 "늙어 가는 시름을 어떻게 풀까 생각하다, 소옥에게 「이주곡」을 새로 부르게 하였다네(老去將何散老愁, 新教小玉唱伊州)"라는 구절이 있다. 『白樂天詩集 · 伊州』

57 「감주곡(甘州曲)」: 원래 중국 변지의 고을 이름인데, 당 나라 때 그 지명을 따서 악곡의 명칭을 삼았다. 이와 같은 악곡으로 양주 · 이주 등의 지명으로 된 악곡의 명칭이 있다.

58 「양주곡(凉州曲)」: 당나라 때에 세상이 태평함으로 사람들이 보통 악곡에 싫증나서 이상한 악곡, 특히 외국의 악곡을 좋아하게 되었는데, 서량(西涼)에서 중앙아시아 지방 민족의 악곡을 들여왔으므로 그 곡조를 「양주곡」이라 했다.

59 양귀비: 원문은 '양태진(楊太眞)인데, 당 명황의 양귀비의 별호이다. 그는 곧 양국충(楊國忠)의 사촌 누이로 재색이 뛰어나서 명황의 총애를 독차지했다가, 안녹산(安祿山)이 반란을 일으켰을 때 명황과 함께 피란하여 마외역(馬嵬驛)에 이르러 관군으로부터 책망을 당하고 목매어 죽었다.

이 조비연趙飛燕[60]의 몸이 가벼워서 한나라 성제成帝가 칠보七寶의 피풍대避風臺를 설치한 고사를 본받아 양귀비와 즐기면서 말하기를, "그대는 마음대로 부를 노래가 많소?"하니, 양귀비가 답하기를 "「예상우의곡」이면 예전의 우수한 곡을 앞도하기에 충분합니다"라고 했다. 그러나 궁중의 기녀가 칠보의 각양각색 구슬을 차고 이 곡에 맞춰 춤을 추었는데, 곡이 끝나자 비취 구슬로 땅을 쓸어내야 할 정도로 많았다. 그래서 어떤 시인이 다음과 같이 말했다.

양귀비는 주변을 돌며 임금 옆에서 모시지만	貴妃宛轉侍君側
몸이 약하여 화려한 비취 구슬 견디지 못하네	體弱不勝珠翠繁
겨울에 눈보라 휘날려 비단 도포 따뜻하고	冬雪飄颻錦袍暖
봄바람은 휩쓸자 무지개 치마 펄럭이네	春風蕩樣霓裳翻

또 다음과 같이 말했다.

하늘 높은 누각에 어둑어둑 아직 한밤이 아니건만	天閣沈沈夜未央
푸른 구름같은 신선의 곡에 무지개 치마 입고 춤추네	碧雲仙曲舞霓裳
옥피리 한 곡조는 텅 빈 허공속으로 사라지고	一聲玉笛向空盡
달빛은 여산(驪山)[61]에 가득한데 물시계는 더디네	月滿驪山宮漏長

60 조비연(趙飛燕) : 한 성제(漢成帝)에게 총애 받던 미녀로, 사람의 손바닥 위에서 춤을 출 정도로 몸이 가벼웠다 한다.

61 여산(驪山) : 역산(酈山)이라고도 쓴다. 협서성(陝西省) 임동현(臨潼縣) 동남쪽에 있는 산의 이름으로서 진시황(秦始皇)의 능묘가 있으며, 당 현종(唐玄宗) 때에는 양귀

또 이르기를 "「예상우의곡」이 천 봉우리 위에 울리고, 춤사위가 중원에 가득하자 비로소 내려오네"라고 했다. 또 이르기를 "어양漁陽[62] 군대의 진군 북소리는 땅을 울리며 다가오는데, 놀라서 「예상우의곡」이 파하네"라고 했다. 또한 말하기를, "세상 사람들이 「예상우의곡」을 가장 소중히 여기지 마오. 일찍이 전란의 싹이 이 속에 있다오"라고 했다. 또한 말하기를, "연인을 마외산馬嵬山[63]에서 이별한 뒤에, 여궁驪宮[64]에 다시는 「예상우의곡」이 들리지 않네"라고 했다. 또한 말하기를, "「예상우의곡」이 하늘에 뜬 달에 가득한데, 백골이 가루가 된지 봄바람이 몇 번이던가"라고 했다.

현종이 남내南內[65]에서 남궁南宮에 나아가 보양하다가 서궁西宮으로 옮겼다. 이원의 제자들이 옥피리를 불어 소리를 내자, 이 한 곡을 듣자 황제의 안색이 기뻐하지 않았고 곁의 신하들이 탄식하며 흐느껴

비(楊貴妃)가 목욕하던 화청지(華淸池)가 있다. 백거이의 「장한가(長恨歌)」에 "쌀쌀한 봄날 화청궁 온천에 목욕하게 하니, 매끄러운 온천물에 기름 같은 살결 씻었네(春寒賜浴華淸池, 溫泉水滑洗凝脂)"라고 되어 있다.

62 어양(漁陽) : 범양(范陽)의 중심지이다. 당 현종 천보 14년(755) 11월에 안녹산이 어양에서 20만 대군으로 반란을 일으켜 12월에 수도를 함락하자, 현종은 촉(蜀)으로 몽진하고 황태자 즉 숙종이 영무(靈武)에서 즉위한 뒤에 군사를 지휘하여 난리를 평정했다.

63 마외산(馬嵬山) : 통칭 마외파(馬嵬坡)라 불리고 산이 아닌 땅이름이다. 지금의 섬서성(陝西省) 흥평현(興平縣) 서쪽 25리에 마외진(馬嵬鎭)이 있다. 안록산의 반란 때 당 현종이 서행(西幸)하다가 여기에 와서 부득이 양귀비를 난군에게 내어 주어 목매어 죽이게 했다.

64 여궁(驪宮) : 화청궁(華淸宮)을 일컬으며 여산(驪山) 아래에 있다.

65 남내(南內) : 본래 당나라 흥경궁(興慶宮)을 지칭한 말이다. 당시 장안을 삼내(三內)로 구분하여, 서쪽에 있는 황성을 서내(西內)라 하고 대명궁(大明宮)을 동내(東內)라 하고 흥경궁을 남내라고 불렀다. 안사(安史)의 난 이후 태자였던 숙종이 즉위하고 현종(玄宗)은 태상황이 되어 실권을 잃은 채 흥경궁에 머물렀는데 양궁 간의 알력으로 현종의 지위가 매우 위태로운 상황이었다.

울었다. 그 뒤에 헌종憲宗 시대에 매번 큰 연회를 열 때마다 중간에 이 춤을 추었다. 문종文宗 시대에는 태상시의 경대부 풍정馮定[66]에게 조서詔書를 내려 개원 연간의 유행하였던 아악雅樂을 채집하여 「운운아악雲韶雅樂」과 「예상우의곡」을 만들게 했다. 이 때 사방의 큰 도읍지와 사대부 집안에서 아주 많이 찾아서 익혔는데, 문종은 이내 풍정으로 하여금 무용곡을 만들게 하였던 것은, 아마도 곡은 있었지만 무용의 박자가 옛것이 아닐 것이므로 채집한 것을 가지고 첨가하여 정리하였던 것이다.

이욱李煜[67]이 지은 『소혜후뢰昭惠后誄』[68]에 이르기를 "「예상우의곡」은 면면히 이어지다 난리통에 상실되어 세상에 이 노래를 들은 사람이 드물다. 옛 악보를 찾아냈지만 자못 심하게 훼손되었다. 한가한 날에 『소혜후뢰』를 함께 자세히 확정해서, 저 음탕하고 번잡한 부분을 제거하여 그것의 훼손되고 떨어진 부분을 산정刪定했다"라고 했다.

대개 당나라 말엽까지 애초에 완전하지 못했다. 『촉도올獨檮杌』[69]에

---

66 풍정(馮定) : 『신당서・예악지(新唐書・禮樂志)』에 문종이 태상시 경대부 풍정에게 명령하여 현조시대의 음악과 규칙을 준용하여 당시를 대표할 만한 각곡을 창작하도록 했다. 풍정이 명을 받고 고심 끝에 『운소법곡(雲韶法曲)』을 지었고 문종이 노래를 듣고 감상한 이후에 신령이 생동하는 듯한 마음을 감추지 못하여 크게 칭찬했다.

67 이욱(李煜) : 남당(南唐)을 세운 이후주(李後主) 곧 이욱(937~978)을 말한다. 961년에 지금의 남경(南京)인 금릉(金陵)에서 즉위하였기 때문에 세칭 남주라고 한다. 그는 시에서도 재능을 드러냈다.

68 『소혜후뢰(昭惠后誄)』 : 이욱이 세상에 전하는 가장 긴 시편으로 1천여 자가 쓰였다. 이 글은 대주소혜주가 세상을 버린 뒤에 애도하기 위한 작품이다. 문장은 정감이 진지해서 감동을 준다. 소혜국(昭惠国)의 후비 주씨(周氏)로 아명이 아황(娥皇)이고 사도인 주종(周宗)의 딸이다. 경전과 역사에 능통하고 노래와 춤을 잘 추었고 특히 비파를 잘 탔다.

69 촉도올(蜀檮杌) : 일명 『외사도옥(外史檮杌)』으로 송나라 장당영(張唐英)이 찬수했

이르기를, "3월 상사일上巳日[70]에 왕연王衍이 이신정怡神亭에서 연회를 열었는데 왕연이 스스로 박판을 잡고 「예상우의곡」, 「후정화後庭花」, 「사월인思越人」곡을 불렀다"라고 하였는데, 결코 개원 시대의 전체 문장은 아닐 것이다.

『동미지洞微志』에 이르기를, "오대五代 시대 제주齊州의 장구북촌章丘北村에 사는 임육랑任六郎이 도가 서적 읽기를 좋아하고 떡국을 좋아하여 천맥독天麥毒[71]에 걸렸고, 특이한 곡을 많이 불렀다. 8월 보름날 밤에 사저에서 달을 기다리자 임육랑은 박판을 잡고 한 곡을 떠들썩하게 불렀다. 어떤 물새와 들새 수 백 마리가 그 집에 모여서 귀 기울여 들었다. 스스로 말하기를 '이것이 바로 옛사람이 불렀던 「예상우의곡」라는 것이다'라고 했다. 대중들이 어떻게 얻었는지 묻자 웃으며 대답하지 않았다"라고 했다. 이미 나쁜 병을 얻어 이 소리로 하여금 과연 전해지게 된 것인데 역시 믿을 수는 없다.

생각건대, 현종이 「바라문곡」을 「예상우의곡」으로 고치면서 황종

다. 장당영은 자가 차공(次功), 호가 황송자(黃松子)로 촉주(蜀州 지금의 사천성) 신진(新津)사람이다. 승상 장상영(張商英)의 형이다. 희녕(熙寧) 연간에 전중시어사에 이르렀다. 이 책은 『전촉개국기(前蜀開國記)』과 『후촉실기(後蜀實記)』를 근본으로 했다.

70 상사일(上巳日) : 음력 3월 첫째 사일(巳日)을 말한다. 옛부터 이 날에는 수계(修禊 : 상사일에 물가에서 지내는 제사)하는 풍속이 있었다. 『후한서(後漢書)』에 "3월 상사일에는 관민(官民)이 다 동쪽으로 흘러가는 물에 몸을 깨끗이 씻고 불상(不祥)을 불제(祓除)한다"라고 되어있다. 진(晉)나라 왕희지(王羲之) 등 명사 42인이 상사일(上巳日)에 회계산(會稽山)의 난정에 모여서 귀신에게 빌어 재앙을 쫓는 계사(禊事)를 행한 「난정기(蘭亭記)」가 있다.

71 천맥독(天麥毒) : 보리에 있는 독에 중독된 것이다. 보리로 만든 떡국을 너무 많이 먹어서 병이 생겼다.

상黃鍾商에 속하고, '이따금 월조越調로 부른다'라고 시켰다. 바로 지금의 월조로 부르는 것이 이것이다. 백거이의 「숭양관야주예상嵩陽觀夜奏霓裳」시에 이르길 "개원 시대에 남겨진 노래는 본디 처량한데, 하물며 추천조秋天調에 가까운 것이 상성商聲이랴"라고 했다. 또한 그것이 황종상임에 의심할 여지가 없다는 것을 알 수 있다.

구양수가 말하기를, "세상에는 「영부瀛府」와 「헌선음獻仙音」 두 곡이 있는데 이것은 남아있는 옛날 음악이다"라고 했다. 「영부」는 황종궁黃鍾宮에 속하고, 「헌선음」은 소석조小石調에 속하여 끝내 서로 상관이 없다. 구양수는 「예상우의곡」이 법곡이 되는 반면, 「영부」와 「헌선음」은 법곡 중에서 옛날에 남겨진 가락이다. 지금은 두 개의 궁조宮調가 합쳐서 「예상우의」 한 곡이 되어 소리가 남는 줄 알고 있지만 이러한 설명은 너무 부실하다.

『몽계필담夢溪筆談』[72]에서 말하기를 "부들 숲속의 소요루逍遙樓 문설주 위에 당나라 사람의 현판 글씨는 범어梵語와 비슷하니 「예상보霓裳譜」라고 전해지는데, 글자의 뜻은 통하지 않아 옳고 그른지 알 수가 없다. 어떤 사람은 지금의 연부燕部에 「헌선음」곡이 있으니 바로 옛날에 남겨진 가락이라고 말한다. 그러나 「예상우의곡」은 본래 도조道調 법곡이니, 「헌선음」은 바로 소석조일 뿐이다"라고 했다.

---

72 『몽계필담(夢溪筆談)』: 송나라 심괄(沈括)이 찬한 것으로, 26권이다. 고사(故事), 변증(辨證), 악률(樂律), 상수(象數), 인사(人事), 관정(官政), 권지(權智), 예문(藝文), 서화(書畫), 기예(技藝), 기용(器用), 신기(神奇), 이사(異事), 유오(謬誤), 기학(譏謔), 잡지(雜志), 약의(藥議) 등 17부문으로 나누어 기술했다. 심괄(沈括, 1031~1095)의 자는 존중(存中), 호는 몽계(夢溪)로, 송나라 신종(神宗) 때 한림학사이다.

또한 『가우잡지嘉祐雜志』에 이르기를 "동주同州의 악공이 하중河中의 황번작黃幡綽의 「예상보」를 번안飜案하고, 균용鈞容의 악공 임수징任守澄이 그 말은 옳지 않다고 여기고 별도로 법곡에 의지하여 만들었다. 교방敎坊의 악공인 화일신花日新[73]이 새롭게 보고서 그 뒷편에 "법곡이 비록 정교하더라도 「망영望瀛」보다 근접한 것은 없다"라고 적었다. 내가 이르기를, 『몽계필담』은 「헌선음」이 아님을 알고 바로 가리켜서 도조의 법곡을 가리키는 것이나 확실하게는 모르겠다. 오직 『도리요결理道要訣』에만 실렸지만, 당시 황제의 문서朝旨[74]에 관계되어서 속일 수 없어 믿을 만 하다. 『가우잡지』에 '동주의 악공이 하중에 사는 황번작이 편곡한 「예상보」'라고 하였는데, 비록 어떠한 궁조로 싣지 않았다 하더라도, 어떻게 소요루 문설주 위에 현판 글씨가 아니라는 것을 알겠는가. 지금은 임수징의 악보와 함께 모두 전하지 않는다.

백거이의 「화원미지예상우의곡가和元微之霓裳羽衣曲歌」에 이르기를, "경쇠, 퉁소, 아쟁, 피리는 번갈아 연주하고, 치고 누르고 튕기고 부는 소리가 구불구불 이어진다"라고 했다. 주석에 이르기를 "무릇 법곡의 초기에 모든 악기가 정비되지 않았고 오직 쇠와 돌, 현악기, 대나무악기만 차례대로 소리를 냈으니 「예상우의」의 차례 역시 또 이와 같았다"라고 했다. 또한 이르기를, "산서散序[75] 여섯 연주는 옷을 펄럭이지

---

73 화일신(花日新) : 북송대 음악가로 생졸년은 미상이다. 일찍이 교방(敎坊) 정악두(正樂頭)와 교방부사(敎坊副使) 등의 관직을 역임했다.

74 황제의 문서(朝旨) : 황제나 임금의 명을 적어 내리는 문서를 말한다.

75 산서(散序) : 수 양제(隋煬帝)가 변하(汴河)를 개통할 때 「수조가두(水調歌頭)」를 지었는데 당나라 사람들이 이를 부연하여 대곡(大曲)이 되었다고 한다. 산서, 중서(中序), 입파(入破)의 세 부분이 있는데 「수조가두」는 중서의 제1장에 해당하여 두 곡조

못하고, 양대陽臺[76]에 머문 구름은 게을러서 날아가지 않네. 중서에서 손뼉 치자 비로소 박자가 들어맞고, 가을 대나무 쪼개지듯 봄날 얼음을 깨지는구나"라고 했다. 주석에서 말하기를 "산서 6편은 박자가 없기 때문에 춤추지 않고 중서에는 처음에 박자가 있으니 또한 박서拍序라 명명했다"라고 했다. 또한 말하기를, "복잡한 음과 급한 박자로 된 열두 편은, 구슬을 튀기고 옥을 흔들어 어찌나 쟁쟁하던가. 날던 난새는 춤추고서 날개를 거두려 하고, 울던 학은 곡이 끝나자 소리를 길게 늘어뜨리네"라고 했다. 주석에 이르기를, "「예상우의」곡을 12편을 연주하면 곡이 끝난다. 모든 곡을 마치려면 소리와 박자가 모두 촉박한데, 유독 「예상우의」의 끝부분만 소리를 길게 늘어뜨린다"라고 했다.

『몽계필담』에서 이르길, "「예상우의곡」은 모두 12첩疊인데, 전반부 6첩은 박자가 없고, 제7첩에 이르러서야 비로소 첩편疊遍[77]이라 부르는데 이로부터 비로소 박자가 있어서 춤을 춘다"라고 했다. 『몽계필담』은 심괄沈适[78]이 편찬한 것이다. 심괄은 「예상우의곡」이 가리켜 도

로 94자에서 97자로 이루어져 있다.

76 양대(陽臺) : 초나라 회왕(懷王)이 고당(高唐)에 노닐다가 꿈속에 아름다운 여인과 운우(雲雨)의 정을 나누었다. 여인이 이별하며 말하기를 "첩은 무산(巫山)의 남쪽 고구의 꼭대기에 있는데, 아침에는 구름이 되고 저녁에는 비가 되어 아침저녁으로 양대 아래에 머물러 있을 것입니다"라고 했다. 이튿날 아침에 무산을 바라보니, 과연 높은 봉우리에는 아침 햇살에 빛나는 아름다운 구름이 걸려 있었다고 한다. 『文選·高唐賦序』

77 첩편(疊遍): '첩(疊)'자는 중복된다는 뜻이다. 사에서 일반적으로 한 수의 작품은 상편(上片)과 하편(下片)으로 구성되어 있다. 상편을 첩(疊) 또는 전첩(前疊)이라고 하고, 하편(下片)을 후첩(後疊)이라고 한다. 상편 한 첩으로만 이루어진 것을 일첩(一疊), 상편과 하편으로 이루어진 것을 이첩(二疊), 3첩으로 이루어진 것을 삼첩(三疊), 4첩으로 이루어진 것을 사첩(詞疊)이라고 부른다. 이렇게 사에서 첩이 묶여져 있는 형식을 부르는 명칭이다.

조의 법곡으로 삼았으니 이는 일찍이 옛 악보를 본 적이 없어서이다. 지금 말하는 것이 '어찌 또한 백거이에서 「예상우의곡」을 얻었다고 하겠는가.'

세상에 반섭조般涉調인 「불예상곡拂霓裳曲」이 있는데, 때문에 석연년石延年[79]이 전답傳踏[80] 형식으로 만들었기 때문이다. 개원·천보 연간의 이야기를 서술한 것이다. 석만경이 말하기를, "본래 이것은 달나라 궁궐에서 들었던 음악인데 인간 세상의 곡으로 번안하여 만들었다"라고 했다. 최근에 기수夔帥 증조曾慥[81]가 그 가사를 가감하여 파견부대 구호로 삼았다"라고 했다. 또한 "개원·천보 연간에 남겨진 옛음악이다"라고 했다. 이 두 사람은 이 곡이 본디 황종상에 속한 것을 몰랐기 때문에, 「불예상곡」은 반섭조 곡이 되었던 것이다.

선화宣和[82] 초기에 진주普州 수령인 산동山東사람 왕평王平이 문장과 학

---

78 심괄(沈括) : 생졸년은 1031~1095이고, 송(宋)나라 항주(杭州) 사람으로 자는 존중(存中)이다. 신종(神宗) 희령(熙寧) 연간에 왕안석(王安石)의 변법(變法)에 참여했다. 박학하고 문장에 능하였으며, 천문(天文), 지리(地理), 화학(化學), 생물(生物), 율력(律曆), 음악(音樂), 의약(醫藥), 전제(典制) 등을 잘 알았다. 저서에 『몽계필담(夢溪筆談)』, 『소심양방(蘇沈良方)』, 『장흥집(長興集)』 등이 있다.

79 석연년(石延年) : 송대의 시인으로 자는 만경(曼卿)이다. 그가 시로는 소순흠(蘇舜欽), 매요신(梅堯臣) 등과 명성을 나란히 하여 구양수로부터 많은 찬사를 입었고, 특히 술을 매우 즐기어 통음(痛飲)을 자주 하였으므로, 당시 사람들이 그를 주선(酒仙)이라 칭하기도 했다. 『夢溪筆談·人事』

80 전답(傳踏) : 사(詞)는 본디 노래를 중시한다. 노래에 춤이 따르는 것을 전답(傳踏) 또는 전답(轉踏)이라고 하며 1곡을 되풀이하며 연주했다. 또한 1곡 이상의 것을 편곡한 것을 제궁조(諸宮調) 혹은 잠사라고 한다.

81 증조(曾慥) : 송나라 시인으로 열 가지 꽃을 '십우(十友)'라 하면서 이들의 품성에 대해, "다미(荼蘼)는 운우(韻友), 말리(茉莉)는 아우(雅友), 서향(瑞香)은 수우(殊友), 하화(荷花)는 정우(淨友), 암계(巖桂)는 선우(仙友), 해당은 명우(名友), 국화는 가우(佳友), 작약은 염우(豔友), 매화는 청우(淸友), 치자는 선우(禪友)"라고 각각 품평했다.

문이 화려하고 풍부하여 스스로 이칙상夷則商인 「예상우의보」를 얻었고 진홍陳鴻과 백거이의 「장한가長恨歌」와 『장한가전長恨歌傳』[83]과 아울러 백거이의 「화원미지예상우의곡가和元微之霓裳羽衣曲歌」를 취하고, 또 당나라 사람이 지은 짧은 시와 장단구 및 현종과 양귀비의 고사를 섞고, 끝에 원진의 「연창궁사連昌宮詞」[84]로 보충하여 엮어서 곡을 완성하여 판각하여 세상에 전하게 되었다. 곡은 11단段이고 제4편[85]에서 시작되어 제5편, 제6편, 정전正攧[86], 입파入破, 허최곤虛催袞, 실최곤實催袞, 헐박歇拍, 쇄곤殺袞[87]으로 이어지며, 음률과 박자는 백거이의 노래에 달린 주석과 크게 다르다. 그런즉 당나라 곡이 지금 세상에 결코 다시 볼 수 없다는 사실을 알 수 있으니 또한 한스럽다.

또 『당사』에 이르기를 "문객 가운데 악보과 그림으로 왕유王維에게

---

82 선화(宣和) : 선화는 송 휘종(宋徽宗)의 연호로 1119~1125까지를 말한다.

83 「장한가(長恨歌)」와 『장한가전(長恨歌傳)』: 장한가는 당나라 시인 백거이의 장편 서사시이다. 당현종과 양귀비의 애정과 비극을 서술했다. 시인은 역사적 인물과 전설을 인용하여 인생사를 창조하였고 예술적 형상으로 승화시킨 반면에 현실 생활의 진실을 재현하여 독자들을 감동시켰다. 장한가전은 당나라 진홍(陳鴻)의 작품으로 양귀비에 대한 당시의 풍문을 전하고 있다. 사람들이 "딸 낳았다 슬퍼 말고 득남했다 기뻐 말라(生女勿悲酸, 生男勿喜歡)"라고 하고 "그대 딸이 문미 되는 날을 보게 될 것이니(看女却爲門上楣)"라고 노래했다는 내용이 실려 있다. 『白氏長慶集』

84 「연창궁사(連昌宮詞)」: 당나라 원진(元稹)이 지은 것으로 여기서는 궁중의 악곡과 연관하여 인용한 고사로, 궁궐이 깊어서 새 악곡을 연주해도 궁궐 밖에는 들리지 않는다는 뜻이다.

85 편(遍) : 당나라와 송나라의 대곡(大曲)의 해(解)를 세는 단위이다. 한 편이 한 해인 셈이다.

86 정전(正攧) : 송나라 대곡(大曲)을 조성하는 부분으로 뒤에 나열된 것도 비슷하다.

87 입파(入破) (…중략…) 쇄곤(殺袞) : 입파는 대곡 후반부의 파가 시작되는 부분이다. 허최는 대곡 후반부에 산판이 진입하는 박자이다. 곤은 곤편(袞遍)으로 대곡 입파 이후에 박자가 빨라지는 대목이다. 실최는 대곡 후반부에 더 빨라지는 대목이다. 헐박은 대곡 후반부에 속도가 점점 늦어지는 부분이다. 쇄곤은 대곡 중반부에 마무리하는 부분이다.

보여준 사람이 있었는데 그 적어놓은 글이 없다. 왕유가 느긋하게 말하기를, '이 「예상우의곡」제3첩은 가장 초기의 박자이다'라고 했다. 문객은 그렇지 않다고 하고, 악공이 이끌어 곡에 맞게 연주하니 그 제서야 믿었다"라고 했다. 내가 일찍이 비웃으며 「예상우의곡」의 제1첩에서 제6첩까지는 박자가 없는 것은 모두 차례가 없기 때문이다. 음악가가 유행시킨 대품大品[88]과 유사한데 어떻게 박자가 있겠는가? 악보와 그림에 반드시 무희를 만들었는데, 「예상우의곡」의 산서 6첩은 박자가 없기 때문에 춤추지 않았다. 또 화공이 악기에 있어서 피리를 불거나 현을 튕겨도 단 한 글자만 그린다. 여러 곡 모두 이러한 한 글자만 있는데 어찌 유독 「예상우의곡」만 그렇겠는가?

당나라 공위孔緯[89]가 교방의 관원에 제수되어 배우[90] 구리시求利市 를 우대하였는데, 공위가 아전을 불러다 그 피리를 찾게 하고 그 구멍을 가리켜 묻기를 "「완계사浣溪沙」[91]의 공롱자孔籠子는 무엇인가?"라고 하

---

88 대품(大品) : 이 부분은 박자가 없는 법곡인 산서(散序) 음악의 한 종류이다. 인하여 박자가 없는 것 역시 가사를 입히지 않는다.

89 공위(孔緯) : 생졸년은 830~895이고, 자는 화문(化文)으로 곡부(曲阜) 사람이다. 공자의 제40대손으로 당나라에서 희종(僖宗)과 소종(昭宗) 양대에 재상을 지냈다. 어려서 부친을 여의고, 아우 공함(孔緘), 공훈(孔纁)이 모두 숙부에 의해 양육되었다. 선종(宣宗) 대중(大中) 13년(859) 에 과거에 장원하여 비서성 교서랑에 제수되었다. 공함, 공훈 형제가 각각 장원을 차지했다. 아들 공숭필(孔崇弼) 역시 진사로 출신했다.

90 배우 : 원문 '우령(優伶)'은 특출한 재주를 지닌 배우를 가리킨다. '우(優)'는 남자 배우를, '령(伶)'은 여자 배우를 말한다.

91 「완계사(浣溪紗)」: 「완계사(浣溪沙)」·「완사계(浣紗溪)」라고 하기도 한다. 「소정화(小庭花)」·「완단사(玩丹砂)」·「원제견(怨啼鵑)」·「완사계(浣紗溪)」·「엄소제(掩蕭齊)」·「청화풍(淸和風)」·「환추풍(換追風)」·「최다의(最多宜)」·「감자완계사(減字浣溪沙)」·「양류맥(楊柳陌)」·「시향라(試香羅)」·「만원춘(滿院春)」·「광한지(廣寒枝)」·「경쌍춘(慶雙椿)」·「취중진(醉中眞)」·「취목서(醉木犀)」·「금전두

자 여러 배우들이 파안대소했다. 이것이 그림 위에다 곡명을 정하는 것과 무엇이 다르겠는가?

(錦纏頭)」·「상국황(霜菊黃)」·「빈재주(頻載酒)」 등 별칭이 많다. 당나라 때 교방(教坊)의 가곡 이름인데, 후에는 이를 사용하여 사패(詞牌)를 지었다. 이별의 정한이나 서로의 소식이 궁금한 것 등을 노래한 것이 많다. 「완계사」의 결구(結句)는 정감이 언외(言外)에 풍겨 함축이 짙은 것을 중시한다.

◎ 3.38

원문 涼州曲

『涼州曲』, 『唐史』及『傳載』稱：天寶樂曲皆以邊地為名, 若『涼州』、『伊州』、『甘州』之類, 曲遍聲繁, 名入破. 又詔道調法曲與胡部新聲合作. 明年, 安祿山反, 涼、伊、甘皆陷. 『土蕃史』及『開元傳信紀』亦云：西涼州獻此曲, 寧王憲曰：「音始于宮, 散于商, 成于角徵羽. 斯曲也, 宮離而不屬, 商亂而加暴, 君卑逼下, 臣僭犯上, 臣恐一日有播遷之禍.」及安史之亂, 世頗思憲審音. 而『楊妃外傳』乃謂上皇居南內, 夜與妃侍者紅桃歌妃所製『涼州詞』, 上因廣其曲, 今流傳者益加. 『明皇雜錄』亦云：「上初自巴蜀回, 夜來乘月登樓, 命妃侍者紅桃歌『涼州』, 即妃所製. 上親御玉笛為倚曲, 曲罷無不感泣. 因廣其曲, 傳于人間.」予謂皆非也. 『涼州』在天寶時已盛行, 上皇巴蜀回, 居南內, 乃肅宗時, 那得始廣此曲？或曰：因妃所製詞而廣其曲者, 亦詞也, 則流傳者益加, 豈亦詞乎？舊史及諸家小說謂妃善歌舞, 邃曉音律, 不稱善製詞. 今妃『外傳』及『明皇雜錄』所云, 夸誕無實, 獨帝御玉笛為倚曲, 因廣之, 流傳人間, 似可信, 但非『涼州』耳. 唐史又云：其聲本宮調. 今『涼州』見于世者凡七宮曲, 曰黃鍾宮、道調宮、無射宮、中呂宮、南呂宮、仙呂宮、高宮, 不知西涼所獻何宮也. 然七曲中, 知其三是唐曲, 黃鍾、道調、高宮者是也. 『脞說』云：「『西涼州』本在正宮, 貞元初, 康崑崙翻入琵琶玉宸宮調, 初進在玉宸殿, 故以命名, 合眾樂即黃鍾也.」予謂黃鍾即俗呼正宮, 崑崙豈能捨正宮外別製黃鍾涼州乎？因玉宸殿奏琵琶, 就易美名, 此樂工夸大之常態. 而『脞說』便謂翻入琵琶玉宸宮調. 『新史』雖取其說, 止云康崑崙寓其聲于琵琶, 奏于玉宸殿, 因號玉宸宮調, 合諸樂則用黃鍾宮, 得之矣. 張祜詩云 :「春風南內百花時, 道調涼州急遍吹. 揭手便拈金椀舞, 上皇驚笑悖拏兒.」又『幽閑鼓吹』云 :「元載子伯和勢傾中外, 福州觀察使寄樂妓數十人, 使者半歲不得通. 窺伺門下, 有琵琶康崑崙出入, 乃厚遺求通, 伯和一試, 盡付崑崙. 段和上者, 自製道調『涼州』, 崑崙求譜, 不許, 以樂之半為贈, 乃傳.」據張祜詩, 上皇時已有此曲, 而『幽閑鼓吹』謂段師自製, 未知孰是. 白樂天『秋夜聽高調涼州』詩云 :「樓上金風聲漸緊, 月中銀字韻初調. 促張弦柱吹高管, 一曲涼州入泬寥.」大呂宮, 俗呼高宮, 其商為高大石, 其羽為高般涉, 所調高調, 乃高宮也. 『史』及『脞說』又云 :「涼州有大遍、小遍」, 非也. 凡大曲有散序、靸、排遍、攧、正攧、入破、虛催、實催、衮遍、歇拍、殺衮, 始成一曲, 此謂大遍. 而『涼州』排遍, 予曾見一本有二十四段. 後世就大曲製詞者, 類從簡省, 而管弦家又不肯從首至尾吹彈, 甚者學不能盡. 元微之詩云 :「逡巡大遍『梁州』徹.」又云 :「『梁州』大遍最豪嘈.」『史』及『脞說』謂有大遍小遍, 其誤識此乎?

번역 양주곡

「양주곡涼州曲」[92]은 『당사唐史』와 『전재傳載』[93]에서 일컫길, "천보天寶[94]

92 「양주곡(涼州曲)」: 『신당서(新唐書)』「예악지(禮樂志)」에 "양주곡은 본래 서량(西涼)에서 바쳤는데, 그 소리가 본래 궁조(宮調)이고 대편(大遍)과 소편(小遍)이 있었다. 당나라 때에 세상이 태평하므로 사람들이 보통 악곡에 싫증나서 이상한 악곡, 특히 외국의 악곡을 좋아하게 되었는데, 서량에서 중앙아시아 지방 민족의 악곡을 들여

연간의 악곡은 모두 변방의 지명으로 곡명을 삼는다. 예를 들면 「양주곡」, 「이주곡伊州曲」, 「감주곡甘州曲」 같은 부류는 곡조가 빠르고[95] 소리가 화려해서 입파入破[96]라고 이름했다"라 했다. 또한 도조궁道調宮[97]의 법곡法曲과 호부胡部의 새로운 소리[98]를 합쳐서 만들라고 조칙을 내렸다. 현종 시기에 안록산安祿山의 반란이 일어나자 양주, 이주, 감주가 모두 함락되었다.

『토번사土蕃史』[99]와 『개원전신기開元傳信記』[100]에서 또한 이르길, "서량주西涼州에서 이 곡을 바치니 영왕寧王 이헌李憲[101]이 말하기를, '소리는

왔으므로, 그 곡조를 「양주곡」이라 했다.

93 전재(傳載) : 서명이 아니라, 역사서나 기타 여러 서적에 수록되어 전해지는 기록물을 가리킨다.

94 천보(天寶) : 당 현종 말기의 연호로, 742년에서 756년까지이다.

95 곡조가 빠르고 : 원문 '곡편(曲遍)'에서 두루 편(遍)에는 빠르다는 뜻은 없지만, '두루 미치다'의 의미에서 빠른 동작의 춤에 어울리는 빠르다는 의미로 해석했다.

96 입파(入破) : 당나라 때의 대곡(大曲)에는 산서(散序), 중서(中序), 파(破)의 세 부분이 있는데, 입파는 파 부분의 첫 번째 곡으로 음의 진행이 빠르고 빠른 동작의 춤이 따른다.

97 도조궁(道調宮) : 송나라 진양(陳暘)이 지은 『악서(樂書)』「곡조하(曲調下)」에 "속악조(俗樂調)에 칠궁(七宮)·칠상(七商)·칠각(七角)·칠우(七羽)가 있어 모두 28조이고 치조(徵調)는 없다. 궁조(宮調)는 정궁(正宮)·고궁(高宮)·중려궁(中呂宮)·도조궁·남려궁(南呂宮)·선려궁(仙呂宮)·황종궁(黃鍾宮)이다"라고 했다.

98 호부(胡部)의 새로운 소리 : 당나라 때 호악(胡樂)을 관장하던 기구인데, 호악을 지칭하기도 한다. 호악은 서량 일대에서 유입된 것으로 당시에 호부신성(胡部新聲)이라고 일컬어졌다.

99 토번사(土蕃史) : 역시 서명이 아니라, 정사 기록 중에 토번(吐藩) 지역의 역사를 기록한 『당사(唐史)』의 「토번전(吐藩傳)」을 지칭한다.

100 『개원전신기(開元傳信記)』 : 당나라 정긴(鄭綮)이 지은 역사서로 『개천전신기(開天傳信記)』라고도 한다. 정긴은 잉양(滎陽) 사람으로 소종(昭宗) 때 재상이 되었다. 이부원외랑이던 시절에 사회에 전해지는 전설이나 고사, 신기한 이야기 32개 조항을 수집한 책이다. 특히 현종이 사저에 생활하는 모습부터 태산에 봉선(封禪)하고 가무를 좋아하는 자료 등을 수록하여 『명황잡록(明皇雜錄)』만큼 정사(正史)에 참고할 만한 가치가 충분하다.

궁조宮調에서 시작하여 상조商調에서 흩어지고, 각치우角徵羽에서 이루어집니다. 이 곡은 궁조에서 분리되어 어디에도 소속되지 않고, 상조에서 어지러워지자 더욱 난폭해지니 군주는 아랫사람을 얕잡아보고 신하는 군주를 참람되게 범하고 있습니다. 신은 하루 아침에 파천播遷되는 화를 만날까 두렵습니다'라고 했다. 안록산과 사사명史思明의 난[102]이 일어나자 세상 사람들은 이헌이 음악을 살피는 혜안을 자못 많이 생각했다"라고 했다.

「양비외전杨妃外傳」에서 말하길, "현종이 흥경궁興慶宮[103]에 계실 적에 밤에 양귀비를 모시던 홍도紅桃라는 사람과 함께 양귀비가 지은 「양주사凉州詞」를 노래하니 상황이 이로 인하여 그 곡을 널리 퍼뜨렸기 때문에, 오늘날 전해진 것이 더욱 많아졌다"라고 했다. 『명황잡록明皇雜錄』[104]에 또 말하길 "황제께서 막 파촉巴蜀에서 돌아오면서, 밤이 되어 달

---

101 영왕(寧王) 이헌(李憲) : 생졸년은 679~742이고, 본명은 이성기(李成器)로 당나라 종실이자 대신으로 당 예종(睿宗)의 장자이자 현종(현종)의 큰형이다. 처음에 영평군왕(永平郡王)에 봉해졌고 문명(文明) 원년(684年)에 황태자가 되었다가 뒤에 셋째 아우 이융기(李隆基)에게 제위를 양보했다. 시와 노래를 잘 하고 음률에 정통하였으며 특히 갈고(羯鼓)를 치고 피리를 잘 불었다. 태자태사, 태위를 역임하고 영왕(寧王)에 봉해졌다. 시호는 양황제(讓皇帝)이고 혜릉(惠陵)에 묻혔다.

102 안록산과 사사명(史思明)의 난 : 당나라 안록산과 사사명이 일으킨 반란이다. 당 현종(唐玄宗) 14년에 안록산이 범양(范陽)에서 반란을 일으켜 장안을 함락시키고 자칭 대연황제(大燕皇帝)가 되었다가 아들 경서(慶緖)에 의해 죽고, 경서는 또 사사명에게 죽임을 당하고, 사사명이 죽은 후 아들 조의(朝義)가 뒤를 이었다가 대종(代宗) 원년에 이회선(李懷仙)에 의해 죽었다. 전후 9년에 걸친 난리를 안사의 난이라 한다. 『唐書』

103 황궁 : 원문은 '남내(南內)'로 되어 있는데, 당 현종이 만년에 거처했던 흥경궁(興慶宮)을 가리킨다. 안녹산의 난리 때에 현종이 촉(蜀)으로 파천했다가 난이 평정된 뒤에 다시 경사(京師)로 돌아와서는 상황(上皇)이 되어 흥경궁에서 쓸쓸히 만년을 보냈던 것을 이른 말이다.

104 『명황잡록(明皇雜錄)』 : 당나라 정처회(鄭處誨)가 지은 것으로 당 현종의 일대기와 숙종의 국난 극복 사실을 기록했다. 내용이 자못 풍부하고 문장이 생동감있다. 현종

빛 받으며 누대에 올랐다. 양귀비를 모시던 홍도라는 사람에게 명하여 「양주사」를 노래하게 하니 바로 양귀비가 지었던 것이다. 황제께서 친히 옥피리를 들고 「의루곡倚樓曲」[105]을 부르니 노래가 끝나자 감동의 눈물을 흘리지 않는 이가 없었다. 이로 인하여 그 곡을 널리 퍼뜨려 세상에 전했다"라고 했다.

나는 모두 사실이 아니라고 생각한다. 「양주곡」은 천보 연간에 이미 성행하였고, 상황이 파촉에서 돌아와서 흥경궁에 거처할 때는 바로 숙종肅宗이 재위하는 때인데 어떻게 이 곡이 그제서야 널리 퍼질 수 있겠는가. 누군가 말하기를, "양귀비가 가사를 짓고 '그 곡을 널리 퍼뜨렸다'는 것이 또한 사詞 이다"라고 했다. 그런데 전해진 것은 더 추가한 것이니, 어찌 또한 사詞 이겠는가? 『구당서舊唐書』와 여러 작가의 소설에서 "양귀비는 가무를 잘 하고 음률의 조예가 깊다"라고 말하지만, 사를 잘 짓는다고는 말하지 않는다. 지금 「양비외전」과 『명황잡록』에서 언급한 내용은 과장되어 사실이 없는데, 유독 '황제께서 노래에 맞춰 친히 옥피리를 들고 「의루곡倚樓曲」을 부르니 이로 인하여 널리 퍼지게 되었고 세상에 유행하여 전해졌다는 말은 믿을 만하지만 그렇다고 「양주사」는 아닐 것이다.

『당사』에 또 "그 소리는 본래 궁조이다"라고 했다. 오늘날 세상에 나타난 「양주곡」은 모두 7 궁조곡宮調曲으로 황종궁黃鐘宮, 도조궁, 무사

은 초기에 정치에 힘썼지만, 만년에 정사를 돌보지 않고 음악과 여색에 빠졌다는 사실을 가감없이 기록했다. 『新唐書』

105 「의루곡(倚樓曲)」 : 당 현종이 촉에서 회궁하여 밤에 근정루(勤政樓)에 올라 난간에 기대어 남쪽을 바라보니 안개와 구름이 시야에 가득해 스스로 노래했다.

궁無射宮, 중려궁中呂宮, 남려궁南呂宮, 선려궁仙呂宮, 고궁高宮인데, 서량주에서 바쳤던 원곡은 어느 궁조로 지었는지 알 수 없다. 그러나 7 궁조곡 가운데에 그 3곡은 당나라 곡임을 알 수 있으니 황종궁, 도조궁, 고궁이 그것이다.

『좌설脞說』[106]에 말하길, "「서량주곡西涼州曲」은 본래 정궁正宮에 속하는데, 정원貞元[107] 초기에 강곤륜康崑崙[108]이 비파琵琶로 옥신궁조玉宸宮調에 번안하여 삽입하였다가 처음으로 옥신전玉宸殿[109]에 바쳤기 때문에 이렇게 이름 붙여진 것으로 여러 악기와 합주하니 바로 황종궁이다"라고 했다. 내가 생각컨대, 황종궁은 바로 통속적인 정궁이라 부르는데, 강곤륜은 어떻게 정궁을 버려두고 별도로 황종궁조인 「양주곡」을 지을 수 있겠는가. 옥신전에서 비파를 연주하였기에 쉽게 아름다운 명성을 얻었던 것으로 이 악공은 평범한 형태의 곡을 과장했다. 그러나 『좌설』에는 "비파로 옥신궁조에 번안하여 삽입했다"라고 하였고, 『신당사新唐史』에서 비록 그 가설을 취하였지만, 단지 강곤륜이 비파에 그 소리를 담았다가 옥신전에서 연주하였기에 옥신궁조라고 불렀던 것이고, 여러 악기와 합주하니 황종궁을 사용하여 조화롭게 되었다.

---

106 『좌설(脞說)』: 중국어 사전의 한 종류로 자잘하면서 비속적인 단어나 의론을 해석한 것이다. 역대 여러 학자들이 남겼는데 지금은 송(宋)나라 장군방(張君房)의 저술이 전해진다.

107 정원(貞元) : 당(唐) 덕종(德宗)의 연호이고, 785~805을 말한다.

108 강곤륜(康崑崙) : 『신당서(新唐書)』「예악지(禮樂志)」에 "양주곡은 본래 서량(西涼)에서 바쳤는데, 그 소리가 본래 궁조(宮調)이고 대편(大遍)과 소편(小遍)이 있었다. 정원 초기에 악공 강곤륜이 그 소리를 비파에다 붙여 옥신전(玉宸殿)에서 연주하였으므로 옥신궁조(玉宸宮調)라고도 한다"라고 했다.

109 옥신전(玉宸殿) : 송나라 개봉부 궁궐 후원 태청루(太淸樓) 동편에 위치한 진종(眞宗)이 거처하는 궁전으로 만여 권의 책을 장서했다.

장호張祜[110]의 시에서는 다음과 같이 말했다.

봄바람 남내에 불어 꽃 만개할 때라	春風南內百花時
도조궁인 「양주곡」을 빠르게 불어보네	道調涼州急遍吹
손 뻗어 황금사발 들고 춤을 추나니	揭手便拈金椀舞
상황은 거친 춤사위[111]에 놀라 웃는구나	上皇驚笑悖拏兒

또한 『유한고취幽閑鼓吹』[112]에 말하길, “원재元載[113]의 아들 백화伯和[114]의 권세는 경향京鄕을 기울일 정도니 복주관찰사福州觀察使[115]가 악공과

---

110 장호(張祜) : 당나라 시인으로 생졸년은 785~849이고, 자는 승길(承吉)이고 하북성 칭하(淸河) 사람이다. 그는 명문가의 자제로 장공자라고 불렸다. 원진(元稹)에게 배척당한 뒤에 회남(淮南)을 떠돌았다. 궁사(宮詞), 산수, 변방의 시재를 표현하는데 능하여 『전당서(全唐詩)』에 시 2권 349수가 수록되었다. 저서로 『장처사시집(張處士詩集)』이 있다.

111 거친 춤사위 : 시 제목은 「패나아무(悖拏兒舞)」로 춤을 추는 모습을 시로 표현한 것이다. 양주곡이 빠르기 때문에 춤 동작 역시 역동적이고 과격하다.

112 『유한고취(幽閑鼓吹)』 : 장고(張固)가 수집하고 정리한 당나라 말기의 기이한 소문과 사건 모음집이다. 사건이 대부분 불교 법계와 관련되고 허탄하여 증명할 수 없는 것이었다. 주로 백거이, 이하, 한유가 시를 짓게 된 고사나 상상으로 과장하여 설명한 것이 특징이다.

113 원재(元載) : 생졸년은 713~777이고, 당나라 대종(代宗) 때 사람으로, 자는 공보(公輔)이다. 이보국(李輔國)에게 빌붙어 관직이 중서시랑(中書侍郞)에까지 이르렀는데, 권세를 휘두르며 자제를 풀어 뇌물을 거두어들이고 충신을 배척하는 등 갖은 불의를 자행하다가 대종의 명으로 자진(自盡)했다. 『新唐書・元載列傳』

114 백화(伯和) : 원재의 아들로 봉상(鳳翔) 사람이다. 대종 때 원재가 재상에 오래 있자 비서승에 올랐는데 당시 권세가 상당해서 멋대로 행동하며 재화를 거두었으며 음악을 일삼으며 중궁에도 없는 기이한 악기를 모았다. 훗날 양주(揚州)로 좌천되어 진소유(陳少遊)와 교제했다. 원재가 자진하자 양주에서 사사(賜死)되었다.

115 복주관찰사(福州觀察使) : 당나라의 관찰사는 절도사보다 직급이 낮고 관할 구역이 작은 무관직이다. 복주관찰사는 원화(元和 806-820) 연간에 복건관찰사(福建觀察使)로 승격되고 황소의 난이 종료된 뒤 건녕(乾寧 894-898) 연간에 무위군절도사(武

기녀 수 십 명을 보내었는데 사자使者가 반년이 지나도록 원백화와 만나지 못했다. 원백화의 집안에 비파 악공 강곤륜이 출입하는 것을 엿보고 이내 후한 뇌물을 보내어 원백화를 만나고자 부탁했다. 원백화는 시험하는 권한을 전부 강곤륜에게 맡겼다. 단화상段和上이라는 사람이 스스로 도조궁인 「양주곡」을 제작하자 강곤륜이 악보를 달라고 요청하였지만 허락하지 않았는데, 사자가 음악의 반절을 주자 바로 세상에 전해졌다"라고 했다. 장호의 시에 의거하면 상황제 시기에 이 곡이 있었고, 『유한고취』에 '단악사段樂師가 스스로 제작하였다는데 무엇이 맞는지 알지 못한다.

백거이의 「추야청고조양주秋夜聽高調涼州」시에서 다음과 같이 말했다.

누대 위 가을바람[116]은 점점 쌀쌀하게 들리고	樓上金風聲漸緊
달 빛 속 악기[117]는 비로소 운율이 조화롭네	月中銀字韻初調
팽팽하게 줄과 안족[118] 당기고 크게 피리 부니	促張弦柱吹高管
양주사 한 곡은 맑은 가을 하늘[119]에 들어가네	一曲涼州入泬寥

威軍節度使)가 되어 복주(福州), 천주(泉州), 정주(汀州), 건주(建州), 장주(漳州)를 다스렸다.

116 가을바람 : 원문 '금풍(金風)'은 가을바람이나 서풍(西風)을 뜻하는바, 오행(五行)의 금(金)은 계절에 있어서는 가을, 방위에 있어서는 서쪽이 된다.

117 악기 : 원문 '은자(銀字)'는 생황이나 피리 같은 관악기 위에 은으로 글자를 새겨넣어 음조의 높낮이를 표시했다. 가차하여 일반적인 악기나 악기의 연주를 가리킨다.

118 안족(雁足) : 거문고 같은 현악기에서 음을 조율할 때 줄 아래에 기러기 발 같은 삼각뿔 쐐기를 움직여 음을 맞춘다.

119 맑은 가을 하늘 : 원문 '혈요(泬寥)'는 휑하게 비고 고요한 하늘이라는 뜻이니, 곧 높고 맑은 가을 하늘을 말한다.

대려궁大呂宮은 속칭 고궁高宮이라 부르는데 그 상조商調는 고대석조高大石調[120]이 되고, 우조羽調는 고반섭조高般涉調가 된다. 이른바 고조高調가 바로 고궁조高宮調이다.

『신당사』와 『좌설』에 또 "「양주곡」에는 대편大遍과 소편小遍이 있다"라고 하는데 잘못되었다. 무릇 대곡大曲[121]에는 산서散序, 급靸, 배편排遍, 전攧, 정전正攧, 입파入破, 실최實催, 곤편袞遍, 헐박歇拍, 쇄곤殺袞이 있어야 비로소 한 곡을 이루니 이것을 대편이라 이른다. 「양주곡」의 배편排編으로 내가 일찍이 24단으로 된 어떤 판본을 본 적이 있다. 후세에 대곡을 가지고 사를 제작하는 사람은 대부분 간략하게 생략하는 기법을 따르며 관현악기 연주자들도 처음부터 끝까지 음악을 연주하려 하지 않나니, 심한 경우 연주법을 모두 배우지도 못하기도 한다. 원진元稹의 시에 "어느덧 대편 「양주곡」[122] 연주가 끝났네"라고 하였고, 또한 "대편 「양주곡」이 가장 호방하고 떠들썩하다"라고 했다. 『신당사』와 『좌

120 고대석조(高大石調) : 송나라 진양(陳暘)이 지은 『악서(樂書)』「곡조하(曲調下)」에 "상조(商調)는 월조(越調)·대석조(大石調)·고대석조(高大石調)·쌍조(雙調)·소석조(小石調)·헐지조(歇指調)·임종상(林鍾商)이고, 우조(羽調)는 중려조(中呂調)·정평조(正平調)·고평조(高平調)·선려조(仙呂調)·반섭조(般涉調)·고반섭조(高般涉調)·황종우(黃鍾羽)이다"라고 했다.

121 대곡(大曲) : 중국 전통음악 중 대형 악곡으로 특히 한위(漢魏)의 상화가(相和歌), 육조시대의 청상악(淸商樂), 당송의 연악(燕樂)의 대곡을 가리킨다. 이 가곡들은 악기 연주와 대형 가무곡을 겸한다. 뒤에 나오는 용어들은 모두 당송시대의 대곡 곡조 이름이다. 곡조의 빠르기나 박자의 특징으로 곡조 이름을 삼았다. 이러한 곡조가 하나의 대곡이 이루어지는데 이것을 대편(大遍)이라고 한다.

122 「양주곡(梁州曲)」 : 당나라 때 교방(敎坊)의 대곡 중에 양주(涼州)라는 곡조가 있었는데, 이것이 송나라 때에 와서 양주(梁州)로 바뀌었다. 이 시는 원진의 「연창궁사(連昌宮辭)」이다. 「양주령(梁州令)」이라고도 한다. 준순(逡巡)은 잠시라는 뜻이니, 어느덧 이미 양주곡을 두루 연주했다는 것이다. 철(徹)은 파한다(끝낸다)는 뜻이다.

설』에는 '대편과 소편이 있다'라고 하였는데 아마도 이를 오해하였으리라.

◎ 3.39

원문 伊州

『伊州』見于世者凡七商曲：大石調、高大石調、雙調、小石調、歇指調、林鍾商、越調，第不知天寶所製七商中何調耳．王建『宮詞』云：「側商調裏唱『伊州』.」林鍾商，今夷則商也，管色譜以凡字殺，若側商則借尺字殺.

번역 이주

「이주곡伊州曲」이 세상에 보이는 것은 모두 일곱개 상조곡商調曲[123]으로 대석조大石調, 고대석조, 쌍조雙調, 소석조小石調, 헐지조歇指調, 임종상林鐘商, 월조越調인데, 다만 천보天寶 연간에 지은 일곱 상조곡으로 어떤 조調인지는 알 수 없을 따름이다. 왕건王建의 「궁사宮詞」[124]에 "측상조側商調[125] 안에서 「이주곡」을 불렀다"라고 했다. 임종상은 오늘날의 이칙

---

123 상조곡(商調曲) : 청상곡(淸商曲)을 말하는데, 악부(樂府)의 가곡(歌曲) 이름으로 가을에 속하는 상성(商聲)의 맑고도 슬픈 노래를 말한다.

124 궁사(宮詞) : 고대 시체 중의 하나로, 대부분 궁중 생활의 소소한 부분을 주제로 칠언절구 형식으로 짓는다. 당나라 왕건(王建)이 현종(玄宗) 황제의 궁정생활을 읊은 「궁사」100수가 원조가 되고, 오대 시대 후촉(後蜀)의 임금 맹창(孟昶)의 왕비 비씨(費氏)가 왕건의 작품을 본떠서 자신이 경험한 궁정생활을 100수로 읊어 궁사의 정형을 이루었다. 이후 송대의 왕규(王珪), 송백(宋白), 장공상(張公庠), 주언질(周彦質) 등 저명 문인들과 심지어 휘종이나 양태후(楊太后)까지 지었으며, 명나라 말 진종(陳琮), 장지교(蔣之翹), 진징란(秦徵蘭) 3인의 「천계궁사(天啓宮詞)」 등에 이르기까지 활발히 창작되었다.

125 측상조(側商調) : 옛날 금조(琴調) 중에 하나이다. 송나라 강기(薑夔)가 지은 『금곡(琴曲)』 「측상조(側商調)」에 "거문고 일곱 줄은 산성(散聲)으로 궁상각치우를 갖춘 것을 정롱(正弄)으로 삼으니 만각(慢角), 청상(淸商), 궁조(宮調), 만궁(慢宮), 황종조(黃鍾調)가 이것이다. 변궁(變宮)과 변치(變徵)가 산성이 되는 것은 측롱(側弄), 측초(側楚), 측촉(側蜀), 측상(側商)이 이것이다. 측상조는 없어진지 오래이다. 측상조

상夷則商[126]인데, 관색보管色譜[127]에는 범凡자로 끝낸[128] 반면, 측상조 같은 경우에는[129] 척尺자를 빌려서 끝마쳤다.

는 바로 황종조의 측성(側聲)이다"라고 했다.

126 이칙상(夷則商) : 5성(聲) 12율(律) 8음(音) 중에 12율은 고대 악률의 표준이 되는 음으로, 양률(陽律)과 음률(陰律)로 나뉘는데, 양은 율이라 하고 음은 여(呂)라 한다. 양률은 황종(黃鍾), 태주(太簇), 고선(姑洗), 유빈(蕤賓), 이칙(夷則), 무역(無射)이고, 음률은 대려(大呂), 협종(夾鍾), 중려(仲呂), 임종(林鍾), 남려(南呂), 응종(應鍾)이다.

127 관색보(管色譜) : 송나라 때 민속 악보 중에 관현악기의 악보를 관색보라 불렀다.

128 끝낸 : 원문 '쇄(殺)'는 생명을 죽인다는 기본 의미 이외에 중지하거나 결속이나 수속(收束)한다는 보조동사의 의미가 있으며 여기에서는 노래의 말미에 끝마친다는 의미로 쓰였다.

129 경우에는 : 원문은 '卽'인데, 『지부족재본(知不足齋本)』 등의 이본에 '則'으로 되어 있어 수정하여 번역했다.

◎ 3.40

원문 甘州

『甘州』世不見, 今仙呂調有曲破, 有八聲慢, 有令, 而中呂調有象甘州八聲, 他宮調不見也. 凡大曲就本宮調製引、序、慢、近、令, 蓋度曲者常態. 若象甘州八聲, 即是用其法于中呂調, 此例甚廣. 僞蜀毛文錫有甘州遍, 顧夐、李珣有倒排甘州, 顧夐又有甘州子, 皆不著宮調.

번역 감주

「감주곡甘州曲」은 세상에 보이지 않는다. 오늘날의 선려조仙呂調[130]인 곡파曲破[131]가 있고, 「팔성감주만八聲甘州慢」[132]이 있으며 영사令詞[133]가 있으나, 중려조中呂調에 「상감주팔성象甘州八聲」이 있는 반면 다른 궁조宮調는 보이지 않는다. 무릇 대곡大曲은 본래 궁조宮調를 가지고 인引, 서序, 만慢, 근近, 령令을 제작한 것이니 대개 새로운 가곡을 창작한 것[134]은

---

130 선려조(仙呂調) : 송나라 진양(陳暘)이 지은 『악서(樂書)』「곡조하(曲調下)」에 "속악조(俗樂調)에 칠궁(七宮)·칠상(七商)·칠각(七角)·칠우(七羽)가 있어 모두 28조이고 치조(徵調)는 없다. 우조(羽調)는 중려조(中呂調)·정평조(正平調)·고평조(高平調)·선려조(仙呂調)·반섭조(般涉調)·고반섭조(高般涉調)·황종우(黃鍾羽)이다"라고 했다.

131 곡파(曲破) : 12율중에서 음(陰)에 속하는 음(音)에 곡에 맞추어 노래하는 곡이다.

132 「팔성감주만(八聲甘州慢)」: 북송의 유영(柳永)의 작품으로 강호를 유랑하는 비분강개를 서술했다. 전체 사패가 모두 여덟 운자라서 팔성이라고도 한다.

133 영사(令詞) : 사(詞)의 제목 뒤에, '만(慢)·영(令)' 같은 곡조 빠르기를 나타내는 말이 붙기도 하고, 연창법(演唱法)을 나타내는 '최자(嗺子)', 서곡(序曲)을 의미하는 말인 '인자(引子)' 같은 말이 따라 붙기도 한다.

134 새로운 가곡을 창작한 것 : 원문 '도곡(度曲)'은 가사나 가곡을 창작하거나 가곡을 부르는 것을 말한다. 『한서(漢書)』「원제기찬(元帝紀贊)」에 "금슬을 연주하고, 퉁소를

형태가 고정되었다. 「상감주팔성」 같은 것은 바로 중려조에 그 법도를 사용하니 이러한 예시는 매우 광범위하다. 후촉後蜀 모문석毛文錫[135]이 지은 「감주편甘州遍」이 있고 고형顧夐[136]과 이순李珣[137]이 지은 「도배감주倒排甘州」가 있으며 고경은 또 「감주자甘州子」가 있지만, 모두 궁조로 나타나지 않았다.

불며, 스스로 가곡을 지어 노랫소리를 입히며 박자를 나누니 오묘함이 궁극에 이른다(鼓琴瑟, 吹洞簫, 自度曲, 被歌聲, 分刌節度, 窮極幼眇)"라는 내용이 나온다.

135 위촉(僞蜀) 모문석(毛文錫) : 자는 평규(平珪)이고 고양(高陽) 사람이다. 오대시대 전촉(前蜀)과 후촉(後蜀)의 대신이자 사패 시인이다. 14세 때 진사에 급제하여 전촉 고조 왕건(王建)을 섬겼다. 한림학사승지와 예부상서, 판추밀원사 등을 역임했다. 전촉이 망하자 후당(後唐)과 후촉을 섬겼다. 구양형(歐陽炯)과 함께 후촉 군주를 찬양하는 사패를 지었다. 저서로는 『전촉기사(前蜀紀事)』, 『다보(茶譜)』 등이 있다. 30여수의 사작품이 『화간집(花間集)』과 『당오대사(唐五代詞)』에 남아있다.

136 고형(顧夐) : 928년 전후 오대시대에 살았던 사인으로, 생졸년과 자, 거주지는 미상이다. 무주자사(茂州刺史)를 역임하다 후촉이 세워지자 맹지상(孟知祥)을 섬겨 태위에 이르렀다. 사패를 잘 지었는데 온정균(溫庭筠)과 사풍이 비슷하다. 지금까지 『화간집(花間集)』에 55수가 전하는데 모두 남녀상열지사이다.

137 이순(李珣) : 생졸년은 855~930이고, 만당시기의 사인으로 자는 덕윤(德潤)이고 사천성 재주(梓州) 사람이다. 후촉에 출사한 뒤로 다른 왕조에 출사하지 않았다. 저서로는 『경요집(瓊瑤集)』이 있지만 산실되었고, 지금은 『당오대사(唐五代詞)』에 54수가 전하는데 대부분 비분강개한 내용이다.

◎ 3.41

원문 『胡渭州』

『胡渭州』, 『明皇雜錄』云 : 「開元中, 樂工李龜年弟兄三人皆有才學盛名. 彭年善舞, 鶴年、龜年能歌, 製『渭州曲』, 特承顧遇. 於東都大起第宅, 僭侈之制, 逾于公侯.」 唐史『吐蕃傳』亦云 : 「奏『涼州』、『胡渭』、『錄要』雜曲.」 今小石調『胡渭州』是也. 然世所行『伊州』、『胡渭州』、『六幺』, 皆非大遍全曲.

번역 호위주

「호위주胡渭州」[138]에 대해 『명황잡록明皇雜錄』에서 이르길, "개원開元[139] 연간에 악공 이구년李龜年[140] 형제 세 명 모두 재능과 학문으로 굉장한 명성을 얻었다. 이팽년李彭年은 춤을 잘 췄고 이학년李鶴年과 이구년은 노래를 잘 불렀는데, 「위주곡渭州曲」을 지어서 특별히 사랑을 받았다. 동도東都[141]에 큰 저택을 지었는데, 제도가 참람하고 사치스러워 귀족 제후를 뛰어넘었다"라고 했다. 『당사唐史』의 「토번전吐蕃傳」에 역시 "「양주곡涼州曲」, 「호위주」, 「녹요錄要」 등 잡다한 곡조를 연주한다"라

---

138 「호위주(胡渭州)」 : 당나라 시인 장호(張祜)가 지은 시사이다. 장호는 자가 승길(承吉)이고 칭하(淸河) 사람이다. 장호는 명문세족으로 태어나 장공자(張公子)로 불리고 해내명사(海內名士)의 영예가 있었다. 장호는 평생토록 시와 노래를 창작해서 탁월한 성취를 이루었는데 『전당시(全唐詩)』에 349수의 시가가 수록되어 있다.

139 개원(開元) : 당 현종(唐玄宗)의 연호로 713년에서 741년까지이다.

140 이구년(李龜年) : 당 현종 때의 음악가로 음률(音律)에 능통했다.

141 동도(東都) : 중국 하남성(河南省)의 낙양(洛陽)으로 전한의 고조가 장안(長安)에 도읍을 정하고, 후한의 광무(光武)가 여기에 도읍을 정하였기에 동도(東都)라고 불리웠다.

고 했다. 오늘날 소석조小石調[142]인 「호위주」가 이것이다. 그러나 세상에 유행하였던 「이주곡伊州曲」, 「호위주」, 「육요六幺」는 모두 대편大遍[143]의 전곡이 아니다.

142 소석조(小石調) : 송나라 천양(陳暘)이 지은 『악서(樂書)』「곡조하(曲調下)」에 "속악조(俗樂調)에 칠궁(七宮)・칠상(七商)・칠각(七角)・칠우(七羽)가 있어 모두 28조이고 치조(徵調)는 없다. 상조(商調)는 월조(越調)・대석조(大石調)・고대석조(高大石調)・쌍조(雙調)・소석조・헐지조(歇指調)・임종상(林鍾商)이다.

143 대편(大遍) : 『신당서(新唐書)』「예악지(禮樂志)」에 "양주곡은 본래 서량(西涼)에서 바쳤는데, 그 소리가 본래 궁조(宮調)이고 대편(大遍)과 소편(小遍)이 있었다"라고 했다. 왕국유(王國維)의 『당송대곡고(唐宋大曲考)』에 "대곡(大曲)은 대형 악곡으로 특히 한위(漢魏)의 상화가(相和歌), 육조시대의 청상악(淸商樂), 당송의 연악(燕樂)의 대곡을 가리킨다. 이 가곡들은 악기 연주와 대형 가무곡을 겸한다. 곡조의 빠르기나 박자의 특징으로 곡조 이름을 삼았다. 이러한 곡조가 하나의 대곡이 이루어지는데 이것을 대편(大遍)이라고 한다"라는 내용이 나온다.

◎ 3.42

원문 六么

『六么』, 一名『綠腰』, 一名『樂世』, 一名『錄要』. 元微之『琵琶歌』云 : 「『綠腰』散序多攏撚.」 又云 : 「管兒還為彈『綠腰』, 『綠腰』依舊聲迢迢.」 又云 : 「逡巡彈得『六么』徹, 霜刀破竹無殘節.」 沈亞之『歌者葉記』云 : 「合韻奏『綠腰』.」 又志盧金蘭墓云 : 「為『綠腰』『玉樹』之舞.」 唐史『吐蕃傳』云 : 「奏『涼州』、『胡渭』、『錄要』雜曲.」 段安節『琵琶錄』云 : 「『綠腰』, 本『錄要』也, 樂工進曲, 上令錄其要者.」 白樂天『楊柳枝詞』云 : 「『六么』『水調』家家唱, 『白雪』『梅花』處處吹.」 又『聽歌六絕句』內, 『樂世』一篇云 : 「管急弦繁拍漸稠, 『綠腰』宛轉曲終頭. 誠知『樂世』聲聲樂, 老病人聽未免愁.」 注云 : 「『樂世』一名『六么』.」 王建『宮詞』云 : 「琵琶先抹『六么』頭.」 故知唐人以「腰」作「么」者, 惟樂天與王建耳. 或云 : 此曲拍無過六字者, 故曰『六么』. 至樂天又獨謂之『樂世』, 他書不見也. 『青箱雜記』云 : 「曲有『錄要』者, 錄『霓裳羽衣曲』之要拍.」 『霓裳羽衣曲』乃宮調, 與此曲了不相關. 士大夫論議, 嘗患講之未詳, 率然而發, 事與理交違, 幸有證之者, 不過如聚訟耳. 若無人攻擊, 後世隨以憒憒, 或遺禍于天下, 樂曲不足道也. 『琵琶錄』又云 : 「貞元中, 康崑崙琵琶第一手, 兩市祈雨鬥聲樂, 崑崙登東綵樓, 彈新翻羽調『綠腰』, 必謂無敵. 曲罷, 西市樓上出一女郎, 抱樂器云 : 『我亦彈此曲, 兼移在楓香調中.』下撥聲如雷, 絕妙入神, 崑崙拜請為師. 女郎更衣出, 乃僧善本, 俗姓段.」 今『六么』行于世者四 : 曰黃鍾羽, 即俗呼般涉調；曰夾鍾羽，即俗呼中呂調；曰林鍾羽，即俗呼高平調；曰夷則羽，即俗呼仙呂調；皆羽調也．崑崙所謂新翻，今四曲中一類乎？或他羽調乎？是未可知也．段師所謂楓香調，無所著見．今四曲中一類乎？或他調乎？亦未可知也．歐陽永叔云：「貪看『六幺』花十八.」此曲內一疊名花十八，前後十八拍，又四花拍，共二十二拍．樂家者流所謂花拍，蓋非其正也，曲節抑揚可喜，舞亦隨之．而舞築球『六幺』，至花十八益奇.

번역 육요

「육요六幺」[144]는 일명 「녹요綠腰」, 「낙세樂世」, 「녹요錄要」라고도 한다. 원진元稹의 「비파가琵琶歌」[145]에는 "육요[146] 산서散序[147]에는 농연법籠撚法[148]이 많다"라고 하였고 또 "피리 악공이 다시 「육요」를 연주하니, 「육요」는 예전처럼 소리가 아득하네"라고 하였고, 또 "어느덧 육요 연주가 끝나니 날카로운 칼로 대나무를 쪼개듯 약한 박자가 없구나"라고 했다.

---

144 「육요(六幺)」: 유영(柳永)이 지은 사패로 아주 섬세하고 완곡하게 여인과 정인의 만남을 노래했다. 여인의 속마음과 행동을 표현하여 시인이 여인의 애절한 사랑에 감정이입된 표현이 돋보인다. 나중에 안기도(晏幾道) 역시 같은 제목의 사를 지었다.

145 비파가(琵琶歌): 당나라 원진(779~831)이 지은 7언시이다. 비파로 연주하는 가곡의 성격을 나열하여 악기의 아름다움을 표현했다.

146 「육요」: 원문은 '녹요(綠腰)'인데, 「비파가(琵琶歌)」에 의거하여 수정했다. 밑에 두 부분 역시 같다.

147 산서(散序): 당나라 때의 대곡(大曲)에 시작하는 부분으로 산서, 중서(中序), 입파(入破)의 세 부분이 있는데, 산서는 산판(散板)과 리듬(節奏)이 자유롭고 기악은 독주하거나 돌아가며 연주하다 합주하지만 노래 부르지 않고 춤도 추지 않는다. 산서 여섯 편은 박자가 없기 때문에 춤을 추지 않는다는 주석이 있다.

148 농연법(籠撚法): 원문은 '농연(攏撚)'인데, 「비파가(琵琶歌)」에 의거하여 수정했다. 농연은 비파를 연주할 때 두 손가락을 사용하는 연주법이다.

심아지沈亞之[149]의 『가자엽기歌者葉記』[150]에 말하기를 "운율에 맞춰 「녹요」를 연주했다"라고 했다. 또 「노금란묘지명盧金蘭墓志銘」[151]에 "「녹요」와 「옥수玉樹」의 무용을 만들었다"라고 했다. 『당사唐史』 「토번전吐蕃傳」에 이르기를, "「양주곡涼州曲」, 「호위주胡渭州」, 「녹요」의 잡곡을 연주한다"라고 했다. 단안절段安節[152]의 『비파록琵琶錄』[153]에 이르기를, "「녹요綠腰」는 본디 「녹요錄要」이니, 악공이 곡을 바치면 황제가 그 요체를 기록하게 한 것이다"라고 했다.

백거이의 「양류지사楊柳枝詞」[154]에 이르기를 "「육요」와 「수조가두水調

149 심아지(沈亞之) : 생졸년은 781~832이고, 자는 하현(下賢)으로 오흥(吳興) 사람이다. 시에 능하고 문장도 잘 지은 당나라의 문학가이다. 장안에 가서 한유의 문하에 들어가 이하(李賀), 두목(杜牧), 장호(張祜) 등과 교류했다. 대표작은 『상중원해(湘中怨解)』, 『이몽록(異夢錄)』, 『진몽기(秦夢記)』가 있다.

150 『가자엽기(歌者葉記)』 : 심아지가 지은 산문으로 역대 명창들의 일대기와 대표 가곡을 소개했다. 관련 내용은 당나라 정원 원년(785년)에 엽(葉)이라는 여인이 유항(柳巷)에게 노래를 배웠는데 녹요 악보를 한 번 보고서 노래하였는데, 운자에 맞춰 녹요를 연주하였다고 했다.

151 「노금란묘지명(盧金蘭墓志銘)」 : 심아지가 지은 산문으로 노금란의 묘지명이다. 노금란은 자가 소화(昭華)로 누나 4명에 형제 없이 유복자로 태어나 기예를 배웠다. 녹요옥수(綠腰玉樹)의 춤을 만들었고 심아지에게 노래를 배웠다.

152 단안절(段安節) : 생졸년 미상이며 산동성 임치(臨淄) 사람으로 장군 단지현(段志玄)과 재상 단문창(段文昌)의 후손이며 태상소경 단성식(段成式)의 아들이자 온정균(溫庭筠)의 사위이다. 관직은 국자감 사업(司業)에 이르고 어려서부터 음률을 좋아하여 악률을 잘 하고 스스로 노래를 지을 줄 알았으며 악부의 율법을 자세히 서술했다. 『악부잡록(樂府雜錄)』을 지었는데 『교방기(敎坊記)』를 보고 첨삭하여 지었다.

153 『비파록(琵琶錄)』 : 당나라 단안절이 지은 비파 음악 자료이다. 『악부잡록』의 별칭이다. 비파 연주법 삼재(三才)를 사계절에 빗대어 상징했다. 「풍속통(風俗通)」에 "비파는 근대의 악공이 만들었는데 연원은 알지 못한다. 길이가 3척 5촌이고 천지인 삼재와 오행을 본받았고 4개의 줄은 사계절을 형상했다"라고 했다.

154 「양류지사(楊柳枝詞)」 : 백거이가 지은 7언 절구로 『잡곡가사(雜曲歌辭)』에 수록되었다. 버드나무의 아름다운 풍경을 묘사하여 시인의 유려한 심경을 표현했다. 원문은 다음과 같다. "六幺水調家家唱, 白雪梅花處處吹. 古歌舊曲君休聽, 聽取新翻楊柳枝."

歌頭」[155]는 집집마다 노래하고, 「백설白雪」과 「매화梅花」[156]는 곳곳에서 연주했다"라고 하였고, 또 「청가육절구聽歌六絕句」안에 「낙세」[157] 한 편에서 다음과 같이 말했다.

관현악 연주가 번잡하니 박자가 점차 빽빽하고	管急弦繁拍漸稠
녹요는 이리저리 돌다가 첫소절을 마치네	綠腰宛轉曲終頭
진실로 알겠네 낙세의 음악이 울려퍼진들	誠知樂世聲聲樂
늙고 병든 사람은 들어도 근심할 수 밖에	老病人聽未免愁

주석에서 말하길, "「낙세」는 일명 「육요」라고 한다"라고 했다.

왕건王建의 「궁사宮詞」[158]에 이르길, "비파는 먼저 「육요」 첫머리를 연주한다琵琶先抹六幺頭"라고 하였기 때문에 당나라 사람들이 요腰자를

155 「수조가두(水調歌頭)」: 옛 사패(詞牌) 이름으로, 「강남호(江南好)」·「화범염노(花犯念奴)」·「원회곡(元會曲)」·「대성유(臺城遊)」·「개가(凱歌)」라는 이칭이 있다. 쌍조 95자 전단 9구 4평운, 후단 10구 4평운체에 따른 것이다. 송나라 신종(神宗) 때에 소식(蘇軾)이 귀양 가 있으면서 "내가 바람을 타고 돌아가고 싶으니, 구슬로 된 높은 전각에서, 추위를 못 견딜까 염려되도다"라고 했다. 『詞譜·水調歌頭』

156 '매화(梅花)': 당나라 시인 최도융(崔道融 ?-907)이 지은 5언율시이다. 원문은 다음과 같다. "數萼初含雪, 孤標畫本難. 香中別有韻, 清極不知寒. 橫笛和愁聽, 斜枝倚病看. 朔風如解意, 容易莫摧殘."

157 「청가육절구(聽歌六絕句)」: 백거이가 지은 여섯 노래 가사로 「하만자(何滿子)」, 「청도자가(聽都子歌)」, 「낙세」, 「수조가두」 등이며 원문은 다음과 같다. "管急弦繁拍漸稠, 綠腰宛轉曲終頭. 誠知樂世聲聲樂, 老病人聽未免愁"

158 왕건(王建)의 「궁사(宮詞)」: 왕건(768-835)이 지은 사패이다. 왕건은 자가 중초(仲初)이고 영천(穎川)사람이다. 협주사마(陝州司馬)가 되어 왕사마(王司馬)로 불렸으며 장적(張籍)과 교분이 있어 악부를 같이 이끌었다. 「전가행(田家行)」、「수부요(水夫謠)」、「우림행(羽林行)」、「사호행(射虎行)」、「고종군(古從軍)」、「도요수(渡遼水)」、「전가유객(田家留客)」、「망부석(望夫石)」 등은 같은 시는 궁중을 묘사하였기에 궁사(宮詞)라고도 부르며 별도로 시집을 만들었다.

요幺자로 적었다는 사실을 아는 사람이 오직 백거이·왕건뿐임을 알겠다. 누군가 말하기를, "이 곡의 박자는 여섯글자를 넘지 않기 때문에 「육요」라 한다"라고 했다. 백거이가 또 홀로 「낙세」라고 부른 대목에 이르러서는 다른 책에는 보이지 않는다. 『청상잡기青箱雜記』[159]에 이르기를, "가곡 중에 「녹요錄要」라는 것이 있으니 「예상우의곡霓裳羽衣曲」의 중요한 박자를 기록한 것이다"라고 했다. 「예상우의곡」의 궁조는 이 곡과 아무런 상관이 없다.

사대부들이 논의하는데 일찍이 강론이 상세하지 못하고 경솔하게 발언하여 사실과 이치가 서로 어긋날까 근심했다. 다행히 이것을 증명하는 사람이 있더라도 마치 취송聚訟[160]처럼 하는데 불과했다. 만약 공격하듯 바로잡는 사람이 없다면 후세에는 따라서 혼란하게 되고, 더러 천하에 환란을 남기게 될 테니 악곡은 더 이상 언급할 수 없게 된다.

『비파록』에 또 이르길, "정원貞元[161] 연간에 강곤륜康崑崙[162]은 비파 연

---

159 『청상잡기(青箱雜記)』: 북송대 소무(邵武) 사람 오처후(吳處厚)가 지은 것으로 모두 10권이다. 오대(五代)와 송대 조야(朝野)의 잡사(雜事)와 시화(詩話) 및 장고(掌故) 등을 기록하고 있다.

160 취송(聚訟): 여러 설을 가지고 분분히 서로 다투어 정론(定論)이 없는 것을 이른다. 『후한서(後漢書)』「조포열전(曹褒列傳)」에 "길 옆에 집을 지으면 3년이 걸려도 완성할 수 없고 예(禮)를 따지는 사람이 모인 것을 이름하여 취송이라 한다(作舍道旁, 三年不成, 會禮之家, 名爲聚訟.)"라고 되어있다.

161 정원(貞元): 당(唐) 덕종(德宗)의 연호로 785년에서 805년까지이다.

162 강곤륜(康崑崙): 『신당서(新唐書)』「예악지(禮樂志)」에 "양주곡은 본래 서량(西涼)에서 바쳤는데, 그 소리가 본래 궁조(宮調)이고 대편(大遍)과 소편(小遍)이 있었다. 정원 초기에 악공 강곤륜이 그 소리를 비파에다 붙여 옥신전(玉宸殿)에서 연주하였으므로 옥신궁조(玉宸宮調)라고도 한다"라고 했다.

주의 일인자로 양시兩市[163]의 기우제에서 음악 연주를 다투었는데, 강곤륜이 동채루東綵樓에 올라가 새로 번안飜案한 우조羽調인 「녹요」를 비파로 연주하였는데 반드시 적수가 없다고 여겼다. 곡을 마치자 서시西市의 성루 위에 어떤 여장부가 나와서 악기를 안고 말하기를, '나 역시 이 곡을 연주하려는데 아울러 풍향조楓香調 속으로 바꾸겠다'라고 하고 비파를 연주하는데 소리가 벼락처럼 우렁차서 절묘하여 입신入神의 경지였다. 강곤륜이 절하고 스승으로 모시기를 청했다. 여장부가 옷을 바꿔 입고 나오니 바로 승려 선본善本으로 세속의 성은 단씨段氏였다"라고 했다.

지금의 「육요」가 세상에 유행한 것은 네 가지이다. 황종우黃鍾羽는 바로 세상에서 반섭조般涉調라고 부르고, 협종우夾鍾羽는 세상에서 중려조中呂調라고 부르며, 임종우林鍾羽는 세상에서는 고평조高平調라고 부르고 이칙우夷則羽는 세상에서 선려조仙呂調라고 부르니 모두 우조이다. 강곤륜이 이른바 '새로 편곡해서 만든 곡'은 지금 남아있는 4곡 중에 한 종류인가? 아니면 다른 우조인가? 이는 알 수 없다. 악사樂師 단안절이 이른바 '풍향조'라고 일컬을 만큼 확실하게 보이는 것은 없다. 지금 남아있는 4곡 중에 한 종류인가? 아니면 다른 사조詞調인가? 이는 알 수 없다.

구양수歐陽脩가 말하길, "「육요화십팔六幺花十八」[164]을 즐겨 본다"라고

---

163 양시(兩市) : 장안성 안에 거리를 좌우로 나누어 동시와 서시를 만든 것이다.

164 「육요화십팔(六幺花十八)」 : 「육요(六幺)」 악곡 중 한 편으로 앞뒤로 18박자가 있다. 송대 구양수의 「옥루춘(玉楼春)」사에 "술잔이 깊어 유리처럼 매끄러운지 모를 정도이고, 「육요화십팔」을 즐겨 본다(杯深不觉瑠璃滑, 贪看六幺花十八)"라고 하였으니 무

했다. 이 곡 안에 한 첩疊은 「화십팔花十八」이라 이름하는데, 앞뒤로 18박자이고 또한 4화박花拍[165]이라는 것이 있어서 모두 22박자이다. 음악가들 사이에 유행하는 이른바 화박花拍이라는 것은 대개 정박자正拍子는 아니다. 곡절과 억양이 즐거워서 춤 역시 그것을 따라 맞춘다. 그러나 「축구육요築球六幺」[166]를 춤추는데 「화십팔」 부분에 이르러 더욱 기이하다.

곡(舞曲) 이름이다.

165 화박(花拍) : 악곡의 정박자 이외에 부가된 박자이다. 다른 전거가 없으며 〈화십팔(花十八)〉 곡에 18박자와 4화박이 있다고 했다.

166 「축구육요(築球六幺)」 : 하주(賀鑄, 1052~1125)가 지은 「목란화(木蘭花)」(은황안주향단발(銀簧雁柱香檀撥)) 사에 "銀簧雁柱香檀撥, 鏤板三聲催細抹. 舞腰輕怯絳裙長. 羞按築球花十八"라는 구절이 있다.

Ⅳ

제4권

◎ 4.43

원문 蘭陵王

『蘭陵王』, 北齊史及『隋唐嘉話』稱 : 齊文襄之子長恭封蘭陵王, 與周師戰, 嘗著假面對敵, 擊周師金墉城下, 勇冠三軍. 武士共歌謠之, 曰『蘭陵王入陣曲』. 今越調『蘭陵王』, 凡三段二十四拍, 或曰遺聲也. 此曲聲犯正宮, 管色用大凡字、大一字、勾字, 故亦名大犯. 又有大石調『蘭陵王慢』, 殊非舊曲. 周齊之際, 未有前後十六拍慢曲子耳.

번역 난릉왕

「난릉왕蘭陵王」[1]에 대해서 『북제사北齊史』와 『수당가화隋唐嘉話』[2]에서 이르길, "북제北齊 문양제文襄帝의 아들 고장공高長恭이 난릉왕에 봉해졌는데 북주北周 군대와 전투가 벌어지자 일찍이 가면을 쓰고 대적하여 북주의 군대를 금용성金墉城[3] 아래에서 그들을 격퇴하니 용맹함이 삼

---

1 난릉왕(蘭陵王) : 능왕(陵王)이라고도 하는데, 북제 난릉왕 고장공(北齊蘭陵王高長恭)의 파진악(破陣樂)으로, 장공의 얼굴이 너무 아름다워 적을 위압하지 못하므로 그가 동면(銅面)을 쓰고 진중에 들어가자 만인이 놀라 물러섰다. 그리하여 금용성(金墉城) 싸움에 이겨 위명(威名)을 크게 떨치니 제인(齊人)이 이 곡을 지어 지금까지 유전한다.

2 『수당가화(隋唐嘉話)』 : 당나라 수필 소설집으로 유속(劉餗)이 지었다. 유속은 생몰년 미상으로 자는 정경(鼎卿)이며 팽성(彭城) 사람이다. 역사학자 유지기(劉知幾)의 아들로서 집현전 학사에 이르렀다. 수당가화는 남북조부터 당나라 개원 연간에 이르는 역사적 인물의 사적을 기록하였는데 주로 태종과 무후 두 왕조 기사가 대부분이다.

3 금용성(金墉城) : 중국 하남성 낙양현(洛陽縣)의 서북 모퉁이에 있는 성으로, 삼국시대 위 명제(魏明帝)가 쌓았다. 위주(魏主) 조방(曹芳)과 진(晉)나라의 혜제(惠帝) 등이 폐위된 뒤에 옮겨진 장소로 일컬어지는데 여기서는 견고한 성을 뜻하는 금성(金

군三軍[4]의 으뜸이었다. 무사들이 그것을 노래하길 「난릉왕입진곡蘭陵王入陣曲」이라 했다"라고 했다.

현재 월조越調[5]인 「난릉왕」은 모두 3단段에 24박자이며 누구는 고대의 남아있는 옛음악이라고 했다. 이 곡조는 범정궁조犯正宮調이고, 관색보管色譜[6]에는 '대범大犯'자, '대일大一'자, '구勾'자를 쓰기 때문에 또한 「대범곡大犯曲」이라고 이름하기도 한다. 또한 대석조大石調인 「난릉왕만蘭陵王慢」이 있는데 전혀 옛날 곡조가 아니다. 왜냐하면 북주와 북제 사이에는 아직 16박자의 느린 곡조가 없었기 때문이다.

城)을 가리키는 말로 쓰였다.

4 삼군(三軍) : 세 군부대를 지칭하는 것이 아니라, 큰 제후국의 정규군 전체를 가리킨다. 『주례(周禮)』「하관사마(夏官司馬)」에 "군대를 편성함은 1만 2500명을 1군으로 한다. 왕은 6군, 대국(大國)은 3군, 차국(次國)은 2군, 소국은 1군으로 한다(凡制軍, 萬有兩千五百人為軍, 王六軍, 大國三軍, 次國二軍, 小國一軍)"라고 했다.

5 월조(越調) : 13조(調) 중의 하나이다. 13조는 황종조(黃鍾調) · 정궁조(正宮調) · 대석조(大石調) · 소석조(小石調) · 선려조(仙呂調) · 중려조(中呂調) · 남려조(南呂調) · 쌍조(雙調) · 월조 · 상조(商調) · 상각조(商角調) · 반섭조(般涉調) · 자모조(子母調)이다.

6 관색보(管色譜) : 송나라 때 민속 악보 중에 관현악기의 악보를 관색보라 불렀다.

◎ 4.44

원문 虞美人

『虞美人』, 『脞說』稱起于項籍「虞兮」之歌. 予謂後世以此命名可也, 曲起于當時, 非也. 曾子宣夫人魏氏作『虞美人草行』, 有云 : 「三軍散盡旌旗倒, 玉帳佳人坐中老. 香魂夜逐劍光飛, 青血化為原上草. 芳非寂寞寄寒枝, 舊曲聞來似斂眉.」又云 : 「當時遺事久成空, 慷慨尊前為誰舞?」亦有就曲誌其事者, 世以為工. 其詞云 : 「帳前草草軍情變, 月下旌旗亂. 褫衣推枕愴離情, 遠風吹下楚歌聲. 正三更. 撫騅欲上重相顧, 艷態花無主, 手中蓮鍔凜秋霜. 九泉歸去是仙鄉, 恨茫茫.」黃載萬追和之, 壓倒前輩矣. 其詞云 : 「世間離恨何時了? 不為英雄少. 楚歌聲起伯圖休, 一似□□□□水東流. 葛荒葵老蕪城暮, 玉貌知何處? 至今芳草解婆娑, 只有當年魂魄未消磨.」按『益州草木記』: 「雅州名山縣出虞美人草, 如雞冠花. 葉兩兩相對, 為唱『虞美人』曲, 應拍而舞, 他曲則否.」『賈氏談錄』: 「褒斜山谷中有虞美人草, 狀如雞冠, 大葉相對. 或唱『虞美人』, 則兩葉如人拊掌之狀, 頗中節拍.」『酉陽雜俎』云 : 「舞草出雅州, 獨莖三葉, 葉如決明, 一葉在莖端, 兩葉居莖之半相對. 人或近之歌, 及抵掌謳曲, 葉動如舞.」『益部方物圖贊』改虞作娛, 云 : 「今世所傳『虞美人』曲, 下音俚調, 非楚虞姬作. 意其草纖柔, 為歌氣所動, 故其葉至小者或若動搖, 美人以為娛耳.」『筆談』云 : 「高郵桑景舒性知音, 舊聞虞美人草, 遇人作『虞美人』曲, 枝葉皆動, 他曲不然. 試之, 如所傳. 詳其曲, 皆吳音也. 他日取琴, 試用吳音製一曲, 對草鼓之, 枝葉亦動, 乃目曰『虞美人操』. 其聲調與舊曲始末不相近, 而草輒應之者, 律法同管也. 今盛行江湖間, 人亦莫知其如何為吳音.」『東齋記事』云 :「虞美人草, 唱他曲亦動, 傳者過矣.」予考六家說, 各有異同. 方物圖贊最穿鑿, 無所稽據. 舊曲固非虞姬作, 若便謂下音俚調, 嘻其甚矣. 亦聞蜀中數處有此草, 予皆未之見, 恐種族異, 則所感歌亦異. 然舊曲三, 其一屬中呂調, 其一中呂宮, 近世轉入黃鍾宮. 此草應拍而舞, 應舊曲乎? 新曲乎? 桑氏吳音, 合舊曲乎? 新曲乎? 恨無可問者. 又不知吳草與蜀產有無同類也.

번역 우미인

「우미인곡虞美人曲」[7]에 대해서 『좌설脞說』에서는 항우項羽의 「우혜虞兮」[8]의 노래에서 시작되었다고 말한다. 내가 생각건대 후대에는 이런 식으로 이름 짓는 것이 가능하겠지만, 그렇다고 가곡이 그 당시에서 기원하였다는 것은 틀렸다. 증포曾布[9]의 부인 위씨魏氏[10]가 지은 「우미

7 「우미인곡(虞美人曲)」: 사패 이름으로 일명 「일강춘수(一江春水)」, 「옥호수(玉壺水)」, 「무산십이봉(巫山十二峰)」 등으로 불린다. 이욱(李煜)과 모문석(毛文錫)의 사패를 정격으로 삼는다. 이욱의 사는 쌍조(雙調) 56자이고 앞뒤 단락이 각각 4구이고 두 개의 측운과 평운이 있다. 모문석의 사는 쌍조 58자이고 앞뒤 단락이 각각 5구이고 측운 2개 평운 3개이다. 대표작으로 이욱의 「춘화추월하시료(春花秋月何時了)」, 「풍회소원정무록(風回小院庭蕪綠)」이 있다.

8 「우혜(虞兮)」: 항우가 사면초가에 빠지자 총희 우미인에게 지은 시이다. 전문을 보면 "힘은 산을 뽑을 만하고 기개는 세상을 덮었건만, 시운이 이롭지 못함이여 오추마가 가지 않는구나. 오추마가 가지 않음은 어찌 수 없거니와, 우미인아, 우미인아, 너를 어찌한단 말이냐(力拔山兮氣蓋世, 時不利兮騅不逝. 騅不逝兮可奈何, 虞兮虞兮奈若何)"라고 되어 있다.

9 증포(曾布): 송대 사신으로 생졸년은 1036~1107이고, 자는 자선(子宣), 증역점(曾易占)의 아들이며 당송팔대가(唐宋八大家)의 한 사람인 증공(曾鞏)의 이모제(異母

인초행虞美人草行」에서 다음과 같이 말했다.

삼군이 모두 흩어지고 깃발이 넘어가자 三軍散盡旌旗倒
옥 휘장 속 미인은 앉은 자리에서 늙었구나 玉帳佳人坐中老
향기나는 혼은 밤마다 검은 빛을 쫓아 날고 香魂夜逐劍光飛
푸른 선혈[11]은 들판 위 풀이 되었구나 青血化為原上草
향초의 외로운 마음 찬 가지에 부치고 芳菲寂寞寄寒枝
옛 곡조 들려오니 눈썹을 찌푸리는 듯 舊曲聞來似斂眉

또한 말하길 "당시에 남긴 고사는 오랫동안 공허하게 되니, 술잔 앞 비분강개한 마음은 누구 위해 춤출거나當時遺事久成空, 慷慨尊前為誰舞"라고 했다.

또한 이 가곡을 가지고 그 고사를 기록하는 사람도 있으니 세상 사람이 공교롭다고 여겼다. 그는 사에서 다음과 같이 말했다.

弟)이다. 송나라 신종(神宗)의 연호인 원풍(元豐, 1078~1085)과 철종(哲宗)의 연호인 원우(元祐 1086~1094)연간에 왕안석(王安石)의 신법당과 사마광(司馬光)의 구법당이 정치적으로 대립하였는데, 증포는 왕안석의 일당이다.

10 부인 위씨(魏氏) : 북송의 재상 증포(曾布)의 자는 자선(子宣)이다. 그의 아내 위완(魏玩)이 지은 사패이다. 위완은 자가 옥여(玉如)이고, 등성(鄧城) 사람이다. 시론가 위태(魏泰)의 누이이자 북송을 대표하는 여류사인이다. 증포가 재상이라 처음에는 영국부인(瀛國夫人)에 봉해졌다 노국부인(魯國夫人)에 봉해지니 사람들이 위부인(魏夫人)이라 불렀다. 『고문진보 · 전집(古文眞寶 · 前集)』에 실려 있는 본은 증공(曾鞏) 작품이라고 되어 있다.

11 푸른 선혈 : 눈물의 다른 말로서 당나라 시인 두목(杜牧)의 「두추낭(杜秋娘)」에 이르기를, "청혈을 끝없이 뿌리노니 하늘을 우러러 누구에게 물을까(清血灑不盡, 仰天知問誰)"라고 했다.

군막 앞 풀 무성하니 군세가 바뀌고 帳前草草軍情變
달빛 아래 깃발은 어지러이 펄럭이네 月下旌旗亂
갑옷 벗고 베개 밀어내니 이별의 슬픔 서럽고 褫衣推枕愴離情
먼 바람 불어 초나라 노랫소리[12] 실려오네 遠風吹下楚歌聲
마침 삼경이로구나 正三更
오추마 어루만지며 올라타려고 거듭 돌아보네 撫騅欲上重相顧
농염한 자태의 꽃은 주인 잃었으니 艷態花無主
손에 쥔 보검[13]은 가을 서리처럼 매섭구나 手中蓮鍔凛秋霜
구천에 돌아가면 이곳이 신선세계인데 九泉歸去是仙鄉
아득하여 한스럽구려 恨茫茫

황대여黃大輿[14]가 따라서 화답하니 선배 시인을 압도했다. 화답사에서 다음과 같이 말했다.

세상에 이별의 한은 언제 끝나려나 世間離恨何時了

12 초나라 노랫소리 : 항우가 한군(漢軍)과 싸우면서 해하(垓下)에 진을 치고 있을 때, 한군 및 제후군(諸侯軍)의 겹겹 포위 속에서 밤중에 사방에서 초가(楚歌)가 울려 퍼지는 소리를 듣고는 크게 놀라서 말하기를, "한(漢) 나라가 이미 초(楚) 나라를 차지했단 말이냐"하고, 스스로 시를 지어 슬피 노래했다.

13 보검 : 볼록한 무늬로 또한 칼날이 예리한 보검을 가리킨다. 오대시대 제기(齊己)가 지은 「고검가(古劍歌)」에 "지금 사람은 억지로 칼을 갈려 하지 않나니, 연꽃 무늬와 별 모양 보검은 닳아지는 법 없다오(今人不要強硎磨, 蓮鍔星文未曾沒)"라고 했다.

14 황대여(黃大輿) : 송나라 사천 사람으로 자는 재만(載萬)이고 민산우경(岷山耦耕)이라 자호했다. 악부의 가사를 잘 지어서 「악부광변풍(樂府廣變風)」을 지었다. 당나라 이래로 재사가 매화를 노래한 가사를 수록해 『매원(梅苑)』 10권을 편찬했다. 왕작이 사천에서 지낼 때 교유하던 인사로 다른 전거를 찾을 수 없다.

영웅이 적기 때문은 아니라네 不為英雄少
초나라 노래 일어나자 패업의 책략[15] 어긋나니 楚歌聲起伯圖休
한결같이 강물이 동쪽으로 흐르는 듯[16] 一似□□□□水東流
칡과 해바라기 뒤엉켜 황폐한 성곽에 해 저물고 葛荒葵老蕪城暮
어여쁜 얼굴이 어디 있는지 아는가 玉貌知何處
지금 향풀은 사바세계[17]를 벗어났는데 至今芳草解婆娑
오직 그날 혼백만은 사라지지 않네 只有當年魂魄未消磨

『익주초목기益州草木記』에 따르면 "아주雅州 명산현名山縣에 우미인초虞美人草가 나는데, 마치 맨드라미[18] 같다. 풀잎이 쌍쌍이 짝지어 나있어 「우미인虞美人」곡을 부르면 박자에 맞게 춤추지만, 다른 곡을 부르면 춤추지 않는다"라고 했다. 『가씨담록賈氏談錄』[19]에, "포사산褒斜山[20] 깊은 계곡에 우미인풀이 나는데 모습이 닭벼슬 같고 커다란 잎이 서로 마

15 패업의 책략 : 패도(伯圖)는 패업(霸業)의 책략으로 패도(霸圖)와 같다. 항우가 초패왕(楚霸王)이 되어 천하를 제패할 위대한 포부를 가지고 있었지만, 유방에게 패배하면서 꿈이 와해된 것을 말한다.

16 한결같이 (…중략…) 흐르는 듯 : 4자 결자(缺字)가 표시되었지만, 『화초수편(花草粹編)』에는 "옥 휘장 속 미인은 피눈물 쏟자 동쪽으로 한가득 흘러가오(玉帐佳人血泪满东流)"라고 되어 있다.

17 사바세계 : 우리가 살고 있는 세계를 사바세계라 한다. 사바는 범어이니, 뜻으로 옮기면 감인(堪忍)이다. 즉 이 세상은 모든 것을 참으며 산다는 뜻이다.

18 맨드라미 : 원문은 '계관화(鷄冠花)'로 맨드라미꽃이 마치 닭벼슬처럼 생겼기 때문에 붙여진 이름이다. 『本草・鷄冠』

19 『가씨담록(賈氏談錄)』 : 송나라 장계(張洎)의 저술이다. 장계는 자가 사암(思黯)인데, 고쳐서 해인(偕仁)이라 했다. 가황중(賈黃中)에게서 들은 내용을 책으로 편찬했기 때문에 서명을 『가씨담록(賈氏談錄)』이라 했다.

20 포사산(褒斜山) : 중국 섬서성(陝西省) 종남산(終南山)의 골짜기 이름으로 남쪽 입구가 '포(褒)'라 하고 북쪽 입구가 '사(斜)'이기 때문에 '포사곡(褒斜谷)이라고도 한다.

주한다. 누가 「우미인」곡을 부르면 두 잎이 마치 사람이 박수를 치는 모습 같은데 박자가 제법 잘 맞았다"라고 했다.

『유양잡조酉陽雜俎』[21]에 말하기를, "춤추는 풀은 아주에서 나는데 줄기 하나에 잎이 세 개인데 잎은 결명자決明子[22] 같고, 그 중 하나는 줄기 끝에 나며, 나머지 두 잎은 줄기 절반에 자리하여 서로 마주보고 있다. 사람이 더러 가까이 다가가 노래하거나 박수 치며 곡을 노래하면 잎이 춤추는 듯 움직인다"라고 했다. 『익부방물도찬益部方物圖贊』[23]에서 '우虞'를 '오娛'로 고치면서, "지금 세상에 전해지는 「우미인」곡은 저속한 소리와 속된 음조이니 초나라 우희虞姬의 작품이 아니다. 그 풀이 섬세하고 연약하여서 그 노래하는 기운에 따라 움직이니 아주 작은 잎이 더러 요동치듯이 미인이 즐길 따름이었다"라고 했다.

『몽계필담夢溪筆談』[24]에서 말하기를, "고우상高郵桑과 경서성景舒性은 친한 친구로 옛날에 우미인초 이야기를 듣고 다른 사람이 지은 「우미인」곡을 불렀는데, 가지와 잎이 모두 움직였지만 다른 곡을 연주하자

---

21 『유양잡조(酉陽雜俎)』: 당나라 단성식(段成式)이 지은 필기소설이다. 자서전 성격의 소설집으로 전권 20권 속집 10권이며 도가와 불교의 귀괴(鬼怪)한 사건을 기록하거나 사건, 동식물, 음식 등을 분류하여 편찬하였는데 서진(西晉)의 장화(張華)가 지은 『박물지(博物志)』와 유사하다.

22 결명자(決明子): 콩과의 한해살이풀로 줄기는 높이가 1미터 정도이며, 여름에 노란 꽃이 핀다. 열매는 활처럼 굽은 길쭉한 협과(莢果)를 맺는데 그 안의 씨를 '결명자'라고 하여 차나 약으로 쓴다.

23 『익부방물도찬(益部方物圖贊)』: 송나라 문학가 송기(宋祁)가 저술한 책으로 가우(嘉祐) 2년(1057)에 편찬했다. 원래 책 제목은 『익부방물약기(益部方物畧記)』로 검남(劍南) 지역의 초목, 약재, 여러 짐승들의 기록한 책이다.

24 『몽계필담(夢溪筆談)』: 중국 송나라 문신이자 학자인 심괄(沈括)의 문집이다. 그가 말년에 기거하던 몽계에서 저술했다. 이 책은 고사(故事)·변증(辨證)·악률(樂律)·상수(象數)·인사(人事) 등 17부문의 내용으로 구성되어 있고 총26권이다.

움직이지 않았다. 시험해보니 전해지는 소문과 같았다. 그 곡을 자세히 뜯어보니 모두 오吳나라 음이다. 다른 날 거문고를 가져다 시험삼아 오나라 음을 이용하여 한 곡을 지었고 우미인초를 마주하고 연주하였더니 줄기와 잎이 역시 움직였다. 그래서 그 노래의 제목을 「우미인조虞美人操」라고 했다. 그 소리와 곡조가 옛 곡과 시종일관 비슷하지 않아도 풀은 매번 반응하였던 것은 율법律法이었기[25] 때문이다. 지금 세간에서 유행하지만, 사람들 역시 그것이 어찌하여 오나라 음이 되는지는 아는 이가 없다"라고 했다. 『동재기사東齋記事』[26]에 말하기를, "우미인초는 다른 곡을 노래해도 역시 움직이니 소문을 전하던 사람이 과장했다"라고 했다.

내가 여섯 작가의 말을 살펴보았는데 각자 같은 점도 있고 다른 점도 있었다. 「방물도찬方物圖贊」은 가장 견강부회하여 근거가 없다. 옛날 가곡은 진정 우희의 작품이 아니지만 마치 저속한 소리와 속된 성조라고 말하니 매우 한탄스럽다. 또한 듣기로 촉蜀지방[27]의 여러 곳에서

---

25 율법 : 원문은 '동관(同管)'인데, 관(管)은 율관(律管)을 말한다. 율관은 율려(律呂)를 정하는 관을 말한다. 율려는 옛날에 악률(樂律)을 정하는 기구이다. 중국 황제(黃帝) 시대 때 영륜(伶倫)이 대나무를 잘라 통을 만들어서, 통의 길이를 가지고 성음(聲音)의 청탁(淸濁)과 고하(高下)를 구분하였는데, 악기의 음은 이것에 의하여 기준을 삼는다. 음양(陰陽)을 각각 여섯으로 나누어, 양(陽)이 율(律)이 되고 음(陰)이 여(呂)가 되며, 이를 합해 12음이 된다.

26 『동재기사(東齋記事)』 : 북송의 학자 범진(范鎭, 1007~1088)이 당시 보고 들은 당시 사건을 기록한 수필집이다. 범진은 자가 경인(景仁)이고 사천성 성도(成都) 사람이다. 북송의 전장(典章)과 제도, 인사들의 숨겨진 비화, 사천지역의 풍토와 인정 등 다채롭게 수록했다. 『宋史・范鎭傳』

27 촉(蜀)지방 : 촉(蜀)은 산악지대인 중국 서쪽 사천성(四川省) 지방의 별칭으로, 변방의 험준한 산길을 뜻한다. 주로 검각(劍閣) 이남 지역을 말하며 이곳을 기반으로 유비가 촉한(蜀漢)을 세웠기에 이렇게 불렸다.

이 풀이 난다고 하지만, 나는 모두 본 적은 없어서 아마 품종이 달라서 노래에 느끼는 바 또한 다르다. 그러나 옛노래 세 곡 중에서 한 곡은 중려조中呂調에 속하고, 다른 하나는 중려궁中呂宮에 속하는데 근래에는 황종궁黃鐘宮에 전입되어 들어갔다. 이 풀이 박자에 맞추어 춤을 춘다면 마땅히 옛 곡이 되는가? 신곡인가? 고우상씨의 '오음吳音'이란 옛 곡에 합하는가? 새 곡에 합하는가? 물어볼 수 있는 이가 없어서 안타깝다. 또한 오나라 풀 중에 촉지방에서 나는 풀과 같은 종류가 있는지 없는지도 모르겠다.

◎ 4.45

원문 安公子

『安公子』, 『通典』及 『樂府雜錄』稱 : 煬帝將幸江都, 樂工王令言者, 妙達音律. 其子彈胡琵琶作 『安公子』曲, 令言驚問 : 「那得此?」 對曰 : 「宮中新翻.」 令言流涕曰 : 「愼毋從行. 宮, 君也. 宮聲往而不返, 大駕不復回矣.」 據 『理道要訣』, 唐時 『安公子』在太簇角, 今已不傳. 其見于世者, 中呂調有近, 般涉調有令, 然尾聲皆無所歸宿, 亦異矣.

번역 안공자

「안공자安公子」[28] 대해 『통전通典』[29]과 『악부잡록樂府雜錄』[30]에서 이르

---

28 「안공자(安公子)」: 당나라 최영흠(崔令欽)의 『교방기(敎坊記)』에 "수(隋)나라 대업(大業) 말년에 양제(煬帝)가 양주(揚州)에 행행할 적에 악인(樂人) 왕영언(王令言)은 나이가 많다 해서 가지 않고 그 아들이 따라가게 되었다. 아들이 집에서 비파를 탔는데, 영언이 놀라서 그 곡조를 물으니 아들이 말하기를 '대내(大內)에서 새로 만든 곡조로 이름은 「안공자」입니다' 하자 영언이 눈물을 흘리면서 아들에게 '너는 임금의 출행을 좇아가지 말아라. 반드시 돌아오지 못할 것이다'라 했다. 까닭을 물으니, '이 곡조는 궁성(宮聲)이니 가면 돌아오지 못하는 것이다. 궁(宮)은 군주이다'라고 했다" 라는 내용이 나온다.

29 『통전(通典)』: 당나라 두우(杜佑, 735~812)는 자가 군경(君卿)으로, 당나라 때의 학자이다. 시호는 안간(安簡)이며, 덕종 때 혼란한 국가 재정을 정리하였고, 806년에는 사도 동평장사가 되어 기국공(岐國公)에 봉하여졌다. 통전은 총 200권으로 편찬한 책으로, 중국의 전장제도(典章制度)를 총망라한 통사(通史)이다. 시기로는 당우(唐虞)의 전설 시대부터 당나라 때까지이며, 분야로는 식화(食貨), 선거(選擧), 직관(職官), 예의, 음악, 형(刑), 주군(州郡), 변방 등 여덟 개 항목으로 나누어 상세히 기술하고 있다.

30 『악부잡록(樂府雜錄)』: 당나라 단안절(段安節)이 지은 비파 음악 자료이다. 『비파록(琵琶錄)』의 별칭이다. 비파 연주법 삼재(三才)를 사계절에 빗대어 상징했다. 「풍속통(風俗通)」에 "비파는 근대의 악공이 만들었는데 연원은 알지 못한다. 길이가 3척 5촌이고 천지인 삼재와 오행을 본받았고 4개의 줄은 사계절을 형상했다"라고 했다.

길, "수양제隋煬帝가 강도江都[31]로 순행[32]하려는데 악공 왕영언王令言[33]이라는 사람이 음률을 오묘하게 통달했다. 그의 아들이 호비파胡琵琶를 연주하며 「안공자」곡을 지었는데, 왕영언이 깜짝 놀라서 '어떻게 이 곡을 지었느냐?' 라고 물으니, '궁중에서 연주한 곡을 새로이 편곡한 것입니다'라고 대답했다. 왕영언은 눈물을 흘리며 말하기를, '아서라, 따라가지 말거라. 궁宮은 임금인데[34], 궁조의 소리宮聲는 가버리고 돌아오지 않는 것처럼, 황제의 수레가 돌아오니 못하니'"라고 했다.

『이도요결理道要訣』[35]에 따르면, 당나라 시절에 「안공자」는 태주각太簇角[36]조調에 속하지만, 오늘날에는 전해지지 않는다. 세상에 보이는 것

31 수양제(隋煬帝)가 강도(江都) : 수양제가 제위에 오른 이듬해부터 수백만 명의 인원을 동원하여 각종 궁궐과 운하 등 엄청난 토목 공사를 일으켰는가 하면, 말년에 이르러서는 세 차례나 강도, 즉 지금의 양주(揚州)에 내려가 노닐면서 도성으로 돌아가지 않고 도읍으로 삼아 황음무도한 생활하다가 재위 15년에 병란이 일어나 신하인 우문화급(宇文化及)에게 죽임을 당했다. 『隋書』

32 순행 : 임금이 대궐 밖으로 거둥하는 일로 유행(遊幸)이라고 한다. 여기서는 강도로 유람을 떠나는 대규모 행차이다.

33 왕영언(王令言) : 수양제 때의 저명한 음악가이다. 『악원(樂苑)』에 "수조가는 수양제(隋煬帝)가 강도에 갔을 때에 지은 것으로 전해진다. 곡이 이루어졌는데 이를 연주하자, 소리가 매우 원망스럽고 처량했다. 왕영언이 이를 듣고 나서 그 제자에게 이르기를, '떠나가는 소리만 있고 돌아오는 소리는 없으니 황제는 돌아오지 못할 것이다'했는데, 뒤에 과연 그와 같았다"라고 했다.

34 궁(宮)은 임금인데 : 『예기(禮記)』「악기(樂記)」에 "첫째인 궁(宮)은 임금으로 곧 황종(黃鍾)이고, 둘째인 상(商)은 신하로 곧 태주(大簇)이고, 셋째인 각(角)은 백성으로 곧 고선(姑洗)이다. 임종(林鍾)으로서 일(事)이 되는 것은 치(徵)이고, 남려(南呂)로서 물(物)이 되는 것은 우(羽)이다"라고 보인다.

35 『이도요결(理道要訣)』 : 두우의 『통전(通典)』200권은 고대 제일의 정전류 저작으로 최고의 문헌가치를 갖추었다. 『도리요결』 10권은 방대한 『통전』에서 편리하게 열람하도록 발췌한 것으로 문헌의 정수만 모았지만 『통전』에 비해 문헌가치가 떨어져 명나라 이후에 실전(失傳)했다.

36 태주각(太簇角) : 고대 악률(樂律)의 표준이 되는 음(音)으로, 양률은 율(律)이라 하고 음률은 여(呂)라 한다. 양률은 황종(黃鍾), 태주, 고선(姑洗), 유빈(蕤賓), 이칙(夷

은 중려조中呂調 근곡近曲[37]이 있고, 반섭조般涉調 영곡令曲[38]이 있다. 그러나 미성尾聲[39]은 모두 정해진 곡자가 없으니, 이 또한 다르다.

則), 무역(無射)이고, 음률은 대려(大呂), 협종(夾鍾), 중려(仲呂), 임종(林鍾), 남려(南呂), 응종(應鍾)이다.

37 근곡(近曲) : 당송(唐宋)시대의 잡곡 중 체제의 일종이다. 송나라 장염(張炎)의 『사원(詞源)』에 "주방언(周邦彦)과 여러 사인이 또다시 만곡(慢曲), 인곡(引曲), 근곡을 더하여 연주하되 더러 궁조(宮調)를 우조(羽調)로 바꾸어 삼범(三犯), 사범(四犯)의 곡조를 만들었다."라는 내용이 나온다.

38 영곡(令曲) : 사조의 한 종류이다. 소령(小令)이나 영사(令詞)라고도 한다. 특징은 일반적인 악조보다 짧고 자수가 적다는 것이다. 따라서 사(詞)의 제목 뒤에, '만(慢)·영(令)' 같은 곡조 빠르기를 나타내는 말이 붙기도 하고, 연창법(演唱法)을 나타내는 '최자(嗺子)', 서곡(序曲)을 의미하는 말인 '인자(引子)' 같은 말이 따라 붙기도 한다.

39 미성 : 원문 '미성(尾聲)'은 악곡에서 가장 마지막 부분이나 결속하는 부분을 지칭한다. 한 곡자에는 일정한 곡조가 있는데 상응하는 음악의 주음이 된다. 미성은 마지막 부분인데 마치는 대목에서 상응하는 주음이 없는 상태를 말한다.

◎ 4.46

원문 水調

『水調歌』, 『理道要訣』所載唐樂曲, 南呂商時號水調. 予數見唐人說水調, 各有不同. 予因疑水調非曲名, 乃俗呼音調之異名, 今決矣. 按『隋唐嘉話』: 煬帝鑿汴河, 自製『水調歌』, 即是水調中製歌也. 世以今曲『水調歌』為煬帝自製, 今曲迺中呂調, 而唐所謂南呂商, 則今俗呼中管林鍾商也. 『脞說』云: 「水調『河傳』, 煬帝將幸江都時所製, 聲韻悲切, 帝喜之. 樂工王令言謂其弟子曰: 不返矣. 水調『河傳』, 但有去聲.」 此說與『安公子』事相類, 蓋水調中『河傳』也. 『明皇雜錄』云: 「祿山犯順, 議欲遷幸. 帝置酒樓上, 命作樂. 有進『水調歌』者, 曰: 『山川滿目淚沾衣, 富貴榮華能幾時. 不見只今汾水上, 惟有年年秋雁飛. 』上問誰為此曲, 曰: 『李嶠. 』上曰: 『真才子. 』不終飮而罷.」 此水調中一句七字曲也. 白樂天『聽水調詩』云: 「五言一遍最殷勤. 調少情多似有因. 不會常時翻曲意, 此聲腸斷為何人.」 『脞說』亦云: 「『水調』第五遍, 五言調, 聲最愁苦.」 此水調中一句五字曲. 又有多遍, 似是大曲也. 樂天詩又云: 「時唱一聲新水調, 謾人道是採菱歌.」 此水調中新腔也. 『南唐近事』云: 「元宗留心內寵, 宴私擊鞠無虛日. 嘗命樂工楊花飛奏『水調』詞進酒, 花飛惟唱『南朝天子好風流』一句, 如是數四. 上悟, 覆桮賜金帛.」 此又一句七字. 然既曰命奏『水調』詞, 則是令楊花飛水調中撰詞也. 『外史檮杌』云: 「王衍泛舟巡閬中, 舟子皆衣錦繡, 自製水調『銀漢曲』.」 此水調中製『銀漢曲』也. 今世所唱中呂調『水調歌』, 迺是以俗呼音調異名者名曲, 雖首尾亦各有五言兩句, 決非樂天所聞之曲. 『河傳』, 唐詞存者二, 其一屬南呂宮, 凡前段平韻, 後仄韻. 其一乃今『怨王孫』曲, 屬無射宮. 以此知煬帝所製『河傳』, 不傳已久. 然歐陽永叔所集詞內, 『河傳』附越調, 亦『怨王孫』曲. 今世『河傳』乃仙呂調, 皆令也.

번역 수조

「수조가水調歌」[40]는 『이도요결』에 실린 당나라 악곡으로 남려상南呂商에 속하며 당시에는 「수조水調」라고 불렸다. 나는 당나라 사람들이 「수조」에 대해 말한 것을 자주 보았는데 저마다 달랐다. 나는 이 때문에 「수조」가 곡명이 아니라, 바로 세속에서 음조音調를 부르는 다른 명칭이라고 의심하였는데 지금 확실해졌다. 『수당가화隋唐嘉話』[41]를 살펴보면, 수양제隋煬帝가 변하汴河[42]에 운하를 뚫고서 스스로 「수조가」를 지으니, 이것이 바로 「수조」궁조에서 노래를 지은 것이다. 세상 사람

40 「수조가(水調歌)」: 사패의 이름으로 수양제가 변하(汴河)를 개통할 때 「수조가」를 지었는데 당나라 때 이를 부연하여 대곡(大曲)이 되었다. 산서(散序), 중서(中序), 입파(入破)의 세 부분이 있는데 「수조가두」는 중서의 제1장에 해당하여 두 곡조로 94자에서 97자로 이루어져 있다고 한다. 소식의 수조가두 「중추(中秋)」가 유명하다.

41 『수당가화(隋唐嘉話)』: 당나라 때 유속(劉餗)이 지은 필기소설집이다. 유속은 자가 정경(鼎卿)이고 강소성 서주(徐州)사람이며 생졸년은 자세하지 않다. 남북조시대부터 당나라 개원 연간의 역사와 인물의 언행, 사적을 기록하였는데 태종과 측천무후 두 조정의 일화가 대부분이다. 『당서(唐書)』와 『자치통감(資治通鑒)』의 기초사료로 쓰였을 뿐만 아니라, 문학예술방면 자료가 풍부하여 참고할 만한 가치가 있다.

42 비엔허(汴河): 수양제는 변하(汴河)와 회수(淮水)를 잇는 운하를 만들어서 그 둑을 따라 버들을 심고 무려 40여 개의 이궁(離宮)을 지었다. 변하는 당나라 송나라 시대에 동남쪽의 각 성에서 경사로 곡물을 수송해 올 때에 반드시 통과해야 하는 수로로 지금 허난성 개봉(開封) 유역을 흐르는 강이다.

들은 현재의 곡조 「수조가」는 수양제가 스스로 지은 것이라 여기지만, 현재의 곡조는 바로 중려조中呂調인 반면에 당나라 것은 이른바 남려상이니 지금 세속에서는 중관임종상中管林鍾商이라 부른다.

『좌설脞說』[43]에서는 이르기를, "「수조」의 「하전河傳」[44]은 수양제가 강도江都로 순행하려 할 때 지은 것으로 곡조의 운이 슬프고 처절해서 수양제가 좋아했다. 악공 왕영언王令言이 자신의 제자에게 '돌아오지 못한다'라고 했다. 「수조」의 「하전」은 다만 거성去聲만 있다"라고 했다. 이 설명은 「안공자安公子」의 고사와 비슷하니 대개 「수조」 중의 「하전河傳」뿐이다.

『명황잡록明皇雜錄』[45]에서는 다음과 같이 말했다. "안록산安綠山이 반란을 일으키자 천도遷都하려고 논의했다. 현종이 누각 위에 술자리를 마련해놓고 악곡을 지으라고 어명을 내렸는데, 「수조가」를 지어 바치는 사람이 있었다.

눈에 가득한 산천 보며 옷깃 적시니　　山川滿目淚沾衣

---

43 『좌설(脞說)』: 중국어사전의 한 종류로 자잘하면서 비속적인 단어나 의론을 해석한 것이다. 역대 여러 학자들이 남겼는데 지금은 송(宋)나라 장군방(張君房)의 저술이 전해진다.

44 「하전(河傳)」: 남녀의 애정을 다룬 노래를 말한다. 하전이라는 이름은 수나라에 시작되었다. 전설에는 수양제가 강도로 떠날 때 지은 것으로 지금은 전해지지 않는다. 지금 보이는 것은 당나라 온정균(溫庭筠)이 지은 것으로 가장 이른 시기에 지어진 것이다. 『화간집(花間集)』에 각 사패를 수록했다.

45 『명황잡록(明皇雜錄)』: 당나라 정처회(鄭處誨)가 지은 것으로 당 현종의 일대기와 숙종의 국난극복 사실을 기록했다. 내용이 자못 풍부하고 문장이 생동감있다. 현종은 초기에 정치에 힘썼지만, 만년에 정사를 돌보지 않고 음악과 여색에 빠졌다는 사실을 가감없이 기록했다. 『通鑒』

부귀영화란 얼마나 누릴 수 있을런지 富貴榮華能幾時
보지 못하였나 지금 분수[46] 물가에는 不見只今汾水上
해마다 가을 기러기 날아갈 뿐이니 惟有年年秋雁飛

현종이 '누가 이 가곡을 지었는가?'하고 물으니, '이교李嶠[47]입니다'라고 대답했다. 황제가 '참으로 뛰어난 재주로다'라 하고는 술을 다 마시지 못하고 자리를 파했다" 이 「수조」 중에 1구에 7자인 곡조이다.

백거이의 「청수조시聽水調詩」에서 다음과 같이 말했다.

오언시 한편이 가장 은근하다 五言一遍最殷勤
곡조 가락 적고 정감이 많아 사연 있는 듯 調少情多似有因
항상 편곡할 마음 이루지 못하나니 不會常時翻曲意
이 노래는 누구 위해 애간장 끊나 此聲腸斷為何人

『좌설』 또한 "「수조」 제5장은 오언五言조의 가락으로 소리가 가장 근심스럽고 고뇌에 찼다"라고 했다. 이 「수조」 중에 1구에 5자이다. 또 많은 시편이 있어서 마치 대곡大曲[48] 같았다. 백거이 시에서도 이르

46 분수(汾水) : 한(漢)나라의 무제(武帝)가 분수(汾水 산시성에 있는 큰 강)에서 가을날에 배를 타고 놀다가, 가을바람이 소슬한 것에 놀라 〈추풍사(秋風辭)〉라는 노래를 지었다.

47 이교(李嶠) : 생졸년은 645~714이고, 당나라 초당(初唐) 때의 시인으로 자는 거산(巨山)이다. 오언율시(五言律詩)에 뛰어난 재능을 보였다. 두심언(杜審言), 최융(崔融), 소미도(蘇味道)와 함께 '문장사우(文章四友)'로 불렸다.

48 대곡(大曲) : 중국 전통음악의 한 종류로 대형 악곡으로 특히 한위(漢魏)의 상화가(相和歌), 육조시대의 청상악(清商樂), 당송의 연악(燕樂)의 대곡을 가리킨다. 이 가곡들

길, "지금 수조가운데 새로운 「신수조」를 부르면, 농담꾼은 이것을 「채릉가採菱歌」[49]라 한다오時唱一聲新水調, 謾人道是採菱歌"라고 하니, 이것은 「수조」 중의 새로운 곡조新腔[50]이다.

『남당근사南唐近事』[51]에서 이르길, "원종元宗[52]은 총애하는 궁녀에게 마음을 두고 총애하며 연회에서 사사롭게 격국擊鞠[53]을 하면서 헛되이 보내는 날은 없었다. 일찍이 악공 양화비楊花飛에게 명하여 「수조사」를 연주하고 술을 권하게 하니, 양화비는 오직 '남조南朝의 천자는 풍류를 좋아한다네南朝天子好風流'라는 한 구절만 부르며 이렇게 서너번 반복했다. 황제가 자신을 풍자하는 것이라고 깨닫고 술잔을 엎어놓고 황금

은 악기 연주와 대형 가무곡을 겸한다. 뒤에 나오는 용어들은 모두 당송시대의 대곡 곡조 이름이다. 곡조의 빠르기나 박자의 특징으로 곡조 이름을 삼았다. 이러한 곡조가 하나의 대곡이 이루어지는데 이것을 대편(大遍)이라고 한다. 왕국유(王國維)의 『당송대곡고(唐宋大曲考)』에 내용이 나온다.

49 「채릉가(採菱歌)」 : 악부 「청상곡(淸商曲)」의 이름이다. 곽박(郭璞)의 「강부(江賦)」에 "갑자기 저녁을 잊고 밤에 돌아감이여, 채릉가를 부르며 뱃전을 두드리도다(忽忘夕而宵歸, 詠採菱以叩舷)"라고 했다. '월녀채릉(越女採菱)'인데, 이백의 작품 중에 「월녀사(越女詞)」가 있으며, 청상가사(淸商歌辭) 가운데 「채릉가(採菱歌)」가 있다.

50 새로운 곡조(新腔) : 곡조 중에 새롭게 탈속(脫俗)적인 악곡의 성률을 말한다. 강(腔)은 관현악기의 속이 텅 비어있기 때문에 악기의 연주를 말하거나, 입으로 발성(發聲)하는 것을 의미하니 진강(秦腔)·곤강(崑腔)과 같다.

51 『남당근사(南唐近事)』 : 송나라 정문보(鄭文寶)가 지은 유명한 송나라 원나라 사이의 필기소설이다. 정문보(953~1013)은 자는 중현(仲贤), 백옥(伯玉)이고 복건성 정주(汀洲) 사람이다. 전서를 잘 쓰고 거문고 연주에 능하며 시로 세상에 이름을 알렸다. 풍격이 청아해서 구양수와 사마광에 칭송을 받았다.

52 원종(元宗) : 오대시대 남당(南唐)의 제왕으로 이름은 이경(李璟)이다. 남당은 아버지 열조(烈祖) 이승(李昪)이 남경에 건국하였다가 아들 이욱이 송나라에 항복하여 3대로 단명한 왕조이다.

53 격국(擊鞠) : 말을 타고 나무로 만든 몽둥이로 가죽 공을 치면서 점수를 겨루는 경기이다. 이칭으로 마구(馬球), 타구(打毬), 격구(擊毬)라고 하며 동한(東漢) 시대에 출현하여 당나라 때 성행했다.

과 비단을 하사했다"라고 했다. 이 또한 한 구에 7자인 곡조이다. 그러나 이미 「수조사」를 연주하도록 명하였다고 말하였으니, 이것은 양화비가 「수조」 가운데 가사를 짓도록 한 것이다.

『외사도올外史檮杌』[54]에서 이르길, "왕연王衍[55]이 배를 띄워놓고 낭중閬中[56]을 순방하였는데, 배에 탄 승객 모두 수놓은 비단옷을 입었고 스스로 「수조은한곡水調銀漢曲」을 지었다"라고 했다. 이것은 「수조」 가운데 「은한곡」이다. 지금 세상에 노래하는 중려조中呂調인 「수조가」는 바로 세속에서 음조를 부르는 다른 명칭으로 곡조를 이름한 것이니, 비록 첫 구와 마지막 구에 또한 각각 5언으로 된 2구가 있더라도, 결코 백거이가 들었던 곡조는 아니다. 「하전」은 『당사唐詞』에 2개가 남았는데, 그 중 하나는 남려궁南呂宮에 속하는데, 전편은 평운平韻이고 후편은 측운仄韻이다. 그 나머지 하나는 지금의 「원왕손怨王孫」[57]곡으로 무석궁無射宮[58]에 속한다. 이로써 수양제가 지은 「하전」이 전해지지 않은지 오

54 『외사도올(外史檮杌)』: 송나라 장당영(張唐英)이 지은 사천성 일대의 역사서로 일명 『촉도올(蜀檮杌)』이라고도 한다. 『전촉개국기(前蜀開國記)』와 『후촉실록(後蜀實錄)』을 근본으로 순열(荀悅)의 『한기(漢紀)』를 모방하여 편년체로 편찬했다. 왕건(王建), 맹지상(孟知祥)의 사적이 자세하게 기록되었다. 장당영은 자가 차공(次功)이고 호는 황송자(黃松子)이다.

55 왕연(王衍): 오대 시기 전촉(前蜀)의 국왕이다. 어려서 왕위에 올라 음란한 짓을 일삼으며 밤낮으로 술을 마시다가 후당(後唐)에게 멸망당했다.

56 낭중(閬中): 중국 사천성 난중이다. '남륭(南隆)', '낭주(閬州)', '파시(巴西)'로 불렸으며 유수(渝水)가 있어 중경(重慶)으로 흐른다.

57 원왕손(怨王孫): 송나라 여류 사인(詞人) 이청조(李清照, 1084~1155?)의 사패이다. 이청조는 호가 이안거사(易安居士)이고, 산동성 제남(濟南) 사람이다. 청신한 필체와 늦가을 호숫가의 물빛과 산색을 유려하게 묘사하여 자연 풍광 속에 애정을 표현했다.

58 무석궁(無射宮): 무석균(無射均)의 궁조로 선려궁이라고도 한다. 절대음은 높은 위치를 차지한다.

래되었음을 알 수 있다. 그러나 구양수歐陽脩가 모아놓은 사詞 중에 「하전」은 월조越調[59]에 속해있고, 또한 「원왕손」도 마찬가지다. 지금 세상의 「하전」은 바로 선려조仙呂調[60]이고 모두 영곡令曲이다.

---

59 월조(越調) : 상조(商調)는 월조・대석조(大石調)・고대석조(高大石調)・쌍조(雙調)・소석조(小石調)・헐지조(歇指調)・임종상(林鍾商)이다.

60 선려조(仙呂調) : 우조(羽調)는 중려조(中呂調)・정평조(正平調)・고평조(高平調)・선려조・반섭조(般涉調)・고반섭조(高般涉調)・황종우(黃鍾羽)이다.

◎ 4.47

원문 萬歲樂

『萬歲樂』, 唐史云 :「明皇分樂為二部, 堂下立奏, 謂之立部伎; 堂上坐奏, 謂之坐部伎. 坐部伎六曲, 而『鳥歌萬歲樂』居共四. 鳥歌者, 武后作也. 有鳥能人言萬歲, 因以製樂.」『通典』云 :「『鳥歌萬歲樂』, 武太后所造. 時宮中養鳥, 能人言, 嘗稱萬歲, 為樂以象之. 舞三人, 衣緋大袖, 並畫鸜鵒冠, 作鳥象.」又云 :「今嶺南有鳥, 似鸜鵒, 能言, 名吉了. 音科.」異哉, 武后也! 其為昭儀至簒奪, 殺一后一妃, 而殺王侯將相中外士大夫不可勝計, 凶忍之極. 又殺諸武, 僅有免者. 又最甚, 則親生四子, 殺其二, 廢徙其一, 獨睿宗危得脫. 視他人性命如糞草, 至聞鳥歌萬歲, 乃欲集慶厥躬, 改年號永昌. 又因二齒生, 改號長壽, 又號延載, 又號天冊萬歲, 又號萬歲通天, 又號長安. 自昔紀號祈祝, 未有如后之甚者. 在眾人則欲速死, 在一身則欲長久, 世無是理也. 按『理道要訣』, 唐時太簇商樂曲有『萬歲樂』. 或曰 : 即『鳥歌萬歲樂』也. 又舊唐史 : 元和八年十月, 汴州韓弘撰『聖朝萬歲樂譜』三百首以進. 今黃鍾宮亦有『萬歲樂』, 不知起前曲或後曲.

번역 만세악

「만세악萬歲樂」에 대해 『당사唐史』에서 이르길, "명황제明皇帝[61]가 악기를 2부류로 나누니 당堂 아래에 서서 연주하는 것을 입부기立部伎라

---

61 명황제(明皇帝) : 당 현종(唐玄宗)을 가리킨다. 그의 시호가 지도대성대명효황제(至道大聖大明孝皇帝)이기 때문에, 이를 줄여서 그렇게 부르게 되었다.

고 부르고, 당 위에 앉아서 연주하는 것을 좌부기坐部伎라고 불렀다. 좌부기의 6곡 중에 「조가만세악鳥歌萬歲樂」이 4개를 차지한다. 조가鳥歌라는 것은 측천무후則天武后가 지은 것이다. 어떤 새가 사람 말로 '만세萬歲'라고 말할 수 있었기에 이로 인해서 음악을 지었다"라고 했다.

『통전通典』에서는 이르길, "「조가만세악」은 측천무후가 지은 것이다. 당시 궁중에서 새를 키웠는데 사람 말을 곧잘 하였고 한 번은 '만세'라고 외치자 음악을 만들어 형상했다. 세 사람이 춤을 추는데 큰 소매가 달린 비단옷을 입었는데 모두 구관조鸜鵒[62] 벼슬을 그려 넣어 새의 모양을 만들었다"라고 했다. 또 말하길, "지금 영남嶺南[63]에 어떤 새는 마치 구관조처럼 사람 말을 잘 해서 길료吉了[64]라고 이름지었다"라고 했다.

기이하도다, 무후여! 소의昭儀가 되었다가 황위를 찬탈하고[65], 황후와 황비皇妃를 죽였고[66], 살해한 왕후장상王侯將相과 서울의 사대부는 이

---

62 구관조[鸜鵒] : 구관조(九官鳥)는 찌르레기과이며 사람의 말을 잘 흉내낸다. 모양이 비둘기나 까마귀와 비슷하고 날개길이는 30cm 가량이다. 야생 상태에서는 보통 크고 날카로운 휘파람 같은 울음소리를 내지만, 다른 종류의 새소리를 잘 모방하며, 심지어 원숭이류의 울음소리와 사람의 말을 흉내내기도 한다.

63 영남(嶺南) : 중국의 영남지역은 남령산맥(南嶺山脈) 이남 지역으로 광동성과 광서성을 가리키며 무이산(武夷山) 아래 복건성도 포함한다.

64 길료(吉了) : 새 이름으로 '진길료(秦吉了)'의 준말이다. 영남에 새가 있으니 구합(鸜鵒)과 같이 생겼으나 조금 크고 얼른 보아서는 분간하기 어렵다. 새집에 두고 오래 기르면 못하는 말이 없으니, 남인들이 '길료(吉了)'라 했다. 『舊唐書·音樂誌』

65 소의(昭儀)가 (…중략…) 찬탈하기까지 하고 : 당 고종(唐高宗)이 태자 시절에 태종의 재인(才人) 무씨(武氏)의 미모에 반하였는데, 태종이 죽자 무씨는 비구니가 되었다. 그러나 고종은 결국 무씨를 환속시켜 황후로 삼았다. 고종의 황후가 되고 고종이 죽은 뒤 아들인 중종(中宗)·예종(睿宗)을 폐하고 연호를 천수(天授), 국호를 주(周)라 개칭하고 황제에 올라 21년 동안 통치했다. 『資治通鑑· 太宗皇帝』

66 황후와 (…중략…) 죽였고 : 측천무후가 소의로 있을 때, 딸을 낳았다. 무 소의가 딸을 출산했다는 소식에 황후가 처소를 방문했다. 황후는 아기를 어르고 돌아갔고 곧 고종이 찾아왔고 아기는 죽어 있었다. "황후께서 찾아오셨습니다"라는 증언을 말하

루다 셀 수 없을 정도이니 몹시 흉악하고 잔인했다. 또 여러 무씨武氏 종족을 죽였고 겨우 몇몇만 화를 면했다. 그중 가장 심한 것은 친자식 네 명을 낳아서 두 명은 죽이고 한 명은 서민으로 폐위시켰다는 것이다.[67] 유독 예종睿宗만이 위기를 벗어날 수 있었다. 다른 사람의 목숨을 썩은 잡초로 여기면서 새가 만세라고 지저귀는 소리를 듣자 이에 자신이 복을 입으려고 연호를 '영창永昌'[68]이라고 고쳤다. 또 두 개의 치아[69]가 생겨났기에 '장수長壽'라고 연호를 고쳤고, 또 '연재延載', '천책만세天冊萬歲', '만세통천萬歲通天'이라고 하고, '장안長安'이라고 연호를 정했다.[70] 예로부터 연호를 정할 때 축원하기 마련이지만, 측천무후처

였고 고종은 황후를 의심하게 되었고, 무고하여 황후를 더욱 깊은 곤경에 빠뜨렸다. 고종이 황후를 폐하고 무 소의를 황후로 삼았다. 이러한 방법으로 다른 황비도 처단했다. 『舊唐書・則天皇后本紀』

67 친자식 (…중략…) 폐위시켰다. : 자신의 큰아들인 홍(弘)을 태자로 세웠으나 자신의 뜻을 거스르자 짐독(鴆毒)을 마시고 죽게 하였으며, 둘째 아들 예종을 세웠다가 폐위시키고, 셋째 아들 중종(中宗)을 세웠다. 나중에 중종을 폐하고 자신이 스스로 즉위했다. 그 과정에서 즉위를 반대한 귀척 대신을 무자비하게 죽였을 뿐 아니라 종족인 무씨로 척결했다.

68 영창(永昌) : 689년으로 측천무후가 즉위한지 6년이며 얼마 안가 재초(載初)로 연호를 바꾸었다. 이 당시 계보는 684년에 고종이 죽자 둘째 아들 중종이 즉위했다가 폐위되었고 셋째 아들 예종이 즉위했다가 폐위시키고 측천무후로써 제위에 오르고 690년에 국호를 주(周)로 연호를 천수(天授)로 바꾸고 황제가 되었다. 705년 재위 16년만에 적인걸(狄仁傑) 등의 설득을 받아들여 중종을 다시 황제로 세워 당나라가 회복되었다. 중종은 위황후(韋皇后)에게 독살당하고 예종이 복위하였지만, 얼마 지나지 않아 중종의 아들 이융기(李隆基)가 황제가 되어서야 안정이 되었다.

69 두 개의 치아 : 『신당서(新唐書)』 권76 「후비상(后妃上)」에 "측천무후는 춘추가 많았지만 스스로 화장을 잘 하여 좌우에 있는 사람들조차 노쇠함을 느끼지 못하였는데, 어느 날 이 두 개가 났다. 이에 조서를 내려 장수(長壽)라고 개원(改元)했다"라고 했다. 여기서 유래하여 이치(二齒)는 나이가 많은 것을 뜻하게 되었다.

70 장수(長壽)라고 (…중략…) 정했다 : 장수 연간은 692년부터 694년까지, 연재 연간은 694년이고 천책만년 연간은 695년, 만세통천 연간은 696년에서 697년까지이며 장안 연간은 701년부터 705년까지이고 705년을 끝으로 퇴위한다.

럼 심한 경우는 없었다. 백성의 입장에서는 측천무후가 빨리 죽기를 바라지만, 측천무후 그 자신은 장수하기를 바랐으니 세상에 그렇게 된 경우는 없었다.

『이도요결理道要訣』에 의하면, 당나라 시절에 태주太簇[71]의 상조商調에 속하는 악곡 「만세악」이 있었다. 누구는 이것이 바로 '「조가만세악」'이라고 말한다. 또 『구당사舊唐史』에 "원화元和 8년[72] 10월에 변주汴州[73]에서 한홍韓弘[74]이 『성조만세악보聖朝萬歲樂譜』300수를 지어서 바쳤다"라고 했다. 지금 황종궁黃鐘宮[75]에도 「만세악」이 있으니 당나라 이전의 가사나 혹은 이후의 가사에서 발생한 것인지 알지 못한다.

---

71 태주(太簇) : 고대 악률(樂律)의 표준이 되는 음(音)으로, 양률은 율(律)이라 하고 음률은 여(呂)라 한다. 양률은 황종(黃鍾), 태주, 고선(姑洗), 유빈(蕤賓), 이칙(夷則), 무역(無射)이고, 음률은 대려(大呂), 협종(夾鍾), 중려(仲呂), 임종(林鍾), 남려(南呂), 응종(應鍾)이다.

72 원화(元和) 8년: 원화는 당나라 헌종(憲宗)의 연호로 806년부터 819년까지이다. 원화 8년은 서기 813년이다.

73 변주(汴州) : 지금의 허난성(河南省) 개봉(開封) 일대를 말한다.

74 한홍(韓弘) : 생졸년은 765~822이고, 당나라 헌종(憲宗) 때의 무신(武臣)으로 헌종 원화 연간에 회서(淮西)에서 군사작전이 벌어지자 제군행영도통(諸軍行營都統)에 임명되어 공을 세웠고, 오원제(吳元濟)가 평정되자 겸시중(兼侍中)을 더하고 허국공(許國公)에 봉해졌다.

75 황종궁(黃鐘宮) : 궁조(宮調) 이름으로 『신당서(新唐書)』「예악지(禮樂志)」에 "정궁(正宮), 고궁(高宮), 중려궁(中呂宮), 도조궁(道調宮), 남려궁(南呂宮), 선려궁(仙呂宮), 황종궁이 칠궁(七宮)이다"라는 내용이 나온다.

◎ 4.48

원문 **夜半樂**

『夜半樂』, 唐史云 :「民間以明皇自潞州還京師, 夜半擧兵, 誅韋皇后, 製『夜半樂』、『還京樂』二曲.」『樂府雜錄』云 :「明皇自潞州入平內難, 半夜斬長樂門關, 領兵入宮. 後撰『夜半樂』曲.」今黃鍾宮有『三臺夜半樂』, 中呂調有慢、有近拍、有序, 不知何者為正.

번역 **야반악**

「야반악夜半樂」에 대해 『당사唐史』에서는 이르길, "민간에서는 명황제가 노주潞州[76]로부터 장안으로 귀환하면서 야밤에 군사를 일으켜 위황후韋皇后[77]를 처단하고 「야반악」과 「환경악還京樂」 두 곡을 만들었다"라고 했다. 그리고 『악부잡록樂府雜錄』에서 말하길, "명황제가 노주로부터 입경하여 내란을 평정하는데 야밤에 장락궁長樂宮[78] 대문의 빗장을 부숴버리고 군사를 이끌고 궁에 진입했다. 이후에 「야반악」곡을 지었다"라고 했다. 지금의 황종궁黃鍾宮[79]에 「삼대야반악三臺夜半樂」이

---

76 노주(潞州) : 지금의 산서성(山西省) 장치현(長治縣)을 말한다. 당 현종인 이융기(李隆基, 685~762)가 제위에 오르기 전에 노주별가(潞州別駕)를 역임했다.

77 위황후(韋皇后) : 당나라 중종(中宗)의 황후로서 딸 안락공주(安樂公主)와 중종을 독살했다. 안락공주는 측천무후의 조카 무삼사(武三思)에게 출가했고 무삼사와 간통하는 등 정치 세력을 키우며 악행을 일삼다가 임치왕(臨淄王 현종(玄宗))이 군사를 일으켜서 축출 당했다. 『新唐書 · 諸帝公主傳』

78 장락궁(長樂宮) : 한나라 고조(高祖)가 장안에 도읍을 정하여, 서쪽에 미앙궁(未央宮)을 세우고 동쪽에 장락궁을 세워 제후와 군신의 조회를 장락궁에서 받았는데, 혜제(惠帝) 때부터 태후를 장락궁에 거처하게 하였으므로, 후세에 대왕대비 또는 대비를 장락궁이나 동조(東朝)라고 일컬었다. 여기서는 위황후가 거처하는 궁전을 의미한다.

있고, 중려조中呂調[80]에는 이것의 만곡慢曲[81]이 있고, 근박近拍[82]이 있으며, 서序[83]가 있는데, 어떤 것이 바른 것인지를 알지 못한다.

---

79 황종궁(黃鐘宮) : 우음은 궁(宮), 상(商), 각(角), 치(徵), 우(羽) 오음(五音) 가운데 하나로, 소리가 가장 맑고 빠르다. 황종궁(黃鐘宮)은 12율(律)의 제1율이며 군주(君主)를 가리키며 소리가 매우 중후하다고 한다.

80 중려조(中呂調) : 우조(羽調)는 중려조・정평조(正平調)・고평조(高平調)・선려조(仙呂調)・반섭조(般涉調)・고반섭조(高般涉調)・황종우(黃鍾羽)이다.

81 만곡(慢曲) : 희곡 이름이다. 곡조가 느리고 완만하다. 예컨대 선려궁 「팔성감주(八聲甘州)」나 상조 「산파양(山坡羊)」과 같은 것이다. 대부분 느린 곡이 앞에 있고 빠른 곡이 뒤에 있다.

82 근박(近拍) : 곡조의 빠르기를 기준으로 느린 만곡과 빠른 영곡이 있다. 근박은 영곡에 가까운 빠른 박자로 곡조의 빠르기로 곡명 뒤에 붙어서 「여지향근(荔枝香近)」처럼 제목이 된다.

83 서(序) : 악곡의 체제로 박자의 빠르기를 기준으로 구분된다. 백거이의 『예상우의가』에 "산서(散序) 6편은 박자가 없기 때문에 춤추지 않는다. ……중서(中序)부터 비로소 박자가 있어서 또한 박서(拍序)라 이름했다"라고 되어 있다.

◎ 4.49

원문 何滿子

『何滿子』, 白樂天詩云 :「世傳滿子是人名. 臨就刑時曲始成. 一曲四詞歌八疊, 從頭便是斷腸聲.」 自注云 :「開元中, 滄州歌者姓名. 臨刑進此曲以贖死, 上竟不免.」 元微之『何滿子歌』云 :「何滿能歌能宛轉, 天寶年中世稱罕. 嬰刑繫在囹圄間, 下調哀音歌憤懣. 梨園弟子奏玄宗, 一唱承恩羈網緩. 便將何滿為曲名, 御譜親題樂府纂.」 甚矣! 帝王不可妄有嗜好也. 明皇喜音律, 而罪人遂欲進曲贖死. 然元白平生交友, 聞見率同, 獨紀此事少異. 『盧氏雜鋭』云 :「甘露事後, 文宗便殿觀牡丹, 誦舒元輿『牡丹賦』, 嘆息泣下, 命樂適情. 宮人沈翹翹舞『何滿子』, 詞云 : 『浮雲蔽白日』. 上曰 : 『汝知書耶?』 乃賜金臂環.」 又薛逢『何滿子』詞云 :「繫馬宮槐老, 持杯店菊黃. 故交今不見, 流恨滿川光.」 五字四句. 樂天所謂一曲四詞, 庶幾是也. 歌八疊, 疑有和聲, 如『漁父』、『小秦王』之類. 今詞屬雙調, 兩段各六句, 內五句各六字, 一句七字. 五代時尹鶚、李珣亦同此. 其他諸公所作, 往往只一段, 而六句各六字, 皆無復有五字者. 字句既異, 即知非舊曲. 『樂府雜錄』云 :「靈武刺史李靈曜置酒, 坐客姓駱, 唱『何滿子』, 皆稱妙絕. 白秀才者曰 : 『家有聲妓, 歌此曲音調不同. 』召至令歌, 發聲清越, 殆非常音. 駱遽問曰 : 『莫是宮中胡二子否?』 妓熟視曰 : 『君豈梨園駱供奉邪?』 相對泣下. 皆明皇時人也.」 張祜作『孟才人嘆』云 :「偶因歌態詠嬌嚬, 傳唱宮中十二春. 卻為一聲何滿子, 下泉須弔孟才人.」 其序稱 :「武宗疾篤, 孟才人以歌笙獲寵者, 密侍其右. 上目之曰：『吾當不諱, 爾何為哉？』指笙囊泣曰：『請以此就縊.』上憫然. 復曰：『妾嘗藝歌, 願對上歌一曲以泄憤.』許之, 乃歌一聲『何滿子』, 氣亟, 立隕. 上令醫候之, 曰：『脉尚溫而腸已絕.』上崩, 將徙柩, 舉之愈重. 議者曰：『非俟才人乎？』命其櫬至, 乃舉.」偽蜀孫光憲『何滿子』一章云：「冠劍不隨君去, 江河還共恩深.」似為孟才人發. 祜又有『宮詞』云：「故國三千里, 深宮二十年. 一聲何滿子, 雙淚落君前.」其詳不可得而聞也.

번역 하만자

〈하만자何滿子〉[84]사에 대해 백거이의 시에서 다음과 같이 말했다.

세상에 전하는 만자는 인명이요	世傳滿子是人名
처형될 때에 비로소 곡 완성했네	臨就刑時曲始成
한 곡은 네 가사에 여덟 첩이고	一曲四詞歌八疊
처음부터 줄곧 애끊는 소리라네	從頭便是斷腸聲

자주自註에 "개원開元[85] 연간에 창주滄州[86]에 살던 가수의 이름이다. 처

84 〈하만자(何滿子)〉: 사곡(詞曲) 이름이다. 당나라 개원(開元 현종(玄宗)의 연호) 연간에 창주(滄洲)의 가수 이름인데, 처형당할 때에 이 곡을 올려 죽음을 속죄하려 하였으나 끝내 면하지 못했다. 뒤에 가곡의 이름이 되었다. 화응(和凝)의 〈何滿子〉(寫得魚牋無限)를 정격으로 삼는다. 단조(單調)는 36자, 6구에 3평운이며, 쌍조(雙調)는 74자로 앞뒤 단락 각각 6구, 4측운 등의 변체가 있다.

85 개원(開元): 713~741년으로, 당나라 현종(玄宗) 전반기의 연호이다.

86 창주(滄州): 하북성 창주시(滄州市) 동남부에 위치한다. 황하 지류인 호소하(胡蘇河)가 흐른다.

형당할 때 이 곡을 바쳐서 죽을죄를 면하려고 했지만, 현종은 끝내 사형을 감면하지 않았다."라고 했다. 원진元稹의 〈하만자가何滿子歌〉에서는 다음과 같이 말했다.

하만은 노래도 잘 부르고 거침 없어서	何滿能歌能宛轉
천보[87] 연간에 보기 드문 명창이라 하네	天寶年中世稱罕
죄를 지어 형벌 받고 감옥에 묶여있자	嬰刑繫在囹圄間
낮은 가락의 슬픈 목소리로 노래하더라	下調哀音歌
이원 제자[88]들은 현종을 위해 연주하니	梨園弟子奏玄宗
한번 불러 성은 입자 기망[89]이 느슨하네	一唱承恩羈網緩
곧장 하만이라는 이름으로 곡명 삼나니	便將何滿為曲名
어보에 친히 제목 붙여 악부를 편찬했네	御譜親題樂府纂

심하도다! 제왕은 함부로 기호를 가져서는 안 된다. 명황제는 음률을 좋아하니 죄수가 마침내 가곡을 바쳐서 사형을 면하려고 했다. 그러나 원진과 백거이는 오랜 지기로 보고 들은 것이 대부분 같을 텐데, 유독 이 사건만은 기록이 조금 다르다.

---

87 천보(天寶) : 당 현종 말기의 연호로, 742년에서 756년까지이다.

88 이원(梨園) : 배우들의 기교를 닦는 곳이고 제자란 곧 연극하는 배우를 지칭하는 말이다. 당 현종 때 장안의 금원(禁苑) 안에 있는 이원에서 제자 3백 명을 뽑아 속악(俗樂)을 가르쳤던 데서 연유된 것이다.

89 기망(羈網) : '기(羈)'는 말에 거는 굴레이고, '망(網)'은 그물이나 새장을 가리켜서 험난한 관직생활이나 외로운 궁중생활을 가리킨다. 굴레가 느슨해졌다는 것은 이원의 제자가 궁중에서 〈하만자〉를 불러 재능을 인정받아 고된 관직생활이 편해졌다는 의미이다.

『노씨잡설盧氏雜說』[90]에서 이르길, "감로甘露 사건[91] 이후에 문종文宗이 편전便殿[92]에서 모란꽃을 바라보며 서원여舒元輿[93]의 「모란부牧丹賦」를 외우며 탄식하여 눈물을 흘리며, 악공에게 명하여 감정을 위로하게 했다. 궁인 심교교沈翹翹[94]가 〈하만자〉 곡에 맞춰 춤을 추었는데 가사에 '뜬구름이 밝은 해를 가리네浮雲蔽白日'[95]라고 했다. 황제가 '네가 어떻게 이 시를 아느냐?'고 묻고는 이내 금팔찌를 주었다"라고 했다.

또 설봉薛逢[96]의 〈하만자〉 사에서 다음과 같이 말했다.

말 매어놓은 궁궐 회화나무 마르고　　繫馬宮槐老

---

90 『노씨잡설(盧氏雜說)』: 당나라 노언(盧言)이 저술한 책으로 서책이나 저자에 대한 기록이 없다.

91 감로(甘露) 사건 : 당나라 문종(文宗) 때 재상 이훈(李訓)·왕애(王涯) 등이 환관을 살해할 계책을 세웠다 발각되어 처형된 사건을 지칭한다. 금오청(金吾廳) 뒤 석류나무에 감로 약수가 있다고 고하여 환관들을 유인하였기에 '감로지변(甘露之變)이라고 칭한다.

92 편전(便殿) : 임금이 평상시에 거처하는 궁전을 말한다. 편전 앞에 있는 문을 차비문(差備門), 협문(夾門)이라 한다.

93 서원여(舒元輿) : 생졸년은 791~835이고, 당나라 사람으로 그의 모란부(牡丹賦)에 "저 하늘의 상서 기운 별이 되고 구름 되고.(圖元瑞精, 有星而景, 有雲而卿)"라는 구절이 있다.

94 심교교(沈翹翹) : 오원제(吳元濟)의 딸로 액정서(掖庭署 내시부)에 들어오면서부터 성을 심씨로 바꾸고 악부에 배속되었다. 본래 방향(方響)을 배웠는데, 백옥이라 두드리면 소리가 되고, 서혁(犀革)으로 만들었기에 곡을 하사해 주도록 청하였고 황제는 하사했다. 악기를 가지고 들어오자 〈양주곡(涼州曲)〉을 연주하였는데 음운이 밝고 빼어나서 이를 듣고 슬퍼하지 않는 이가 없었다.

95 뜬 (…중략…) 가리었다 : 『문선(文選)』의 고시(古詩) 맨 첫수인데 충신이 간사한 무리들에게 가리게 된 것의 이름이다.

96 설봉(薛逢) : 생몰년은 자세히 알려져 있지 않다. 자는 도신(陶臣)으로 산서성 푸조우(蒲州) 사람이다. 무종 회창(會昌) 원년(841)에 진사를 하였고 시어사·상서랑·파주(巴州)자사 등을 지내다가 비서감으로 천직되었다. 시집 10권이 있으며, 『당재자전(唐才子傳)』에 소전이 전한다.

술 마시는 주막에 국화는 샛노랗네 持杯店菊黃
옛 친구들은 지금은 만날 수 없나니 故交今不見
흐르는 한, 온 강에 빛이 가득하네 流恨滿川光

5언절구이니 백거이가 말한 '한 곡은 네 가사一曲四詞'는 아마 이것일 것이다. '8첩疊을 노래한다歌八疊'라는 것은 아무래도 화성和聲[97]이 있었던 것 같은데, 예를 들면 「어부사漁父辭」[98], 「소진왕小秦王」[99] 따위의 부류이다. 지금 전해지는 가사는 쌍조雙調에 속하고 2단락에 각각 6구절인데, 안쪽 5구절은 각각 6자이고 나머지 한 구절은 7자이다. 오대五代 시대 윤악尹鶚[100], 이순李珣[101] 역시 이와 같다. 기타 사대부들이 지은 곡은 종종 한 단락뿐이되, 6구절은 각각 6자이고 모두 다시는 5자인 적이 없었다. 글자와 구절이 이미 상이하니 곧장 옛날 곡이 아님을 알 수 있다.

---

97 화성(和聲) : 악곡 중의 뜻이 없으며 고악부의 '하하하(賀賀賀)'나 '하하하(何何何)'와 같은 것이라고 한다.

98 「어부사(漁父辭)」 : 전국시대 초 회왕(楚懷王)의 충신 굴원(屈原)이 지은 『초사(楚辭)』 「어부사(漁父辭)」를 가리킨다.

99 소진왕(小秦王) : 당 태종(唐太宗)을 말한다. 당나라 교방(敎坊)의 곡명으로 원래 『소진왕파진악(小秦王破陣樂)』으로 양관곡(陽關曲)이라고 한다. 단조(單調) 4구, 28자이다. 원문은 다음과 같다. "柳條金軟不勝鴉, 青粉牆頭道韞家, 燕子不來春寂寞, 小窗和雨夢梨花."

100 윤악(尹鶚) : 896년 전후로 활동한 시사 작가이다. 생몰년은 미상이며 대략 당나라 소종 건영(乾寧) 연간에 살면서 전촉(前蜀) 후주 왕연(王衍)을 섬겨 한림원 교서가 되었다. 성격이 해학적이고 시와 사에 능했다. 이순(李珣)과 교우하였으며 유영(柳永)과 풍조가 비슷하다. 현재 17수가 남아서 『화간집(花間集)』에 수록되었다.

101 이순(李珣) : 만당 시기의 사인(詞人)으로 자는 덕윤(德潤)이고 사천성 재주(梓州) 사람이다. 생몰년은 미상이며 후촉이 망한 이후 출사하지 않았다. 저서로 『경요집(瓊瑤集)』이 있으나 실전되었다. 『당오대사(唐五代詞)』에 54수가 남아있는데 대부분 비분강개한 시이다.

『악부잡록樂府雜錄』에서 이르길, "영무자사靈武刺史 이영요李靈曜[102]가 술자리를 마련했는데 좌중에 낙씨駱氏인 손님이 〈하만자〉를 노래하니 모두 절묘하다고 칭찬했다. 백수재白秀才[103]라는 사람이 '집에 노래 잘하는 기녀가 있는데 이 곡을 노래한다면 음조가 다를 거요'라고 말하고는 불러들여서 노래를 시키니 목소리가 청초하고 뛰어나 평범한 소리가 아니었다. 낙씨가 다급하게 '아무개는 궁중의 호이자胡二子가 아닌가?'라고 물으니, 기녀가 응시하며 '당신은 혹시 이원 제자인 낙공봉駱供奉이 아닐런지요'라면서 서로 마주보며 눈물을 흘렸으니 모두 명황제 시기의 사람이다"라고 했다.

장호張祜가 지은 「맹재인탄孟才人嘆」에서 다음과 같이 말했다.

노래하는 자태로 인해 노래가 어여뻐	偶因歌態詠嬌嚬
궁중에 전해져 불려진지 열두 해라네	傳唱宮中十二春
도리어 〈하만자〉 한 곡조 노래한다면	卻為一聲何滿子
구천에 가면 맹재인을 조문해야 하리	下泉須弔孟才人

그 서문에서 다음과 같이 말했다. "무종武宗은 병이 깊었는데, 맹재인은 노래와 생황 연주로 총애를 얻은 사람으로 황제의 최측근으로

---

102 이영요(李靈曜) : 당나라의 장군으로 변송유후(汴宋留后) 전신옥(田神玉)의 졸병이었다가 도우후(都虞侯)가 되어 복주자사 맹감(孟鑑)을 죽이고 전승사(田承嗣)를 체포하여 변송 지역을 관장하려 하였으나 진압되어 참수되었다.

103 백수재(白秀才) : 예전 말로 초시(初試)나 생원(生員)과 같은 말이다. 수재 신분에서 전시에 급제하면 거인(擧人)이라 하여 관직에 출사할 수 있다.

은밀하게 모셨다. 황제가 지목하여 '내가 죽게 되거든 너는 어찌 할 것인가?'라고 하니, 생황을 싼 주머니를 가리키며 울면서, '청컨대 이 주머니 끈으로 목을 매겠습니다'라고 하니, 황제가 가엾게 여겼다. 다시 말하길 '첩은 일찍이 노래 부르는 재주를 가졌으니, 원컨대 황제를 마주하여 노래 한 곡 불러서 울분을 쏟아내겠습니다'하니 허락했다. 이내 〈하만자〉 한 곡을 노래하니, 기가 다하고, 곧 쓰러졌다. 윗사람이 어의에게 명하여 증상을 살펴보게 하니, 어의는 '맥박은 아직 따뜻한데 애간장은 이미 끊어졌습니다'라고 했다. 황제가 붕어하자, 관을 옮기려 하였는데 들어 올리는데 무거웠다. 논의하는 사람이 '맹재인을 기다리는 것이 아니겠습니까?'하고 묻고는 맹재인이 관을 가져오라 명하자 이내 관이 들어 올려졌다" 후촉後蜀[104]의 손광헌孫光憲[105]의 〈하만자〉사의 1장에서 말하길, "관모와 도검[106]은 임금 따라 떠나지 않고, 강물은 도리어 은혜와 함께 깊어가네冠劍不隨君去, 江河還共恩深"라고 하니 맹재인을 위해 노래한 듯하다.

장호는 또 「궁사宮詞」[107]에서 다음과 같이 말했다.

---

104 후촉(後蜀) : 원문은 '위촉(僞蜀)'으로 되어 있다. 맹지상(孟知祥)이 세운 후촉(後蜀)을 가리킨다. 후촉은 오대 때 10국 중 하나로서 후당(後唐) 명종(明宗)이 맹지상을 촉왕(蜀王)에 봉해 주었고 아들 창(昶)에 이르러 2대만에 송나라에 패망했다.

105 손광헌(孫光憲) : 생졸년은 901~968이고, 자는 맹문(孟文), 호는 보광자(葆光子)이며 사천성 능주(陵州) 사람이다. 송나라가 건국되자 황주자사(黃州刺史)가 되었다. 『송사(宋史)』와 『십국춘추(十國春秋)』에 열전이 전한다. 경전을 좋아하여 수 천 권을 수집하고 사본을 베끼고 교감하기를 즐겼다. 저서로는 『북몽쇄언(北夢瑣言)』, 『형태집(荊台集)』, 『귤재집(橘齋集)』이 있으나, 『북몽쇄언』만 전한다. 사패는 84수가 있다.

106 관모와 도검 : 옛날 관원들이 머리에 썼던 모자와 허리에 찼던 검을 말하는 것으로 문관과 무관을 가리키는데, 일반적으로 벼슬아치를 의미한다.

옛고향에서 삼천리 故國三千里
깊은 궁궐에서 이십년 深宮二十年
〈하만자〉 한 곡을 부르자 一聲何滿子
그대 앞에 두 줄기 눈물 떨군다 雙淚落君前

자세한 내원을 들어볼 수 없었다.

107 궁사(宮詞) : 장호의 「궁사」는 백거이가 칭송한 작품인데, 두목(杜牧)이 추포(秋浦)의 수령으로 있으면서 장호와 더불어 시우(詩友)가 되었다. 두목이 장호의 「궁사」를 매우 애호하여 지어준 시에 "고국삼천리(故國三千里)라는 노래는 어떠하기에, 헛되이 부른 가사가 여섯 궁전을 가득 채웠는가"라고 했다.

◎ 4.50

원문 淩波神

『淩波神』, 『開元天寶遺事』云 : 「帝在東都, 夢一女子, 高髻廣裳, 拜而言曰 : 『妾淩波池中龍女, 久護宮苑. 陛下知音, 乞賜一曲.』 帝為作『淩波曲』, 奏之池上, 神出波間.」『楊妃外傳』云 : 「上夢艷女, 梳交心髻, 大袖寬衣, 曰 : 『妾是陛下淩波池中龍女, 衛宮護駕實有功. 陛下洞曉鈞天之音, 乞賜一曲. 』夢中為鼓胡琴, 作『淩波曲』. 後于淩波池奏新曲, 池中波濤涌起, 有神女出池心, 乃夢中所見女子, 因立廟池上, 歲祀之.」『明皇雜錄』云 : 「女伶謝阿蠻善舞『淩波曲』, 出入宮中及諸姨宅. 妃子待之甚厚, 賜以金粟妝臂環.」按『理道要訣』天寶諸樂曲名, 有『淩波神』二曲, 其一在林鍾宮, 云 : 時號道調宮. 然今之林鍾宮即時號南呂宮, 而道調宮即古之仲呂宮也. 其一在南呂商, 云 : 時號水調. 今南呂商則俗呼中管林鍾商也 ; 皆不傳. 予問諸樂工, 云 : 「舊見『淩波曲』譜, 不記何宮調也. 世傳用之歌吹, 能招來鬼神, 因是久廢.」豈以龍女見形之故, 相承為能招來鬼神乎?

번역 능파신

〈능파신淩波神〉[108]에 대해 『개원천보유사開元天寶遺事』[109]에서 이르길,

---

108 능파신(淩波神) : 사곡(詞曲) 이름으로 능파곡(淩波曲)이라고도 한다. 『태진외기(太眞外記)』에 "당 명황(唐明皇)이 동두(東都)에서 낮잠을 자다가 꿈속에, 능파지(淩波池)에 산다는 용녀(龍女)의 청으로 능파곡을 지었는데, 능파궁(淩波宮)에 여러 문무를 모아 놓고 물가에서 이 신곡(新曲)을 연주하자 물결이 모두 솟구쳤다"라고 했다.

109 『개원천보유사(開元天寶遺事)』 : 『천보유사(天寶遺事)』라고 하며 모두 4권이다. 오대(五代) 왕인유(王仁裕)가 당나라 현종(玄宗) 개원(開元) · 천보(天寶) 연간에 발생

"황제가 동도東都[110]에서 계실 때 한 여인을 꿈꾸었는데 높이 올림머리와 넓은 치마를 입고 절하며, '신첩은 능파지淩波池의 용녀로 오랫동안 궁궐 정원을 지켜왔습니다. 폐하께서는 음률에 정통하시니 한 곡을 하사해주시기 바라옵니다'라고 하니 황제가 〈능파신〉을 짓고서 호숫가에 연주하자 물결 사이에서 능파신이 나왔다"라고 했다.

『양비외전楊妃外傳』에서 이르길, "황제가 아름다운 여인을 꿈꾸었는데 머리를 양 갈래하여 묶고[111] 큰 소매가 달린 넓은 옷을 입었다. '신첩은 폐하의 능파지 속에 사는 용녀입니다. 궁전을 지키고 어가御駕를 따랐는데 실제 공이 있습니다. 폐하께서는 균천鈞天[112]의 음률에 통달하시니 한 곡조를 하사해주시길 비옵니다'라고 말했다. 꿈속에서 호금胡琴을 연주해서 〈능파곡〉을 지었다. 훗날 능파지에서 새로운 곡을 연주하니 연못 한가운데 파도가 용솟음치고 신녀가 연못 가운데서 나오니 바로 꿈속에서 보았던 그 여인이었다. 따라서 연못가에 사당을 세우고 해마다 제사를 지냈다"라고 했다.

한 궁중의 잡다한 이야기 유사(遺事) 159조를 기술한 책이다. 궁중 내외의 풍속과 습관, 현종과 양귀비의 사연, 귀족들의 사치 생활 등을 기록하고 있어, 희곡 소설가들뿐만 아니라 장고가(掌故家)들도 즐겨 보았다고 한다.

110 동도(東都) : 중국 하남성(河南省)의 낙양(洛陽)으로 전한의 고조가 장안(長安)에 도읍하고 후한의 광무(光武)가 여기에 도읍을 하였기에 동두(東都)라 불리었다.

111 머리를 양 갈래하여 묶고 : 원문은 '교심계(交心髻)'인데, 여인의 올림머리의 일종으로 양쪽 갈래로 빗어서 정수리 부분에서 합쳐서 상투 모양으로 한 모습이다.

112 균천(鈞天) : 균천광악(鈞天廣樂)을 가리킨다. 균천은 상제가 사는 곳이고 광악은 광대한 음악으로 천상의 음악을 뜻한다. 조간자(趙簡子)가 혼수상태에서 깨어나 대부들에게 말하기를 "내가 상제가 있는 곳에 갔는데, 매우 즐거웠다. 백신(百神)들과 균천에서 놀 때 광악을 아홉 번 연주하고 온갖 춤을 추었는데, 삼대(三代)의 음악과 달라 그 소리가 마음을 동요했다"라고 했다. 『史記・扁鵲列傳』

『명황잡록明皇雜錄』[113]에서 이르길, "여악공 사아만謝阿蠻[114]은 〈능파곡〉에 맞추어 춤을 잘 추어서 궁중과 양귀비의 여러 이모[115]가 사는 저택에 출입했다. 황비皇妃는 그녀를 매우 후하게 대접하며 황금과 곡식을 하사하여 팔찌를 장식하게 했다"라고 했다.

『이도요결理道要訣』에 따르면 천보天寶 연간에 유행한 여러 악곡 이름으로 〈능파신〉 두 곡이 있는데 그 중 하나는 임종궁林锺宮에 속한다. 당시에는 도조궁道調宮이라 부른다고 했다. 그러나 오늘날의 임종궁은 바로 그 당시에 남려궁南吕宮이라 불렀지만, 도조궁은 바로 옛날의 중려궁仲吕宮이다. 다른 하나는 남려상南吕商에 속한다. 당시에는 「수조水調」라 부른다고 했다. 오늘날 남려상은 세속에서는 중관임종상中管林锺商라고 부르는데, 모두 전하지 않는다.

내가 여러 악공에게 물으니, "옛날에 〈능파곡〉악보를 보았지만 무슨 궁조宮調인지 기억나지 않는다. 세상에 전해지기를 〈능파곡〉을 노래하고 연주하면 귀신을 불러올 수 있기에 따라서 오래전에 폐기되었

---

113 『명황잡록(明皇雜錄)』: 당나라 정처회(鄭處誨)가 지은 것으로 당 현종의 일대기와 숙종의 국난극복 사실을 기록했다. 내용이 자못 풍부하고 문장이 생동감있다. 현종은 초기에 정치에 힘썼지만, 만년에 정사를 돌보지 않고 음악과 여색에 빠졌다는 사실을 가감없이 기록했다. 『通鑒』

114 사아만(謝阿蠻): 생졸년은 717~757이고, 〈능파무(凌波舞)〉를 가장 잘 췄다. 당현종이 작곡하였고 양귀비가 비파를 연주하고 영왕(寧王) 이헌(李憲)이 옥피리를 부르고 이구년(李龜年)이 피리를 불어 반주했다. 양귀비가 진귀한 팔찌를 하사했다. 안록산의 난이 끝난 757년에 궁궐에 들어가 다시금 〈능파무〉를 추었다.

115 양귀비의 여러 이모: 양귀비(719~755)는 17세 때 현종(玄宗)의 제18왕자 수왕(壽王) 이모(李瑁)의 비(妃)가 되었다가, 현종의 눈에 들어 현종의 후궁이 되었으며 27세 때 정식으로 귀비가 되었다. 현종의 총애를 받아 황후나 다름없는 대우를 받았고, 양국충(楊國忠) 등 친척들도 고위 관직에 대거 발탁되어 권세를 누렸다. 여러 이모들 역시 양귀비의 일족으로 귀부인으로 부귀영화를 누렸다.

다"라고 했다. 어찌 용녀가 현현한다는 이유로 소문이 전달하는 과정에서 귀신을 불러올 수 있다고 한단 말인가?

◎ 4.51

원문 荔枝香

『荔枝香』, 唐史『禮樂志』云 :「帝幸驪山, 楊貴妃生日, 命小部張樂長生殿, 奏新曲, 未有名, 會南方進荔枝, 因名曰『荔枝香』.」『脞說』云 :「太真妃好食荔枝, 每歲忠州置急遞上進, 五日至都. 天寶四年夏, 荔枝滋甚, 比開籠時, 香滿一室. 供奉李龜年撰此曲進之, 宣賜甚厚.」『楊妃外傳』云 :「明皇在驪山, 命小部音聲于長生殿奏新曲, 未有名, 會南海進荔枝, 因名『荔枝香』.」三說雖小異, 要是明皇時曲. 然史及『楊妃外傳』皆謂帝在驪山, 故杜牧之華清絕句云 :「長安回望繡成堆. 山頂千門次第開. 一騎紅塵妃子笑, 無人知道荔枝來.」『遯齋閑覽』非之, 曰 :「明皇每歲十月幸驪山, 至春乃還, 未嘗用六月. 詞意雖美, 而失事實.」予觀小杜華清長篇, 又有「塵埃羯鼓索, 片段荔枝筐」之語. 其後歐陽永叔詞亦云 :「一從魂散馬嵬間. 只有紅塵無驛使, 滿眼驪山.」唐史既出永叔, 宜此詞亦爾也. 今歇指、大石兩調皆有近拍, 不知何者為本曲.

번역 여지향

「여지향荔枝香」[116]은 『당사唐史』「예악지禮樂志」[117]에서 이르길, "황제가

---

116 「여지향(荔枝香)」 : 사패 이름이다. 여지는 나무의 높이는 5~6장(丈)쯤 되고 푸른 잎에 꽃은 푸르며 열매는 붉은데, 열매는 익으면 달고 수즙이 많다. 『당서(唐書)』에 의하면, 양귀비가 여지를 좋아하므로 교지에서는 해마다 여지를 바치게 되었는데 날씨가 더워서 하루만 지나면 썩어버리므로 그것이 썩기 전에 바치느라 교지 지방은 폐해가 막심했다 한다.

117 「예악지(禮樂志)」 : 당사(唐史)라는 서명은 없지만, 당나라의 역사서라는 범주 안에

여산驪山[118]에 순행하니 양귀비의 생일이라서 소부小部[119]에 명하여 「장생전長生殿」[120]에 악기를 진열하고 새로운 곡에 반주하였으나 아직 이름이 없었는데 마침 남방에서 여지를 진상하였기에 이로 인해 〈여지향〉이라 이름 붙였다"라고 했다. 『좌설脞說』[121]에서 이르길, "양귀비[122]가 여지를 즐겨 먹었는데 매년 충주忠州[123]에 저장하였다가 역마로 급하게 운반하여 진상하니 닷새 만에 도성에 도착했다. 천보 4년[124] 여름에 여지가 매우 농익어서 바구니를 열 때에 온 방안에 향이 가득했

『당서(唐書)』와 『신당서(新唐書)』가 있고, 「예악지(禮樂志)」는 『신당서』에 포함되었다.

118 여산(驪山) : 역산(酈山)이라고도 쓴다. 섬서성(陝西省) 임동현(臨潼縣) 동남쪽에 있는 산의 이름으로서 진시황의 능묘가 있으며, 당 태종 때 여산의 기슭에 지은 온천궁을 말하는데, 현종 때에 이르러 이를 다시 넓혀 짓고 화청궁(華淸宮)으로 개명하여 현종이 가끔 행행하였고, 양귀비도 여기에 와서 목욕을 하곤 했었다.

119 소부(小部) : 당나라 때 황궁의 이원(梨園)에서 악곡의 연주를 훈련하는 곳인데, 후세에 교방(敎坊)이나 법곡(法曲)의 대용으로 일컬었다. 『신당서(新唐書)』「예악지(禮樂志)」에 "이원 법부에 다시 소부음성(小部音聲) 33명을 두었다"라고 했다.

120 장생전(長生殿) : 당나라 때 화청궁안의 궁전 이름으로 신을 모시었고, 청나라 때 홍승의 희극 이름이기도 하다. 당현종과 양귀비와의 관계를 그린 것으로 도화선의 별칭이다.

121 『좌설(脞說)』 : 중국어 사전의 한 종류로 자잘하면서 비속적인 단어나 의론을 해석한 것이다. 역대 여러 학자들이 남겼는데 지금은 송(宋)나라 장군방(張君房)의 저술이 전해진다.

122 양귀비 : 원문 "태진비(太眞妃)"는 양귀비를 가리킨다. 17세 때 현종의 아들인 수왕(壽王) 이모(李瑁)의 비가 되었는데, 그때의 이름은 옥환(玉環)이고, 현종이 양 귀비의 미색에 혹해서 여도사로 삼은 다음에는 태진이란 이름을 하사하였으며, 이후 27세 때 귀비로 책봉했다.

123 충주(忠州) : 현재 중국 중경시(重慶市) 중부에 위치한 충현(忠縣)의 고호이다. 전통적으로 파(巴) 지역으로 정관 8년(634)에 충주로 불렸다가 천보(天寶) 원년(742)에 남빈쥔(南賓郡)으로 바뀌었다. 운남지역에서 당시 도읍인 장안으로 가는 길목에 자리하고 있다.

124 천보(天寶) 4년 : 당(唐)나라 현종(玄宗)의 후기(後期) 시대로, 742~756년간을 가리킨다. 천보 4년은 746년이다.

다. 공봉供奉 이구년李龜年[125]이 이곡을 지어서 바치니 황제가 매우 후하게 하사했다"라고 했다. 『양비외전楊妃外傳』에서 이르길, "명황제明皇帝[126]가 여산에 있으면서 소부음성小部音聲에 명하여 〈장생전〉의 새로운 곡조를 연주하게 하였는데 아직 곡명이 없었다. 마침 남해南海에서 여지를 진상하니 이로 인하여 〈여지향〉이라 이름했다"라고 했다. 세 가지 가설이 비록 조금씩 다르지만, 중요한 것은 현종 시기의 곡이라는 것이다.

그러나 역사서와 『양비외전』 모두 황제가 여산驪山에 있었다 하였기 때문에 두목杜牧[127]의 「화청절구華清絶句」[128]에서는 다음과 같이 말했다.

장안을 돌아보니 비단 무더기 이룬 듯	長安回望繡成堆
산 정상에 이르는 문들이 차례로 열렸지	山頂千門次第開
말이 일으킨 흙먼지에 양귀비 웃어대니	一騎紅塵妃子笑
여지가 도착한지 아는 이는 하나 없다오	無人知道荔枝來

125 공봉(供奉) 이구년(李龜年) : 공봉은 당 현종 때의 관직인 한림 공봉(翰林供奉)을 말하는데, 응제(應製)를 담당하는 직임이다. 이구년은 당 현종 때의 음악가로 음률(音律)에 능통했다.

126 명황제(明皇帝) : 당 현종(唐玄宗)을 가리킨다. 그의 시호가 지도대성대명효황제(至道大聖大明孝皇帝)이기 때문에, 이를 줄여서 그렇게 부르게 되었다.

127 두목 : 원문 "소두(小杜)"는 대두(大杜) 두보(杜甫)에 견주어 후대에 태어난 두목(杜牧)을 가리킨다.

128 두목(杜牧)의 화청절구(華清絶句) : 두목의 「과화청궁(過華淸宮)」에 "말발굽에 이는 티끌 귀비가 좋아하는데, 여지가 올라온 줄 아는 이 없네(一騎紅塵妃子笑, 無人知是荔枝來)"라고 했다. 양귀비가 여지를 매우 좋아했으므로, 당 현종이 수천 리 밖에 있는 이것을 역마로 풍진을 날리면서 실어다가 먹였다고 한다.

『둔재한람遯齋閑覽』[129]에서 반박하면서, “현종은 매년 10월에 여산에 행행하여 봄이 되어서야 환궁하니 일찍이 6월에 간 적은 없다. 가사의 의미가 비록 아름다우나 사실에서 벗어났다”라고 했다.

내가 두목의 「화청장편華清長篇」을 보니 또 “흙먼지 속에 갈고羯鼓[130]를 치니, 여지 광주리 조각 조각 부서지네塵埃羯鼓索, 片段荔枝筐”라는 시어가 있다. 그 뒤에 구양수의 사詞에서 또, “한번 마외馬嵬[131]에서 흩어진 혼 따라가니, 붉은 먼지만 있을 뿐 역리驛吏도 없어, 시야에는 여산만 가득하네一從魂散馬嵬間, 只有紅塵無驛使, 滿眼驪山”라고 했다. 『당사』에 이미 구양수가 나왔으니 응당 이 가사 또한 맞다. 오늘날 헐지조歇指調과 대석조大石調 두 사조에 모두 근박近拍이 있지만, 어떤 것이 본래 곡조인지는 알 수 없다.

---

129 『둔재한람(遯齋閑覽)』: 송(宋)나라 범정민(范正敏)의 수필집이다.

130 갈고(羯鼓): 아악(雅樂)의 타악기의 하나이다. 장구와 비슷하되 양쪽 마구리를 다 말가죽으로 메어 대(臺) 위에 올려놓고, 좌우 두 개의 채로 치는 데, 합주(合奏) 때에 빠르기를 조절(調節)한다.

131 마외(馬嵬): 지금의 중국 섬서성(陝西省) 흥평현(興平縣)의 경내에 있던 역명이다. 당 현종이 안록산의 반란으로 수도 장안을 버리고 촉(蜀)으로 몽진(蒙塵) 길에 올라 마외역에 당도하였을 때, 수행하던 군신들의 강요로 양귀비를 내주어 죽게 한 고사가 있다.

◎ 4.52

원문 阿濫堆

『阿濫堆』, 『中朝故事』云 :「驪山多飛禽, 名阿濫堆. 明皇御玉笛, 採其聲, 翻為曲子名. 左右皆傳唱之, 播于遠近, 人競以笛效吹. 故張祜詩云 : 『紅樹蕭蕭閣半開, 玉皇曾幸此宮來. 至今風俗驪山下, 村笛猶吹阿濫堆. 』」賀方回『朝天子』曲云 :「待月上, 潮平波灩灩, 塞管孤吹新阿濫.」即謂『阿濫堆』. 江湖間尚有此聲, 予未之聞也. 嘗以問老樂工, 云屬夾鐘商. 按『理道要訣』天寶諸樂名, 堆作䭔, 屬黃鍾羽. 夾鍾商俗呼雙調, 而黃鍾羽則俗呼般涉調. 然『理道要訣』稱 : 黃鍾羽時號黃鍾商調 ; 皆不可曉也.

번역 아람퇴

〈아람퇴阿濫堆〉[132]는 『중조고사中朝故事』[133]에서 다음과 같이 말했다. "여산驪山에는 '아람퇴'라는 이름의 날짐승이 많다. 명황제가 옥피리를 불면서 그 새 소리를 채록[134]하였다가 악보로 편곡하여 곡자曲子의

132 〈아람퇴(阿濫堆)〉: 곡명으로 〈아타회(阿彈廻)〉라고 하며, 소식의 이충시(二虫詩)에는 '안람퇴(鴳濫堆)'로 되어 있다. 『이아(爾雅)』에, '고(鷖)는 당도(鶶鷵)다' 하였는데, 그 주에, '까마귀와 같이 생겼는데, 창백색이다' 라고 하였고, 자서(字書)에는, '여산조(驪山鳥)'라고 했다.

133 『중조고사(中朝故事)』: 오대시대 남당(南唐)사람 위지악(尉遲偓)이 지은 2권 분량의 역사서이다. 위지악의 사적은 자세하지 않다. 당시 사관으로 있다가 성지를 받들어 편찬했다. 중조(中朝)는 남당에 대한 장안에 도읍한 당나라 본조를 말한다. 선종, 의종, 소종, 애종 4대 조정의 고사를 기록했다. 상권은 군신간의 사적과 조정 제도를, 하권에서는 신기하고 환상적인 내용이 주를 이룬다.

134 채록 : 현종이 피리를 부는데 당시 '아람퇴'라는 새가 지저귀고 있어서 새 소리를 피리의 음률에 맞춰서 부르다보니 연주할 수 있는 악보가 성립되었음을 말한다. 번안이란

이름으로 삼았다. 좌우 신하들이 모두 전하여 불렀고 여기저기 퍼져서 사람들이 다투어 피리로 흉내 내어 불어대었다. 그러므로 장호張祜가 시를 지었다.

단풍나무 쓸쓸하고 누각은 반쯤 열려있고　紅樹蕭蕭閣半開
황제께서 일찍이 이 궁전에 행차했다오　玉皇曾幸此宮來
지금까지 여산 아래에 전해지는 풍속은　至今風俗驪山下
마을에 부는 피리는 여전히 〈아람퇴〉를 분다오　村笛猶吹阿濫堆

하주賀鑄의 〈조천자朝天子〉[135]곡에 "달이 뜨자 조수가 잔잔해지고 파도가 일렁이니[136] 변방의 피리 잡고 홀로 새로운 아람퇴를 불어보네.待月上, 潮平波灩灩, 塞管孤吹新阿濫"라고 하였는데 바로 〈아람퇴〉를 말하는 것이다. 세속에서는 아직도 이 소리가 남아있지만 나는 여태까지 들어본 적이 없다.

일찍이 노련한 악공에게 물어보니 협종상夾鍾商[137]에 속한다고 답변

원곡을 그대로 두고 현지인의 풍속이나 격조에 따라 맞춰서 바꾸는 것을 의미한다.

135 〈조천자(朝天子)〉 : 당나라 교방(敎坊)의 곡명으로 후대에는 사패의 이름으로 쓰였다. 이칭으로 〈사월인(思越人)〉, 〈조천(朝天)〉 등이 있다. 쌍조(雙調)로 46자이고 앞뒤 단락 각각 4구로 4측운이다. 조보지(晁補之)의 〈조천자(朝天子)〉(주성정부악(酒醒情懷惡))을 정격으로 삼는다. 대표작으로는 양무구(楊無咎)의 〈조천자(朝天子)〉(소각관여장(小閣寬如掌))이 있다.

136 조수가 (…중략…) 일렁이니 : 조수는 바다의 썰물과 밀물이다. 밀물이 가득 차면 수면이 잔잔해지고 파도가 잠잠해지지만 바닷물이 해안에 가득 고여서 일렁이듯이 보이기 때문에 표현한 것이다.

137 협종상(夾鍾商) : 12율려(律呂)는 양성인 6률과 음성인 6려가 있다. 6률은 황종(黃鐘)・태주(太簇)・고선(姑洗)・유빈(蕤賓)・이칙(夷則)・무역(無射)이요, 6려는

했다. 『이도요결理道要訣』[138]을 살펴보면 천보天寶 연간[139]의 여러 악곡 이름에 '퇴堆'자를 '퇴䭔'라고 쓴 것은 황종우黃鍾羽[140]에 속했다. 협종상은 세속에서 쌍조雙調라고 부르며, 황종우는 세속에서 반섭조般涉調라고 부른다. 그러나 『이도요결』에서는 "황종우는 때때로 황종상조黃鍾商調 가락으로 불린다."라 하니 모두 이해할 수 없다.

대려(大呂)·협종·중려(仲呂)·임종(林鐘)·남려(南呂)·응종(應鐘)이다. 궁조(宮調)는 정궁(正宮)·고궁(高宮)·중려궁·도조궁(道調宮)·남려궁(南呂宮)·선려궁(仙呂宮)·황종궁이고, 상조(商調)는 월조(越調)·대석조·고대석조·쌍조(雙調)·소석조·헐지조(歇指調)·임종상이다.

138 『이도요결(理道要訣)』: 두우의 『통전(通典)』200권은 고대 제일의 정전류 저작으로 최고의 문헌가치를 갖추었다. 『도리요결』10권은 방대한 『통전』에서 편리하게 열람하도록 발췌한 것으로 문헌의 정수만 모았지만 『통전』에 비해 문헌가치가 떨어져 명나라 이후에 실전(失傳)했다.

139 천보(天寶) 연간: 당나라 현종(玄宗) 대에 사용한 연호(742년~756년)이다.

140 황종우(黃鍾羽): 우조(羽調)는 중려조(中呂調)·정평조(正平調)·고평조(高平調)·선려조(仙呂調)·반섭조(般涉調)·고반섭조·황종우이다.

V

제5권

◎ 5.53

원문 念奴嬌

『念奴嬌』, 元微之『連昌宮詞』云 :「初過寒食一百六, 店舍無煙宮樹綠. 夜半月高弦索鳴, 賀老琵琶定場屋. 力士傳呼覓念奴, 念奴潛伴諸郎宿. 須臾覓得又連催, 特敕街中許然燭. 春嬌滿眼淚紅綃, 掠削雲鬢旋裝束. 飛上九天歌一聲, 二十五郎吹管逐.」自注云 :「念奴, 天寶中名倡, 善歌. 每歲樓下酺宴, 萬眾喧隘. 嚴安之、韋黃裳輩闢易不能禁, 眾樂為之罷奏. 明皇遣高力士大呼樓上曰 : 『欲遺念奴唱歌, 邠二十五郎吹小管逐, 看人能聽否？』皆悄然奉詔. 然明皇不欲奪狹游之盛, 未嘗置在宮禁. 歲幸溫湯, 時巡東洛, 有司潛遣從行而已.」『開元天寶遺事』云 :「念奴有色, 善歌, 宮伎中第一. 帝嘗曰 : 『此女眼色媚人. 』又云 : 『念奴每執板當席, 聲出朝霞之上. 』」今大石調『念奴嬌』, 世以為天寶間所製曲, 予固疑之. 然唐中葉漸有今體慢曲子, 而近世有填『連昌宮詞』入此曲者. 後復轉此曲入道調宮, 又轉入高宮大石調.

번역 염노교

「염노교念奴嬌」[1]를 원진元縝의 「연창궁사連昌宮詞」[2]에서 다음과 같이

---

1 「염노교(念奴嬌)」: 소식(蘇軾)의 「염노교」 즉 적벽회고시(赤壁懷古詩)의 첫구를 딴 것이 대표적이다. 이밖에 「천추세(千秋歲)」·「대강서상곡(大江西上曲」.·「대강동(大江東)」·「대강승(大江乘)」·「태평환(太平歡)」·「고매곡(古梅曲)」·「백설사(白雪詞)」·「백자령(百字令)」·「백자요(百字謠)」·「행화천(杏花天)」·「적벽사(赤壁詞)」·「회전춘(淮甸春)」·「상월(湘月)」·「무속념(無俗念)」·「남수지(南壽枝)」·「뇌월(酹月)」·「뇌강월(酹江月)」·「호중천(壺中天)」·「호중천만(壺中天慢)」·「경

말했다.

막 한식 후 백 엿세[3] 되니	初過寒食一百六
객사엔 연기 사라져서 궁궐 나무 푸르네	店舍無煙宮樹綠
한밤중 달빛 높은데 거문고 소리 울리니	夜半月高弦索鳴
하로[4]의 비파소리가 무대[5]를 진정시키네	賀老琵琶定場屋
고력사[6]가 염노를 찾아오라고 전달하나	力士傳呼覓念奴
염노는 사내들과 몰래 짝지어 잠들었네	念奴潛伴諸郎宿
잠깐사이 찾았다가 또 연달아 재촉하니	須臾覓得又連催

장춘(慶長春)」등 별칭이 퍽 많다. 그만큼 이 사조를 써서 지은 사가 많이 나온 것이라 하겠다. 쌍조(雙調)로 앞단락 9구에 4측운, 뒷단락 10구에 4측운으로 된 소식의 적벽회고의 사체이고, 운도 동파사의 그것과 같다. 이 사체는 본래 염노교의 별격(別格)이었으나 동파사가 절창으로 칭송되자 후세 사람들에 의해 많이 쓰여지게 되었다. 『詞譜·念奴嬌』

2 「연창궁사(連昌宮詞)」: 당나라 시인 원진(元稹)이 지은 장편서사시이다. 어떤 노인이 구술하는 연창궁의 흥망성쇠를 노래한 것으로 당나라 현종부터 헌종까지 당나라 역사를 반영했다. 안록산의 난 발발 전후의 정치가 혼란한 이유를 탐색해서 평화의 시대가 도래하기를 표현했다. 시어가 풍부하고 형용이 선명하며 서사가 생동감 넘친다. 『全唐詩』

3 백 엿새 : 동지(冬至) 후 105일이 한식(寒食)이고 106일이 청명절(淸明節)인데, 거센 비바람이 몰아친다. 청명과 한식은 가끔 서로 뒤바뀌기도 한다. 106이라는 숫자 자체가 한식을 의미하기도 한다.

4 하로(賀老) : 악공인 하회지(賀懷知)는 당나라 때 비파를 잘 타기로 유명했다.

5 무대 : 장옥은 본래 광장 가운데 막으로 둘러친 과거시험장을 뜻하는데, 광대나 악공들의 놀이 무대도 이와 비슷하므로 장옥이라 칭한 것이다.

6 고력사(高力士) : 생졸년은 684~762이다. 당(唐) 현종(玄宗) 때의 환관으로 내시성(內侍省)의 직임을 맡아 신중히 사무를 처리한 공로가 인정되어 발해군공(渤海郡公)에 봉해졌다. 현종의 총애를 받아 숙종(肅宗)은 태자로 있을 때에 그를 형으로 섬겼다. 안사(安史)의 난 때에는 현종을 따라 촉(蜀) 땅에 갔으며, 숙종 상원(上元) 1년(760)에 무주(巫州)에 유배되었고, 2년 뒤에 사면되어 돌아가던 중 병사하였다

특별히 조칙 내려 거리를 환하게 비추네　　特敕街中許然燭
아름다운 아가씨 붉은 비단이불에서 자다가[7]　　春嬌滿眼睡紅綃
흰머리 단정히 빗질하고 곧바로 단장[8]하네　　掠削雲鬟旋裝束
구천을 날아올라서는 노래 한 가락 부르니　　飛上九天歌一聲
스물다섯[9] 사내가 피리를 불며 뒤 따른다오[10]　　二十五郎吹管逐

자주自註에, "염노念奴는 천보天寶[11] 연간에 활동한 이름난 창기娼妓로 노래를 잘 불렀다. 매년 누각 아래서 잔치를 열면 많은 무리가 시끄럽게 지껄이니 엄안지嚴安之[12]와 위황상韋黃裳[13] 무리가 금할 수 없어서, 악공들이 연주를 그만두었다. 현종이 고력사를 보내어 누대 위에서 크게 소리치며 '염노를 보내어 노래를 부르고자 한다. 스물다섯째 빈왕邠王은 작은 피리를 불며 좇으리니 관중들은 이 노래가 들을 수 있는가?'라고 하니 모두가 두려워하며 조칙을 받들었다. 그러나 현종은 무르익은

7 비단이불에서 자다가 : '홍초(紅綃)'는 붉은색 생로 된 비단을 말한다. 특히 초(綃)는 생사(生絲)로 짠 얇은 비단의 총칭으로 고대 중국에서 관료들의 조복(朝服)·제복(祭服)의 옷감으로 사용되었다. 여기서는 붉은 비단이불을 말한다.

8 단장 : 원문 "裝束"인데, 『고문진보(古文眞寶)』 등에 의거하여 '장속(粧束)'으로 수정하여 번역했다.

9 스물다섯 : 25번째 황자(皇子)라는 뜻으로 빈왕(邠王) 이승녕(李承寧)을 가리킨다. 현종의 아우인데 피리의 명수였다.

10 뒤 따른다오 : 원문 '축(逐)'인데, 『고문진보(古文眞寶)』 등에 '遂'이라는 주석이 되어있다.

11 천보(天寶) : 당 현종 말기의 연호로, 742년에서 756년까지이다.

12 엄안지(嚴安之) : 당나라 현종 개원 연간에 엄안지는 하남승(河南丞)으로 있었는데 성격이 포학했다. 마음이 사납고 손이 매워서 죄인을 구타하고 고문을 서슴치 않아서 백성들이 두려움에 떨었다. 『開天傳信記』

13 위황상(韋黃裳) : 당나라 위황상은 일찍이 만년현위(萬年縣尉)가 되었다가 전중시어사(殿中侍禦史)에 올랐다. 사람 됨됨이가 모함을 잘하고 권력에 아첨했다. 이백이 위황상에게 쓴 시 「贈韋侍禦黃裳二首」가 남아있다. 『舊唐書』

작은 유희[14]를 망치고 싶지 않아서 일찍이 궁궐[15] 안에만 놔둔 적이 없었다. 해마다 온천에 행행하여 때로는 동쪽 낙양洛陽을 순행하면서 유사有司[16]를 남몰래 보내어 따르게 하였을 따름이었다"라고 했다.

『개원천보유사開元天寶遺事』[17]에서 이르길, "염노는 미모가 아름답고 노래를 잘해 궁중의 기녀 중에 으뜸이었다. 황제가 일찍이, '이 여인은 눈빛이 아름다운 미인이구나'라고 하였고 또, '염노는 매번 박판拍板[18]을 가지고 자리에 앉으면 소리가 아침 노을[19] 위로 흘러나온다"라고 했다.

오늘날 대석조大石調인 「염노교」는 세상에는 천보 연간에 지어진 곡이라 알려져 있으나 나는 진정 의심스럽다. 그러나 당나라 중엽에는 점차 오늘날 문체처럼 길게 늘어진 곡자가 생겨났고, 당대에는 「연창궁사」를 이 곡에 채워 넣은 것이 있다. 뒤에 다시 이 곡을 바꾸어 도조궁道調宮에 넣었거나 또는 고궁高宮 대석조에 포함시켰다.

---

14 작은 유희 : 원문 '협유(狹游)'는 좁은 곳에서 조촐하게 즐기는 유희로 소규모 인원으로 국한하여 술 마시고 시 짓는 연회를 말한다.

15 궁궐 : 원문 "궁금(宮禁)"은 대궐을 말한다. 황실 이외에 출입을 금하는 내명부에 국한하기에 금(禁)이라 표현했다.

16 유사(有司) : 담당자란 뜻으로 온천으로 순시할 때 함께 동행하는 음악을 담당하는 악공을 의미한다.

17 『개원천보유사(開元天寶遺事)』 : 당나라 왕인유(王仁裕)가 지은 필기소설이다. 주로 당나라 개원과 천보 연간 잊혀진 사건을 기술하였는데 내용은 신기한 물품이나 전설과 사적을 기술하는데 역점을 두었다. 그 중에 궁중에서 칠석날과 한식에 풍습을 기록하기도 했다.

18 박판(拍板) : 악기의 하나. 2매 내지 10여 매의 매끄러운 목판(木板)의 한 끝을 끈으로 꿰어 손에 잡고서 음악의 박자를 맞추는 것이다.

19 아침 노을 : 아침에 태양이 처음 떠오르려 할 때 나타나는 적황(赤黃)의 기운이라는 말이 『한서(漢書)』「사마상여전(司馬相如傳)」하(下)의 주(註)에 나온다.

◎ 5.54

원문 雨淋鈴

『雨淋鈴』,『明皇雜錄』及『楊妃外傳』云:「帝幸蜀, 初入斜谷, 霖雨彌旬. 棧道中聞鈴聲, 帝方悼念貴妃, 採其聲為『雨淋鈴』曲以寄恨. 時梨園弟子惟張野狐一人, 善篳篥, 因吹之, 遂傳于世.」予考史及諸家說, 明皇自陳倉入散關, 出河池, 初不由斜谷路. 今劍州梓桐縣地名上亭, 有古今詩刻記明皇聞鈴之地, 庶幾是也. 羅隱詩云:「細雨霏微宿上亭, 雨中因感雨淋鈴. 貴為天子猶魂斷, 窮著荷衣好涕零. 劍水多端何處去, 巴猿無賴不堪聽. 少年辛苦今飄蕩, 空媿先生教聚螢.」世傳明皇宿上亭, 雨中聞牛鐸聲, 悵然而起, 問黃幡綽:「鈴作何語?」曰:「謂陛下特郎當.」特郎當, 俗稱不整治也. 明皇一笑, 遂作此曲.『楊妃外傳』又載上皇還京後, 復幸華清, 從宮嬪御多非舊人. 於望京樓下, 命張野狐奏『雨淋鈴』曲. 上四顧悽然, 自是聖懷耿耿, 但吟「刻木牽絲作老翁, 雞皮鶴髮與真同. 須臾弄罷寂無事, 還似人生一世中」. 杜牧之詩云:「零葉翻紅萬樹霜, 玉蓮開蕊暖泉香. 行雲不下朝元閣, 一曲淋鈴淚數行.」張祜詩云:「雨淋鈴夜卻歸秦, 猶是張徽一曲新. 長說上皇和淚教, 月明南內更無人.」張徽即張野狐也. 或謂祜詩言上皇出蜀時曲, 與『明皇雜錄』、『楊妃外傳』不同. 祜意明皇入蜀時作此曲, 至雨淋鈴夜卻又歸秦, 猶是張野狐向來新曲, 非異說也. 元微之『琵琶歌』云:「淚垂捍撥朱弦濕, 冰泉嗚咽流鶯澀. 因兹彈作雨淋鈴, 風雨蕭條鬼神泣.」今雙調『雨淋鈴慢』, 頗極哀怨, 真本曲遺聲.

번역 우림령

〈우림령雨淋鈴〉[20]은 『명황잡록明皇雜錄』과 『양비외전楊妃外傳』에서 이르길, "황제가 서촉西蜀[21]에 몽진蒙塵하여 처음 사곡斜谷[22]에 들어갔을 때 장마가 열흘 동안 내렸다. 잔도棧道[23]로 가는 중에 방울 소리[24]를 듣고는 황제가 죽은 양귀비를 그리워하며 그 소리를 채록하여〈우림령〉곡을 만들어 정한을 부쳤다. 당시 이원梨園[25]의 제자 중에 오직 장야호張野狐 한사람만이 피리를 잘 불었기에 이로 인하여 곡조를 붙였더니 마침내 세상에 전하게 되었다"라고 했다.

내가 역사서와 여러 전문가의 학설을 고찰해보니 현종은 진창陳倉에

---

20 〈우림령(雨淋鈴)〉: 『명황잡록』에 "임금이 서촉(西蜀)에 순행하여 맨 처음 사곡(斜谷)에 들어섰을 때 장마가 열흘 동안 계속되었는데 잔도(棧道) 안에서 빗방울 소리가 났다. 임금이 마침 귀비를 상념(傷念)하던 터라 그 소리를 취하여 우림령곡을 만들어 한을 나타냈다. 그때 이원 제자(梨園弟子)들 가운데 장야호(張野狐) 한 사람만이 필률(觱篥)을 다루었으므로 이 곡을 불게 하여 세상에 전해지게 되었다"라고 했다.

21 서촉(西蜀): 서쪽의 촉나라는 촉한(蜀漢)으로 중국 삼국시대 유비(劉備)가 세운 나라이며 지금의 사천(四川)과 중경시(重慶市) 일대이다. 현종과 양귀비가 안록산의 난을 피해 서촉지역으로 몽진(蒙塵)했다.

22 사곡(斜谷): 지금의 섬서성(陝西省) 진령(秦嶺)의 미현(眉縣)에 있는 산곡(山谷)의 이름이다. 골짜기에는 두 개의 입구가 있는데, 남쪽 어귀를 '포구(褒口)'라고 하고, 북쪽 어귀를 '사구(斜口)'라고 하며 포사곡(褒斜谷)이라고도 부른다. 양쪽으로 험준한 산줄기가 이어져 예로부터 병가(兵家)에서 서로 차지하려고 다투던 요충지였다.

23 잔도(棧道): 촉중(蜀中)으로 가는 길은 산이 험준하여 중국 사천 지방에 있는 험준한 절벽에 나무로 시렁을 만들어 길을 낸 곳이다.

24 빗방울 소리: 현종이 촉(蜀)으로 피난할 때, 열흘 내내 장마가 들어 잔도에서 방울 소리를 들으며 양귀비를 슬피 생각하여 〈우림령〉곡을 지은 것이다. 백거이가 말한 방울(鈴)이란 딸랑딸랑 방울소리를 말하는데 우리나라 사람들은 방울을 빗방울로 생각하기도 한다.

25 이원(梨園): 배우들의 기교를 닦는 곳이고 제자란 곧 연극하는 배우를 지칭하는 말이다. 당현종 때 장안의 금원(禁苑) 안에 있는 이원에서 제자 3백 명을 뽑아 속악(俗樂)을 가르쳤던 데서 연유된 것이다.

서부터 산관散關[26]에 들어가서 하지河池[27]로 나왔으니 애초에 사곡의 길을 경유하지 않았다. 오늘날 검주劍州 재동현梓桐縣[28]의 지명은 상정上亭이고, 옛날과 오늘날에 지은 시에는 명황제가 방울소리를 들은 곳이라고 새겨져 있으니 거의 이곳이 맞을 것이다.

나은羅隱[29]의 시에서 다음과 같이 말했다.

가랑비가 잦아들자 상정에서 하루 묵는데	細雨霏微宿上亭
빗속에 장맛비 방울소리 들려 감상에 젖네	雨中因感雨淋鈴
귀한 천자께서 오히려 혼이 끊어지려는데	貴為天子猶魂斷
궁해서 연잎 옷[30] 입으니 눈물이 하염없네	窮著荷衣好涕零
검수[31]는 지류 많은데 어디로 흐르고 있나	劍水多端何處去
파촉 원숭이[32]는 근거 없어 들을 수 없네	巴猿無賴不堪聽

26 진창(陳倉)에서부터 산관(散關) : 지금의 섬서성(陝西省) 보계시(寶雞市)로 옹(雍)·양(梁)의 요충(要衝)으로 한·위(漢魏) 이래로 공수(攻守)의 요지가 되었음. 산관 역시 장안에서 서촉 지역으로 가는 경유지이다.

27 하지(河池) : 지금의 감숙성 농남(隴南) 휘현(徽縣)으로 무도군(武都郡)에 속한다.

28 재동현(梓桐縣) : 지금의 재동현(梓桐縣)으로 사천성 면양시(绵阳市) 동북쪽에 속한다.

29 나은(羅隱) : 생졸년은 833~909이다. 당말 오대의 시인으로 본명은 횡(橫)이다. 모두 십여 차례 과거에 실패하자, 은으로 개명하였다고 한다. 시명이 천하에 진동하였으며 특히 영사(詠史)에 뛰어났으나, 비판과 풍자의 색채가 짙어 종신토록 급제하지 못했다. 난리를 피해 향리로 내려갔다가 절도사 전류(錢鏐)에게 발탁되어 종사관으로 몸을 의탁했다. 『舊五代史·羅隱列傳』

30 연잎 옷 : 『초사(楚辭)』「구가(九歌)」의 「소사명(少司命)」편에 "연잎 옷에 혜초 띠 매고 갑자기 왔다가 홀연히 떠나네(荷衣兮蕙帶, 儵而來, 忽而逝)"라고 하였는데, 연잎 옷과 혜초로 만든 띠는 신선이나 은자의 복장을 가리킨다

31 검수(劍水) : 검수관(劍水館) 곁에 흐르는 고대의 물 이름이다. 지금 엽니새(葉尼塞) 황하 유역으로 고대에 계골부락(契骨部落)의 터전이었다. 『周書·異域突厥傳』

32 파촉 원숭이 : 원문의 '파원(巴猿)'은 파촉의 원숭이를 가리킨다. 진(晉)나라 때 어떤

젊어서 고생하였는데 오늘도 떠도는 신세[33] 少年辛苦今飄蕩
반딧불 모은 선생[34]에게 공연히 부끄럽구나 空媿先生教聚螢

세상에 전해지기로는 명황제가 상정에서 묵고 있는데, 빗속에서 소의 워낭소리가 들리자 마음이 서글퍼져 일어나서 황번작黃幡綽[35]에게, "방울소리로 무슨 말로 쓰는가?" 하고 묻자, "폐하를 일러 특랑당特郎當이라 부릅니다"라고 했다. '특랑당'이란 세속에서 정리하지 않음을 일컫는다. 명황제가 한바탕 웃고는 마침내 이 곡을 지었다.

『양비외전楊妃外傳』에 또 기록하기로, 상황제上皇帝가 또 장안으로 돌아온 뒤에 다시 화청지[36]로 행행하였는데 따르는 후궁과 비빈이 대부분 예전 사람이 아니었다. 망경루望京樓[37] 아래에서 장야호에게 명하여

사람이 파촉에서 원숭이 새끼를 잡았는데, 그 원숭이 어미가 끝까지 따라오며 슬피 울부짖었다. 새끼가 죽자 어미도 스스로 목숨을 끊었는데 배를 갈라 보니 창자가 마디마디 끊어져 있었다고 한다. 『世說新語・黜免』

33 젊어서 (…중략…) 신세 : 당 현종의 신세를 말하고 있다. 현종은 중종의 아들로 황실에서 태어났지만 측천무후의 압박 속에 고생하며 지내다가 중종과 예종이 복위하면서 황태자가 되었다. 젊어서 고생하다가 황제가 되어 태평천국을 이루었지만 다시금 안록산의 난으로 서촉으로 도망가는 신세가 된 것이다. 표탕(飄蕩)은 거센 바람에 이리저리 나부끼는 갈대나 수초를 의미한다.

34 반딧불 모은 선생 : 동진(東晉) 때 차윤(車胤)이 집이 가난하여 기름이 없었으므로, 주머니 속에 반딧불을 많이 잡아넣어서 그 반딧불로 책을 비추어 공부했던 데서 온 말로, 열심히 공부한 것을 비유한 말이다.

35 황번작(黃幡綽) : 당나라 현종 때의 배우로, 개원(開元) 초에 궁중에 들어와 30년간 현종을 모셨다. 성격이 익살스럽고 대답을 잘하여 시정(時政)에 대한 풍자와 해학이 있었으며, 안녹산의 난 때에는 반군에 조력하기도 했다. 그로 인해 난이 평정된 뒤에 구금되기도 하였으나 현종이 불쌍히 여겨 풀어 주었다고 한다. 『開天傳信記』

36 화청지 : 장안 근처 여산(驪山)에 위치한 양귀비가 목욕하던 온천을 말한다.

37 망경루(望京樓) : 망경루라는 누대가 따로 있는 것이 아니라, 장안성 교외에 도성이 바라다 보이는 누대를 지칭한다. 여기서는 시어에 나오는 조원각을 의미한다.

〈우림령〉곡을 연주하게 했다. 황제가 사방을 돌아보고는 처량해지니 본래 황제의 마음에 양귀비를 잊지 못하는 것이라 다만 다음과 같이 읊조렸다.

나무 깎고 줄 묶어 늙은 인형 만드니 刻木牽絲作老翁
주름진 피부 하얀 머리는 진짜 같구려 雞皮鶴髮與真同
잠시 가지고 놀다 그만두면 심심하니 須臾弄罷寂無事
오히려 세상을 살아가는 인생 같구나 還似人生一世中

두목杜牧의 시에서 다음과 같이 말했다.

단풍잎 떨어져 뒹구는 서리 내린 숲속에 零葉翻紅萬樹霜
옥 꿰어놓은 국화 만발하니 온천 향긋해 玉連開蕊暖泉香
흐르는 구름은 조원각[38]에 내려오지 않아 行雲不下朝元閣
〈우림령〉 한 곡조에 눈물만 줄줄 떨군다오 一曲淋鈴淚數行

장호張祜의 시에서 다음과 같이 말했다.

장맛비에 방울소리 나던 밤 진땅으로 돌아가니[39] 雨淋鈴夜卻歸秦

38 조원각(朝元閣) : 당나라 때 여산(驪山)의 화청궁(華淸宮) 안에 있던 누각 이름이다. 현종이 특히 이곳을 자주 찾았는데, 뒤에 현종은 이 조원각에 도가의 현원황제(玄元皇帝)가 강림했다 하여 강성각(降聖閣)으로 이름을 바꿨다.

39 진령에 돌아가니 : 오늘날의 섬서(陝西), 감숙성(甘肅省)의 진령(秦嶺) 이북으로, 춘

어쩐지 장휘가 새로운 곡 지은 것 같구려　　猶是張徽一曲新
상황제가 눈물 섞인 연주하라고 장황한 말씀　　長說上皇和淚教
달빛 밝은 남내[40]에 더욱 아는 사람 없다오　　月明南內更無人

장휘張徽[41]가 바로 장야호이다. 누구는 장호의 시는 현종이 서촉 지방을 나올 때 지은 곡조라고 언급하던데, 『명황잡록』과 『양비외전』의 내용과 다르다. 장호의 뜻은 현종이 서촉 지방에 들어갈 때 이 곡을 지었는데, '장맛비에 방울소리 나던 밤 진땅으로 돌아가니雨淋鈴夜卻歸秦'에 이르러서는, 마치 장야호가 예전부터 지었던 신곡이라 하니 다른 내용은 아니다.

원진은 〈비파가琵琶歌〉에서 다음과 같이 말했다.

추 시대에 진(秦)나라에 속했던 곳이라 이렇게 부른다. 이 지역은 중국의 서북쪽 변방으로 외적이 주로 쳐들어오는 곳이었다. 두보(杜甫)의 시 모귀(暮歸)에 진천이 토번(吐蕃)의 군사에게 점령된 상황을 탄식하여 "남쪽으로 계수를 건너려니 배가 없고 북쪽으로 진천에 돌아가려니 전쟁터의 북소리 많아라(南渡桂水闕舟楫, 北歸秦川多鼓鞞)"라고 했다.

40 남내(南內) : 본래 당나라 흥경궁(興慶宮)을 지칭한 말이다. 당시 장안을 삼내(三內)로 구분하여, 서쪽에 있는 황성을 서내(西內)라 하고 대명궁(大明宮)을 동내(東內)라 하고 흥경궁을 남내라고 불렀다. 안사(安史)의 난 이후 태자였던 숙종이 즉위하고 현종(玄宗)은 태상황이 되어 실권을 잃은 채 흥경궁에 머물렀는데 양궁 간의 알력으로 현종의 지위가 매우 위태로운 상황이었다.

41 장휘(張徽) : 원세조 중통 2년(1216)에 태어났으며 관직은 섬서 행중서서좌우사낭중에 이르렀다. 당시 남송 서예의 대가이다. 전서, 예서체가 가장 유명했으며 금나라의 유처사(劉處士)를 위해 묘갈명을 써줬는데 현재 시안(西安)의 비림(碑林)에 남아있어 국가급의 진귀한 문물이 되었다. 장휘의 시 또한 유명하여 특별한 굴기(崛奇)라고 칭송한 말이 남아있다.

눈물 흩뿌리자 붉은 현은 젖어들고	淚垂捍撥朱弦濕
샘물 얼어 오열하고 꾀꼬리는 잠잠하니	冰泉鳴咽流鶯澀
이 감정 때문에 우림령을 연주하니	因玆彈作雨淋鈴
비바람 쓸쓸해서 귀신도 우는구나	風雨蕭條鬼神泣

오늘날 쌍조雙調인 〈우림령〉만은 자못 애처로우니 진정 본곡의 남아있는 옛음악일 것이다.

◎ 5.55

원문 清平樂

『清平樂』, 『松窗錄』云:「開元中, 禁中初種木芍藥, 得四本, 紅、紫、淺紅、通白繁開. 上乘照夜白, 太真妃以步輦從. 李龜年手捧檀板, 押衆樂前, 將欲歌之. 上曰: 『焉用舊詞為. 』命龜年宣翰林學士李白立進『清平調』詞三章. 白承詔賦詞, 龜年以進, 上命梨園弟子約格調, 撫絲竹, 促龜年歌, 太真妃笑領歌意甚厚.」張君房『脞說』指此為『清平樂』曲. 按明皇宣白進清平調詞, 乃是令白于清平調中製詞. 蓋古樂取聲律高下合為三, 曰清調、平調、側調, 此之謂三調. 明皇止令就擇上兩調, 偶不樂側調故也. 況白詞七字絕句, 與今曲不類. 而『尊前集』亦載此三絕句, 止目曰『清平詞』. 然唐人不深考, 妄指此三絕句耳. 此曲在越調, 唐至今盛行. 今世又有黃鍾宮、黃鍾商兩音者. 歐陽炯稱, 白有應製『清平樂』四首, 往往是也.

번역 청평악

「청평악清平樂」[42]은 『송창록松窗錄』[43]에서 이르길, "개원開元[44] 연간에

---

42 「청평악(清平樂)」: 원래 당나라 교방곡의 이름으로 뒤에 사패의 이름이 되었다. 「청평악령(清平樂令)」, 「취동풍(醉東風)」, 「억라월(憶蘿月)」, 「청평조(清平調)」의 별칭이 있다. 송나라 시사는 항상 사패를 사용한다. 이 곡조의 정체는 쌍조(雙調) 8구 46자로 전편에 4측운, 후편에 3평운으로 구성한다. 안수(晏殊), 안기도(晏幾道), 황정견(黃庭堅), 신기질(辛棄疾) 등이 이 곡조를 고루 사용하였는데, 그 중에 안기도가 가장 많다. 동시대에 곡패(曲牌) 이름이기도 하며 남곡우조(南曲羽調)에 속한다.

43 『송창록(松窗錄)』: 당나라 이준(李濬)이 지은 잡사(雜史)로 1권이다. 기재된 것은 대부분 전해지지 않는 비밀스러운 사건이며 현종 시대가 가장 많고 자못 역사책을 많이 참조하여 보충했다. 예를 들어 현종과 양귀비가 침향정에서 모란을 감상하던

궁중 사람이 처음으로 목작약木芍藥[45]을 심었는데, 4그루의 꽃이 피어나니 붉은색, 자주색, 담홍색, 순백색이 화려하게 피었다. 황제가 어가를 타고 새하얀 달빛을 받았고 양귀비는 휘장수레로 어가를 따랐다. 이구년李龜年[46]은 손으로 박달나무 박판을[47] 들고 여러 악공들 앞에 감독하고[48] 이제 막 노래하려 했다. 황제가 '어째서 옛날 가사를 사용하는가?'라고 하고 이구년에게 명하여 한림학사 이백에게 어명으로[49] 그 자리에서 「청평조淸平調」[50] 3수를 지어 바치게 했다. 이백은 조칙을 받들어 사를 읊었고 이구년이 마치자, 황제가 이원梨園의 제자에게 명하여 격조를 조율하고 악기를 다루게 하여 이구년이 노래하도록 재촉하게 하자, 양귀비가 웃으며 노래를 하니, 그 뜻이 매우 심오했다"라고 했다.

일이 모두 자세하게 기재하여 볼만한 것이 많다.

44 개원(開元) : 당(唐)나라 현종의 첫 번째 연호로 713~741년에 해당된다.

45 목작약(木芍藥) : 목단(牡丹)의 어원에 대해 『본초강목(本艸綱目)』에 다음과 같은 내용이 있어 참고로 제시한다. 목단은 색이 붉은 것을 상품으로 삼는다. 이미 씨를 맺은 시기에도 뿌리에서 싹이 난다고 하여 '목단(牡丹)'이라 한다. 당나라 사람은 목단을 목작약(木芍藥)이라 불렀다. 그 꽃이 마치 작약 같으면서 그 묵은 가지는 마치 나무 같기 때문이다.

46 이구년(李龜年) : 당 현종 때의 음악가로 음률(音律)에 능통했다.

47 박달나무 박판 : 원문은 '단판(檀板)'으로, 박자 맞추는 박달나무 판자로 민간 타악기의 한 가지 견고한 나무 세쪽을 묶어 박자를 치면서 노래했다.

48 감독하고 : 원문은 '압반(押班)'으로, 백관(百官)이 조회(朝會)할 때 반열을 관리 감독하는 것을 말하는데, 당대(唐代)에는 감찰어사(監察御史) 2인이 맡았고, 송대(宋代)에는 참지정사(參知政事)와 재상이 번갈아가며 담당했다. 여기서는 악공들 앞에 서서 진열을 정비하고 통제하는 지휘자 역할을 말한다.

49 어명으로 : 원문 "宣"은 임금이 신하에게 성지(聖旨)를 내리거나 하교를 내리는 것을 말한다.

50 「청평조(淸平調)」 : 이백이 지은 악부곡사이다. 당 현종이 모란이 활짝 핀 달 밝은 밤에 침향정(沈香亭)으로 양귀비를 불러 술 시중을 들게 하고 꽃을 완상하면서, 악부신조(樂府新調)를 짓게 하려고 한림 공봉(翰林供奉) 이백을 불렀던바, 이백은 이때 술이 잔뜩 취해 있던 터라, 신하들을 시켜 찬물로 이백의 얼굴을 씻겨 술이 조금 깨게 한 다음 지필을 내리자, 이백이 즉시 「청평조(淸平調)」 3수를 지었다. 『楊太眞外傳上』

장군방張君房[51]의 『좌설脞說』에서는 이 노래를 가리켜 〈청평악〉곡이라고 했다. 살펴보건데, 명황제가 이백에게 어명을 내려 「청평조」사를 바치게 한 것은 바로 이백으로 하여금 「청평조」 중에 가사를 짓게 한 것이다. 대개 고대의 음악은 성률聲律의 높낮이를 가지고 조합하여 세 가지를 만들어 청조淸調, 평조平調, 측조側調라고 하니 이것을 삼조三調라 말한다. 현종은 다만 위 두 곡조를 선택하도록 하였으니, 사실은 측조를 즐기지 않았기 때문이다. 하물며 이백의 사는 칠언절구는 오늘날 곡조와는 비슷하지 않다. 그렇지만 『존전집尊前集』[52] 또한 이 세 절구를 싣고, 다만 「청평사淸平詞」라고 제목을 달았다. 그러나 당나라 사람은 깊이 생각하지 않고 망령되이 이를 세 수의 절구로 보았다. 이 곡은 월조越調에 속하며 당나라부터 지금까지 성행했다. 지금 세상에 또 황종궁黃锺宮과 황종상黃锺商 두 음조가 있다. 구양형歐陽炯[53]은 이백이 황제의 명령에 응하여 지은 「청평악」 4수를 지었다고 말하는데, 간혹 맞는 말이기도 하다.

---

51 장군방(張君房) : 송(宋)나라 안뤼(安陸) 출신으로, 집현전 교리 등의 벼슬을 지냈다. 황제가 비각(秘閣)의 도교 서적을 교정하게 했을 때 참여하여 4,565권을 엮어 올렸고, 그중 중요한 부분 1만 여 조항을 뽑아 『운급칠첨(雲級七籤)』122권을 만들었다. 『좌설(脞說)』은 중국어사전의 한 종류로 자잘하면서 비속적인 단어나 의론을 해석한 것이다. 『四庫全書提要』

52 『존전집(尊前集)』: 당나라 시대에 유행했던 가곡을 모은 것으로서 2권으로 되어 있다. 원래는 작자 미상으로 되어 있으나 모진(毛晉)의 발문(跋文)에는 명나라 사람 고오방(顧梧芳)의 저서로 되어 있다.

53 구양형(歐陽炯) : 후촉 맹창(孟昶) 때 사람이다. 한림학사(翰林學士) 구양형의 성정이 소탈하여 거침이 없었다. 평소 장적(長笛)을 불기 좋아하였는데, 태조(太祖)가 간혹 그를 편전으로 불러 악곡을 연주하도록 했다. 『續資治通鑑長編)』

◎ 5.56

원문 春光好

『春光好』, 『羯鼓錄』云 : 「明皇尤愛羯鼓玉笛, 云八音之領袖. 時春雨始晴, 景色明麗, 帝曰 : 『對此豈可不與他判斷 ! 』命取羯鼓, 臨軒縱擊, 曲名『春光好』. 回顧柳杏, 皆已微坼. 上曰 : 『此一事不喚我作天工, 可乎 ? 』」 今夾鍾宮『春光好』, 唐以來多有此曲. 或曰 : 夾鍾宮屬二月之律, 明皇依月用律, 故能判斷如神. 予曰 : 二月柳杏坼久矣, 此必正月用二月律催之也. 『春光好』, 近世或易名『愁倚闌』.

번역 춘광호

「춘광호春光好」[54]는 『갈고록羯鼓錄』[55]에서 이르길, "현종은 갈고羯鼓[56]과 옥피리를 특히 좋아하셨는데, 팔음八音[57] 중에 으뜸[58]이라고 했다.

---

54 「춘광호(春光好)」 : 당나라 교방(敎坊)의 곡명으로 뒤에는 사조로 쓰였다. 당 현종(唐玄宗)은 본디 음률을 잘 아는 데다 갈고를 특히 좋아했던바, 현종이 지은 92종의 갈고가곡 중에 하나이다. 태주궁(太簇宮)에 속하며 지금은 현종이 지은 원곡은 전해지지 않는다. 정체(正體)는 쌍조(雙調) 40자이고 앞단락은 5구 3평운(平韻)이고 뒷단락은 4구 2평운이다.

55 『갈고록(羯鼓錄)』 : 당나라 때 남탁(南卓)이 쓴 작품으로 음악 전문 사료(史料)이다. 1권 분량으로 당나라에 전래된 갈고를 현종이 잘 쳤기에 특별히 저술했다. 남탁은 생몰년은 미상이며 자는 소사(昭嗣)이다. 처음에 습유가 되었다가 직간하여 송자령(松滋令)으로 유배되었고 선종 대중 연간에 검남관찰사(黔南觀察使)를 지냈다.

56 갈고(羯鼓) : 갈고는 서방의 갈(羯)이라는 부족이 치는 북으로 말가죽으로 메운 장고이다. 두 손에 채를 들고 쳤기 때문에 우리나라에서는 양장고(兩杖鼓)라고도 한다. 당 현종이 이것을 잘 쳤다.

57 팔음(八音) : 옛날에는 금(金), 석(石), 사(絲), 죽(竹), 포(匏), 토(土), 혁(革), 목(木) 등 여덟 가지 재료를 써서 악기를 만들었는데, 그 재료에 따라서 소리를 각각 달리했으므로 8음이라 했다.

58 으뜸 : 원문 "영수(領袖)"는 옷깃과 소매를 가리키는데 옷에서 가장 중요한 부분이라 으뜸, 최고, 정상 등의 의미로 쓰인다.

당시에 봄비가 막 개이고 경치가 밝고 수려하니 황제가, '이것을 마주 대하자니 어찌 다른 것과 우열을 판가름하지 않겠는가!'라 하고는 갈고를 가져다 처마에 매달아 마음대로 두들기도록 하명하고 곡명을 〈춘광호〉라고 했다. 버드나무와 살구나무를 돌아보니 모두 살짝 피어 있었다. 황제가 '이 한 가지 일로 나를 조물주天工라고 부르지 않을 수 있겠는가?'"라고 했다.

지금 협종궁夾鍾宮인 「춘광호」는 당나라 이래로 이러한 곡이 많다. 누군가 말하길, "협종궁은 2월의 성률[59]에 속하고, 명황제는 해당 달에 따라 성률을 사용했기 때문에 신령처럼 판가름 할 수 있었다" 그래서 나는 "2월이면 버드나무와 살구나무 꽃이 핀 지 오래되었을 테니, 이것은 반드시 정월에 2월의 성률을 사용하여 개화를 재촉한 것이다."라고 했다. 「춘광호」는 당대에 더러 「수의란愁倚闌」[60]으로 곡명을 바꿨다.

---

59 2월의 성률 : 팔십사성도(八十四聲圖)에 의하면 12율이 궁성이 되고 각각 7성(궁상각치우 5성와 변궁, 변상)이 있어서 모두 84성이 된다고 했다. 84개의 성률은 각각 12달에 배속되는데 협종궁은 2월에 해당한다. 『식산집・율려추보(息山集・律呂推步)』

60 「수의란(愁倚闌)」: 안기도(晏幾道)가 지은 4번째 변체로 정식 사명은 「수의란령(愁倚闌令)」(화음월(花陰月))이다. 쌍조(雙調)로 42자이다. 앞 단락은 5구 3평운이고 뒷단락은 4구 3평운이다. 원문은 다음과 같다. "春猶淺, 柳初芽, 杏初花. 楊柳杏花交影處, 有人家, 玉窗明暖烘霞. 小屏上水遠山斜, 昨夜酒多春睡重, 莫驚他."

◎ 5.57

원문 菩薩蠻

『菩薩蠻』, 『南部新書』及『杜陽雜編』云 : 「大中初, 女蠻國入貢, 危髻金冠, 纓絡被體, 號菩薩蠻隊, 遂製此曲. 當時倡優李可及作菩薩蠻隊舞, 文士亦往往聲其詞.」 大中迺宣宗紀號也. 『北夢瑣言』云 : 「宣宗愛唱『菩薩蠻』詞, 令狐相國假溫飛卿新撰密進之, 戒以勿泄, 而遽言於人, 由是疎之.」 溫詞十四首, 載『花間集』, 今曲是也. 李可及所製蓋止此, 則其舞隊, 不過如近世傳踏之類耳.

번역 보살만

〈보살만菩薩蠻〉[61]은 『남부신서南部新書』[62]와 『두양잡편杜陽雜編』[63]에서 이르길, "대중大中[64] 연간 초기에 여만국女蠻國[65]이 조정으로 들어와서

---

61 〈보살만(菩薩蠻)〉 : 〈무산일편운(巫山一片雲)〉·〈자야가(子夜歌)〉·〈화간의(花間意)〉·〈화계벽(花溪碧)〉·〈성리종(城裏鐘)〉·〈중첩금(重疊金)〉·〈매화구(梅花句)〉·〈만운홍월(晩雲烘月)〉·〈보살만(菩薩鬘)〉등 별칭이 많다. 쌍조 44자, 전·후단 각 4구 2측운 2평운으로 되어 있다. 이백이 지은 것이 아니고, 후인의 가탁이라는 설도 있다. 그 전편의 원문은 다음과 같다. "平林漠漠煙如織, 寒山一帶傷心碧. 瞑色入高樓, 有人樓上愁. 玉階空佇立, 宿鳥歸飛急. 何處是歸程, 長亭連短亭." 『李白詩集』

62 『남부신서(南部新書)』: 북송 시대의 전역(錢易)이 지은 필기소설이다. 모두 10권 분량으로 800여 조항이 있다. 내용은 대부분 당나라 사건이고 오대시대가 소수를 차지한다. 당시 사람들의 생활상이나 사대부의 일상이 많다. 후에 사고전서에 편집되었다.

63 『두양잡편(杜陽雜編)』: 당나라 소악(苏鹗)이 지은 필기소설이다. 소악은 자가 덕상(德祥)이고 산시성 우공(武功) 사람이며 생졸년은 미상이다. 『두양잡편(杜陽雜編)』은 무공 두양촨(杜陽川)에 살았기에 이름으로 삼았고 모두 3권 분량이다. 대부분 당나라 대종(代宗)부터 의종(毅宗)까지 10대 조정에 있다는 해외의 진귀한 보물과 허무맹랑한 서사가 대부분이다.

64 대중(大中) 연간 : 당 선종(唐宣宗)의 연호로 847년에서 860년까지이다.

65 여만국(女蠻國) : 전설에 의하면 당나라 시기에 있었던 작은 나라로, 사패 '보살만'의 유래가 되는데. 여만국이 당나라에 조공을 왔는데 쌍룡서(雙龍犀)와 명하금(明霞錦)

조공朝貢[66]을 바쳤다. 높다랗게 상투를 틀고 금관金冠을 썼으며 갓끈으로 몸을 뒤덮어서 '보살 남만인 부대'라고 불렀는데 마침내 이 곡을 지었다. 당시에 노래하는 광대 이가급李可及[67]이 「보살만대무菩薩蠻隊舞」를 지었는데, 문인들 또한 이따금 그 가사를 읊조렸다"라고 했다. 대중은 바로 당 선종宣宗의 연호이다.

『북몽쇄언北夢瑣言』[68]에서 이르길, "선종은 「보살만」사를 애창하였는데, 영호도令狐綯[69]는 온정균溫庭筠[70]이 새로 지은 것을 빌어 은밀히 그것을 올렸고, 경계하여 발설하지 말라고 하였으나, 대번에 다른 사람에게 발설하였고 이로 말미암아 소원하게 되었다"라고 했다. 온정균의

을 바쳤다. 나라 사람들은 상투를 높게 틀고 금관을 썼으며 갓끈으로 온 몸을 감싸서 보살같은 남만인(菩薩蠻) 이라고 불렀다.

66 조공(朝貢) : 천자국에 대해 주변 소국은 제후와 같은 신분으로 봉토를 받는 체제를 유지했다. 소국의 왕은 정기적으로 천자국에 사신을 보내어 조회에 참석하고 지역특산품을 바치는데 이것을 조공이라 한다.

67 이가급(李可及) : 당나라 의종(懿宗) 시기에 궁중의 영관(伶官)으로 참군희(參軍戲)의 으뜸이고 음률에 정통했다. 목소리가 좋아 새로운 성악을 잘 불러서 민간에 인기가 많았다. 대표 무도곡으로 『탄백년대무(歎百年隊舞)』, 『보살만대무(菩薩蠻隊舞)』 등이 있다.

68 『북몽쇄언(北夢瑣言)』 : 손광헌(孫光憲, 901~968)이 지은 문집이다. 손광헌은 자는 맹문(孟文), 호는 보광자(葆光子)이며 사천성 능주(陵州) 사람이다. 송나라가 건국되자 황주자사(黃州刺史)가 되었다. 『송사(宋史)』와 『십국춘추(十國春秋)』에 열전이 전한다. 경전을 좋아하여 수 천 권을 수집하고 사본을 베끼고 교감하기를 즐겼다. 저서로는 『북몽쇄언(北夢瑣言)』, 『형태집(荊台集)』, 『귤재집(橘齋集)』이 있으나 『북몽쇄언』만 전한다. 사패는 84수가 있다.

69 영호도(令狐綯) : 당나라 문종(文宗) · 무종(武宗) · 선종(宣宗) · 의종(懿宗) 때 사람으로 자는 자직(子直)이다. 벼슬은 이부상서(吏部尙書) · 우복야(右僕射)를 지내고 태자태보(太子太保)에 이르렀다. 『唐書 · 令狐楚列傳』

70 온정균(溫庭筠) : 비경(飛卿)은 온정균의 자인데, 문장에 능하여 무릇 시를 지을 적에는 기초(起草)도 하지 않고 여덟 번 차수(叉手)를 하는 동안에 8운이 이루어졌다. 그래서 당시 사람들이 '온팔차(溫八叉)'라고 불렀다고 한다.

사 14수는 『화간집花間集』[71]에 실려 있는데 지금 곡이 이것이다. 이가 급이 지었던 것은 대개 여기에 그쳤으니 그 〈보살만대무〉는 마치 당대에 전답傳踏의 한 종류와 같을 따름이다.

71 『화간집(花間集)』: 오대 시대 사(詞)의 선집(選集)이다. 후촉(後蜀) 사람 조숭조(趙崇祚)가 엮었고 18인의 작품 500수를 모은 것으로 모두 10권 분량이다.

◎ 5.58

원문 **望江南**

『望江南』, 『樂府雜錄』云 : 李衛公為亡妓謝秋娘撰 『望江南』, 亦名 『夢江南』. 白樂天作 『憶江南』三首, 第一 「江南好」, 第二、第三 「江南憶」. 自注云 : 「此曲亦名 『謝秋娘』, 每首五句.」 予考此曲, 自唐至今皆南呂宮, 字句亦同. 止是今曲兩段, 蓋近世曲子無單遍者. 然衛公為謝秋娘作此曲, 已出兩名. 樂天又名以 『憶江南』, 又名以 『謝秋娘』, 近世又取樂天首句名以 『江南好』. 予嘗嘆世間有改易錯亂誤人者, 是也.

번역 **망강남**

「망강남望江南」[72]은 『악부잡록樂府雜錄』[73]에서 이르길, "이덕유李德裕[74]

---

72 「망강남(望江南)」: 사패명으로, 수 양제(隋煬帝)가 서원(西苑)을 만들고, 연못을 파서 거기에 용봉가(龍鳳舸)를 띄우고서 〈망강남(望江南)〉곡을 지었다고 한다. 한강 남쪽 시골의 경치를 그리워하는 내용의 노래로 당나라 백거이(白居易)가 이를 본떠 「억강남(憶江南)」이라는 사(詞)를 지어 읊은 뒤 '억강남'으로 유명해지게 되었다. 이 사는 「억강남」의 사패 형식에서 글자 수는 맞추었으나 운자 위치를 지키지 않고 있다. 진(眞)자 운목에 속하는 신(新)·인(人)을 운자로 사용하여 짝을 맞추었으나 운(雲)자는 운목이 문(文)에 속하므로 운자를 맞추지 않은 것이다. 『宋詞大辭典』

73 『악부잡록(樂府雜錄)』: 당나라 단안절(段安節)이 지은 비파 음악 자료이다. 『비파록(琵琶錄)』의 별칭이다. 비파 연주법 삼재(三才)를 사계절에 빗대어 상징했다. 「풍속통(風俗通)」에 "비파는 근대의 악공이 만들었는데 연원은 알지 못한다. 길이가 3척 5촌이고 천지인 삼재와 오행을 본받았고 4개의 줄은 사계절을 형상했다"라고 했다.

74 이덕유(李德裕) : 당나라 문인으로 생졸년은 787~850이고, 자는 문요(文饒)이다. 한림학사 절서관찰사 병부상서 등을 역임했다. 재상이 되어 무종을 보필하여 공적을 이루어 위국공(衛國公)에 봉해졌다. 평천장(平泉莊)은 그의 별장으로 둘레가 40리인데, 그 안에 100여 개의 정자와 누대, 천하의 기화이초(奇花異草), 진귀한 소나무, 괴석이 있어 그 경치가 완연히 선경과 같았다고 한다. 자손의 심한 사치로 패망하고 말았다. 『劇談錄·李德裕』

가 운명을 달리한 기녀 사추랑谢秋娘[75]을 위해 「망강남」을 지었는데 또 한 「몽강남夢江南」이라 이름했다. 백거이白居易가 「억강남億江南」 3수를 지었는데, 첫째 수는 「강남호江南好」이고, 둘째와 셋째 수는 「강남억江南憶」이다. 자주自註에 "이 곡조는 「사추랑」이라고도 하는데, 매 수마다 5구로 이루어진다"라고 했다.

내가 이 곡조를 살펴보니, 당나라부터 지금까지 모두 남려궁南呂宮이고 글자와 구절이 또한 같다. 단지 지금 곡조는 두 단락인데, 대개 당대의 곡자曲子는 단편으로 이루어진 것이 없다. 그러나 이위공이 사추랑을 위해 그 곡조를 지어서 이미 두 개의 곡명이 나왔다. 백거이도 「억강남」이나 또 「사추랑」이라고 이름 지었으며, 당대에는 또 백거이 시의 첫 구절을 따서 「강남호」라고 이름 지었다. 나는 일찍이 세간에서 뒤바꾸고 착각하여 사람들을 그르치는 작태를 한탄해왔는데, 바로 이것이다.

---

75 사추랑(谢秋娘) : 당나라의 기녀로 금릉(金陵 지금의 난징) 사람으로 본래 성은 두씨(杜氏)이다. 이기(李锜)라는 사람의 첩으로 있다가 이기가 역모로 주살되자 입궁하여 궁녀가 되었고 헌종에게 총애를 받았다. 목종이 등극하자 황자의 보모가 되었고 황자가 폐위되자 고향으로 돌아와 생을 마쳤다. 후세에 늙어서 사랑받지 못하는 부녀자를 비유하곤 했다.

◎ 5.59

원문 文漵子

『文漵子』, 『盧氏雜說』云:「文宗善吹小管, 僧文漵為入內大德, 得罪流之. 弟子收拾院中籍入家具, 猶作師講聲. 上採其聲製曲, 曰『文漵子』.」予考『資治通鑑』: 敬宗寶曆二年六月己卯幸興福寺, 觀沙門文漵俗講. 敬、文相繼, 年祀極近, 豈有二文漵哉? 至所謂俗講, 則不可曉. 意此僧以俗談侮聖言, 誘聚羣小, 至使人主臨觀, 為一笑之樂, 死尚晚也. 今黃鍾宮、大石調、林鍾商、歇指調皆有十拍令, 未知孰是? 而漵字或誤作序并緒.

번역 문서자

〈문서자文漵子〉[76]를 『노씨잡설盧氏雜說』[77]에서 다음과 같이 말하였다. "당 문종文宗은 작은 피리를 잘 불었는데, 승려 문서文漵가 대내大內[78]에 들어가 대덕大德[79]이 되어 죄를 지어 유배되었다. 제자들이 사원 안에 적몰籍沒된 가구를 수습하다보니 스승이 강경講經하는 듯한 소리가 들렸다. 황제가 그 소리를 채록하여 곡을 짓고는 〈문서자〉라고 이름했다."

---

76 〈문서자(文漵子)〉: 악곡 이름이다. 당나라의 속강(俗講)하는 승려 문서는 불경을 잘 암송하였고 변문(變文)을 강창(講唱)하니 음성이 나긋나긋해서 사람들을 감동시켰다. 따라서 성조를 본받아 악곡을 지었기 때문에 승려 이름으로 곡명을 삼았다. 문서는 문서(文敘)나 문숙(文淑)이라고 하는 본도 있다.

77 『노씨잡설(盧氏雜說)』: 당나라 노언(盧言)이 지은 야사집이다. 노언에 대해 당나라 때 활동했다는 것을 제외하고 생몰년과 사적은 전혀 연구된 것이 없다.

78 대내(大內): 큰 곳 안쪽이라는 뜻으로 가장 큰 곳은 황궁을 의미한다.

79 대덕(大德): 종교 용어로 불교와 도교 등의 종교에서 연장자인 승려나 도사에 대해 쓰는 경칭이다. 예를 들어 고승대덕(高僧大德)이나 고도대덕(高道大德)이라고 하는 것이 있다.

내가 『자치통감資治通鑑』을 고찰해보니, "경종敬宗 보력寶曆 2년[80] 6월 기묘己卯일에 홍복사興福寺[81]에 행행하여 승려 문서가 속강俗讲[82]하는 것을 보았다"라고 하였는데 경종과 문종이 제위를 계승한 햇수가 매우 가까우니, 어찌 두 명의 문서가 있겠는가! 이른바[83] 속강이라는 것은 이해할 수 없다. 아마도 이 승려는 속담으로 부처님의 말씀을 욕되게 해서 소인배들을 꾀어 모아두었는데 군주가 왕림하여 보도록 하여 한바탕 웃음으로 즐거움으로 삼았으니, 죽어도 싸다. 오늘날의 황종궁黃鐘宮, 대석조大石調, 임종상林鐘商, 헐지조歇指调는 모두 열 개의 박령拍令이 있는데 무엇이 맞는지 알지 못한다. 그리고 '서溆'자는 더러 '서序'자나 '서緒'자로 잘못 쓰이기도 한다.

---

80 경종(敬宗) 보력(寶曆) 2년 : 보력은 당 경종(唐敬宗)의 연호로, 2년은 서기 826년이다.

81 홍복사(興福寺) : 강소성 상숙시(常熟市) 우산(虞山) 북쪽 기슭에 자리한 사찰이다. 한족지구 불교전국 중점사찰로 지정되어 문화재를 국가에서 보호하고 있다. 남제(南齊)때는 대비사(大悲寺)라 하였다가 양나라 대동(大同) 5년(539)에 대대적으로 확장하고 복수사(福壽寺)로 고쳤다.

82 속강(俗講): 당대(唐代)의 사원(寺院)에서 불경의 뜻을 해설할 때 쓰던 설창(說唱) 방식으로 우리나라의 판소리처럼 이야기하듯 설법하는 것을 말하나 자세하지는 않다.

83 박령(拍令) : 박자의 빠르기로 곡조의 빠르기를 박자로 차등을 둔 것이다.

◎ 5.60

원문 鹽角兒

『鹽角兒』, 『嘉祐雜志』云 : 「梅聖俞說, 始教坊家人市鹽, 於紙角中得一曲譜, 翻之, 遂以名.」 今雙調 『鹽角兒令』是也. 歐陽永叔嘗製詞.

번역 염각아

「염각아鹽角兒」[84]를 『가우잡지嘉祐雜志』[85]에서 이르길, "매요신梅堯臣[86]이 설명하기로 처음에 교방敎坊[87]의 집안사람이 소금을 사왔는데 종이 끄트머리에서 어느 곡보曲譜를 찾아내 편곡하였고, 마침내 곡명으로 삼았다"라고 했다. 오늘날은 쌍조雙調인 「염각아령鹽角兒令」이 이것이다. 구양수歐陽脩가 일찍이 가사를 지은 적이 있다.

---

84 「염각아(鹽角兒)」 : 사패 이름으로 구양수와 조보지(晁補之)가 지은 사가 각각 1편씩 있다. 쌍조 50자, 전후단 6구 3측운이고, 1첩운이며, 후단은 5구 3측운이다. 구양수와 조보지가 지은 두 편의 원문을 차례대로 소개하면 다음과 같다. "增之太长, 减之太短. 出群风格, 施朱太赤. 施粉太白, 傾城顏色. 慧多多, 嬌的的. 天付與, 教誰憐惜. 除非我, 偎著抱著, 更有何人消得.", "開時似雪, 謝時似雪. 花中奇絕, 香非在蕊. 香非在萼, 骨中香徹. 占溪風, 留溪月, 堪羞損山桃如血. 直饒更, 疏疏淡淡, 終有一般情別."

85 『가우잡지(嘉祐雜志)』 : 송나라 강휴복(江休復)이 지은 1권의 기사이다. 당시의 일사(逸事)에 대해 기술하였으며, 잡설도 수록했다. 『강인기잡지(江隣幾雜志)』, 『인기잡지(隣幾雜志)』라고도 한다.

86 매요신(梅堯臣) : 생졸년은 1002~1060이고, 송나라 때의 시인으로 자는 성유(聖兪)이며 호는 완릉(宛陵)이다. 구양수(歐陽脩)의 추천으로 중앙의 관리인 국자감 직강(國子監直講)이 되었다. 그리하여 소순흠(蘇舜欽)·구양수 등과 같이 성당(盛唐)의 시를 본으로 하여 당시 유행하던 서곤체(西崑體)의 섬교(纖巧)한 폐풍을 일소하고, 새로운 송시(宋詩)의 개조(開祖)가 되었다. 시집으로 『완릉집(宛陵集)』60권이 있고, 『손자(孫子)』13편의 주(註)와 『당재기(唐載記)』26권의 저작도 있었다.

87 교방(敎坊) : 당 현종(玄宗) 때 여인들에게 노래와 춤을 가르치던 곳이다. 이곳에서 현종이 음악을 만들면 제자들이 익혀서 연주를 했다.

◎ 5.61

원문 喝駄子

『喝駄子』, 『洞微志』云 :「屯田員外郎馮敢, 景德三年為開封府丞檢澇戶田, 宿史胡店. 日落, 忽見三婦人過店前, 入西畔古佛堂. 敢料其鬼也, 攜僕王侃詣之. 延坐飲酒, 稱二十六舅母者, 請王侃歌送酒, 三女側聽. 十四姨者曰 : 『何名也?』侃對曰 : 『『喝駄子』. 』十四姨曰 : 『非也. 此曲單州營妓教頭葛大姉所撰新聲. 梁祖作四鎮時, 駐兵魚臺, 值十月二十一生日, 大姉獻之. 梁祖令李振填詞, 付後騎唱之, 以押馬隊, 因謂之『葛大姉』. 及戰, 得勝回, 始流傳河北, 軍中競唱. 俗以押馬隊, 故訛曰『喝駄子』. 莊皇入洛, 亦愛此曲, 謂左右曰 : 『此亦古曲, 葛氏但更五七聲耳. 』」李珣『瓊瑤集』有『鳳臺』一曲, 注云 :「俗謂之『喝駄子』.」不載何宮調. 今世道調宮有慢, 句讀與古不類耳.

번역 갈태자

〈갈태자喝駄子〉는 『통미지洞微志』[88]에서 이르길, “둔전원외랑屯田員外郎[89] 풍감馮敢이 경덕景德 3년[90]에 개봉부승開封府丞[91]이 되어 홍수가 난 호

88 『통미지(洞微志)』: 전희백(錢希白)이 『설부(說郛)』39권에 수록된 백과사전의 일종이다. 주로 용어의 미묘한 의미를 통찰하여 기록한 내용이다.

89 둔전원외랑(屯田員外郎) : 후한 말 조조(曹操)가 조지(棗祗)의 건의를 받아들여 설치한 전농중랑장(典農中郎將)에서 발단했다. 처음에는 허창성(許昌城)에서 백성을 모아 둔전을 일궜고 진(晉)나라에서는 상서성(尚書省)에서 둔전조(屯田曹)를 설치했다. 당나라에서 상서성 공부(工部)에서 종5품 둔전낭중, 종6품 둔전원외랑 1인을 두었다. 직무는 천하의 둔전의 정령(政令)을 맡았는데 중앙관직은 실직이 아니었고 지방 수령이 군사와 둔전을 경영했다.

전戶田을 점검하려 사호점史胡店에 묵었다. 날이 저물자, 부인 3명이 사호점 앞을 지나서 서쪽 논두렁에 있는 낡은 불당으로 들어가는 것을 언뜻 보았다. 풍감은 귀신이라고 여기고, 하인 왕간王侃과 함께 불당으로 갔다. 자리를 마련하여 술을 마시자, 스물여섯째 외숙모라고 부르는 사람이 왕간에게 노래를 청하며 술잔을 보내니 부인 3명이 귀 기울여 들었다. 열네번째 아주머니가 '제목이 무엇입니까?'하고 물으니, 왕간이 '〈갈태자〉입니다'라고 대답했다. 열네번째 아주머니가 말했다. '아닙니다. 이 곡은 단주單州[92]의 관기官妓 교두敎頭[93]인 갈씨葛氏 큰언니가 새로 지은 노래입니다. 후량後梁 태조[94]가 사진四镇[95]을 구축할 때에 어대현魚臺縣[96]에 군사를 주둔하던 차에 10월 21일에 생일을 맞이하니 큰 언니가 노래를 바쳤습니다. 후량 태조는 이진李振[97]으로 하여

---

90 경덕(景德) 3년 : 경덕은 북송(北宋) 진종(眞宗)의 연호로, 1004~1007년이다. 경덕 3년은 1006년이다.

91 개봉부승(開封府丞) : 개봉(開封)은 북송의 수도이다. 지방관아의 관리는 관청 수령인 부윤(府尹)이 있고 행정을 책임지는 부승(府丞)이 있고 군사를 책임지는 위(尉)가 있다. 부승은 지금으로 보면 한성부 서윤(庶尹)에 해당한다.

92 단주(單州) : 산동성(山東省) 단현(單縣)지역으로 황하의 하류가 흐르는 지역인데, 이 일대를 흐르는 황하는 매우 탁하다. 단주(單州)라고도 읽는다.

93 교두(敎頭) : 교방 제자나 지방관아의 관기에게 음악과 춤을 가르치는 교수를 말한다.

94 후량(後梁)태조 : 당나라를 멸망시킨 후량의 태조 주전충(朱全忠, 852~912)을 말한다. 원래 황소(黃巢)의 적도 출신으로 당나라에 귀순하여 사진 절도사(四鎭節度使)에 이르고 양왕(梁王)에 봉해졌는데, 그 뒤 소종(昭宗)과 애제(哀帝)를 시해하고 국호를 양으로 바꿨으나, 만년에 누차 패하면서 세력이 위축되어 가다 마침내는 차자(次子)인 우규(友珪)에게 시해당했다. 『新五代史·梁本紀』

95 사진(四鎭) : 사방을 진압하는 네 개의 큰 산으로, 양주(揚州)의 회계산(會稽山), 청주(青州)의 기산(沂山), 유주(幽州)의 의무려산(醫無閭山), 기주(冀州)의 곽산(霍山)을 말한다.

96 어대현(魚臺縣) : 산동성 제영시(濟寧市)의 관할 현으로 산동성 서남부에 남사호(南四湖) 서쪽에 위치한다.

금 전사填词[98]하게 하고 후발대 기병에 부쳐 노래를 불러서 이것으로 기병대를 통제하였습니다. 이런 까닭으로 〈갈대자喝大姉〉라 불렀습니다. 전투가 벌어지고 승리하여 개선하자 비로소 하북河北 지역에서 유행하여 전해졌고, 군영 안에서 다투어 불렀습니다. 세속에는 기병대를 통제하였기 때문에 〈갈태자〉라고 와전되었습니다. 장종莊宗이 낙양에 입성하고서[99] 또한 이 곡을 좋아하여 주변 사람에서 '이 노래 또한 옛날 노래인데 갈씨가 다만 다섯에서 일곱 대목만 바꿨을 뿐이다'라고 하였습니다'"라고 했다.

이순李珣[100]의 『경요집瓊瑤集』에 〈봉대鳳臺〉[101] 한 곡이 있는데 주석에

---

97 이진(李振) : 당나라를 멸망시키고 양나라를 세운 주전충(朱全忠)의 책사이다. 진사시에 여러 번 낙방하여 조정의 선비를 매우 싫어했다. 주전충이 조관(朝官) 30여 명을 백마역에서 한꺼번에 몰살시킨 백마지화(白馬之禍)를 일으키도록 부추긴 인물이다.

98 전사(填詞) : 가곡을 작곡한 다음에 가사를 지어 곡에 채워 넣는다는 의미로 지금 작사(作詞)와 같다.

99 장종(莊宗)이 낙양(洛陽)에 입성하고서 : 장종은 후당(後唐)을 세운 이존욱(李存勖)을 말한다. 장종은 뛰어난 무략으로 연(燕)나라 유수광(劉守光)을 멸하고, 이어 후량을 쳐 멸망시킨 다음 국호를 당(唐)이라 칭하고 낙양에 도읍하였으며, 이어 전촉(前蜀)도 병합하고 하북(河北)의 땅을 평정하여 오대 중에서 최강의 나라가 되었다. 그러나 장종은 당시에 유행하던 악극(樂劇)을 좋아하여 배우나 환관을 우대하여 이들을 정치에 개입시켰다가 배우에게 시해당하여 나라가 멸망했다.

100 이순(李珣) : 생졸년은 855~930이고, 만당시기의 사인으로 자는 덕윤(德潤)이고 쓰촨성 즈조우(梓州) 사람이다. 후촉에 출사한 뒤로 다른 왕조에 출사하지 않았다. 저서로는 『경요집(瓊瑤集)』이 있지만, 산실하고 지금은 『당오대사(唐五代詞)』에 54수가 전하는데 대부분 비분강개하는 소리이다.

101 〈봉대(鳳臺)〉 : 악부(樂府) 곡사(曲辭)의 하나인데, 진 목공(秦穆公)의 딸 농옥(弄玉)이 당시에 퉁소를 잘 불던 소사(簫史)라는 사람과 서로 좋아하므로, 마침내 그에게로 시집을 보냈는데, 나중에는 농옥도 퉁소를 배워 봉황(鳳凰)의 울음소리를 잘 냄으로써 봉황이 그의 집에 모여들자, 마침내 봉대를 짓고 부부가 그곳에서 살다가 어느 날 부부가 함께 봉황을 따라 신선이 되어 갔다는 내용을 노래한 것이다.

는 "세속에서 〈갈태자〉라고 부른다"라고 했다. 어느 궁조에 속하는지는 기재하지 않았다. 지금 세상에서는 도조궁道調宮에 느릿한 곡조가 있는데, 구두句讀는 옛 노래와 다를 따름이다.

◎ 5.62

원문 後庭花

『後庭花』, 『南史』云:「陳後主每引賓客, 對張貴妃等游宴, 使諸貴人及女學士與狎客共賦新詩相贈答. 采其尤艷麗者為曲調, 其曲有『玉樹後庭花』.」『通典』云:「『玉樹後庭花』、『堂堂』、『黃鸝留』、『金釵兩臂垂』, 並陳後主造. 恒與宮女學士及朝臣相唱和為詩, 太樂令何胥採其尤輕艷者為此曲.」予因知後主詩, 胥以配聲律, 遂取一句為曲名. 故前輩詩云:「玉樹歌翻王氣終, 景陽鐘動曉樓空.」又云:「後庭花一曲, 幽怨不堪聽.」又云:「萬戶千門成野草, 只緣一曲後庭花.」又云:「綵牋曾襞欺江總, 綺閣塵銷玉樹空.」又云:「商女不知亡國恨, 隔江猶唱後庭花.」又云:「玉樹歌闌海雲黑, 花庭忽作青蕪國.」又云:「後庭餘唱落船窗.」又云:「後庭新聲嘆樵牧.」又云:「不知即入宮前井, 猶自聽吹玉樹花.」吳蜀雞冠花有一種小者, 高不過五六寸, 或紅, 或淺紅, 或白, 或淺白, 世目曰後庭花. 又按『國史纂異』, 雲陽縣多漢離宮故地, 有樹似槐而葉細, 土人謂之玉樹. 揚雄『甘泉賦』「玉樹青蔥」, 左思以為假稱珍怪者, 實非也, 似之而已. 予謂雲陽既有玉樹, 即『甘泉賦』中, 未必假稱. 陳後主『玉樹後庭花』, 或者疑是兩曲, 謂詩家或稱玉樹, 或稱後庭花, 少有連稱者. 偽蜀時, 孫光憲、毛熙震、李珣有『後庭花』曲, 皆賦後主故事, 不著宮調, 兩段各四句, 似令也. 今曲在, 兩段各六句, 亦令也.

번역 후정화

〈후정화後庭花〉[102]는 『남사南史』에서 이르길, "진후주陳後主[103]는 매 번 손님을 이끌고 장귀비張貴妃[104] 등과 마주앉아 연회를 즐기며 놀았고, 여러 귀인[105]과 여학사[106]로 하여금 친근한 손님과 함께 새로운 시를 부르고 서로 주고 화답하게 했다. 그 가운데 특히 아름답고 화려한 것을 가려내어 곡조를 지었는데, 그러한 곡 중에 〈옥수후정화玉樹後庭花〉가 있었다"라고 했다. 『통전通典』에서 이르길, "「옥수후정화」, 「당당堂

---

102 〈후정화(後庭花)〉: 〈옥수후정화(玉樹後庭花)〉라는 악곡을 말한다. 진 후주(陳後主)가 빈객을 맞아 귀비(貴妃) 등과 즐겁게 잔치할 때마다 귀인(貴人)과 여학사와 빈객들에게 시를 지어 서로 주고받게 했다. 그중에 더욱 아름다운 시를 뽑아 가사로 삼고 노래를 지어 아름다운 궁녀 수백 명으로 하여금 노래 부르게 했다. 〈옥수후정화〉는 그 악곡 중의 하나이다. 이후로 망국의 악곡 혹은 망국의 한을 읊은 악곡을 가리키는 말로 쓰인다. 『陳書・後主張貴妃列傳』

103 진후주(陳後主): 남북조시대(南北朝時代) 진 선제(陳宣帝)의 장자로 이름은 숙보(叔寶), 자는 원수(元秀), 시호는 양(煬)이다. 주색에 황음하여 정사를 돌보지 않았으며, 많은 누각을 짓고 비빈들과 잔치를 벌이며 시부를 일삼았다. 수(隋)의 군사가 쳐들어옴에도 기악과 시 짓기를 고치지 않다가 수의 장수 한금호(韓擒虎)에게 잡혀 장안에 바쳐졌다.

104 장귀비(張貴妃): 진 후주(陳後主)가 광소각(光昭閣) 앞에 결기(結綺)・임춘(臨春)・망선(望仙)의 세 누각을 세웠는데, 모두 침단향목(沈檀香木)으로 짓고 금은 보옥으로 장식하였으며, 기화요초(奇花瑤草)를 심어 사치를 다했다. 후주는 임춘각에 거처하고 장귀비는 결기각에 거처하였으며, 공(龔)・공(孔) 두 귀빈은 망선각에 거처하면서 즐겼다. 또한 매양 빈객을 불러 잔치를 하면서 여러 귀인들로 하여금 시를 짓도록 하고는 그중에서 잘된 것을 뽑아 〈옥수후정화곡(玉樹後庭花曲)〉을 만들었는데, 이 곡은 뒤에 〈옥수곡〉과 〈후정곡〉으로 나뉘었다. 『南史・張貴妃傳』

105 귀인: 왕궁(王宮)에 딸린 내명부(內命婦)의 관작(官爵)으로, 품계는 종1품이며 후궁(後宮) 중에서 빈(嬪)에 버금하는 자에게 이 관작을 내린다.

106 여학사: 남조(南朝) 진(陳)의 후주(後主)가 궁중에 두고 즐겼던 여관(女官)들을 말한다. 진 후주는 이름이 숙보(叔寶)로, 정사에는 관심을 두지 않고서 오로지 성색(聲色)에만 골몰하다가 수(隋) 나라에 멸망당하고 말았는데, 그가 원대사(袁大捨) 등 문학에 재능이 있는 궁녀들을 뽑아 여학사라고 이름을 붙인 뒤에, 빈객을 이끌어 들여 귀비(貴妃) 등과 잔치를 벌일 때마다 여학사들로 하여금 시를 노래하면서 서로 수작하게 했다는 고사가 전한다. 『陳書 卷・皇后傳』

堂」, 「황리류黃鸝留」, 「금차양비수金釵兩臂垂」는 모두 진후주가 지었다. 항상 궁녀와 여학사 그리고 조정의 신하들이 서로 부르고 화답하며 시를 지었는데, 태악령太樂令[107]이 하서何胥가 특히 경쾌하고 아름다운 곡을 골라 이 곡을 만들었다"라고 했다. 나는 이로 인해 진후주의 시는 하서가 성률을 배합해서 마침내 한 구절을 취해 곡명으로 삼았다는 것을 알았다.

그래서 앞시대 사람들의 시에 "〈옥수가〉를 편곡하니 왕의 기운이 끝나고, 경양종[108] 울리니 새벽 누각 비었네玉樹歌翻王氣終, 景陽鐘動曉樓空"라고 했다. 또 "「후정화」 한 곡에, 깊은 원망 차마 들을 수 없네後庭花一曲, 幽怨不堪聽"[109]라고 했다. 또 "천만 가호에 들풀이 뒤덮으니, 다만 「후정화」 한 곡만 이어지네萬戶千門成野草, 只緣一曲後庭花."라고 했다. 또 "비단 시지[110]를 접어서 강총江總[111]을 속이고, 비단 누각에 먼지 사라지니 옥수는 공허하네綵牋曾襞欺江總, 綺閣塵銷玉樹空."라고 했다. 또 "노래하는 소녀

---

107 태악령(太樂令) : 궁중에서 악공을 지휘하는 총책임자이다. 악령은 진나라 사람 악광(樂廣, ?~304)이 상서령(尙書令)의 벼슬을 하였기 때문에 악령이라 하는데서 시작되었고 태악령은 여러 악령 중에서 가장 직책이 높다.

108 경양종(景陽鐘) : 종 이름으로, 제(齊)나라 무제(武帝)가 이 종을 만들어 경양루(景陽樓)에 걸어놓고 시간에 맞추어 이 종을 치면 궁녀들이 일찍 잠에서 깨어 단장을 하곤 했다는 고사이다. 『南齊書・后妃傳』

109 「후정화」 (…중략…) 없네 : 유우석의 「금릉회고(金陵懷古)」에 나온다. "야성의 물가엔 조수 가득하고, 정로정엔 햇살 비꼈네. 채주엔 풀빛 새롭고, 막부엔 예처럼 푸른 연기 이네. 흥폐는 인사로 말미암는데, 산천은 덧없이 옛 모습 그대로구나. 〈후정화〉 한 곡조, 애절하여 들을 수 없네(潮滿冶城渚, 日斜征虜亭. 蔡洲新草綠, 幕府舊煙青. 興廢由人事, 山川空地形. 後庭花一曲, 幽怨不堪聽)" 『劉賓客文集・五言今體』

110 강총(江總) : 남북조(南北朝) 때 고성(考城) 사람으로 자는 총지(總持)이고, 문장에 능하였으며 특히 시를 잘했다.

111 비단 시지 : 원문 "채전(綵牋)"은 시를 쓰는 채색 비단을 말한다.

는 망국의 통한을 모르고, 강 건너편에서 아직도 「후정화」를 부르는구나商女不知亡國恨, 隔江猶唱後庭花"[112]라고 했다. 또 "옥수가 끝나니 바다 구름은 어둡고, 꽃 핀 정원은 갑자기 녹음 우거진 나라가 되었네玉樹歌闌海雲黑, 花庭忽作青蕪國"라고 했다. 또 "「후정화」 여운이 선창에 떨어지네後庭餘唱落船窗"라고 했다. 또 "「후정화」새로운 노래 소리에 나무꾼과 목동이 탄식하네.後庭新聲嘆樵牧"라고 했다. 또 "궁궐 앞 우물에 바로 들어가는 줄 몰라도, 오히려 스스로 옥수가 노래는 저절로 들리네不知即入宮前井, 猶自聽吹玉樹花."라고 했다.

오촉계관화吳蜀雞冠花[113]에는 키 작은 품종이 하나 있는데, 길이는 5, 6촌에 불과하고 더러 붉은색이거나 담홍색, 흰색, 엷은 흰색을 띠기도 한다. 세상 사람들이 지목하여 「후정화」라고 한다. 또한 『국사찬이國史纂異』를 살펴보건대 운양현雲陽縣[114]에는 한나라의 이궁離宮[115]터가 많은데 어떤 나무는 회화나무처럼 잎이 가늘어서 지방 사람들은 옥수라고 불렀다. 양웅揚雄의 「감천부甘泉賦」[116]에는 "옥수가 푸르디 푸르네玉樹

---

112 노래하는 (…중략…) 부르는구나 : 두목(杜牧)의 「박진회(泊秦淮)」에 "안개는 강물을 덮고 달빛은 모래톱을 덮었어라, 밤중에 술집 가까운 진회에 배를 대었는데, 노래하는 소녀는 망국의 통한을 알지 못하고, 강 저편에서 아직도 후정화를 부르는구나(煙籠寒水月籠沙, 夜泊秦淮近酒家. 商女不知亡國恨, 隔江猶唱後庭花)"라고 되어있다. 『杜樊川詩集』

113 오촉계관화(吳蜀雞冠花) : 오촉(吳蜀)은 중국 남부지역 강소성과 복건성 일대의 오나라 지역과 사천성과 운남성 일대의 촉나라 지역을 병칭한 것이며 계관화는 닭벼슬처럼 생긴 맨드라미를 말한다.

114 운양현(雲陽縣) : 옹주(雍州) 서쪽 80리에 위치하며, 진나라 수도인 함양의 북서쪽으로 이곳에 진시황이 지은 감천궁이 있다. 본래 진(秦)나라 궁전이었는데, 한무제가 증축해 놓고 이곳에서 제왕(諸王)들의 조회를 받고 외국의 빈객을 접대했다.

115 이궁(離宮) : 임금이 거둥할 때에 머무는 별궁으로 행궁(行宮)이라고도 한다.

116 양웅(揚雄)의 「감천부(甘泉賦)」 : 양웅은 자가 자운(子雲)이다. 서한의 촉군(蜀郡) 청

靑蔥"라고 했는데, 좌사左思[117]는 진귀하고 기이한 물건의 가칭으로 여겼지만, 실제로는 아니고 비슷할 뿐이다. 내가 생각하건대, 운양에는 이미 옥수가 있으니, 바로 「감천부」 중에서 빌은 것은 아니다.

진후주의 「옥수후정화」에 대해서 누구는 두 곡이라고 의심하면서 시인이 더러 「옥수」라고 말하기도 하고 더러 「후정화」라고 말하며 「옥수후정화」라고 연결하여 부르는 사람도 다소 있다. 후촉後蜀[118] 시기에 손광헌孫光憲[119], 모희진毛熙震[120], 이순李珣 등이 「후정화」곡이 있었는데 모두 진후주의 고사를 노래하였지만 궁조宮調로 짓지 않았고 두 단락은 각각 4구로 '령令'곡과 비슷하다. 지금 남아있는 곡조는 두 단락 각각 6구로 역시 '령'곡이다.

두(成都) 사람으로 사부에 능하였는데, 40여 세에 경사에 유학갔다가 성제(成帝)가 감천에 행행하여 태치(泰畤)에서 교사(郊祀)를 지낼 때에 따라가서 제사를 도왔다. 이때 전각의 아름답고 웅장한 모습을 보고 풍자하는 뜻을 담은 「감천부」를 지어 올렸다. 이것 말고도 「하동부(河東賦)」, 「우렵부(羽獵賦)」, 「장양부(長楊賦)」를 더 지었는데 그중에서 「감천부」가 가장 으뜸이다. 『文選·郊祀』

117 좌사(左思) : 중국 서진(西晉)의 문장가로, 자는 태충(太沖)이다. 10년 동안 구상하여 「삼도부(三都賦)」를 지었는데, 처음에는 사람들이 알아주지 않다가 당대의 문사 황보밀(皇甫謐)이 감탄하여 서문을 써 주자 너도나도 베끼는 바람에 낙양의 종이 값이 올랐다고 한다. 『晉書·文苑列傳』

118 후촉(後蜀) : 원문은 '위촉(僞蜀)'으로 되어 있다. 맹지상(孟知祥)이 세운 후촉(後蜀)을 가리킨다. 후촉은 오대(五代) 때 10국 중 하나로서 후당(後唐) 명종(明宗)이 맹지상을 촉왕(蜀王)에 봉해 주었는데, 맹지상의 아들 창(昶)에 이르러 송(宋)나라 군사에 패망했다. 『治平要覽·後梁』

119 손광헌(孫光憲) : 제 4권 4.49조, 손광현(주)참고.

120 모희진(毛熙震) : 947년 전후로 활동한 시인으로 생몰년은 미상으로 촉지방 사람이다. 후촉에서 비서감(秘書監)이 되었다. 화려한 사를 잘 지어서 지금 29수가 남아있어 『당오대사(唐五代詞)』에 수록되었다.

◎ 5.63

원문 西河長命女

『西河長命女』, 崔元範自越州幕府拜侍御史, 李訥尚書餞于鑑湖, 命盛小叢歌, 坐客各賦詩送之. 有云 :「為公唱作西河調, 日暮偏傷去住人.」『理道要訣』:「『長命女西河』, 在林鍾羽, 時號平調.」今俗呼高平調也. 『脞說』云 :「張紅紅者, 大曆初, 隨父歌匄食. 過將軍韋青所居, 青納為姬. 自傳其藝, 穎悟絕倫. 有樂工取古『西河長命女』加減節奏, 頗有新聲. 未進間, 先歌于青. 青令紅紅潛聽, 以小豆數合記其拍, 紿云 : 『女弟子久歌此, 非新曲也. 』隔屏奏之, 一聲不失. 樂工大驚, 請與相見, 嘆伏不已. 兼云 : 『有一聲不穩, 今已正矣. 』尋達上聽, 召入宜春院, 寵澤隆異. 宮中號記曲小娘子, 尋為才人.」按此曲起開元以前, 大曆間, 樂工加減節奏, 紅紅又正一聲而已. 『花間集』和凝有『長命女』曲, 偽蜀李珣『瓊瑤集』亦有之, 句讀各異. 然皆今曲子, 不知孰為古製林鍾羽並大曆加減者. 近世有『長命女令』, 前七拍, 後九拍, 屬仙呂調, 宮調、句讀並非舊曲. 又別出大石調『西河』, 慢聲犯正平, 極奇古. 蓋『西河長命女』本林鍾羽, 而近世所分二曲, 在仙呂、正平兩調, 亦羽調也.

번역 서하장명녀

「서하장명녀西河長命女」[121]는 최원범崔元範[122]이 월주막부越州幕府[123]에서

121 「서하장명녀(西河長命女)」 : 사패 이름으로 원래 당나라 교방의 곡명이다. 가사 중에 "박명녀(薄命女)"라는 내용이 있어 별명이 붙었다. 풍연사(馮延巳)의 「장명녀(長命

시어사侍御史에 제수되자 이눌李訥 상서가 감호鑑湖[124]에서 전별하였는데, 성소총盛小叢[125]에게 명하여 노래를 부르게 하고 좌객들이 각자 시를 읊어서 전송했다. 어떤 사람이 "공을 위해 서하의 가락 노래하는데, 해 저무니 이별하는 사람들 몹시 상심하네!爲公唱作西河調, 日暮偏傷去住人"라고 읊었다. 『이도요결理道要訣』에서 "〈장명녀서하〉는 임종우林鍾羽에 속하는데, 당시에 평조平調라고 불렀다"라고 하였고, 지금은 세속에서 고평조高平調라고 부른다.

『좌설脞說』에서 말하길, "장홍홍張紅紅이라는 사람이 대력大曆[126] 연간 초기에, 아버지를 따라 노래 불러서 밥을 구걸했다. 장군 위청韋青[127]이 사는 곳을 지나가다가 위청이 희첩으로 거두었다. 노래하는 재주를 스스로 물려받아 영특하고 월등히 뛰어났다. 어느 악공이 옛날의 「서

女)」(春日宴)를 정격으로 삼는다. 쌍조(雙調) 39자로 앞 단락 3구는 3측운이고 뒷 단락 4구는 3측운이다. 대표작품으로 화응(和凝)의 「박명녀(薄命女)」(천옥효(天欲曉)) 사가 있다.

122 최원범(崔元範) : 853년 전후로 활동한 당나라의 문장가이다. 생몰년은 미상이다. 이눌의 절동막부(浙東幕府)의 보좌관으로 있다가 감찰어사가 되어 조정에 나아갈 때 이눌이 시를 지어 전송하였는데 「이상서명기가전유작봉수(李尙書命妓歌餞有作奉酬)」를 지었다.

123 월주막부(越州幕府) : 월주(越州)는 절강성 소흥(紹興) 지역으로 옛 월나라 지역이다. 위에조우는 저장성 동북쪽에 자리해서 절동막부라 불렸다.

124 감호(鑑湖) : 절강성(浙江省) 소흥(紹興) 서남쪽에 있는 저장성에서 유명한 호수이다. 속설에는 800리에 걸쳐 있다 하며 수면이 거울처럼 맑고 투명하다 해서 이름했다.

125 성소총(盛小叢) : 생졸년은 847~860이고, 당나라 대중(大中) 연간에 절강성(浙江省) 소흥(紹興)에서 활동한 유명한 기녀이다. 이눌이 절동의 염찰사(廉察使)로 있었을 때 어느 날 밤 성루에 올라 애절한 노래를 듣고 최원범을 전송할 때 함께 자리하여 시를 지어 주었는데 성소총이 『돌궐삼대(突厥三台)』시를 썼다.

126 대력(大曆) : 당 대종(唐代宗)의 연호로 766년에서 779년까지이다.

127 위청(韋青) : 당나라의 장군으로 유명한 가수이며 성악 교육가이다. 본래 문신이어서 노래를 잘 불러 현종의 총애를 받았다. 음률에 정통할 뿐만 아니라 재주가 뛰어났다. 관직은 금오대장군(金吾大將軍)에 이르렀다.

하장명녀」를 가지고 박자를 가감하는 작업을 해보니 자못 새로운 소리가 있어서 곡을 바치기 전에 먼저 위청에게 노래를 불렀다. 위청은 장홍홍으로 하여금 몰래 노래를 듣고서 작은 콩 몇 홉으로 그 박자를 기록하게 하였고 거짓으로 말하기를, '여제자가 오랫동안 이 노래를 부른 것이고 새로 만든 곡이 아닙니다'라고 했다. 병풍으로 가리고 연주했는데, 한 대목도 실수하지 않았다. 악공은 크게 놀라서 장홍홍을 만나보자고 요청하였고 탄복해 마지않았다. 덧붙여 말하기를, '어딘가 맞지 않은 소리가 있었지만 지금은 바로잡았습니다'라고 했다. 곧바로 황제에게 보고하자 의춘원宜春院[128]으로 소명되어 입궁하였고 황제의 총애와 은택은 융숭하고 남달랐다. 궁중 안에서 가곡을 기억하는 아가씨라고 불렸고 얼마 지나지 않아 재인才人[129]이 되었다"라고 했다. 살펴보건대, 이 곡조는 개원開元[130] 연간 이전에 시작되어 대력 연간에 악공이 박자를 가감하는 작업을 하였고 장홍홍이 또 한 대목을 바로잡았을 따름이다.

『화간집花間集』에는 화응和凝[131]의 「장명녀長命女」곡이 있고, 후촉後蜀

---

128 의춘원(宜春院) : 당나라 장안성 태극궁(太極宮) 안의 궁원이다. 현종이 금원(禁苑) 안에 있는 이원에서 제자 3백명을 뽑아 풍류를 가르치고, 궁녀(宮女) 수백 명을 의춘원(宜春院)에 두어 이원의 제자로 삼았다.

129 재인(才人) : 후궁의 관명으로, 한나라 이후 송나라 때까지 그 관명을 사용했다. 측천무후도 미모가 뛰어나 14세에 재인으로 입궁하기도 했다.

130 개원(開元) : 713~741년으로 당나라 현종(玄宗) 전반기의 연호이다.

131 화응(和凝) : 생졸년은 898-955이고, 오대시대의 문장가이자, 법학, 의학의 대가이다. 자는 성적(成績)이고 산동성 운주(鄆州) 사람이다. 17세에 명경과에 급제했다. 관직은 중서사인(中書舍人), 공부시랑에 이르렀다. 후한(後漢)에 입조하여 노국공(魯國公)에 봉해지고 후주(後周) 때에는 시중이 되었다. 고금 역사서를 익혀서 형사소송을 판결하여 억울한 일을 해결했다. 저서로는 『의옥집(疑獄集)』이 있다.

이순李珣의 『경요집瓊瑤集』[132]에도 이 곡이 있는데, 구두句讀가 각각 다르다. 그러나 모두 지금의 곡자曲子로, 그 누가 옛날에 지었던 임종우로 만들고 아울러 대력 연간에 가감하는 작업을 했는지 알지 못한다. 당대에 「장명녀령長命女令」은 앞 단락은 7박자이고, 뒤 단락은 9박자인데, 선려조仙呂調에 속하고, 궁조宮調와 구두는 모두 옛날 곡조가 아니다. 또 별도로 대석조大石調인 「서하만西河慢」에서 나와서 소리가 평정조平正調를 어기니 몹시 기이하면서 고아하다. 아마도 「서하장명녀」는 본디 임종우에 속했지만, 지금은 선려조와 정평조 두 곡으로 분화하였는데 또한 우조羽調에 속한다.

132 이순(李珣)의 『경요집(璟瑤集)』: 오대(五代) 전촉(前蜀) 사람으로 사인(詞人)이다. 자는 덕윤(德潤)이고, 즈조우(梓州)에서 살았다. 선조는 페르시아인이었지만 장기간 촉 땅에 살아 한인(漢人)이 되었다. 군주 왕연(王衍)의 조정에서 수재(秀才)의 신분으로 천거되어 관직을 지냈다. 사(詞)를 잘 지었는데, 소사(小詞)를 지어 궁정에 바쳐 칭송을 받았다. 전촉이 망한 뒤에는 더 이상 벼슬하지 않고 강호에 은거했다. 저서에 시집 『경요집(璟瑤集)』과 의학서인 『해약본초(解藥本草)』가 있다. 『화간집(花間集)』에는 사 37수가 들어있고, 『당오대사(唐五代詞)』에는 54수가 있다.

◎ 5.64

원문 楊柳枝

『楊柳枝』, 『鑑戒錄』云 : 「柳枝歌, 亡隋之曲也.」 前輩詩云 : 「萬里長江一旦開, 岸邊楊柳幾千栽. 錦帆未落干戈起, 惆悵龍舟更不回.」 又云 : 「樂苑隋堤事已空, 萬條猶舞舊春風.」 皆指汴渠事. 而張祜『折楊柳枝』兩絕句, 其一云 : 「莫折宮前楊柳枝, 玄宗曾向笛中吹. 傷心日暮煙霞起, 無限春愁生翠眉.」 則知隋有此曲, 傳至開元. 『樂府雜錄』云 : 白傳作『楊柳枝』. 予考樂天晚年與劉夢得唱和此曲詞, 白云 : 「古歌舊曲君休聽, 聽取新翻楊柳枝.」 又作『楊柳枝二十韻』云 : 「樂童翻怨調, 才子與妍詞.」 注云 : 「洛下新聲也.」 劉夢得亦云 : 「請君莫奏前朝曲, 聽唱新翻楊柳枝.」 蓋後來始變新聲. 而所謂樂天作楊柳枝者, 稱其別創詞也. 今黃鍾商有『楊柳枝』曲, 仍是七字四句詩, 與劉白及五代諸子所製並同. 但每句下各增三字一句, 此乃唐時和聲, 如『竹枝』、『漁父』, 今皆有和聲也. 舊詞多側字起頭, 平字起頭者, 十之一二. 今詞盡皆側字起頭, 第三句亦復側字起, 聲度差穩耳.

번역 양류지

「양류지楊柳枝」[133]는 『감계록鑑戒錄』[134]에 말하길 "「양류지」는 수隋나

---

133 「양류지(楊柳枝)」 : 「양류지」는 본디 한(漢)나라 악부의 횡취곡사(橫吹曲辭) 가운데 하나인 「절양류(折楊柳)」를 가리키는데, 당나라 때에 이르러 「양류지」로 이름이 바뀌었으며, 개원(開元) 연간에 이르러서 교방악(敎坊樂)으로 편입되었다. 망한 수(隋)나라를 조문하는 곡(曲)이었으나, 후세에 와서는 단순히 버들에 의하여 정을 읊는 것으로 되었다.

134 『감계록(鑑戒錄)』 : 후촉(後蜀)의 하광원(何光遠)이 지은 10권으로 된 역사 평론서로

라의 곡이다" 라고 했다. 앞시대 사람들의 시에서 다음과 같이 말했다.

만 리를 흐르는 장강이 하루아침에 열리면 萬里長江一旦開
언덕배기에 늘어선 버드나무는 수천 그루 岸邊楊柳幾千栽
비단 돛 내리지 않았는데 전쟁 일어나니 錦帆未落干戈起
구슬퍼라 임금의 배[135]는 되돌아오지 않네 惆悵龍舟更不回

또한 말하기를, "낙원이던 수나라 제방은 헛일이 되었는데, 옛 봄바람에 수많은 버들가지는 여전히 춤추네樂苑隋堤事已空, 萬條猶舞舊春風."라고 하였는데, 모두 수나라 운하[136]의 일을 가리키는 것이다.

또한 장호張枯의 '「절양류지折楊柳枝」 두 절구 중 한 구에서 다음과 같이 말했다.

궁전 앞 버드나무 가지를 꺾지 마오 莫折宮前楊柳枝
현종이 일찍이 피리로 불었다오 玄宗曾向笛中吹
날 저물어 뿌연 노을 일어나 슬픈데 傷心日暮煙霞起

당나라 이래로 군신간의 사적을 찬집한 것이다. 하광원은 936년 전후로 활동하였고 자는 휘부(輝夫)이고 강소성 동해현(東海縣) 사람이다. 후촉에서 벼슬하여 진주군사판관(普州軍事判官)에 이르렀다.

135 임금의 배 : 원문 "용주(龍舟)"는 임금이 타는 큰 배를 말한다. 수양제가 강남(江南)을 순행할 적에 자신은 용주에 타고 소후(蕭后)는 작은 배인 봉모(鳳艒)에 태우고서, 돛과 닻줄을 모두 비단으로 만들게 하고는, 장장 2백여 리에 걸쳐 수백 척의 배로 자신을 뒤따르게 했던 고사가 전한다. 『隋書・食貨志』

136 수나라 운하 : 원문 "변거(汴渠)"는 수대(隋代)부터 북송(北宋) 시대까지 중원과 남동쪽 연해 지역을 잇던 변수(汴水)를 관통하는 중요한 운하이다.

끝없는 봄 슬픔 푸른 눈썹[137]에 생기구나　　無限春愁生翠眉

수나라 때 이 곡이 있었고 개원開元 연간까지 전해졌음을 알 수 있다. 『악부잡록樂府雜錄』에 말하길, "백부白傅[138]가 「양류지」를 지었다"라고 했다. 내가 살펴보건대, 백거이가 말년에 유우석劉禹錫[139]과 함께 이 곡과 가사를 창화唱和하였는데, 백거이가 말하길, "옛 노래와 곡조일랑 그대는 듣지 말고, 새로 편곡한 양류지를 들어보오古歌舊曲君休聽, 聽取新翻楊柳枝"라고 했다. 또한 「양류지이십운楊柳枝二十韻」을 지어 말하길, "악공 아이가 슬픈 곡조로 편곡하니, 재인이 아름다운 가사를 붙였네樂童翻怨調, 才子與姸詞"라고 하였고, 주석에는 "낙양洛陽의 새로운 음악이다"라고 했다. 유우석이 또한 말하길, "그대여 아무쪼록 옛 왕조의 곡을 연주하지 말고, 새롭게 편곡한 「양류지」를 들어보오請君莫奏前朝曲, 聽唱新翻楊柳枝."라고 했다. 아마도 훗날에서야 새로운 음악으로 변하기 시작했을 것이다. 그러나 이른바 백거이가 「양류지」를 지었다는 것은 별도의 가사를 창작한 것을 말한다.

오늘날 황종상黃鍾商인 「양류지」곡이 있는데 여전히 7언절구 시로, 유우석・백거이와 오대시대의 작가들이 지은 것과 모두 같다. 다만

137 푸른 눈썹 : 원문 "취미(翠眉)"는 검푸른 먹으로 눈썹을 그린 것으로 곱게 화장한 미인을 말한다.

138 백부(白傅) : 백거이(白居易)를 말한다. 개성초(開成初)에 태자소부(太子少傅)를 지냈기 때문에 백부라 칭한다.

139 유우석(劉禹錫) : 생졸년은 772~842이고, 당나라 중산(中山) 사람으로 자는 몽득(夢得)이다. 벼슬은 감찰어사(監察御史)・태자빈객(太子賓客)을 역임하였고, 저서에는 『유빈객문집(劉賓客文集)』이 있다. 특히 시문에 뛰어나 그의 시에 대해 백거이가 서(叙)하기를 시호(詩豪)라고 했다.

매 구마다 하단에 각각 3자 1구를 늘렸는데 이것이 바로 당나라 시기의 화성和聲으로 예컨대「죽지사竹枝詞」,「어부漁父」와 같다. 오늘날에는 모두 화성이 존재한다. 옛 가사는 대부분 측운仄韻으로 첫머리를 시작하고, 열에 한 두 개 정도는 평운平韻으로 첫머리를 시작한다. 지금의 사는 모두 측운으로 첫머리를 시작하며, 제3구 역시 다시 측운으로 시작하여 성조가 조금 부드럽다.

◎ 5.65

원문 **麥秀兩岐**

『麥秀兩岐』, 『文酒清話』云 : 「唐封舜卿性輕佻. 德宗時使湖南, 道經金州, 守張樂燕之. 執盃索『麥秀兩岐』曲, 樂工不能. 封謂樂工曰 : 『汝山民亦合聞大朝音律. 』守為杖樂工. 復行酒, 封又索此曲. 樂工前乞侍郎舉一遍. 封為唱徹, 眾已盡記, 於是終席動此曲. 封既行, 守密寫曲譜, 言封燕席事, 郵筒中送與潭州牧. 封至潭, 牧亦張樂燕之. 倡優作襤褸數婦人, 抱男女筐筥, 歌『麥秀兩岐』之曲, 敘其拾麥勤苦之由. 封面如死灰, 歸過金州, 不復言矣.」今世所傳『麥秀兩岐』, 今在黃鍾宮. 唐『尊前集』載和凝一曲, 與今曲不類.

번역 **맥수양기**

「맥수양기麥秀兩岐」[140]를 『문주청화文酒清話』에서 이르길, "당나라의 봉순경封舜卿[141]은 성정이 경박스러웠다. 덕종德宗 때에 호남湖南 지역에 목민관으로 파견되어 부임하는 도중에 금주金州[142]를 지나가는데

---

140 「맥수양기(麥秀兩岐)」: 사패 이름으로 보리 이삭이 두 가닥이 졌다는 의미이다. 쌍조 64자이고 앞뒤 단락이 각각 7구 6측운으로 되어있다. 화응의 『맥수량기 · 양점포반죽(麥秀兩岐 · 涼簟鋪斑竹)』이 대표작이고, 유언(俞彥)의 『맥수량기 · 무자다참덕(麥秀兩岐 · 撫字多慚德)』도 있다.

141 봉순경(封舜卿) : 자는 찬성(贊聖)이고 발해현(渤海縣) 사람이다. 개봉(開平) 3년(909)에 지공거(知貢舉)가 되어 요조우(幽州)로 부임하였고 정치옹(鄭致雍)과 함께 한림학사가 되었다. 글재주가 형편없었는데 항상 정치옹이 대필해줘서 태자소부가 되었다.

142 금주(金州) : 지금의 협서성(陝西省) 안강현(安康縣)에 속하고 이곳은 한나라에서 촉나라로 들어가려면 반드시 거쳐야 하는 길이다.

태수가 연회를 열어줬는데, 봉순경이 술잔을 잡고 「맥수양기」곡을 신청했는데, 악공이 연주를 할 수 없었다. 봉순경이 악공에게 말하기를, '너희 시골사람들 역시 응당 왕조의 음률을 들어야 한다'라고 하니 태수가 악공을 곤장을 쳤다. 다시 술잔이 오가자, 봉순경이 또 이 노래를 신청하니, 악공이 앞으로 나와서 봉시랑封侍郎[143]께서 한 번 노래해주기를 간청했다. 봉순경이 노래를 마치자 자리에 앉은 청중들이 이미 모두 기록했다. 이에 연회가 끝날 때까지 이 곡을 연주했다.

봉순경이 길을 떠나자, 태수는 몰래 곡보를 베껴두고 '봉순경이 연회에서 한 일'이라 말하고 우편[144]에 넣어 담주潭州[145] 목사에게 보냈다. 봉순경이 담주에 도착하자, 담주 목사 또한 주연자리를 열었다. 광대가 남루한 옷을 입고 수많은 남녀가 광주리[146]를 안고서 「맥수양기」노래를 부르며, 보리 이삭을 줍는 힘든 것을 노래하고 있었다. 봉순경의 얼굴이 사색이 되었고 돌아가는 길에 금주金州를 들렀지만, 다시는 그런 말을 하지 않았다"라고 했다.

지금 세상에 전해지는 「맥수양기」는 현재는 황종궁에 속한다. 당

---

143 봉시랑(封侍郎) : 봉순경이 후량 시기에 관직이 예부시랑(禮部侍郎)에 올랐기 때문에 부른 것이다.

144 우편 : 원문 "우통(郵筒)"은 편지나 소식을 전할 때 지역마다 역참을 두어 심부름꾼이 지역을 오가며 소식을 전했다. 심부름꾼은 편지를 통에 넣어서 이동하였기 때문에 지금의 우편과 같은 의미로 쓰였다.

145 담주(潭州) : 지금의 호남성(湖南省) 장사현(長沙縣) 일대이다.

146 광주리 : 원문 "광거(筐筥)"는 대나무나 왕골로 만든 광주리이다. 광은 둥근 원통 모양이고 거는 네모진 모양으로 광은 주로 여자가 옆으로 매달아 물건을 담았고, 남자가 등에 지고 무거운 물건을 실었다.

나라의 『존전집尊前集』에는 화응和凝[147]의 한 곡이 실려 있는데, 지금의 노래와 같은 종류는 아니다.

147 화응(和凝) : 생졸년은 898~955년이고, 자는 성적(成績)이며, 오대(五代) 단주(鄆州) 수창(須昌, 지금의 산동성(山東省) 동평현(東平縣)) 사람으로 사인(詞人)이다. 역대로 양(梁), 당(唐), 진(晉), 한(漢), 주(周)의 다섯 왕조에서 벼슬을 했다. 문장은 대개 풍부했고, 단가(短歌)와 염사(艷詞)에 뛰어났다. 시로 「궁사(宮詞)」 1백 수가 있고, 원래 문집이 1백여 권 있었지만 이미 없어졌다. 『화간집(花間集)』에 사(詞) 20수가 남아 있고, 『전당시(全唐詩)』에 시 1권이 실려 있다.

찾아보기

㉤

㉥

㉦

ⓩ

ⓔ